散文

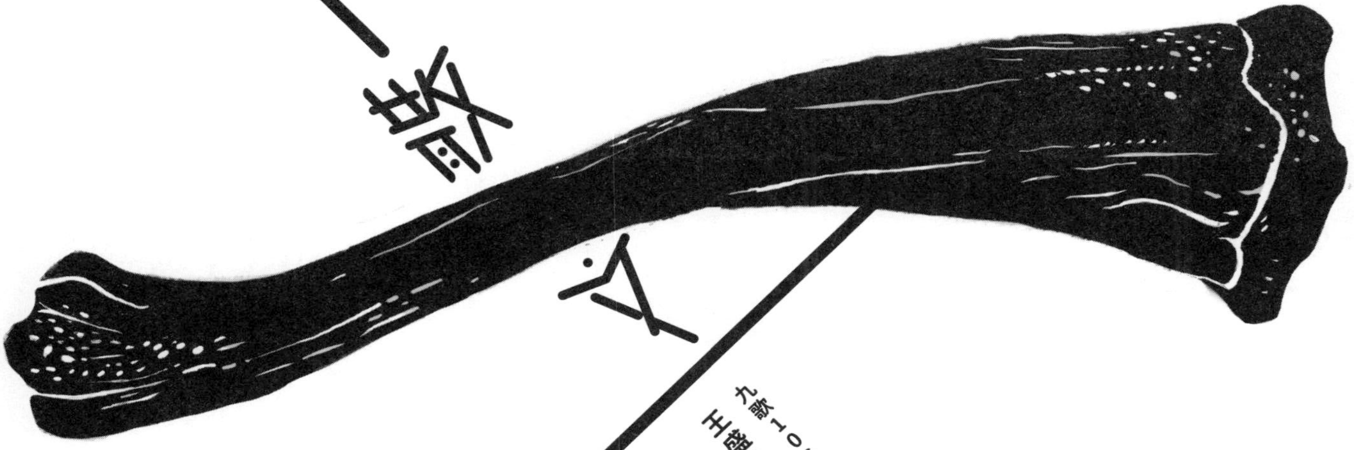

九歌106年散文選

王盛弘 主編

九歌１０６年散文選
年度散文獎得主

顏擇雅

〈賽跑，在網中〉

得獎感言

顏擇雅　不拿地圖走山路

年近五十才出版第一本散文集，創作時間橫跨二十多年，出書時我就下決心，下一本不可再耗這麼久。沒想到動筆第一篇〈賽跑，在網中〉就得獎。

我國中時期浸淫最深的散文大師是余光中，出國後接觸西洋散文，有一陣子抄寫最勤、批點最仔細的名家是愛默森與歐威爾。三家都是我崇敬的典範，但整理《向康德學習請客吃飯》一書時才發現，到頭來我師承最多的前人卻是蒙田。

倒不是因為我對蒙田有多熟悉。風格趨向他，應該純是意氣相投。他遁身塔內是三十八歲，我離開職場則是三十三歲。都浸淫古典，都關心時事，都嗜聽八卦，也都渴求理解當代科學。但我最像他的，應是寫作心態。

蒙田寫作時，並不知要成為西洋現代散文之父。集名「嘗試」，只代表他每篇文字都是探索世道人生的嘗試。沒想到法文「嘗試」（essai）一字因此轉借為散文之意。

嘗試可能失敗，但不試就沒機會。抱著這種心態寫散文，就像不拿地圖走山路，完全不知路導向哪裡，萬一走到懸崖，或老是繞回原路，就必須回到上一個交叉口，換一條路再試。

蒙田體寫得順，每個轉彎都有驚喜，寫不順就陷入萬山圈子裡。這時最大誘惑是拿出地圖，選最安全的路，這就不是嘗試了，雖然很快寫完，卻不可能發現祕境。

對我來說，寫時評是「用之則行」，是跟社會對話。寫散文是「舍之則藏」，純是自我整理。時評不能浪費讀者時間，不能用蒙田體，筆路當然要照地圖。時評寫慣了回來寫散文，經常無法放空，地圖在腦中揮之不去，這樣就一定嘗試失敗，將來出書鐵定要大斧修改。

目錄

輯二　遠方的鼓聲

輯三　辜負的晴天

輯四　隻手之聲

輯五　如同她們重返書桌

輯六　家的真相

《九歌106年散文選》編序

Something New, Something Fun, Something Different

——王盛弘

散文是一條茄子：寫一篇茄子，水煮清蒸油炸微波皆無不可，但稍一失準頭，動輒氧化發黑一團爛糊；料理一條散文，抒情敘事議論都行，不過，揮鏟動鍋freestyle（註❶），看似人人都能來個兩下子，要耐得住細細品味，卻並不容易。

茄子又最擅「吃味」，油煎火燎，浸潤有聲，若佐以肉末蔥蒜辣椒則魚香茄子，若加上蒜片辣椒九層塔則塔香茄子，若食不厭精、膾不厭細變身茄鯗，則劉老老要喊一聲「我們也不用種糧食，只種茄子了」；散文呢，最敏感於時代的變遷、襲染時代的氣息，一九八七解嚴以降，限高令解除了似地樓廈迭起，次文類爭相勃發，近兩三年，散文一類最惹眼的特色，則莫過於「厭世書寫」。

相應於厭世書寫的社經氛圍是，自啟蒙起即與網路相依存的青年世代，投入職場後，以甚至低於貧窮線的薪資為核心向外漣漪震盪，無力於現況又無望於未來。沒有好工作好收入的青貧族、不諳也不耐煩社交的宅男女，麕集於PTT、部落格、臉書與IG等地盤，糾眾成夥，自我定義為魯蛇、厭世，自諷自嘲、反勵志反長輩貼圖。其中有無法改變現況的無奈，有自我解嘲的幽默，有另闢蹊徑調劑小日子的樂趣，也別具改寫世俗成功定義的用心。

時代辜負青年，青年借力使力，開創魯蛇小時代；然而，當人人以邊緣自居、競相貼上魯蛇標籤，有時竟讓人感覺到魯蛇勢眾，而邊緣太過於擁擠。

魯蛇並非這個時代所獨有，厭世也常見於古典文學，正如「文學是苦悶的象徵」這句老話所說，發抒心聲以療癒自我，一向是文字的當行本色、書寫的（不）可能的任務。唐代國民詩人白居易長吁短嘆的「飽暖飢寒何足道，此身長短是空虛」，道盡歷來騷人墨客的有病呻吟；而去脈絡地喃喃複述一句「人生不值得活的」，感覺到底是有人懂我，便也就有了求生的能量。所不同的是，過往「厭世書寫」多半更傾向於往一己之內求索，自憐自艾，自我覺醒，但在這個個人主義伸張的年代，厭世不是不想活，正相反地，是想撥開世俗的網羅，活得自在自我，是江鵝在〈厭世求生自白〉裡所說：「因為領悟到身在人群立成孤魂，厭離才有活路」，為了在這個提倡積極功利團結拚經濟的社會，檢討偽善的面目，讓人們看見「群體之下存在著多少委屈喘息著的個人」。

同樣獲得台北文學獎的，謝子凡〈我和我追逐的垃圾車〉與木匠〈末代木匠〉，前者為初出社會上班族，住飼養雞籠似的雅房、領微薄薪資、包攬分內分外雜務，行文輕快、時髦，如日劇般流暢，卻沒有那些個巧遇豔遇與機遇，面對職場困境，終於毅然遞出辭呈；後者樸素直白，結構謹慎如木作榫接，寫一打滾江湖三、四十載老匠人，屢屢誤踩貪婪人性的陷阱，雖一心想要退休卻困於經濟而無法如願。前者結束於〈少女的祈禱〉終於響起的救贖，後者則是無聲的嘆息。這兩篇文章可以看到魯蛇不是哪個世代的專屬，但應對有別，其中自然可以發現世代差異。當然，也不能斷然以世代差異解釋，其中尚有個人特質、行業潛規則與年紀差異等變數。

大開大闔的〈醜女〉則有另一款「魯蛇」。劉璩萌以「他」代「她」表明醜女的被去性別，甚至不是女人，而比較接近動物，是獨立於男女之外的一個物種；美女是花瓶，醜女是痰盂，但在父權社會底，花瓶也好痰盂也罷，「說你漂亮是為了肏得合理，說你醜是為了肏得合法」，道盡女性遭受的貶抑與壓迫。

儘管我想斷然宣稱，形式等於內容，散文高下，取決於怎麼寫而非寫什麼，驅遣文字、謀篇布局，在因襲的陳腐中透出一絡新鮮，蒼蠅之微、宇宙之鉅，內子宮之隱匿、外太空之壯闊，運籌於一枝筆、一副鍵盤之間，納博科夫就說：「他們（編輯）跟我討論一個分號勁兒，彷彿這個符號事關榮譽，而事實上往往是事關藝術眼光。」評價散文而迴避掉它的技術成分，彷彿只談食材而不談廚藝，事實上，就算一道生菜沙拉，也有它處理手法的種種講究與不可妥協。然而，散文的主題，事件、細節，若棄之不顧，則容易流於形式主義、文字遊戲，向壁虛構、用愛發電（而那些搶占道德制高點、言必政治正確的作品卻又太俗氣太無趣），因此我試著在形式與內容上取得平衡，輯選這部以「年度」為單位的選集時，更希望它像沉積岩般一道道顯影出斷代色澤——

就在厭世風撲面而來之際，亮軒〈哪個是老師？〉站在教學最前線，入世思考了分數的意義，這同時是一名「中年後」男人的處世哲學；陳黎的散文從不無聊，〈蛙福元年〉劍指seafood，犀利又逗趣；傅月庵以徐緩之筆，藉著提出心目中理想書店的要件，告別十年有成的有河BOOK；郭強生娓娓敘寫長照日常，筆致清淡、情意深遠，一個力保尊嚴的老人與哀樂中年的兒子，形象最是鮮明；吳妮民〈記憶防空洞〉從讓全世界嚇到吃手手的WannaCry電腦綁架病毒寫起，再一次叩問，如果有一天，我提不出任何影像或文字證明我的存在，「我要如何說明自己存在過的事實呢？」黃信恩〈辜負的晴天〉則以潔淨無塵的文字寫PM2.5如Death Eater盤據島嶼天空，並向我們提示了「空氣移民」

的無奈。那你還記得815全台大停電嗎？神神借題發揮，寫得那麼詩意盎然，悲傷又美麗。

資深或資淺的這一眾寫作者，都有自己的足供辨識的風格，我們宜將這些素材視為木頭的種類、瘢痂、年輪、節結，木雕師傅般的寫作者們以其手藝，順應變化，成就自己的作品。準此，也許更堅定了我們雖將討論重點擺在寫了些什麼，但評價作品成績高低的，還是怎麼使用這些素材，怎麼寫。

新世紀以降，最鋪天蓋地的影響還是網路，我們多親身目睹它的排闥而來。就不談以數位思維出發的文學（或藝術）創作了，網路讓傳統寫作者可以越過守門人發表作品，紙媒副刊期刊不再獨大，它還具有即時性、互動性、突破地域限制等特色；新科技帶來新題材新思考，吳魯芹還寫過文章說他怕晚餐誤點而興起裝個電話的念頭呢，當然，這已經是半個世紀前的往事了；同時，契合新媒體的表現形式占有傳播優勢，比如新詩，達爾文演化論一般地，為了占有傳播優勢，也有文學為了新媒體而調整它的表現形式。

在我看來，所有散文都是抒情文，唯取徑有別，敘事（說故事，誰抗拒得了一個好故事呢）以抒情、議論（講道理，在維基什麼都有的現況下，單純的知識仲介已不可行，我們更想要看到詮釋與立場）以抒情，從不退潮流，但抒情以抒情這條路，近些年似乎有拱手讓給新詩的趨勢。在誠品與遠見的年度閱讀行為報告中，不約而同地皆有將近一半的民眾認為滑臉書也是閱讀之際，短短的新詩有方便流通的特性；另還有個原因加速新詩的崛起，我認為是它的「實用性」，也即讀者心中或有一股情緒無以名之，某些新詩一句兩句三五句恰恰為它命了名。它之所以受到盛讚與歡迎，乃是因為它有了同命理師為新生兒取名字的能力？

據說在年輕族群裡，更依賴影音的IG與YouTuber已有凌駕臉書的趨勢，但無論如何，近六七年來臉書最稱昌盛，尤其在台灣。臉書成立於二〇〇四，二〇一一年阿拉伯之春時曾被視為推動民主開放的幫手，短短幾年過去，商業利潤極大化的野心下，侵蝕了民主政治與個人隱私，英美各有專欄作家以「英雄變狗熊」、「不受控制的科學怪人」相稱。在台灣，我們不能不說「致力於向人們提供分享平台，讓世界更開放，聯繫更緊密」這個臉書的自我期許是有效的；另一方面，臉書像聚焦日光的那一支放大鏡，人、事如螻蟻，面對公共議題時，常激化立場，各擁其主（及主張），強化了偏見，在私領域則常見有人在臉書像坐計程車後座那樣叨叨絮絮他人或自己的陰私，也許是無心也許是有意。

臉書誕生十三年，〈賽跑，在網中〉為其造像正是時候；顏擇雅以她優游於兩種語文、多種學科的學養，古今中外求索，不怕掉書袋也擅長掉書袋地，賦予舊典籍、老智慧以新詮釋、新生命，強化了知識的縱深與傳承；顏擇雅談人氣、論友誼，機智幽默，又說臉書乃至於社群網站是猴子理毛的一脈相銜而非斷裂，則清新可喜，拿《鏡中奇緣》來談臉書運算法更是出奇制勝：「臉書所帶動的人氣比較，你也不時更新，我也不時更新，都是為了這運算法。它就像路易斯・卡洛爾《鏡中奇緣》中的紅色皇后，在她主持的賽跑中，人人都必須沒命地跑，才能留在原地。紅色皇后認為，只有在很慢的世界，才有向前跑這種事。」顏擇雅一向敏感於時代變遷、社會動向，也常透過臉書發表議論，關懷廣而思慮深，立論之縝密，視野之寬闊，觀念之穎新，令人信服。謹將九歌年度散文家贈予顏擇雅，不僅在〈賽跑，在網中〉的富有當代意義，也為彰顯顏女士的文學成績。

●

時間的河漸行漸遠，記憶的沙洲綿長且豐饒，阿盛說：「老歌總有一股抓得著又好像抓不牢的詩意。」齊邦媛先生：「記憶是多麼堅持的追蹤者啊！」我們的散文作家雖不擅長展望未來，但勇於定格當下，更勤於回顧，在記錄一己人生履歷與捕捉時代變貌的光譜間，調配出數不盡的漸層。

不能不提的是《文訊》，長期做著文學史料彙整的工作，作家初出道，第一次亮相往往就在《文訊》，作家大去，不管是不是站在浪頭上，《文訊》也總是廣邀故舊追憶逝水年華；不是每一名作家的故去都稱得上一個時代的結束，但這些文章卻拼圖般重建了舊時代藝文界的面貌。

報紙部分，近年《聯合報・副刊》推出「我們這一代」專題，由民國七十年代出生作家打頭陣，每十年一個斷代往前陸續推移至二年級，緊接著「文學台灣」自彰化出發，打算環台一周，百餘位作家常聚焦於生命的原點，童少與故鄉；《自由時報・副刊》

則力推「荼靡九十」，掃描世紀末台灣政經藝文各個層面，用情至深；《人間福報・副刊》在李時雍企劃下，何敬堯、盛浩偉、陳允元、楊傑銘、林妏霜、馬翊航、詹閔旭、蔡林縉、鄭芳婷、蕭鈞毅、顏訥等青年學者聯手，二十世紀每年鋪陳一文每週刊出，寫出新世代的台灣文學史，眼光新，視野廣，拜讀若干後我即向出版社友人推薦，成書在即。傑出的作家、優秀的作品能夠得到一席之地，是我身為編輯、讀者與寫作者的職責、安慰與樂趣。

在這裡，我以六位名家提出的在場證明，接力說一個二十世紀四〇年代以來的台灣故事，以下啣二十一世紀。置末輯，與啟首形成由厭世到淑世（的企圖）的呼應——

〈我的時代〉或是「最後的紳士」鄭清文先生最終手筆，他以一貫謙遜的口吻，寫一九三九進公學校，而初中、職業學校，到初出社會十多年時光，對日本於太平洋戰爭中表現出的民族性、統治權轉移初期語言轉換的艱難，有切身的體會；學者黃英哲，負笈東瀛淵源於六〇年代看日本片，有一個與他的淺丘琉璃子邂逅的憧憬，〈重逢〉中，留學生心理自剖令人動容，也直指哈日遠因，與一般觀光客不易領略到的日本暗面；蔣勳懷念他的七〇年代好友李雙澤，字字句句緊扣當前政治實況，是溫柔的諫言，尤其定義何謂「黨外」格外語重心長；聲聲入耳、事事關心的陳芳明重回一九八六，領我們渡海去到仙台追尋魯迅行跡，個人的學思歷程與魯迅的精神感召交織呈現，踵繼以文學涉入政治的典型，文中最讓人低迴再三的是對郭沫若的評價：「據說中國有四大無恥，郭沫若高居首位，他可以寫詩歌頌列寧，也可以撰文遵從毛澤東，在任何能夠阿諛的場合，郭沫若從來不會缺席。」

來到九〇年代，散文阿盛筆走城鄉，〈淡水暮色紅〉走馬燈般搬演世紀末浮動躁動的台北眾生相；向陽〈連詩也無言以對的幻變〉帶我們重回《自立早報》易幟前夕，記者首次上街頭的現場，發出「新聞自主、媒體壟斷的問題，到今日不還是一樣持續著嗎」的浩嘆，又有心聲幽微：「對一個寫詩的人來說，在這樣幻變的年代中，我所擅長的，以隱喻、意象為工具的詩，也已經無法回應隨時變動中的台灣。」二十年過去，變動有增無減，文學的無能為力越益凸顯而出，如今作家為了回應變局，角色更加多元：我們在書房創作，也在網路串聯，在街頭吶喊，在田野第一線上奔走。

可是，要怎麼論斷文學有沒有用呢？如果說文學無用，那麼陽台上綻放的那一朵小花也沒有用，陶杯上柴燒的落灰結晶、春樹初萌的綠色芽眼也沒有用，又怎麼能說美術館牆上的那幅畫、音樂廳裡管絃樂團的演奏有什麼用？文學的無用武之地，或許正是它的有用之處，它在揭露人情人性、世情世相上最具穿透力——

人生實難，女性的生命歷程或許又更難一些？齊先生〈一生中的一天〉輯日記五則，記憶翩躚，往事追蹤而至，舊時代一名家庭與學業難以兩全的女子，如今是一昂然的長者；李明璁在芝加哥酒吧遇見的那名莎拉大媽，一輩子喜歡的只有那些老派的、很藍的藍調，為了生活她卻必須唱詼諧搞笑情歌、以大胸脯頂壽星炒熱氣氛；李欣倫以文學映證生活，當了母親之後，女人的「自己的房間」變成了浴廁，文章不只寫給人母，也寫給所有人子；蔣亞妮〈寫妳〉裡則有一個想自母親、妻子等角色的桎梏裡脫身的女人，青春女兒的無賴、母親的掙不脫蛛網纏身的生命情狀，最是驚心。還好，還有袁瓊瓊筆下，那個逃過死亡試煉的小女人，予取予求不再委屈自己；宇文正擅長捕捉小日子裡的微光，〈如果一隻貓〉裡有各種「癢」，讀來會心不遠。

家族、親情是文學的母題，寫散文，很難繞過它：廖玉蕙總是樂於分享，幽默風趣，〈阿公比較窮嗎？〉有四代人的溫柔與真心；平路〈真相〉以第二人稱拉出敘述者與事件的適當距離，親密又疏離地，揭露一樁身世的祕密；讀了〈住在工地的日子〉，才發現原來張曼娟自小就那麼會講故事、過生活的啊；吳鈞堯以單字為題鋪陳文章，「內」是他的小名，母親的呼喚；而馮平，藉〈菸〉寫家族故事，薄霧輕煙，氤氳迷離，生命中總也有連舒伯特都無言以對的時候。

文字是鍬，鑿內心的礦：楊澤回望歌泣無端的少年時代，存在主義、納西瑟斯、騎士文學十四行詩，「瑪麗安，你知道嗎？我已不想站在對的一邊／我祇想站在愛的一邊」；畢飛宇寫一手漂亮白話文，讀著讀著，想把自己藏起來，太獻醜了；唐捐是詩人，散文也別具姿態，〈實驗人形奧斯卡〉文字上收斂了崢嶸的頭角，但意象一仍特出，「世界的底層還有世界，陰翳裡埋伏著能量，人格崩毀是詩的端倪」，一切都在他的筆底實踐；世間安得雙全法，凌性傑選擇「安靜地寫經，藉由寫字調整呼吸，重新理清生活的秩序」，此心安處是吾鄉。

山風海雨，適足以滋養文學：柯裕棻〈低山行走〉辭采斐然，走的是山徑，說的是世道；劉崇鳳的散文題材往往不同流俗，〈最初的日子〉向我們展示了同居共食的生活，看似簡單浪漫、自自冉冉，而其實生命從來並不容易，不管我們作了什麼選擇，都有自己的難處要面對；夏曼・藍波安在《幼獅文藝》的「我願是那片海洋的魚鱗」是二〇一七最好的幾個文學專欄之一，以他的語言以他的題材以他的思維，一再向我們展現出「拒絕現代性馴化的原初本能」的意志，深富魅力。

身為一名編輯，也時常擔任文學獎評審，最令我振奮得不要不要的，莫過於看見又一名新人崛起，微薄如我所能做的，也就如雨林中為幼弱小樹撥開樹冠層密葉，為它爭取一絡行光合作用的日照。儘管以他們自身的才華與努力，就算沒有旁人相助，也總是有辦法很快地突破重圍，更何況新時代發表管道多元，誰還能說什麼發現新人呢，難道自以為是哥倫布「發明」新大陸？

這部選集共收五十三家，就以我出生的一九七〇為界線吧，二十六人比我年長、二十七人比我年少，我剛剛跨過中線；是誰說過的，天才總是成群結隊而來，首次入選有十七家，約三分之一。

文學獎固然不是新人獎，但它仍是年輕寫作者各擅勝場的擂台，散文的紀實與虛構、品味的僵化導致參賽者量身訂做、獲獎者與評審委員的過度重複，以及讓人生出黑人問號、層出不窮的，搞不懂為什麼要抄襲呢等問題，使得文學獎在某些人口中是個髒字，遑論共同信仰。然而經過一波又一波的討伐與討論後，近些年獲獎散文不管在寫什麼或怎麼寫上都更異采紛呈。我持續追蹤各大文學獎以更新新人名單，總有幾篇文章總有幾個人讓我讚歎，唉寫得真好啊。這是個益者三友一變而為「有讀，有回，有按讚」典範轉移的時代，面對篇幅普遍較長、鋪陳較蜿蜒、題旨往往較隱晦的獲獎作品，我們應該靜下心來，以緩慢以專心，閱讀、重讀，析解技藝、縫合主題，感受與思考它們的無用之用。

文學獎七人：除謝子凡、木匠、劉璩萌以外，還有沈信宏，〈玫瑰之夜〉結構緊實宛如玫瑰花苞，真相花瓣一片一片揭露的同時，不斷凝聚情緒，最終站在花芯的是母性的救贖，情緒釋放，讓人舒一口氣或流下釋懷的眼淚；游善鈞，〈男人的手肘〉嫻熟於蒙太奇手法，逼仄的空間中流暢切換現在與過去，親情、愛情雙頻交錯進行而又互相流動、滲透，界線的曖昧模糊更添歧義趣味；江逸蹤〈今夜大雪紛飛〉，每個人的少年時光都有Y這樣一個朋友吧：懷抱著理想，讀看不太懂的書，衝撞體制、振翅翱翔，但很快地，現實如虎就橫在單行道上，逼得人只能素面相向；讀姚秀山〈隻手之聲〉，想起齊豫的歌聲：「天上的星星，為何，像人群一般的擁擠呢？地上的人們，為何，又像星星一樣的疏遠？」姚秀山透過聲音寫都市的擁擠、人的疏離、溝通的不可能，文字慢緩、細緻，同疾速而粗礪的這世界抗搏。

有些名字還很新，但我們已經很熟悉了：詩人騷夏〈嘉德麗雅蘭、等高線、病人遊戲〉寫女性情慾，不避諱不閃躲，原始而充滿力道；廖梅璇透過父親的藏書，去認識到了一個愛黨國更甚於愛家庭的男人，冷靜自持的文字似乎透露了關係的俐落簡潔？讀言叔夏散文，蒙昧迷離，不管具體領略多寡，光看她對文字的驅遣調度，都是享受，言叔夏不是繆思的女兒，她就是繆思；慧黠帥氣的楊隸亞告訴我們，有一種女孩屬於少男系，那她的裙子應該穿在膝上還是膝下？跳舞時又該站在圈內還是圈外呢？消化吐哺日本知識好好看的盛浩偉，藉著懷疑深化思考，他說他之所以相信寫作，因為寫作就是他的懷疑。

還想推薦幾個名字：

徐振輔，大學還沒畢業呢，〈最後的草原〉遠赴呼倫貝爾覓尋鵰鴞蹤跡，同時為我們探勘出一座草原的身世，那裡曾經綠草如海潮，如今卻是一片砂礫；徐振輔文風乾淨、節制，時現珍珠般佳句令人心醉，既有實證精神，又有知識的基礎與新鮮的感性，台灣文學要為他留一個位子。

黃翊，看過他舞跳得很好，文章倒是第一回讀，〈痛恨，倒數的感覺〉結構能力佳，電影一般掌握幾個記憶的場景，推移時間、勾勒輪廓，使讀者共感共鳴；旁人無法複製，有就有沒有就沒有，而且會越來越稀薄的是，黃翊有那麼樸素、那麼純粹，琥珀般凝結著鄉下孩子的真心。

路內，〈毀容者〉下筆很淡，淡得像走在每日都要走過的那條路，處理的卻是巨大的傷痛：因工殤被毀了的一張臉、緊接而來一個人面對的人生，路內拿淺淺的痂、輕輕的癢，寫眾人呼天搶地過後、旁人同情憐憫過後、自己的撕心裂肺過後，與殘缺共存的，小人物的生命尊嚴。

梅莉・史翠普屢屢打破自己的奧斯卡提名次數紀錄的起點，是她以《越戰獵鹿人》獲最佳女配角的一九七九年，這一年，初掌主持棒的喜劇演員強尼・卡森留下一句名言：「我看到許多新面孔，尤其是在那些舊面孔上。」這也是我近年閱讀、觀察台灣散文的心聲。所不同的是，其中許多不僅僅是新面孔，而根本就是新品種。

文學也有風尚，二十年前，年輕作家好在修辭上嘔心瀝血，華辭麗句如寺廟藻井每每讓人迷途，而如今，新一代作家最張揚的一種風格，乃是追求閱讀的「爽感」。節奏要快、花樣要多，單口相聲般，無哏不歡，莎娣・史密斯的機巧加上賽門・杜南的尖刻，自曝且敢曝（camp）。上焉者搖曳生姿，下焉者招搖過市，不過一如時尚伸展台，有的很炫有的很遜，卻都不乏擁躉。我們看到一批弄潮兒，李桐豪、黃麗群、祁立峰、陳栢青、顏訥等人，一開始如地下樂團般粉絲口耳相傳，很快地受到大批年輕讀者的追捧。這一批作家都有高學歷，有扎實的文字基礎，擄獲眾多文學獎，他們讀周敦頤而肯定更愛周星馳，沒翻過《康熙字典》但一定看過《康熙來了》，次文化是他們的養分、PTT是他們的舞台，雅俗翻轉，審美更審醜。

爽感書寫不再以抒情美文是尚，更別說什麼溫柔敦厚了，這類作品不能算多，但聲量不小：李桐豪的文字，酸酸的賤賤的，卻是鋒利手術刀，對準病灶劃下，膿血噴湧，痛快又爽快；黃麗群擅寫飲食與旅行，論冰箱、談黃媽媽做菜，站上飲食文學高原，這兩年她的文筆漸轉沉酣，預測將朝沖淡一路走去？祁立峰自比鄉民，專業是六朝文學與辭賦學，冶流行與古典於一爐，吸納能力強、轉化速度快，也能說教也能說笑；陳栢青的散文，表面上煙花般華麗炫目，骨子裡卻苦於成長痛，天真與世故融於一體，又萌又老練；還有顏訥，厚實其中，野性其外，下筆明快，出奇不意，選材與用字常常趨於奇險，在黑色幽默中點染出女性處境。

Something New, Something Fun, Something Different，也許讀者讀到顏訥〈戀愛保健術〉、騷夏〈嘉德麗雅蘭、等高線、病人遊戲〉這樣的散文，頓成傻眼貓咪，難免道一聲「我覺得不行」，不，我覺得可以，而且很可以，正是這些年輕創作者的無懼，一鑿一鑿拓寬散文的邊界。借石黑一雄提出的兩個「諾貝爾訴求」之第二點來說：「我們必須努力，不要對什麼是構成好的文學，做出太過狹隘或保守的定義。下一個世代將會帶來各種新的、有時令人迷惑的方式，來訴說重要和美好的故事。我們應該對它們開放心胸，特別是在文類和形式上，如此我們才能培養並禮讚當中最好的作品。」（註❷）想像未來並非我們的散文的當行本色，藉著推舉一批秀異的青年作家，我瞻望散文的未來。

註❶：Freestyle為二〇一七Google十大流行語之一，十大依序為：seafood、freestyle、不要不要的、黑人問號、自自冉冉、用愛發電、我覺得不行、傻眼貓咪、嚇到吃手手、我覺得可以。

註❷：謝樹寬翻譯，諾貝爾文學獎得主石黑一雄獲獎演說〈二十世紀夜——與其他小突破〉，全文詳見《鏡文化》網站。

輯一

我和我追逐的垃圾車

一九九六年出生於高雄。曾獲兩屆馭墨三城文學獎，目前就讀國立清華大學人文社會學院學士班。

醜女

劉璩萌

我有時覺得，漂亮女人跟醜女人是兩種不一樣的性別，截然不同的人種。W聽了哇哇大叫起來，你這樣分類，跟性別主義者有什麼兩樣？噢。如果有一天，一個罐頭開始往自己身上貼起標籤來，你也許可以視為是一種行為藝術吧。

當漂亮是一種性別時，我並不是指那些會在聊天時被特別提及，甚至被放在網上肉搜的那種。它通常代表，普通，正常，跟「女人」的所指是一樣的。醜女不然，他們比較接近動物。豬，或龍，或其他。醜女是獨立於男女之外的一個物種，你無法從歷史或藝術圖鑑中索引出來。有點學養的人都明白，醜陋的男人上了漂亮女孩是一種變形的美感，醜陋的女人則是純粹悲劇。你可曾聽過鮮花與牛糞的孿生比喻？

深諳文藝的人可能會曉得，女人是很輕，很魔幻的一種存在。是紅樓裡踩著繡鞋掛著珠玉的釵，含蓄與嬌豔並存的蔻。醜女則不同。醜女是純粹、方正、簡約的。他們既不擁有慾望，也不承載慾望。醜女是無性的。這是原罪中的一則救贖，所有女孩被對於強暴的恐懼哺育成人，而我們倖免於難。我們很安全。

所以當其他女孩子在學習合攏雙腿，用膝蓋夾住一支粉筆時，我們在學習男人的生活工具，有理數、無理數、gamma、delta、銅汞銀鉑金，學習像男人一樣說話。幹恁娘馬的雞掰。W酸酸地道破：「你以為自己是勇者啊？」拿了勇者的劍，就自以為是勇者。結果是龍。「無妨，龍也是需要鱗片。」

W家開服飾店，賣的是以流行視覺為主而適穿其次的日韓衣服。省去做尺寸的心力，清一色是F

標。成衣街隔兩條路就是我家，W家的店面我是一次也沒去過。「這裡不是賺你的錢。」FFFF，像笑聲，咈咈咈咈。Free--For Female。自強號過站，連W住的河濱大樓都為之彈跳。便利商店的櫥窗正好裁下一面校門的景觀。一中的學生背著橄欖色書包擠在一塊冉冉而行，嬉鬧聲競相疊加甚至要蓋過火車。

我舉著寶特瓶喝，遮住自己半邊臉，眼角偷瞄隔壁座位上白下黑的女中生。臉頰是粉亮的白，有對受人歡迎的雙眼皮。鼻子恰當地坐落於一正確比例範圍，嘴唇微微抿著，像撕開一莢豌豆般的中庸大小。「五官均無特色，組合在一起倒也還端正。」坐左手邊的W傳訊息過來，哪本小說抄來的，文謅謅的戲謔。女生站起，往棗紅的側背書包裡翻找什麼東西。手臂膚色略黑，但粗細還算勻稱。制服看不出腰身，看裙子——顯然是刻意改短過，黑裙一摺一摺舔大腿下緣。像W說的，並不驚為天人，但足矣。只要個性足夠大方，必定能吸引到幾個一中的男生，為她剝去上白下黑的日常，解決彼此漿在白襯衫下的慾望。我盯著青春死命窺看，一瞬間茫然竟忘記自己跟W究竟是年長於他們還是年幼於他們。成長對我們而言是靜止的，無所謂稚女、少女、熟女之分別。

他想到好幾年前那天，恍惚如昨日。初中剛開學他起了大早，將睡塌的頭髮重新吹過，整整齊齊地束起來，束在一斟酌過的恰好高度上。他把裙子疊好放進背包，小心不弄亂褶痕，方便騎車到校之後換上。走進教室前，在女廁擠眉弄眼，喬出一幅最溫馴的眉目。中午掃地時間，站出一尊最端正的姿態，僅上身微傾，將竹掃把正著拿反著拿斜著拿要掃起水溝孔上最後一枚落葉。兩個男同學甩著塑膠畚箕走過來：「你長得真的很抱歉。」

隔天開始他穿運動服上下學。小考期中考模擬考，他是最能面對張牙舞爪數學理化，也能應付絕大部分枯燥國文英文社會的人。發考卷那天騎車出校門，班上一群家長圍成圈圈聊天，你看，那個是校一。哎呀怎麼長這樣。那時他已聽而不聞。所有女孩也都感到麻木了。他感覺腦袋裡有什麼東西已經永久地斷掉了。

「別這樣，」W懇切地說：「你很漂亮。我是真心的。」

我寫的每篇文章，W都說很好。

國中畢業上高中，這回制服是一定要穿的。但也早就沒差。生活是大王椰子筆直的樹幹，不蔓不枝，呈現一種化約的幾何。房間教室，兩點一線。念書休息，兩點一線。假日上高資班，高雄台南，兩點一線。必須極為單調苛刻，才磨得出一種簡潔的陽剛氣息。學校其實是教我們生存。多數人的課題較為複雜，學校以外還有補習班的小社交圈、友校社團一同團練互通有無……我們既是資優班也是放牛班。

關於那些加害者怎麼往花瓶中吐口水、倒精液，我總是極為茫然，好像要花很大力氣才能同理一個非同物種的故事。我們在所有文學中缺席。所以，所有為了接住受傷的人而張的大網，我們都從網目中掉下去。他們慣於被摔在地上了，沒摔碎的便摔出了彈力來，彈呀彈的，自知幾分滑稽。不幸摔碎的，碎成齏粉，掃一掃還要拿來煎藥服湯。

像要補救這份缺席，他只好不斷地在腦袋中編織各種強暴強姦的情節，在幻想中預習、複習，練習作為一個漂亮女人受害時的心情。反覆咀嚼著，竟發現自己喜愛這樣的幻想。被壓在床單上動彈不得，衣服給撕個精光，他掙扎扭動，引來一個一個拳頭打得紅腫瘀青，鼻血直流。施暴者堅決挺入，而他放聲哭嚎，或因強忍聲音而顫抖痙攣，熬過漫長的抽插最終被射個滿身黏膩。幻想完後他會特別地清醒，並且有一種認知，覺得只有漂亮女孩可以說不要。而他覺得，如果有那麼一點渺茫的機會幻想在他身上成真，他應該說要，他會溫馴地低頭，把自己因享受而棗紅的臉藏起來。

很後來他才知道關於誰很安全是一個虛假的保障。在市立圖書館的書架間，歐洲文學跟東洋文學圈起來的那個角落。數著標號找一本藏書。倏地一雙修長的手岔入他襯衫腰部皺褶與皺褶之間。他明明是一個人來的。感覺頸後有熱氣。他不敢移動，像是深怕腳跟一挪便踩到一只昂貴的皮鞋。那雙手像裁縫的皮尺一般滑動，指尖沿著內衣縫線畫輪廓，指腹抵著乳下的罩杯，緩緩施壓、搓揉，像他用冷洗精手洗內衣那樣，只是內衣還在他身上。手掌對稱地爬移，來到後背的谷地，在金屬扣的地方會合。他整個人站成一副受罰面壁樣，冰水從頭頂灌下直至腳踝。時空瞬間被拉成痛苦的永恆。然而最終，沒有東西被解開，也沒有東西掏出，沒有插入。闖入者悄悄離開而空間依舊靜謐。

他想起他還沒找到那本書。876.57、876.57……該死這圖書館是虛有其表，建得如此富麗堂皇連一本書都找不到。876.57、876.57……找到了。876.57 4437。確認書名內容後把書放進環保袋。下至二樓用自助借書機避開櫃檯人潮面孔，確認書目數量跟收據一致，快步下樓梯一邊用手機輸入還書日期提醒。

步出大門，午後陽光靜靜地刺著手臂，照得臉爬滿通紅。發愣，竟是種奇異的滿足和歡愉。

回到家裡，父親對他寒暄：「你今天氣色特別好。」他傻笑，內心難耐有種成就感和幸福感在無法無天地膨脹，膨脹得飽滿淫靡。直到書要還的那幾天，他才咀嚼出這膨脹中的羞恥和惡俗。遂把家裡所有的小說畫冊劇本通通翻遍，竟找不到一個描述和他相似的角色。他打開電腦，翻出一篇強暴H文把主角置換成自己。畫面彈出昨天的聊天視窗沒關，同學傳來照片有一女子畫濃妝自拍，嘴唇紅豔欲滴出石榴花。評注只有「啊嘶」兩字。他平常怎麼回的？「這我可以。」該死是在可以什麼，你他媽的到底可以什麼？

他痛恨自己拿別人的痛苦記憶來自慰的變態，痛恨自己誇張到奇葩的粗心。原來這場圍繞著金蘋果的遊戲無人能倖免。彼此嫉妒竟只為成為一枚較高貴的容器。說你漂亮是為了角得合理，說你醜是為了角得合法。花瓶也好，痰盂也好，最終盛裝的都是羞辱，都是暴力。一種空虛的痛楚襲捲而來，作為容積的空腔處從內發炎發燙發痛。陶器與瓷器竟都是這樣的嗎……

但，我是個醜女。

我們既不是男人也不是女人，我們是最懂得節制的一群人。

所以我還是會恪守一個醜女人的自尊。小心翼翼不要跨越室友用琳瑯滿目整齊收納的化妝品砌起的高牆，小心不要買洋裝，不要穿緊身的衣服，不要讓人看見我逛購物網站的紀錄，不要讓人聽見我聽韓國團體的歌。最重要的是，用知識武裝自己。身為一個醜女人擁有的特權是我有時候會被作為一個人看待，雖然通常是因為我並未達到作為商品的資格，然而我也會由衷感謝，萬分謙卑地感謝，這世界願意賞賜我一點慈悲。

有次W說有書要送我，要我去他店裡拿。黃橙橙的店鋪將衣物都染上暖色。門口曬著極短樣式刷白牛仔褲，左手邊櫥窗人形著兩件式深墨綠飛鼠衣套裝，通道盡頭的鐵架掛著一系列沾著蕾絲的森林系長版衫。W跟我說，他自己也不穿這些衣服，穿不得。我挖苦他：「那你也跟客人說，『這我也有帶一件』嗎？」W笑得東倒西歪，笑到路人側目，惹得我也狂笑不止。一室盡是我們巫婆般的放肆笑聲，整個傍晚便都歡快明亮了起來。

本文獲二〇一七年第三十屆清華大學月涵文學獎散文組首獎

厭世求生自白——江鵝

一九七五年生於台南，輔仁大學德文系畢業，曾經是上班族，現在是專欄作家及自由文字工作者，著有《高跟鞋與蘑菇頭》與《俗女養成記》，並於臉書經營粉絲頁：「可對人言的二三事」。

其實那種「吃一口美食感到無比幸福」的心情，我很少有過。給我取名的算命師說我命帶食神，我在家跟著阿嬤，出社會跟著各個雇主，果真吃喝過一點好東西。好東西吃進嘴裡的確深感慶幸，需要的話我也能配合現場氣氛全本演出「很順口，不會膩，在舌尖嘗到幸福的滋味」，但是真要說美味能夠製造幸福感，我始終不太能夠把兩回事畫上等號。我的幸福水平線並不全然與味蕾的福祉連動，即使是滋味欠佳的隔餐便當，也不能減損我的心情，這大概是我可以長年吃素，絲毫不覺得損失的原因之一。我很少提起這件事，因為不相信別人可以理解，有時候在廣播裡電視上見聞到饕客對於美食的無上熱情，特別在暗中感到寂寞。

小時候姑姑帶我到舅公家買鞋，舅公的鞋鋪在菜市場裡，一個極其簡陋的鋪位，勉強用木板隔出上方夾層，一家幾口跟堆上天花板的鞋盒擠在一起生活，要睡覺的時候得要猴子似地攀上去，我好事跟著爬過一次，果然撞垮幾落鞋盒，但生存空間拮据的舅公一家從來對我慈藹和悅，我很喜歡他們。妗婆好靜愛貓，時常備著貓飯，任市場裡的貓來去飲食，那天姑姑牽著我走進市場，遠遠看見妗婆的女兒從城裡回來，正在鋪前招呼小貓吃飯，姑姑欠身對我說，前面那個就是妗婆的女兒，在學校教書的，跟妗婆一樣都是怪人，不愛跟人講話，養一堆貓。我配合著笑了兩聲，在心裡記住這個定義，提醒自己不要成為這樣的，連自家親戚都要加以指點的怪人。

所以我是先試著做了熱愛社交的一般眾人，摸熟了主流的模式，卻在半路上覺得事情不太對勁，才一步一步離群索途，既無奈又自願地，走上如今這個容易招人關切的、無夫無子的、拙於交際的、只對貓笑的、回家不看電視的、連吃飯都難以隨眾的人生狀態，而且不改其志。近年流行厭世梗，用刻薄的黑色幽默戳破各種困頓荒謬的人生謊言，這個提倡積極功利團結拚經濟的社會，終究走到了這一步，不得不檢討偽善的面目，反省曾經有過的虧待，讓我忍不住要老生拂鬚式地哀嗚三聲，台灣終於看得見，群體之下存在著多少各種委屈喘息著的個人了嗎？

關於厭世，我算得上資深業內人士了吧，業障的業。厭世原本為的不是求死，是因為想活，是因為領悟到身在人群立成孤魂，厭離才有活路。這個社會對於人生的固有想像，沒有太大的彈性。好比吃素這回事，我說自己吃素不覺得損失，那是說我告別了曾經熱愛的滷肉飯與炸雞腿，並不感到遺憾，但是遇到隨意打發素食餐的廚房，我是吃得出來自己蒙受什麼虧待的，以付了同樣飯錢的立場來說，而且是經常。大多數的人，像指著怪人要我留意的姑姑一樣，難以想像為什麼有人要特立獨行，平添自己的阻礙和他人的錯愕，在這個愛吃懂吃才是格調的世界裡，既然有人堅持不吃肉，那是沒有要好好生活的打算了吧！既然如此，隨便餵點東西就可以了，畢竟你吃得不好不是眾人的問題，是你選擇吃素所帶來的下場。

阿嬤曾經勸我別吃素，因為吃素會歹命，我逐漸能明白這個說法。為了吃到一份待遇公平的素食餐，我經常需要特別去拜託或提醒廚房，現有的材料可以怎麼配怎麼煮，如果和大家一起翹腿閒聊等上菜的話，事情很容易有出乎意料的發展，不少廚師們明明平日深諳火候與食材的關係，但是一聽到素食，想到不蔥不蒜不肉，就會忽然好像廢了武功，在自己的專業上端出離譜的成果來。然而他們不是沒有能力做，只是從來沒有關心過習慣以外的做法。這會說的當然不只是素食，這世上絕大多數的眾人，都不是沒有能力好好對待和自己不同的人，他們只是從來沒有關心過習慣以外的做法。

生活難，所謂怪人的生活又必須比眾人莊敬自強一點。我經常需要交代開始吃素的緣由，回答營養學上的質疑，在對方的防備中澄清我並不評判別人吃肉，在施捨的目光之下聲明我不同意自己的口慾需要憐憫。必須反覆對著眾人解釋自己的意志，也是令我厭世的一環，對牛彈琴使人疲勞，既然真心解說還是得落得披鱗長角似的怪人下場，我不如就退到邊上靜靜活著，反正眾人面前我已經註定格格不入。

怪人在這世上找活路，精神意志一般來說已經比常人堅強，他的路要嘛孤單地走，要嘛和眾人對幹著衝，有時天晴，有時暴雨，也難免會有筋疲力竭的時候，那就是魍魎黑夜。眾人很難看得出怪人正走在夜路上，因為失去求生意志的怪人走不遠，在人群裡看起來特別乖巧，會笑會扯淡有時還能歌舞喧鬧，夾在眾生之間隨順起落，消極等待最後一絲生命力的飄逝，把這個位置讓給更適合的人活。在某些時刻，「厭世」兩個字會忽然從長久以來蟄伏狀態的形容詞，瞬間轉化為動詞，先加ing，隨即換成ed，從此和某個怪人的生命一起成為過去。這個時候，眾人才要大吃一驚，懊悔當初要是多留意就好了，這句話在三五天的勞碌之後，往往又淪為一個體面的謊，眾人自顧不暇，隨人顧性命。

每當我去到陌生的地區，走遍整條街也找不到任何素食店家可以吃飯，會去問一般食鋪的老闆，肯不肯做一碗白麵拌麻醬，或清炒一份素麵給我。被應允，甚至被多問一句：「加一把小白菜要不要？」的時候，我會覺得自己忽然成為《口白人生》第二集的電影主角，正在演出一段吳念真筆下的劇情，描述著迷惘時代混沌人性裡依稀存在的光亮，那種「台灣最美的風景是人」的溫馨橋段。但對怪人而言，旁人一時的暖心其實不足以挹注長遠的生存，真正能夠長遠的，必須要是平日裡可以稀鬆看待的尋常，就像鼎泰豐裡的香菇素餃和素食炒飯，任何時候走進店裡，無論點菜的時候好聲好氣，還是冷面冷語，端上來的都是烹調水準與他人一般整齊的食物。需要等人發揮愛心的對象，怕是難有活路。

有時候對於自己身為怪人的艱辛，難免感慨。台灣富過三代了嗎？可以懂吃穿了嗎？個人意志可以探頭出來不被打槍了嗎？問題乍看有兩個答案，其實沒有選擇。我不做自己活不了，人類文明的演化不會回頭，台灣也不會回到二話不說服從威權的時代。上一輩為了過上好日子，不惜工本栽培下一代，然而教育這事不單只是拿學歷換薪水那麼簡單，教育是個買一贈十的同捆包，書讀得夠多，見識就會長，思考就會廣，獨立意志就會養成，翅膀就會硬。某程度來說，這也符合上一輩要我們過上好日子的盼望，人類正在面對的課題，就是要進一步尊重每一條個別的靈魂，捍衛每一種生活形式的自由，讓全體生存品質向上調整。無論這是不是舊輩人意料得到的結果，都是我們正在承接的現狀。

眾人永遠會相對於各種少數族群而存在，好像我在餐桌上屬於少數，但是對外籍移工來說就是眾人；在親子教養議題上是少數，相對原住民來說是眾人。舊時代的眾人可以對著怪人指點排擠，但是如今的眾人需要學習的是聳聳肩，說：「喔對他和我們不一樣，但人家也有同等生存權利」，把任何與我們相異的個體，都承認接納為太陽底下的正當風景，這是人類文明裡正在發生的改變。無論喜歡不喜歡，我們都已經來到大隊接力的接棒區，只能接過棒子往前跑。這世間哪裡有什麼東西，能夠今昔同一面目，萬年齊整不變呢？能變，才有機會進步。

有時候我會想，地球上的生命進化到現在，為什麼我們是人，而不是阿米巴原蟲。是不是最初曾經有一隻蟲，決心要壯大起來，所以在細胞裡種下了基因的突變，成為一頭獸；許久之後，又有一頭獸，決心要在交配與覓食之外，找到更能誘發生命力的事物，於是在那個關鍵突變的脫獸基因裡，生出一股永不滿足的驅動力，朝著遠離獸性的方向去尋找答案、於是演化成人、於是我們無法止息地尋找著，各種讓人類文明更加高明的可能。未必每一個改變，都能通往更高明的文明，但是在心裡、在社會當中挪出空間，尊重每一種不同的身分，免去他們怪人的標籤，承認每一個我族或異己，都享有同樣平等的生存權利，那份寬厚與謙卑，至少不會讓我們距離高明越來越遠。我是這樣相信的，這是我在厭世的業障中，從來沒有懷疑過的清明。

——原載二〇一七年一月二十四日《鏡文化》

作家，一九七三年生於蘇州，現居上海。著有長篇小說《少年巴比倫》、《花街往事》、《慈悲》等。曾獲華語文學傳媒獎年度小說家等獎項。

毀容者

——路內

硫酸廠最著名的毀容者叫黃瓜，這當然是綽號，至於真名，甚為普通，全廠兩千號人中間至少有三個和他同名的，但那些人都不願意和他同名，免得沾上了晦氣。有了綽號，大家就不會搞混了。這挺殘酷的，但不會比他的臉更殘酷。

我就不細說了，那次事故發生在三年前，據說有人違章操作，害了黃瓜。肇事者本人已經被溶成了標本。

我和大飛在硫酸廠實習那兩個月裡，每天騎車到市區東郊，看到一片灰沉沉的廠房，看到夏季黑得發亮的公路，野花順著坡道蔓延至遠方。由於騎車的時間太久，大飛把一台收音機架在車後，我們倆可以聽聽評彈，聽聽新聞和音樂點歌節目。如果開到短波，在某一處拐彎地方，我們還能聽到隱約的美國之聲和台灣電台。這真是古怪。有一天，我們在那鬼地方聽得太久，忘記了上班時間，忘記了實習生的職責是給車間裡的各種師傅打水。打水的情況是：每隻手裡拎三個熱水瓶，在車間和鍋爐房之間來回跑，大概有五百米的距離；全車間有一百個工人師傅需要熱水，他們用這水泡茶泡藥、洗臉燙腳，有時還洗屁股。總之，那天我們遲到了兩小時，車間裡的工人們守著二十四個空空的熱水瓶，用飢渴的嘴巴臭罵了我們。最後，車間主任讓我們滾到增壓房去掃地。

「如果不掃乾淨，你們就去掃廁所。」車間主任說。

增壓房是用來給空氣加壓的，那裡沒有硫酸，沒有毒氣，相對比較安全。我們走到增壓房，看見孤獨的黃瓜，在一間小屋子裡待著，這是獨屬於他的休息室。

他的尊容，我們倆在食堂裡早已見識過。當時我們排隊打飯，大飛惡狠狠地對食堂大師傅喊道：「給我來份涼拌黃瓜！」大師傅一臉詭笑，舉起勺子指指我們身後。我們回頭看見這張毀容的臉，差點沒嚇死。大師傅介紹說：「他就是黃瓜！」儘管有在場的工人指責了大師傅的無恥，但你知道的，管食堂的王八蛋總是囂張。因為你餓啊，你為了能夠多一點湯水和肉絲，你就得求著他們。這是一種不太好的傳統。當然，暴揍廚子的事件也經常發生。

我記得黃瓜當時什麼表情都沒有，也沒說話。後來我想，大概是他臉上呈現不出什麼表情了。至於他為什麼不說話，在不久之後的安全培訓課上，那位嗓音尖利猶如宦官的男性科員向我們解釋道：因為不遵守操作規程，不但導致黃瓜臉部毀容，而且嗓子也毀了呀，他只能發出一些氣聲。這時，黃瓜是作為違章操作的受害人出現的。

「如果你們的臉也毀了，就只能跟黃瓜一樣住在廠裡了。」科員說。

「住在廠裡挺好的，」大飛故意做出一副無知的樣子，「要付房租嗎？」

「不用。」科員冷笑說，「但那只是增壓房邊上的一個小單間，沒有廁所，沒有自來水，不能用明火。最重要的是，不會有人來和你說話。像你這麼一個小屁崽子，是受不了那種日子的。」

「為什麼不給黃瓜住宿舍？」

「因為他晚上出來把女工嚇昏過去了。」科員聳聳肩，像歐洲人一樣遺憾地表示，「是他自己要求住單間的，我們不會那麼不人道。」

大飛囂張地指出了科員的邏輯問題，毀容了至少可以住工廠宿舍，何必拿小單間來嚇唬我們，大飛並不怕女工昏過去，他最好所有的女工都平躺在他腳下並失去知覺。這樣，大飛被當場扣罰了五塊錢的實習津貼，因為他沒穿勞動皮鞋。科員解釋說：「我可以用很多方式讓你在十分鐘之內扣光所有的工資。如果你敢報復我，你將被送去勞動教養。這也是一種安全培訓。」於是大飛就徹底閉嘴了。

現在，當我們站在黃瓜的小單間前面，看著他的臉，感到有點難過，還是不看為妙。

我說：「大飛，黃瓜從來沒讓我們幫他泡過水吧？」

大飛說：「黃瓜從來都是自己泡水的。」

我說：「我爸說，像黃瓜這種情況，還是住在廠裡比較逍遙。按工傷處理，國家會照顧他一輩子。如果到了社會上，會被欺負得更慘。」

大飛說：「聽說他老婆跑了。」

我說：「那是必然的。」

我們向增壓房走去，爬上鐵梯，聽到一些噝噝的聲音。這是化工廠常有的聲音，待久了你就會聽不到。大飛的腦袋上忽然挨了一下，低頭一看是他媽的一只鞋子。我們回頭，看見黃瓜站在鐵梯下面，一隻腳光著。

「我操，」大飛急了，「就連你都敢欺負老子？」

大飛舉著掃帚跳下去要和黃瓜拚命，而我不得不死死地拽住大飛，以免他把黃瓜打爛。說實話，那張臉已經不能再挨一拳了。這時，黃瓜狂奔到鐵梯邊上，指著一塊小牌子，上面用圓珠筆寫著三個字：漏，待修。一看就是維修工的做派——他們總是用很小的字來提醒你很重要的事，然後用很大的嗓門來罵你是個傻逼。

「什麼衰西漏了？毒氣嗎？」大飛喘息了一下，讓自己平靜下來。

「壓力空氣。」

「空氣不要緊。」大飛說。

黃瓜搖搖頭，拿過大飛的掃帚，伸直右手拎住掃帚柄，彷彿那是一個鐘擺。他保持著這個姿勢走上鐵梯，再往前慢慢走了兩步，這時，彷彿無形之中有一把利刃，掃帚被平齊地割斷了。那個高度到我的大腿，到大飛的蛋蛋。我們倆全都看傻了。

黃瓜拿著半截掃帚回到我們身邊，仍然用那種氣聲說：「二十五公斤壓力。」

「什麼意思？他媽的二十五公斤壓力怎麼了？」大飛仍然不明所以。

黃瓜舉舉掃帚柄，講話艱難：「二十五公斤壓力的空氣，漏了，就會這樣。」趁著我和大飛發愣的時候，他扔掉了掃帚柄，撿回鞋子，走進他的小單間，言語不清地嘟囔著關上了門。我至少聽見他說了一句話：白癡小崽子，去別的地方混吧。

——原載二〇一七年八月《聯合文學》第三九四期

畢業於輔仁大學，主修中文，輔修英文。擔任過廣告創意、策略規劃及翻譯。作品入選《九歌一〇四年散文選》，曾獲時報文學獎散文評審獎、台北文學獎散文首獎。

我和我追逐的垃圾車

——謝子凡

老舊無電梯的狹長公寓，五樓，被隔成五個窄小房間，裝滿同樣在這個城市工作的男女。

我的房間位於進門第一間，正對著陽台。陽台僅是一堵磁磚剝離得七零八落的矮牆，加上一面鏽蝕嚴重的鐵窗。搬進去的第一天，冷鋒過境。淒風苦雨直接從陽台灌進房間，這才發現那片木板牆竟然會颼颼地漏風，把一床從老家帶來的被子吹得又濕又冷。唯一的小窗無遮無蔽，無情地讓外頭路燈的冷青色光芒登堂入室。

一夜未闔眼。

接下來又發現這房子隔音極差，每天早上都定時被隔壁房客的刷牙洗臉聲吵醒，然後是大家紛紛出門的鐵門開闔聲，碰！碰！碰！碰！固定四聲。晚上甚至聽得見隔壁吃鹹酥雞的紙袋窸窸窣窣。有一晚和朋友在房裡說笑，隔壁房客立即咚咚咚地搥打牆壁以示抗議，我和朋友噤聲吃完手上捧著的豆花，耳語道別。

寒冬可以添購暖爐、捨不得花錢買窗簾可以用黑色壁報紙暫代、晨間的噪音可以當作起床鈴、生活得躡手躡腳，也行。然而，有件事卻一直難以處理──那些該死的垃圾。

這裡沒有清潔員，也沒有讓住戶暫放垃圾的場所。垃圾車在傍晚五點四十分唱著〈少女的祈禱〉來到這條位於盆地邊緣的小巷，但這個時間點，哪個廣告人會在家呢？即使是九點的第二趟回收時間，也是難以企及的虛幻目標。這些生活中無可避免產生的細瑣碎片實在棘手。為免異味充斥住所，只得暫時打包存放在陽台，等待早點下班的某天。

但這個「某天」一直到不了，陽台的垃圾袋彷彿有生命似的，默默繁衍。

丟不了自己的垃圾，倒是時常在公司倒垃圾呀。我提著公司的垃圾時，突然發現這諷刺的劇情。

那家位於敦化南路巷內的小公司由一對合夥人共同經營，他們一豐腴一削瘦，一男一女，一主外一主內，互補得好似電影裡完美的角色設定。身材圓胖的齊先生戴著一副金絲細框眼鏡，看簡報時總把眼鏡架到頭上，鏡框便微微陷進光亮的頭皮。他時常咳嗽，菸癮又極大，因此他的垃圾桶每天都混雜著衛生紙、菸屁股和咖啡渣。

負責業務開發的是身材高瘦、留著長捲髮的白小姐，她總是一身合身的名牌套裝，唇上的口紅日日變換不同色彩。她氣場強大恍若日劇房仲女王裡的北川景子，每次開口說話，身後都有乾冰和噴射氣流伴隨上場。她的垃圾桶是香的，裡頭幾乎都是機場免稅店買的香水口紅包裝盒。因為經常出差的關係，這些垃圾只出現在她偶爾進公司的那幾天。

公司沒有專職的清潔人員，全隨齊先生看心情指定員工整理。我，最菜又年紀最小，通常是他的第一選擇。白小姐有一隻心愛的黑色貴賓狗，名喚黑妞，平時就養在公司，託給齊先生照顧。嗯，那自然又成了我的職責之一。

「黑妞好嗎!?你今天有帶牠去散步嗎!?」白小姐在上海出差，高分貝音量即使隔了一個台灣海峽，還是那麼響亮。

「有有有，每天都有」，齊先生用眼神示意旁邊的我趕快帶黑妞出門。

「順便把其他同事的垃圾也收一收拿出去吧」，齊先生掩著話筒，輕描淡寫地這麼說。這是我第一次接到這個工作的情形。

眼神死。

我板著臉拿出大垃圾袋，在空中重揮兩下展開，一邊在心裡翻白眼一邊說：「有垃圾要丟嗎？」

同事們紛紛將自己桌下的垃圾桶提出，在我面前坦白他們的生活。

小雨，帳單記得撕碎啊，不然我連你住哪一樓、哪一室都一清二楚吶！

法蘭克，都是一包一包的垃圾……還有小孩尿布和烤鴨二吃的油膩塑膠袋，是從家裡帶來公司丟的吧？真有你的，我可沒辦法帶著垃圾坐四十分鐘的公車！

打賭比賽減肥的櫻子和桃子，那個戚風蛋糕盒……

我在心裡嘀咕，憋氣綁起袋口。我雖喜歡狗兒，也不介意短暫離開那個充滿菸味的陰鬱空間，但被指定為清潔員和蹓狗特派員，還是心有不甘啊。幾次齊先生喚我出門時，實在難以迅速弭平皺起的眉頭，也壓不下甩門的力道。

齊先生聽了出來。

「不要小看這些雜事唷，其實我都在觀察你」，他在經過我的工作隔間時若無其事地說。「很多事情都是從這些小地方才能看出來的」，還啜了一口熱茶，留下一個意味深長的微笑。

心死。

於是乎，我固定在傍晚時分，一手牽著黑妞、一手拎著垃圾袋，撒腿奔向那只停留十分鐘的垃圾車，急切如投入情人的懷抱，同時冀望手中這包如果是我堆在陽台的垃圾就好了……

那天我才剛踏進公司，便迎上全體同事們奇異的眼神，有人用下巴指了指齊先生的辦公室。

「這是什麼？怎麼會有這個牌子的香水包裝？你帶誰來公司？」白小姐憤怒而高昂的嗓音穿牆而出。

「是你自己的吧？」齊先生漠然。

「這種小女生的味道怎麼可能是我的！」白小姐尖聲撇清。「你管我？你只在乎你那條狗！」齊先生大吼。回應他的是一聲巨響，聽起來是整排書被掀落在地。

整間公司瞬間安靜了兩秒鐘，打字聲劈里啪啦地響起：「他們是那種關係？」、「他帶誰來？」、「昨天我下班時有個女的站在門口，不知道是不是……」

「我跟你們說，齊先生的右手心有一個傷痕，是他們吵架時，白小姐抓狂拿起筆刺向他，他伸手擋的結果。」某資深員工透露。垃圾話開始流傳。

當時我最大的煩惱便是如何處理這些公司和公寓裡的垃圾，直到父親因意外驟然離世。這意外鋒利無比，把心戳了一個破口，有什麼又黏又黑的東西一直從心的裡面湧出，而我無法消化，如同那些無法丟棄的垃圾袋般高高堆積。我的腦中被嵌入一部損壞的放映機，循環不停的佛經、白色的百合、黃色的往生被……處理父親後事的情節每天都在腦中反覆播放。從睡夢中到醒來這段時間，彷彿整個人被巨大的塑膠袋籠罩，拳打腳踢也掙脫不開。好不容易醒來的那一瞬間，總是發現自己臉上都是淚，約莫是在夢裡不停地哭著吧。

死亡這件事情把我和其他人硬生生地切開。他們張嘴說話，猶如魚缸裡的金魚，厚唇一張一闔，只是吐出一串氣泡，我聽不見。他們跟身旁的人聊天時，我瞬間被吸入蟲洞，彈跳至千萬光年以外的星系。

「你覺得呢？」同事突然轉頭問我。

「對不起，你可以再說一次嗎？」我霎時被拋回現場，銜接不上。

世界沒有因為父親過世而停止，加班也是。早一點的話，會遇上住處附近夜市的最後一波人潮，眾人結伴高聲談笑，手裡拿著滷味或泡泡冰等小吃，腳步因為相互嬉鬧而歪歪扭扭。我側身穿過他們，拐進陰暗曲折的小巷，走過一路的沉默與黯淡。如果回來晚了，則連店家都已打烊，零星的人影更顯潦落。

我驚異地望著眼前的情景：為什麼這世界還是跟父親死前一樣？公司的垃圾還是一樣要倒，黑妞一樣憋著尿等我帶牠出門，齊先生和白小姐依舊爭吵，我繼續寫企劃案，繼續接聽打來催款的廠商電話，繼續謊稱老闆外出開會不在公司。

但這世界又不一樣了。當兵放假回來的男友看起來那麼陌生（雖然他好心地替我清運垃圾）。我的黑暗，他不曾見過，短暫的見面往往以沉默作收。以前總是神采奕奕的母親，在電話裡聽起來那麼疲憊，而我也說不出什麼安慰的話語，匆匆掛了電話，各自療傷。我強撐著軀殼哄自己睡覺，早晨擦乾眼淚上班。

「今天怎麼沒有倒垃圾呢？還有，趕快帶狗出去，牠在門口哎哎叫了。」齊先生探進頭來，一臉責備。當時我瑟縮在空調壞了但老闆不想修的房間裡，埋頭寫案。

我順從地起身為黑妞套上牽繩，也收妥全公司的垃圾。

「再見啊，希望下個人也喜歡你。」我摸摸黑妞的捲捲頭。牠瞅了我一眼，逕自走到鳳凰木下抬腿撒尿。

我寄出辭呈幾分鐘後，齊先生急忙跑來我的座位旁。

「怎麼了，因為叫你倒垃圾嗎？還是不想遛狗？」

「是因為所有的垃圾事。」當然，我沒這麼說。

真正說出口的是，「爸爸過世了，我想休息一陣子。」這下連平時舌粲蓮花、能想出各種藉口拖延廠商付款的齊先生也詞窮，點點頭擺擺手算是同意了。

接下來的日子我忙著結束手上的工作和交接，依然晚歸。路旁的燒烤店生意天天火熱，一個個陶土火爐排列在路邊，猶如小學生的放學路隊。店員先在大窯裡將木炭燒紅，再挾入小爐裡，在寒風裡忙得滿身大汗。燃燒過後的木炭，被挾出擱在鐵簍裡，脆弱而灰白。風一吹，殘餘的火星四處飛散。

我想就著那一盆大窯，把所有的垃圾都拿出來，一片片的帳單、一團團的衛生紙、一支支的串燒竹籤、一個個裝過關東煮的紙盒……全部燒個精光。

「你永遠不會好起來，只能一天天地過。這會是你每天醒來想到的第一件事，直到有一天，它變成你醒來後想到的第二件事」，我默默記下這個從美劇裡看來的哲理，一天天數日子。「每件事帶來的眼淚是有限的，每次你哭了一點，離好起來就近了一點」，MV裡長得像堂本光一的男主角說，所以我哭的時候便放肆地哭，盡量消耗傷心的額度。

我開始看起庸俗的古裝電視劇。看惡毒的婆婆如何惡整苦命媳婦，看癡情的少婦苦苦戀著早已另築愛巢的負心漢，看妒火中燒的女人算盡心機對付另一個女人。看些濫情的別人的故事，好忘記自己的。

那時我經常坐車坐過頭，一回神才發現公車已衝過我該下車的站牌，到了和平東路上。和平和平，名字是一種咒語，承載著期許。但我的世界一點也不和平啊，我快步走過它時這麼低語。

在費力消化驟失親人的悲傷之餘，再也沒有力氣和任何一個人維持任何一種形式的親密。選擇一個夜晚，流著淚把分手理由反覆說了一遍又一遍，字句越來越囁嚅。對方見我難受，點了點頭默默離去，不忘反手帶上門。

我蹲抱著自己，頭埋在兩膝之間，想要放聲大哭，但終究只是壓抑地嗚咽。這房間隔音極差，我沒有忘記。

過了一會，小巷開始騷動，開門關門、人聲交談……

啊，這是我第一次在住處親耳聽見它的到來！胡亂抹了抹眼淚，抄起桌上一包昨晚剩下的雞排殘骸、踩了拖鞋趕往陽台、十指抓起堆放已久的六、七個垃圾袋、三步併作兩步衝下五層樓，朝那聲音飛奔而去。

男女老少早已分占巷子兩旁，我擠進他們的陣容之間，恭迎垃圾車緩緩駛入。它慈悲大發將自己完全敞開。我小心瞄準、奮力拋出第一包、第二包、第三包……眾男女也爭先恐後地丟出他們手中亟欲擺脫的一切；接著第四包、第五包、第六包……偷懶沒做分類的、狼狽滴漏著汁水的、齊先生和白小姐的臉孔、黑妞的背影、沾滿眼淚的枕頭套，現實的、虛幻的交雜並現，紛紛在空中畫出長短不一的拋物線，大珠小珠般落入車廂。

垃圾車噫噫呀呀地轉動推鏟，吞下所有的垃圾，爆出幾聲鞭炮般的聲響，彷彿節慶。推鏟停止，如羅漢不動。過了一陣，又吟起〈少女的祈禱〉，帶著眾生的垃圾遠去。

樂音裊裊，我兩手空空。

剎那間，我幾乎要朝它離去的方向合十稱謝了。

本文獲二〇一七年第十九屆台北文學獎散文首獎

末代木匠

木匠

本名趙英隆，一九五八年生於玉里，受過學校教育十一年半，拿到國中結業證書。現從事室內裝修，半退休狀況，超過四十年的木匠師。作品散見一九八三年至一九八七年報紙副刊，一九八六年得過第九屆彩虹青年文藝獎，二〇一七年得過台北文學獎評審獎。

我想退休。

步入工地，晨光隨著門開從背引流入內，人影拉長，霎時隱沒在一盞工作燈光中，正納悶誰會這般早到。開亮所有工作燈，橙黃四射灰暗隱沒，正要將空氣壓縮機接上電源，業主從屏風的廚房出來。

先不要開工啦，等待老師來看過再說。

已是第二次了，這回不知又請了哪位高人來鑑定，而所有木作工程已接近完工。

我很想退休。

等。時間渡過海浪，爬過山巔樹梢，滑過馬路車輪，和心跳一起無聊呼吸秒針移動著。

木匠師接續來了三人，水電工推門進來；油漆工頭跟在後面。哈啦哈啦喧譁，聚在工作鋸台上喝著保力達B加維大力。常常一樣的戲碼，工頭曾轉述隔壁賣檳榔阿桑提過，對面大工地未停工前，這家餐廳得排長隊才能入座用餐，現在業主想改成涮涮鍋，走出谷底，將門前的麻雀趕回樹林去。

行動鳥叫聲突起。

業主從廚房衝出來耳朵貼手機趨向門迎領一身白色唐裝、黑色工夫鞋。有點像電影裡的林正英進來。粗眉下眼神如水平儀雷射光般掃了四周幾回。開口問生辰，再從提袋拿出羅盤對向門口，工頭正巧入內，差點撞上。眼觀此等陣仗，皺眉搖頭心裡有數。

坐西向東忠孝東光復北路口在斜角四十度，先天離臨後天震卦，主星三碧大利東西，九紫星值年位，二黑星入中宮，嗯……閉目沉思，地理師舉起左手在嘴邊掐指數算，煞有星移月轉；天地干支幻化之勢，嗯……張開眼大聲說。

配合你生辰八字，大門應該再向右偏三十五度；櫃台再向前移六十三度，神位安此大不吉，廚房入口屏風加寬；中間透明玻璃去除。隨後林正英般的左手捧羅盤，右比劍指，步罡踏斗，散豆成兵，碰撞到鋸台上紅色飲料，濺了一地暗紅，唬得業主一愣愣的頻頻點頭。乖乖從口袋掏出早已預備的厚實紅包，和一瓶青草茶恭敬奉上，請求明示。

地理師大聲複誦，收起紅包拎著青草茶，遞給工頭名片，丟下——明天再過來。匆匆走人。

大修改。

我又想退休。

阿扁初當市長那年，在基隆路和平東路口承做服飾店裝修，也是臨近完工，地理師降臨，改這改那，縮小加寬，將完成百分之七十工程乾坤大挪移，業主順勢加些工程，似乎好心好意安慰要補工錢。最後完工交案。補心補肺補肝補到自己工資都倒貼進去。一鍋子糊粥，強過白開水。秋意浮上心，還是有若干企望的；那些年。萌生退意。

近午，大師駕到，微醺油漆師問早，順口酸了一句，有帶便當沒？巧被進來的業主聽到。滿屋子保力達甜味發酵開來，空氣中瀰漫一股詭異氣旋，籠罩在昨日修改的地方。販賣時間力氣外，尚有一份誠心的祈待，滿了汝願外走過關卡，常常如自由落體；摔碎心血再將信心冰在冷凍庫裡發抖。

紅著面頰工頭被喚過去，手背在後腰像小學生在講台下聽訓。

我心中又浮起退休念頭。

就在馬市長元年。晴朗天空下喜怒哀樂各有伏筆；春夏秋冬間難照時序。而彷彿百年老店開始甦醒的當下，市場叫賣喧囂得一片榮景樣兒。就在福德路的福德市場旁，失聯二十年的老同學突然來電在那買了豪宅，好說歹說硬要我去裝修室內，如此這般在大陸經商的他才能放心。

看了現場畫了設計圖讓同學帶出國思考。

時間在大街小巷間熱活起來，家家戶戶開心拿著兌換券去購買家電服飾用品，刺激買氣國家出錢，菜金菜工。街友睡夢中臉上浮起笑容，街貓街狗的體重增加，流浪者的獨白已不再傳唱。

一個月後接到——按圖施工，慢慢施作，除夕前回國再精算工程款，並匯了六萬元前款。

我找了兩位老朋友，精心獻出畢生所學，玄關從奇門遁甲生門艮位趨入向左輔坤位去配合光源及油漆顏色，床位爐位、電視牆、隱藏式浴廁拉門，櫃台式吧檯隔開廚房餐廳，一一排入八陣圖中；生剋順逆合理合氣完成了百分之八十工程。

突然，一日。

冬天的陰雨毛毛的下到近午。來了一位中年男子遞了仲介公司名片，出示買賣合約書影本要我們停工。隨後一對黑髮白髮夾陳老夫婦現前，語氣平和一口道地京片子。突如其來的複雜只能聽他說他購此屋經過；我說我的辛苦與想法，兩點平行直去無法交會，我耐心告訴老夫婦我的用心，他們不耐的覺得無需此等格局，只想空著屋況成為投資戶。討價還價，真心假意難辨，只肯給付六萬塊作為搬離工具的補償，仁慈告訴我現有的工程不用拆除。我算給他聽。加上前款都不夠付材料費。他好心給我老同學現有的電話號碼要我找他算。

冷冷的冬雨想著冷冷的工具在退休後要擺去那裡。

幾天後聯絡上了老同學，兀自是除夕前回來精算。

年年除夕年年過；年年盼望年年空。

馬先生都當完總統了，該回來的燕子從此音信杳然。有幾次經過福德市場，遠遠看著那幢外壁褪色的大樓，不免同情起老同學，一無所有也就罷了，搞得有家歸不得避債遠方。

也同情眼前氣急敗壞的工頭，三十出頭的小匠匠就遇上縱橫江湖的武林混混。通常工頭只是拿人薪資完成案子交差便算圓滿，一切盈虧由公司承擔，偏偏這場案子工頭承包二手，公司報酬率固定，盈虧得自己買單。人生的第一次就遇上大水沖到龍王廟。我們的用心地理師根本不買帳，而業主對其言聽計從更讓人傻眼。

眼下提不起勁去微調昨日修改過的工程。索性癱坐在地上，打開話匣子，談起當年學徒時唐山老師父傳承下來三年六個月學習過程中，除了木匠工法外尚傳魯班陽宅訣給厚實的弟子。記憶中唐山師口述：木匠修繕風水理氣當以不為核心，配合地水火風五行生剋，八門意象融合陰陽，當以流年大運，基地四周環境，屋宅坐向，節氣之日出日沒，調配進出順遂，氣流如水柔，動線宜爽的環境。所以當以大眾出入喜忌為定位標準。如水火非不能同源，加木便生旺象。木土雖是相剋，注水便成綠蔭。

這地理師是跑江湖的王祿仙，我的直覺結論。

占著設計師空缺對工程指三道四是為了「摳摳」。工頭的結論。

油漆的顏色選配，水電的燈具光源，會不會成為下一波的燒錢藉口？水電油漆工頭超擔憂。

討論的結果，我們一致決定循用後門的哲學去將工程順利結束。由工頭到ＡＴＭ提錢，油漆工頭到超商購禮盒順便買一個紅包袋。人活著都是為了錢，縱有希望理想都從錢開始一層層到達頂樓更堆滿了錢。街友夢想三餐，富豪夢想天下。人來人往的路口我們在那等候會齊，攬了計程車直奔中和的中山路。

下起雨了，細細絲絲的灑在擋風玻璃上，雨刷緩緩搖擺著，掃不盡雨滴的因緣凝結。

雨變大了。找到名片上記載的辦公大樓，搭電梯直上十一樓，步出電梯偌大落地窗外一片朦朧。見了王祿仙坐定，瞥見入門角落一隻張口虎雕面向門口，壁牆上掛滿元寶吊飾，大辦公桌後方一面大鏡子覆蓋整片牆，上面書寫著佛、道，那佛字被紅色桃心包在內裡，道字的辵•部尾巴往右向上翻起三個圓，中間貼著三枚特製仿古古幣。一幅十足吞錢意圖的格局。道地的江湖王祿仙味。大師的風範蕩然無存。

畢恭畢敬奉上禮盒，工頭勉強擠出笑容。請高抬貴手。之後我隱約聽見ㄍㄢˋ的氣鼻音。為了五斗米忍氣吞聲。

王祿仙的臉上也推著猾奸的笑容，轉身倒了四杯熱開水放在桌面。為了謀合，話都阿諛的我們。

走出大樓，雨停了，發現巷口一棵臨枯的樟木上釘著一面「此巷不通」的牌子。我們特意走進去看看。是一戶人家的後門。

我告訴他們我很想退休。

很好啊。工頭回答。

可是缺少一樣很重要的東西。

什麼。

錢。

本文獲二〇一七年第十九屆台北文學獎散文評審獎

輯二

遠方的鼓聲

最後的草原

徐振輔

現就讀台大昆蟲學系，即將進入台大地理所。喜歡攝影、旅行、貓。夢想是拍攝野生的獨角鯨、雪豹、天堂鳥等，有些人以為是神話的生物。靈感敲門時，也寫小說或散文。最近比較專注的主題有婆羅洲、北極、西藏和蒙古。

1

駛出小鎮後，車子從某處離開公路，像一把刀子直直切進草原心裡，輪子輾碎沙蔥發出刺鼻的氣味。本來以為，蒙古草原可以茂盛到一頭老虎趴下都會消失的程度，但這些草如此稀疏矮小，像荒漠似的，連老鼠都藏不住吧。蒙古族嚮導說，我們很幸運，前幾天終於——終於下雨了。

車子停在一座隕石坑般的巨大凹地中，裡頭高低起伏，岩石裸露，聽說是為了修路而挖出來的。我們下車四處漫遊，渴望尋找雕鴞（Bubo Bubo）——那是世界上最大的貓頭鷹，偏好棲息於這樣的岩溝峭壁。巡視幾回後，嚮導問附近的牧羊人，有沒有見到那隻雕鴞呀？牧羊人說，前幾天還看到呢，今天沒有。彼時羊群在附近咀嚼著乾乾的沙蔥，牧羊人騎上摩托車，噗噗噗噗地把羊群趕往下一個地方去了。

此處是位於內蒙古東北端、大興安嶺之西的呼倫貝爾大草原，被認為是整個中國最好的草原。然而此刻只要一起風，漫天沙塵就會像海浪那樣將大地淹沒，連張開眼睛都變成一件辛苦的事情。聽說去年開始，呼倫貝爾就進入極為嚴重的乾旱，土壤裸露，牧草短缺。有個當地人這樣說：乾旱哪！牛羊餓不死就成了，還指望長肉呢？

中國北方的草原，很大程度上受到晚新生代青藏高原快速隆升的影響，不僅阻擋西風環流，也強化西伯利亞高壓並向北推移，形成此地乾旱多風，降水變率大的氣候特性。有紀錄以來，內蒙古草原就一直處於退化的過程。二〇〇〇年的《中國環境公報》指出，中國九十%的草原正面臨不同程度的退化。其中沙化是主要的表現形式之一，指的是，草原無法以自身能力恢復所受到的傷害，並且逐漸形成沙漠的過程。好像人的衰老與成長，好像碎裂的玻璃那樣無可挽回。

關於這種大規模環境變遷，要歸因於無可奈何的自然因素，或者人類終將承擔主要責任，學者的看法不完全一致。不過有研究認為，人為沙漠化的速度比自然沙漠化高出十倍。

2

或許離鴞已經離去了吧。

在附近百無聊賴地張望一陣子後，車子駛出神祕的人造隕石坑，像拔出一把刀子那樣離開草原。而後我們前往呼倫湖自然保護區，行經南岸沙地，看到東方環頸鴴在沙地上瘋狂奔走；看到花澤鵟降落，白琵鷺起飛，簑羽鶴像柔軟的石像寂默地站立在遠方。你總要靠近水，才會找到生命聚集的地方。呼倫湖在蒙古語的意思是海一樣的湖泊，是近兩百種遷徙性鳥類的棲地。這樣的夏天裡，你可以輕易發現數千隻少見的鴻雁。秋冬時，牠們會南遷到長江流域和朝鮮半島，春天再陸續北返，年復一年。當地居民也稱這裡為鴻雁的故鄉。

這裡的居民主要為巴爾虎民族，是蒙古族裡最古老的一支，過去生活在西伯利亞的貝加爾湖附近，後來一部分輾轉流離至呼倫貝爾。傳統上，巴爾虎人不獵鳥，認為鳥是能和長生天溝通的神靈，天地訊息的信使，亡者靈魂也會以鳥之姿重回人世。

過去，巴爾虎牧民追逐水草，以一年甚至數年為循環，在歐亞草原進行距離遷移。暖季草場通常位在高海拔的陰坡，冷季草場則是低海拔向陽背風谷地。在那個時候，牧民沒辦法擁有自己的草原，草原也沒辦法留住候鳥一樣的牧民。

一九六八年，美國生態學者哈汀在《Science》發表了一篇被引用三萬多次的經典文章——〈The Tragedy of the Commons〉（公有地悲劇）。其中的著名例子就是：在一片共享的草原上，每個牧羊人多養一頭羊就能多收穫一份利益，然而成本卻是所有人共同承擔。在此情境下，牧羊人會無限制增加羊群數量，以最大化個人利益，最終結果就是導致草原生態的崩潰。

面對公有地悲劇，哈汀提出的解決辦法是，為資源做出明確的產權制度。一九八三年起，內蒙古開始實施草畜雙承包制，將放牧草場的使用權私有化，試圖解決過度放牧造成的草地耗損。然而這限制了隨水草流轉的可能性，草原持續進行高強度利用，加上牲畜反覆踐踏，退化速度比過去更快。就算強迫休牧，輕度退化的草原也要二十年才能回復自然狀態。

遊牧民族是水一樣流動的民族，馬靴裡永遠裝著新鮮的草，眼睛都是候鳥的靈魂。我赤腳站在湖岸沙地上，看著一群一群鴻雁，或者在天空盤繞，或者往湖心漂流。等到明年雨季來臨的時候，還有多少巴爾虎的靈魂會回來呢？（雨季真的會來嗎？）

3

一九五〇年代以來，中國經歷了三次大規模草原開墾：第一次是大躍進時期，以「向草地進軍」為思想指導，牧場轉為農場，全面推動農耕墾荒；第二次為文化大革命，大舉毀草種糧。那時許多草原並不適合農耕，作物產量極低，被農民描述為：「種上一片，收上一車，打上一簸箕，吃上一頓」；第三次則是一九九〇年代後期，再次興起草地開荒，而後便導致了世紀末的嚴重沙塵暴。

二〇〇〇年春天，華北發生十二次沙塵暴，影響遠及北京。內蒙古是風沙的主要來源。這促使中國政府立即推動十年的「京津風沙源」治理工程，主要措施包括：封禁現有林草、營造防風固沙林、退耕還草等。其中一項核心目標，就是讓首都北京的天氣變好。

這讓人想起美國一九三〇年代所經歷的地獄般的沙塵暴，被稱為「Dirty Thirties（骯髒的三〇年代）」，也是源於中部草原大開墾，導致附近小鎮被風沙淹沒，一些居民餓死或者渴死。著名戰地記者派爾（Ernie Pyle）曾經這樣描述：「如果你想讓自己心碎，就來這個地方。這是個沙塵暴的城市，我所見過最悲傷的地方。」

雖然如此，近年內蒙古的經濟卻高速狂飆，人均GDP高於全中國平均。這很大部分來自礦業和能源工業的發展。呼倫貝爾位於興蒙造山帶東段，是貴金屬和有色金屬的重要成礦帶，新巴爾虎右旗也探勘出十多種礦藏。有年冬天，我沿著內蒙古的國境邊界前進，望向鐵絲網對面的蒙古國領土。相較於這一頭的寒冷荒蕪，另一頭倒是黃草叢生。那時有位蒙古朋友指著這裡的小鎮說，這底下探出了石油，還沒採，就是探勘到了。

後來搭乘長途客車時，一位來自新巴爾虎左旗的年輕司機說，咱們蒙古人都給坑了，他們挖煤啊挖金礦啊，把草原都給整沒了。「政府給錢給得多嘛，我們現在也就這樣唄，不鬧。但要敢動到咱們這兒牧民，就直接跟他們幹了。從外蒙那兒弄炸藥過來多容易啊，直接背去炸你他媽天安門。」他說：「呼倫貝爾啊，是最後的草原了。」

4

黃昏時，最後一次尋找雕鴞。

我們走入另一處因修路而挖出來的巨大凹洞，感覺就像走入美國大峽谷的縮小模型那樣。比較高的土壁上，可以見到大量而密集的洞穴，都是灰沙燕挖出來的巢。彼時嚮導突然喊了一聲，指著洞穴下方的岩石說，你看，雕鴞。

牠的羽色完美地融化在岩石環境裡。要不是睜大那對橙紅明亮的眼珠，要找到實在非常困難。那是一隻還沒完全成熟的亞成鳥，但已經可以飛行。我們躲在巨石後方，躡手躡腳地靠近，但小鵰鴞很快就察覺到，並機敏地飛走。我們觀察牠離去的路徑，判斷可能降落在草原的什麼地方。

循著牠離去的軌跡，發現在荒漠般的稀疏草原上，小鵰鴞就蹲在一叢相對密集的草叢旁邊。當牠

知道被發現時，旋即再次飛走。但草原上沒有可以躲藏的地方，小鶚鴞只要停下來，我們就能遠遠地看到，牠像一塊意志消沉的蛋糕那樣軟軟地趴在地上。

雕鴞的眼珠如同夕陽，午後光線帶有哀傷的美感。就在日之將落的此刻，錫林郭勒的工業又邁進了一步，同時巨量資金被投入鄂爾多斯進行生態治理。這裡正以一種具有中國特色的社會主義模式，以巨大的規模、堅定的信念、神祕的手法，改變一片你一輩子也走不完的廣大草原，像是盤玩手中的珠子那樣。這件事令人心驚，令人呼吸困難。當沙塵湧現時，請你閉上眼睛，捏緊自己的鼻子。

雕鴞在野外可以存活二十年，人工環境下，甚至能活到六十八歲。或許一些年長的雕鴞曾看過草原沙化前的樣子，知道草可以像綠色的海潮把自己淹沒。我想起牠們說，以前啊，草都可以長到馬的肚子那麼高。但這件事年輕的小鶚鴞並不知道。從牠出生以來，這裡就是一片乾旱的疏草。或許牠會以為，這就是草原。

那麼，我們就不再追逐了吧。這次小鶚鴞飛到很遠的地方了，像是決心要飛離這片草原似的。

——原載二〇一七年九月十二日《鏡文化》

樂園

李桐豪

復旦大學新聞學院碩士，現為《壹週刊》旅遊組記者。

飯店是荒山裡唯一的建築。入夜後，三十層樓高的氣派大樓於暗地裡綻放金色光輝，鬼魅得如一則《聊齋》。而飯店也真的叫做西山，《西山一窟鬼》的西山，當然，那與馮夢龍的鬼故事無關，純粹只是它坐落西山山頭，因而得名。西山飯店建於一九八九年，當年乃為世界青年與學生聯歡節參與者提供食宿而建，五百個房間的建築乍看方正，然而內部動線曲折而蜿蜒，二〇一〇、二〇一一、二〇一二、二〇一三、二〇一四，沿途數來連號房間，拐彎，又跳回二〇〇一。走廊不開燈，得摸黑找到牆上面板，打開照明，一盞燈點亮一盞燈，找到回房間的路。

要說西山飯店不文明也太武斷，房間裡除朝鮮電視台，也可收看央視和鳳凰台，打開電視，溫瑞凡雨中抱著小姨子，通姦者喃喃自語，像咒語又像催眠：「精神出軌不算真正的出軌，精神出軌不算真正的出軌，精神出軌不算真正的出軌……」今時今日電視可以看《犀利人妻》，攜帶手機和筆電入境也可以，唯獨裡頭不能裝載南韓影視節目。手機上網，可以，但行前說明會聽聞領隊說五天1G流量需三百塊美金，只得嚥下口水，心想五天不上網，當網路勒戒算了。然而洗澡時動念尋思：「手機沒有訊號如廢鐵，加上護照、台胞證都扣在導遊手上，萬一出了事，我在這個城市不就徹底消失了？」一正這樣想，頭上日光燈光閃了一下，刷一聲停電，黑暗追上來了。

我在平壤的第三夜。

沒有個別的我，只有我們

事情是這樣的：年假期間，參加六天五夜的北朝鮮旅行團，團員加領隊僅僅十一個人的迷你旅行團，卻配置了兩個導遊，普通話說得極好的金小姐和申先生。男女搭配，當然不可能是為了幹活不累，而是相互監督，嚴防對方說出不利於國家的言論。兩人連日帶我們參觀凱旋門、萬壽台銅像、南浦水壩、人民大學習堂、祖國解放戰爭勝利紀念館、國際友誼展覽館、妙香山等景點，一棟又一棟花崗岩建築，全是彎彎曲曲的動線，到後來看了什麼都搞混在一塊了。

參觀少年宮是下午發生的事，趁著記憶還新鮮，在手機上寫下種種見聞：源自蘇聯，共產國家兒童課後才藝中心，號稱三萬坪空間，一千個房間，至多可以容納五千名孩子在這裡跳舞唱歌和畫畫。自妙香山回到平壤，抵達少年宮已是傍晚，金小姐催促著得抓緊時間參觀，天黑了，外面這麼冷，該讓小朋友回家啦。簡直是房仲帶著看屋似的，這個房間打開，一群打著紅領巾的小朋友圍著石膏像素描；下一個房間打開，兒童交響樂團大鳴大放演奏著華格納《女武神》；再一個房間打開，如同打開音樂盒，十來名芭蕾舞者歡快地跳起舞，小舞者甩頭踢腿，咧嘴笑容，動作複製著動作，笑容複製著笑容，舞者也複製著舞者。沒有個別的我，只有我們。

房間，房間，始終是房間。這個房間打開，有孩子唱歌跳舞，那個房間打開，是萬邦朝貢的禮物，中國國家領導人送來象牙、俄羅斯總統送來黑熊標本，非洲某小國國王送來的刺繡……國際上被孤立的國家需要這樣一棟友誼展覽館證明他們有多受歡迎。房間複製著房間，導覽複製著導覽，解說像咒語又像催眠：「這個少年宮（圖書館、禮品館），原定三年（五年、十年）完成，但軍民感念金日成主席（金正日將軍，金正恩元帥），軍民上下一心，不眠不休地趕工，不到一年時間就完成了。建築裡有一千個房間（三千、五千），可以展示三千萬本書（十萬種武器、一百萬種禮物），全部看完要十天（一個月，一年）」，括弧可以填上任何的景點，觀光客只需要走進房間，把自已放進括弧裡，拍照，填空，然後離開。括弧的房間是花崗岩打造，冰寒如冰箱，打開是明亮豐饒的幸福生活，關起門則是永恆的黑暗。

金氏父子笑容無所不在

我們在彎曲的走廊裡兜兜轉轉，迎面走來一個小小芭蕾舞者，往洗手間的方向走去。小女孩臉上沒有剛剛在房間裡看到的快樂笑容，只是低著頭，快步通過。陸續參觀了幾個房間，然而更多沒有打開的房間裡是什麼？可會是《平壤水族館》、《我們最幸福》裡脫北者對大饑荒不堪回首的回憶？北朝鮮一九四八年建國後，仰賴蘇聯援助的特惠糧食度日，九一年蘇聯解體，老大哥自顧不暇，又逢一九九五年水患，天災加上人禍，等於四年饑荒。饑荒是無法直呼其名的佛地魔，官方報紙不肯面對現實，略略提到國家有狀況，號召民眾像金日成當年率領抗日遊擊隊在滿洲同日本軍隊鬥爭一樣，進行一次「苦難的行軍」。此後，「苦難的行軍」變成饑荒代名詞。由於鎖國，學者們從不同的文獻交叉比對，死亡人數從二十四萬至三百萬眾說紛紜。

彼時，百姓以松樹樹皮磨成細粉取代麵粉，從農村動物的排泄物中挑出未被消化的玉米粒果腹。當年任教於幼稚園的脫北者美蘭說，孩子沒法帶午餐上課，上課時總趴在桌上睡覺，臉頰貼緊木桌，她扶起孩子的臉，孩子腫脹的眼皮緊閉著，頭髮散落在她手上，摸起來粗糙而脆弱。孩子隔天就沒來上課，永遠地消失，也沒人有力氣問為什麼，「一九九〇年代的北韓，為了生存下去，人們必須狠下心不跟別人分享食物。為了不讓自己發瘋，必須假裝漠不關心。」饑荒開始的時候，美蘭班上有五十個學生，三年後，只剩下十五個。

脫北者宋太太說，兒子因營養不良住院，醫生寫了一張盤尼西林處方箋，當她到市場時才發現藥價高達五十圓朝鮮幣，相當於一公斤的玉米的價格，在盤尼西林和玉米之間，宋太太選擇了玉米，她活下來了，餘生活在內疚中。災難結束了嗎？網路上讀到二〇一三年北韓有男人殺子果腹的消息，內容農場新聞真假難辨，桌上熱騰騰的飯菜堵住了我們要說出口的疑惑。餐桌上，有人參雞，有平壤冷麵，有玉米煎餅，一桌人吃得眉開眼笑，說此處口味清淡，不油不辣，適合台灣人。席間有少女歌舞表演助興，唱〈阿里郎〉，牆上懸掛著金日成和金正日肖像，微笑看著這一切。

金氏父子的笑容無所不在，笑容在餐廳、地鐵、少年宮高高懸掛的肖像上，笑容在萬壽台廣場銅像臉上，銅像建於一九七二年，金日成主席六十大壽之際。抵達平壤第一件事即是到萬壽台獻花和鞠躬，金小姐說：「金日成主席是國家的父親，黨是媽媽，我們都是北朝鮮的孩子，遠行的男女出門或歸來都要來此稟告爸爸。曾經有一名外國記者在這裡看到一個小男孩鞠躬，就問男孩這銅像多重啊？欸，也沒人教這個小男孩，但他就說，北朝鮮全體上下把熱愛主席的心臟挖出來的總和就是銅像的重量。」金小姐說到激動處，嗓子都啞了，簡直都快哭出來了。

黑暗外面是更大的黑暗

景點複製著景點，導覽複製著導覽，這一天，遊覽車繞過了萬壽台（每天早上都會繞到這裡來，無一天例外！！！），然後開往板門店。我們被帶去參觀共同警備區、參觀韓戰停戰談判簽字的地方，也去看了絕筆紀念碑。金小姐這次真的是哭出來了：「一九九四年七月八日凌晨兩點，金日成主席在毫無病徵之下突然辭世，當夜，他還在挑燈批改一份與南朝鮮進行統一會談的文件，閱畢後還在文件後簽上自己的文字和日期，真正是你們普通話說的鞠躬盡瘁，死而後已了。為了感念主席的偉大，國家特別在這裡立碑，紀念碑上的阿拉伯數字1994.7.7，就是我們偉大領袖金日成主席的親筆簽名，也是千古絕筆。」

行程第一天參觀了萬景台金日成誕生的農舍，最後一天參觀絕筆紀念碑，1912.4.15~1994.7.8，六天五夜走完金日成八十二年的人生，也算有始有終。然而在君父的城邦，時間並非自耶穌誕生那年算起，北朝鮮在金日成那年創世紀，雖然農舍整治得也挺像耶穌誕生的伯利恆馬槽。西元一九一二年等於主體一年，主體一〇六年二月三日，我們從板門店回到平壤，行程即將結束，金小姐在遊覽車上嚷著好可惜：「這次沒有玩到牡丹峰的凱旋青年公園，那裡面有海盜船、雲霄飛車、還可以看猴子騎單車，那個公園號稱是北朝鮮迪士尼，可好玩了，但天意要各位嘉賓下次再來玩。」

遊覽車窗望出去，層層疊疊的大樓，乾淨的街道，交通女警美貌得可以去參加少女時代……眼睛看的是風景，耳朵聽的是金小姐的解說：孩子課後學芭蕾學小提琴都不用錢，國家栽培到大學畢業。這棟大樓是給藝術家住的，那棟大樓是給退休老師住的，那一整棟大樓是等南北韓統一，給南朝鮮同胞住的。沒玩到北朝鮮迪士尼其實也沒什麼好可惜的，這個國家本身就是一個巨型遊樂場，共產主義的主題樂園。

數天前，鑽進了平壤地鐵站，我的確在心裡哇了一聲。世界陡然一亮，巴洛克挑高穹頂，七彩雕花玻璃吊燈，牆上巨型金日成主席接受萬民擁戴的巨型壁畫似乎要用光了這個國家所有的水彩顏料，壁畫上每個人的笑容那樣鮮豔，那樣快樂。從「復興站」坐往「榮光站」，又是另外田園牧歌的風景，小小的電車來來去去，簡直是迪士尼小小世界。榮光站下一站是什麼？因為禁止前往，我們並不知道。

何嘗不想趁夜溜出去一探究竟？然飯店是荒山裡唯一的建築，最後一夜，綻放著金色光輝的三十層樓高跟前夜一樣刷一聲斷了電，黑暗外面還是更大的黑暗，什麼也看不到，也沒什麼好看的。

——原載二〇一七年四月十日《自由時報》副刊

如果有一天你去金澤

黃麗群

一九七九年生於台北。政大哲學系畢。曾獲時報文學獎、《聯合報》文學獎、林榮三文學獎、金鼎獎等。已出版短篇小說集《海邊的房間》，散文集《背後歌》、《感覺有點奢侈的事》，採訪寫作《寂境──看見郭英聲》等。

小路／攝

台北起飛的飛機，在小松機場降落時，通常剛剛入夜。這是日本海側北國之地小麻雀一樣的航空站，此刻只有這一班次入境，早點進關的話，能看見工作人員漫不經心打開日光燈，一切閃爍爍，移民官一面整理衣領，從辦公室出來，一面魚貫進入驗關的卡座。他們神情也接近魚肚，平坦的青白色，光線下有絲脈的痕跡。

如果有一天你去金澤，這場景讓你感覺腦內有軸心喀噠一聲落鍊，身體裡晝夜嗡嗡的低頻噪音一時停止，或許你會像我一再重複來到這城市。

黑夜中開往金澤的機場巴士像是開在黑夜天空中央的銀河便車，公路一側是日本海萬頃墨琉璃，另一側是超展開的荒原，燈火星散於遠的更遠處，我猜想任何人在這四十分鐘的車程中，無論結伴與否，都能追根究底地體會人是如何地舉目無親。有些人在中途幾個停靠站下車，那些位置都荒涼得無從措辭，附近既沒有停車場，也沒有民居，只有一盞照亮站牌的路燈。燃燒殆盡的白矮星。我總是望著他們能夠從這裡再往什麼地方去呢？

看不出什麼前因後果。車子很快駛開。直到慢慢接近市區，也不是忽然就冒出騰騰的人間煙火，而是雨後地面一泓一泓水境光質逐漸有化身處，落實了。

◎

金澤是北陸三縣（福井、石川、富山）懷抱的明珠，舊名尾山，約於慶長年間（西元十七世紀初）改稱金澤。傳說古早此地出產砂金，今日仍以金箔聞名（幾乎每個觀光客都要吃一支金箔霜淇淋拍照打卡啊），四季細潤多雨，以「加賀百萬石」富養一方，名與實都是金生麗水的清吉氣象。霜雪沛然，古時一入冬就封山封路，賤岳之戰時羽柴秀吉算準這一點，拖延著以北陸為基地的柴田勝家大軍。

柴田老驥伏櫪，在春來之前，全軍奮力鏟出一條終究通往覆滅的征途。

此後，前田利家獲封此地（發展至德川幕府江戶時期時，統稱加賀藩，範圍為今石川縣與部分的富山縣），金澤無血開城，並為藩主根據。前田一族長於內政，日本古有「精於政事者，第一加賀，其次土佐」之說，藩政時期歷出英敏壽考之主（例如被稱為名君中的名君的前田綱紀，在位凡七十七年），數百年物阜民豐。

不過，如果有一天你去金澤，不要被蒔繪輪島塗，或九谷燒或加賀友禪的華彩所撩亂了。北陸一地真正內秀之處，其實是古來一年裡長達四分之一的孤懸與隔離。以及由此而生的一色雪白安忍之心。這讓金澤具備一種調和的不調和感，世俗的非世俗感，十三不靠，而和光同塵，其他城市所少見。明治維新廢藩置縣後，日本經濟形勢大變，金澤從原來全國第四大城位置一再後退，五木寬之寫《朱鷺之墓》，一部分背景就在日俄戰爭後的金澤，筆下一眼望去寥寥的灰涼的濕霧。此後多年人口外移（直到這兩年才停止負成長），地方鐵道陸續廢線，一條東京直通金澤的北陸新幹線從確立建設計劃到正式營運，歷四十年。媒體稱為「悲願」。

通車後，地方政府歡欣鼓舞，一般居民顛倒是淡淡。畢竟，翻山越嶺的日子也這樣過了四十年啦……

在飯店安頓好，通常已近晚間九點。有時我出去吃碗拉麵，喝夜酒也不缺乏去處，不過大多直驅日本最輝煌的場景便利商店。買了一些水與麵包與優格或熟食點心。次日早晨能很快吃了出門。

習慣住的飯店常給面對金澤城與兼六園方向的房間，我打開電視，拎出購物袋裡的冰淇淋，金澤城石牆披蓋冷光。夜晚靜得人雙耳發脹。

◎

旅遊書或二手宣傳詞常稱金澤為「小京都」，於此，我想冒昧表示異議。估計也不算太僭越。因為當地人同樣不以為然。我在當地買一本很有趣的口袋書《金澤的法則》，其中一條即為：「金澤就是金澤，才不是小京都！」與其說這是基於鄉人自豪之情，不如說是對「被（對方自以為恭維地）與人攀附」充滿了厭惡感。我喜歡這樣的厭惡感。

「小京都」之喻顯然基於一種素描式的輪廓。例如兩地都富盛世風習。都得河景之勝。都在二戰時倖免於空襲。都有保存良好的町家與古建築聚落。諸如此類。金澤儘管不比京都千年的貴重規模，亦以百萬石養，受暱稱「男川」的犀川與「女川」的淺野川環抱，沿岸有十八世紀保存至今的東西茶屋街，說是自在千金，清貴公子，也不過分。

只是若在金澤走動一陣，很快能感到兩地內在紋理是如何南轅北轍。金澤人有個簡單的說法：「京都為公家（貴族）文化，金澤為武家（武士）文化。」這話十分委婉，感覺也帶點「說來話長，解釋起來太麻煩，就勉強這樣分別吧」的意思。

因此，話頭得重回前田一族。

加賀藩開基祖前田利家薨後，繼承「養命保身」原則的利長、利常兩代，為免天下未穩的德川幕府猜忌（據稱，鄰接的福井藩即為就近監視的德川家眼線），透過輸誠、通婚、遣質，終於穩定江戶對加賀原本劍拔弩張的關係。加賀藩代代恪遵利家祖訓，從關原之戰到明治維新，次次歷史轉角擦邊過彎，技能樹上「運氣」、「手腕」、「政治判斷」統統點滿。

後世不妨對如此謹小慎微的身段嗤之以鼻（譬如司馬遼太郎寫起來，就有一點這樣的意味吧），只是我想，我們在白紙黑字上追求無痛的玉碎，去期待別人拋灑大悲歡的頭顱與熱血，當然很容易。前田家兼巧妙於柔婉，大義名分上未必漂亮，但將它翻過另一面目，是不妄動刀兵，免於橫徵暴斂，愛文重藝，儘管沉緬風花雪月同樣是一種政治技術。

數百年若即若離垂眉斂目的隱約之心，與京都天子腳下的顧盼，顯然走不上同一路。「求全」兩字，寫起來容易，其實筆筆尖峭如吞針。倒不能怪金澤人對「小京都」的說法不太消受。

如果有一天你去金澤，不妨先別惦記這三個字。當然有時候，不願意與人爭，人卻頗願意來爭你；也有時候你願行東風，對方倒是春天後母面。加賀若不是一代雄藩，若不是讓人想吞卻骨鯁，想惹又怕一手刺，或許怎樣地安靜收藏都沒有用；若它恭順而弱小，或許難免終被取為一著棋的可割可棄的命運。

◎

如果有一天你去金澤，講起來，好像也沒有什麼一定得看，也沒有什麼一定得買。

比方說，金澤富雅，以茶道與和菓子聞名，經常名列全日本甜點咖啡消費量前幾名城市。那些點心的漢字命名與造型刻鏤得逼人太甚：和三盆糖與乾米粉製的小糕，稱「長生殿」；做出四季花樣的落雁糖，稱「今昔」。春天的櫻花最中，借景金澤文豪，名「泉鏡花」。不過陸續買過一輪後，我總是勸朋友遇見它們不妨立地成佛。不過加賀棒茶是必須喝。

又比方說，金澤四時玲瓏，雪裡的兼六園與金澤城不錯。晴天午後的長町武家屋敷也不錯。春天去東茶屋街與西茶屋街，如果非得選，去東邊，建議安排在下午到傍晚，以便一次走齊淺野川卯辰山日與夜的兩種風景（你總不想還得分兩趟來吧）。海未來圖書館有點兒遠，時間不夠也去不成。秋天吃蟹，尾山神社與近江町市場是步行五分鐘的一直線，可以安排在同一個早上。而鈴木大拙館如僧人在萬古中忽然明睜雙目擊出的一磬。

但金澤之美盡不在此。金澤之美偏偏在穠豔其外散淡其實，在正大仙容下的無心無意，它恰好與一份釘對釘楯對楯的行程正相反，於是旅行計劃常常做到「幾點幾分」的我就常常成了自己的矛與盾：在形而下愈準確了，在形而上愈不準確。這邏輯很適合謀殺案。松本清張名作《零的焦點》就寫在金澤，硬底子演員津川雅彥與草刈正雄，也曾合演過一部電視電影《旅情懸疑：金澤能登殺人周遊》——不僅殺人，還要周遊半島地殺人……

我曾感到金澤像台南，後來發現，從另一頭看，它跟台北也很相似：景點都去，當然很好，但或許一個也沒去，更好。滿地亂走，或者在河邊的草地上躺著。或者搭公車在市區繞圈圈。或者在一個非常想吃垃圾食物的早餐時間去吃麥當勞。

一回搭公車參拜供奉珠姬的天德院（珠姬為德川慶喜之女，遣嫁前田利常，夫婦和好，迴護兩家苦心孤詣），一下車馬上發現 Wi-Fi 機掉公車上，當機立斷攔計程車，請司機跟著某某號公車的屁股一路往上追……追了兩千多日圓後，到了山腰上的終站，原來是一所地方大學，我千恩萬謝將機器從公車司機手上接過（校警在一旁莫名高興得不得了），一回頭才發現這裡獲地勢之利，眼前是雪落如星的遠山，白色大地一片清拙。雲層銀藍冷媚。

後來就坐在那耽擱了半個早上。在金澤，沒有任何時間是可惜的。

◎

對我而言，談一個城市，無論親疏愛恨，都非常難。我們活在一個街角未必比海角體己、海角未必比街角艱難的液態時空，哪個城市都顯得滿懷奔赴，都具備各式公共性質。然而你與它之間，到了最後，仍是極為私人的關係，所以不管如何地講與人聽，都有人心隔肚皮之感。都有些百口莫辯。何況從Google街景車到我的手機中秒秒增生，裹滿地球身體的影像，反而永久解開了各種神祕性的衣扣，一旦撤除了奇觀與陌生感曾經為我們製造的同船之渡，從此，人與空間的事，就變得非常普遍，也非常個人，那最為個人的尖端又正指向於其普遍：所有人在各有長短利鈍的身體裡，以為看見了同樣的事，可是所有人心中的同樣，根本又不一樣。

愈是光亮平坦，愈無法互相辨認，真是比全部的黑暗更加伸手不見五指了。

常常有人問我為什麼喜歡金澤，我總是像這幾千字的樣子：說了很多，但自己又感覺什麼也沒有說完。又感覺什麼都說不到。有時我坐在那裡，心中一下子栩栩如生，一個關於金澤的瞬間如車禍橫衝直撞而來。它們從來沒有意義或前後文。或者是從深巷穿出時，光線彷彿推動著街道的樣子。或者是站在十字街口等著過馬路時空氣的流動方式。但這些該怎麼說呢。

也或許，談日常喜歡的事，就像談一個日常喜歡的公眾人物，可以非常輕鬆，流利俏皮。然而談有了情感的事，就非常拮据，像是談一個，你覺得，以所有文字圍繞都不足夠的人。

像是你為什麼愛了那人呢。嘗試給理由都是假的業障深。它最終的真相只是無話可說。

像是金澤極為多雨，年間雨雪降水日數，各種統計動輒一百七、八十天（一年才幾天呀），但我去時總日日好日，拍照給朋友看，朋友說那藍真是藍到天空要壞掉。揮霍一點福氣，盤桓一週十天，等到回台北，它馬上又下了雨。這也說不出什麼原因。

離開是晚班機。下午搭上往機場的巴士，公路的右手邊，日本海上積雲總是臨行密密縫。有一次車抵小松機場正門，一抬頭，柔糯金質的雨雲像煎年糕，被咬一口，夕陽光線油晶晶流射而出。四下無人，我拉著行李站在路中央默默看了半晌。當時我覺得，人類古老時候，無論各種信仰，都以為那後面有天使，這一點都不愚蠢。

如果有一天你去金澤，願你也看見那陽光。有時候，說了許多煞有介事，又這樣那樣地去奔走，也不過是為了能在最後，站在一個沒有人的地方，與自己談一談天使的事。

——原載二〇一七年三月《印刻文學生活誌》第一六三期

寫字的人——凌性傑

高雄人。天蠍座。師大國文系、中正大學中文所碩士班畢業，東華大學中文所博士班肄業。曾獲台灣文學獎、林榮三文學獎、《中國時報》文學獎、《中央日報》文學獎、梁實秋文學獎、教育部文藝獎。現任教於建國中學，著有《島語》、《男孩路》、《自己的看法》、《找一個解釋》、《彷彿若有光》、《慢行高雄》、《陪你讀的書》；編著有《靈魂的領地：國民散文讀本》（與楊佳嫻合編）、《人情的流轉：國民小說讀本》（與石曉楓合編）。

1

冷雨飄灑，滌淨了台北街頭的霧霾。我約了在醫院實習的H，一起去聽王心心的南管音樂會《心心・念念——普門品》。H一整天跟著老師看病歷，很晚才離開醫院，連晚餐都來不及吃。只好趁著看演出前的小段空檔，遞給他一小袋水煎包與車輪餅，讓他先填填肚子。H手上提袋裡裝著一襲白袍，像是隨身攜帶著未來的職場生涯。他喜愛雅樂與古典詩詞，常常抄誦佛經，在高中時的週記本上寫了不少詩作。前年冬天，我在知本小住，一邊聽著溪水潺潺，一邊聽著王心心的南管心經專輯《此岸・彼岸》，於是發了訊息給H，告訴他當下的心情，悠遠，淡然，像是被樂聲淘洗過。

那段日子頗覺人生憂患實多，習慣在睡前用鋼筆抄寫經典，專注而沉穩地默讀古典，把自己的情緒置放在一撇一捺之間。王心心曾在演講中以書法筆勢為喻，解說南管音樂的演唱形式是有起承轉合的。那種音樂模式，並不是直接抵達，而是一種曲折的呼應。寫字的時候，我喜歡焚一炷從京都帶回來的立香，讓木質調性的香氣圍繞著，書寫的行動便宛如在山林中漫漫遨遊。

王心心一襲素衣，抱著琵琶，歌吟〈普門品〉。她譜寫此品時，歷經人生黑暗期，創作期間曾遭遇摔傷、親人悖離種種打擊。在譜曲期間，她每天以毛筆抄經，透過藝術形式安頓身心。南管餘音裊裊，聲音的拉長、重複，形成了反覆的暗示。

夜雨中，我和H說再見，耳間迴盪著〈普門品〉。《妙法蓮華經》中的〈普門品〉是第二十五品，在這段佛經裡，無盡意菩薩偈曰：

或在須彌峰，為人所推墮，念彼觀音力，如日虛空住。

或被惡人逐，墮落金剛山，念彼觀音力，不能損一毛。

人世間的傷害太多了，所以需要觀世音菩薩的拯救。傷害無處不在，然而有慈悲之處，即有觀世音。這兩三年，當自己受了傷，卻不想怨怪任何人的時候，我選擇安靜地寫經，藉由寫字調整呼吸，重新理清生活的秩序。

2

二〇一六年夏天，一位親愛的長輩辭別人世。我在京都聽聞消息，黯然大慟。隔天醒來已經近午，想去佛寺抄經。先乘嵐電去御室仁和寺，不料觀音堂正在大整修。看了公告才知道，原來這裡抄經是要預約的。遂在庭園小憩，因為吃了感冒藥，坐在木頭地板上幾乎又要睡著。

出了仁和寺，口乾舌燥，到不遠處的御室さのわ喝咖啡。咖啡館裡只有兩個員工，一位年長女性，一位年輕男子。男店員幫我點餐送餐，安靜地佇立吧檯後。館內放著莎拉•布萊曼，背對店員滑著手機的我，忽然默默掉淚。Time to say goodbye，告別的時刻，樂音迴盪在幽靜的咖啡館裡。年長的女店員來到身邊，問要不要喝水。來不及擦去的眼淚，都被她看見了。她沒多說什麼，只是幫我倒了一杯水。這裡咖啡極好，甜品也出色，但那當下我的感官似乎已經麻木，食不知味了。

結帳離開時，優雅的年長女士問我從哪裡來，我說台灣。還用日文對她說，多謝款待（這也正是我想對已故的長輩說的）。女店員微微一笑，跟我互道再見。

再坐一段嵐山電車，就是妙心寺。看完雲龍圖，便繳交一千日圓抄經費，找個位子抄寫心經。抄經時有一陣芳香湧現，我告訴自己，心中懷念的長輩已在永恆的平靜慈悲之中了。

一筆一劃，都是時間，我突然有了寧定之感。那種寧定之感，就像在仁和寺看到的一面木板門上的繪畫。柔和的鵝黃色為基底，羽翼潔淨的鳥隻在飛翔。

3

京都旅次臥病，過午才醒，搭地鐵至東山，到知恩院已經將近三點。知恩院御影堂大整修，暫不開放，預計平成三十年完工。走到寺院最深處，看見小小的勢至堂。此處開放至下午四點，抄經費用二千日圓。填寫自己的姓名地址並付費後，一位和藹的師父領我前去抄經室。抄經室位置極佳，眼前一方清幽庭院，更遠處是山下的市塵。

抄經之前，師父與我相對跪坐，先拈起些許檀香在手心摩挲然後揉搓雙手，是一種淨化的儀式。接著雙手手指交錯，閉上眼睛默禱，讓心靜下來。起身之後，跨過象形香爐，頗似台灣過火儀式，便可以選個座位抄經了。院中有三種中日文經文可選，我選擇抄寫發願文，發願了悟與超脫，迴向有情眾生。

抄寫完畢，師父帶我去勢至堂，將經文供在佛前。供奉經文還有一個儀式，師父在我左側敲木魚，我跪在勢至菩薩面前，隨著師父誦唸南無阿彌陀佛，總共十次。菩薩已被香火燻黑，眼睛綻放著白色光輝，觀照有情眾生。我當下覺得感動，全身起雞皮疙瘩。勢至堂後門有偈語，無常迅速，提醒我們要好好努力。回到抄經室，師父端來抹茶與和菓子。我一邊享用，一邊看著遠方，希望一直記得這種無牽掛的樣子。

4

說起寫字儀式，京都泉湧寺雲龍院的抄經方式也相當特別。這是日本現存最古老的抄經場。抄經前工作人員朝著我的頭部灑落甘露水，接著要我以香灰塗抹雙手，象徵潔淨無垢之意。接著還要拿取一片丁香，放在嘴裡含著，直到抄經結束。這裡寫心經用的是毛筆與朱墨，寫出來的字明亮燦然。因為口含丁香，寫經的時候不能言語，只覺滿口芬芳。雲龍院寫經結束亦會提供抹茶與和菓子供人享用。在榻榻米上找個位子，面對庭園坐下，是可以把哀傷靜靜放下了。

後來也曾獨自上比叡山寫經，在書寫的當下，心裡一直浮現最澄上人所說的「照亮一隅」。比叡山幽寂清涼，是日本天台宗總本山，也是日本寫經儀式發源地。波磔點畫慢慢寫，那些字句照亮了我，帶走了幽暗。山風吹過松林，傳來陣陣低吟。寫字的時候，我也有這樣的感覺。寫字是一種勞動形式，卻又不只是勞動而已。運筆於紙上，留下深淺不一的痕跡，每一個當下都讓我虔敬珍惜。

身為一個寫字的人，最重要的就是把字寫好而已。

——原載二〇一七年二月《聯合文學》第三八八期

莎拉大媽的藍調

李明璁

英國劍橋大學國王學院博士，執教於台大社會學系。曾任《cue.》電影雜誌總編輯、文化研究學會理事、台灣創意設計中心顧問，亦為台北市政府市政顧問，協助許多藝文策展與重要獎項評審。著有散文集《物裡學》、網路小說集《Rock Moment》，並統籌企劃麥田「時代感」書系、大塊「SOUND」書系，主編四本音樂與聲響文化專書：《樂進未來》、《時代迴音》（獲金鼎獎優良出版推薦）、《台北祕密音樂場所》、《耳朵的棲息與散步》。

我在芝加哥遇到的那位莎拉大媽，前年過世了。她從十四歲開始唱藍調討生活。雖然在二十九歲時曾短暫赴歐巡演，也在巴黎錄過唱片，她卻始終無法靠一副絕妙歌喉出名獲利，於是她說：「人生大概就在這幾個熟悉酒館的演出裡度過吧。」

她出生在南方密西西比的農場，一九六〇年七歲時，隨著原本從事血汗勞動的父母舉家搬至芝加哥，希望落腳這中西部第一大城，找到讓日子好過一點的可能性。每逢禮拜日，莎拉小朋友會跟著家族，一起在黑人社區的教堂裡唱福音聖歌。

那個年代，白人種族主義氣焰狂妄，黑人民權運動方興未艾，各種驚心動魄的衝突事件，在全美各地上演。一九六八年四月，黑人精神領袖金恩博士遇刺身亡，同年八月，民主黨在芝加哥召開總統提名大會，大批反對越戰與爭取民權的群眾聚集場外，市長卻下令血腥鎮壓。

就在街頭宛若戰場、被武警痛毆的民眾高呼「整個世界都在看」的同時，少女莎拉為了生活而中輟學業，專心努力在小酒館裡賣唱掙錢。我可以想像，她如何過度早熟地吟唱起世故的藍調。一曲又一曲憂鬱深沉、沒有光鮮氣味的、繁華都會邊緣的藍調。無論是怨嘆愛情消逝或大吐生活苦水，在直白易懂的歌詞與即興搖擺的旋律中，這些歌始終都是一種對現實的吶喊、救贖的召喚。

當代最具政治能量與社會意識的黑人樂團之一Public Enemy曾說：「饒舌歌是非洲裔美國人的CNN，藉此他們看見真實的美國、真實的社會。」那麼藍調呢，或許就如流動教會，讓黑人朋友無須辛苦撐到週日作禮拜，每晚在都市角落的酒吧，便能從出神的吟唱與吉他，得到宣洩、療癒，也感受歡樂、平靜。

三十多年後的某夜，我偶然來到這家位於市區、名為「藍色芝加哥」（Blue Chicago）的酒吧，就在華麗張揚的Hard Rock Café附近，顯得相對低調。對音樂愛好者來說，這兒也算是個藍調聖地，但在平常夜裡，店內幾乎都是剛從附近摩天大樓下班的商業人士。

鄰桌坐了幾位白人男性銀行主管，他們捲起筆挺襯衫的袖子，把名牌領帶從喉頭放鬆，一邊訕笑公司下屬的遲鈍，一邊和拉丁裔的女侍打情罵俏。想當然耳，在喧譁笑聲與酒瓶碰撞的此起彼落裡，陰鬱的藍調總得有些收斂。莎拉大媽識相地改唱起詼諧搞笑的情歌。

正如她將藝名從Sarah Streeter改成了Big Time Sarah（歡樂時刻莎拉），已年過半百的她，雖曾發片出國巡演，但那一刻仍得放下身段地，為醉酒的人客獻唱一曲生日快樂。從小就懂察言觀色、在白人夜生活圈裡討生活的莎拉大媽，轉瞬就把藍調變得輕鬆愉快。

演唱告一段落，看她辛苦挪動肥胖身軀，坐在一旁判若兩人地沉默飲酒，如此顯而易見卻不可言喻的落寞。我羞赧地走去打擾，請她在CD上簽名。可能是因為酒喝多，她下筆都歪斜了。我說很喜歡妳唱的藍調，覺得相當感動，尤其是比較緩慢而哀傷的歌曲。

她抬起自己「原來根本不在意是誰找她簽名」的頭，看了我一眼，突然就酒醒般地清晰說了聲謝謝，並問我從哪來的。寒暄幾句，她點起一根菸，悠悠地說：「其實，我一輩子都還是只喜歡那些老派的、很藍的藍調。」

走回吧檯座位，我聽到隔壁幾位白人「菁英」還在嘲笑莎拉剛剛用她大胸部頂著壽星酒客的胡鬧表演。我決定離開了。城市遠方傳來浮誇的警車鳴叫，微醺中我有點耳鳴，彷彿聽到一連串聲音的剪輯：混雜著白天我在歷史博物館聽到的、黑奴被運往美洲船上的痛苦呻吟與低聲歌唱，金恩博士鼓吹和平抗爭的激昂演說，然後還有莎拉大媽剛剛的藍調。以及，前夜我在旅宿房裡，聽到鄰近黑人社區傳來的槍聲。

那晚睡前，筆記本上，我將米蘭・昆德拉《生命中不能承受之輕》最後一頁的句子，倒過來寫：

「快樂是形式，悲涼是內容。悲涼注入了快樂之中。」

——原載二〇一七年七月《The Affairs週刊編集》

低山行走

柯裕棻

台灣彰化人，一九六八年生於台東。美國威斯康辛大學麥迪遜校區傳播藝術博士。現任教於政治大學新聞系，研究主題為電視文化與消費社會。曾獲華航旅行文學獎、時報文學獎、台北文學獎等。著有散文集《青春無法歸類》、《恍惚的慢板》、《甜美的剎那》、《浮生草》、《洪荒三疊》，小說集《冰箱》，編有對談錄《批判的連結》等。

去夏以來我陸續走了幾座低山。山呢是真的低，海拔不滿千，遠不及一隻金翼白眉的棲息線。

台北近郊的低山是有路有人家的，入山口或者在市公車最荒遠的支線終點，或者在數字與名稱都冷僻的小巴沿線。有些山路是林木繁盛的郊道，暑熱昏沉，葉隙日光像一枚枚荒唐的散魂符，豔陽天裡愈曬愈怔忡，午後一遭狂暴的夕曝雨，它就濕涼像滅了的篝火。晴雨有時，榮枯有時，山中居民大概不曾有什麼興旺的期待，即使有，後來總為這樣那樣的原因落空了。這些不曾炙燃的夢想，我輩路人只得其理難得其情，看不出來的。

我經常在山徑上毫無預謀地蹔蹔蹭蹭，感覺累就隨意下山了，沒有攻頂的執著。走低山無須毅力，不考驗不挑戰，真心友善。我像個鄉民一樣栖遲聽天，循路慢走，一路上草木鳥獸大抵不認識。多走幾次，看多了草葉深淺與枝椏高低、蟲鳥飛翔的翅翼，聽慣山林深處的鳴叫，雖說不出名字也覺得熟。一日，半途忽遇長尾藍鳥成群亂飛，青羽璀璨，朱喙鮮麗。青鳥自古為信使，牠們如此光彩奪目，攜來的訊息大抵也是輝煌的吧（否則如此光芒萬丈地捎來厄訊叫人如何是好）？停看許久，忽然恍悟，哎這就是台灣藍鵲，突然有半路認親的熟絡。

山上的日子比城裡長，愈往上走，路愈荒仄，綠蔭濃，時間就長。山氣浩蕩雲彩盛大，因此朝日和夕陽比城裡煦美，夜也比城裡墨黑。山陽人家黎明開門就是一碧如洗的青空，整日直面最高昂的日光和最濃烈的群青色。山陰也青空，只是澀淡些，一切都降半階。近黃昏時天高雲淡，遠遠近近的山寺一齊鳴鐘，聲波沿著山稜等高線盪，盪，盪遠，千里一音，從山頭到山頭。

當今時世，我不知道還有人力獨為的聲響能這樣鏗亮遼遠。

對山我充滿崇敬，即使是郊區低山也不敢怠慢。雖沒聽過誰在郊山迷路，我還是隨身帶著山區路線圖。山上的歧路雖不比人生曲折，一旦發現錯了，你得老實停下來認錯，不能任意猜測或意氣用事。山野既亙古又無常，與之賭氣或賭命那真是一錯就地老天荒。不論走的是山野或江湖，這道理是一樣的險。幸而山野雖無情卻也比人世仁慈，我每次都能回頭，重新思索是誤在哪個岔口上。

我特別喜歡兩山之間叫作「鞍部」的緩坡，不只因為它和緩易行，視野朗闊，還因為鞍部像一道上弦月弧，迢迢連結兩山，像個明白爽快的允諾，輕易就許你一個峰頂。鞍部風高急，山風是一條愉快的龍，天青琉璃色，忽幽忽明長尾巴，從天際呼歘呼歘飛過，猛烈而迅捷，穿林打葉，群樹閃爍搖擺，又旋即密合，光的鱗片沿途灑落濕冷的野菇苔蘚上，倏忽消失。野地大風吃久了人容易疲憊恍惚，像是被這龍的翅鰭給颳得魂飛魄散了。

我曾跟著小隊攀過需緣繩而上的陡坡。明明山的另一面就是眉目整齊的郊道，我們偏偏四肢陷在陡面泥濘的岩縫裡，蟲子似地閃躲爬行於蕨類和藤蔓的根鬚之間。那次下山太晚，入夜後摸黑緩行，摸著樹幹步步驚心，終於出了林子。見郊道路燈明亮，柏油舒坦，馬路分隔線筆直潔白，蛾子飛，夜蛙鳴，太平文明。眾人一身泥，輯屨貿貿，恍若穿越遠古洪荒而來。這小隊也曾走過冬天的山徑，半山上忽遇滂沱大雨，大家只得尋個廢棚烤火以免失溫。火光使人愉快並且樸野，山雨嘩嘩眾人圍坐，吃糕喝茶，不知天下有廣廈隩室。

我們也曾在盛夏裡走鬱不見光的無路密林。整座森林濕澪澪，綠得濃潤犀媚，暗處各種聲響愈清晰就愈寂靜。我們溯溪澗而上，澗水像綠寶石化的，琳瑯閃耀，看得人都成了青眼貓。沿澗青苔茸密，黑泥厚軟，像踩著小獸的腹部。這種密林有無數的幽微蹊徑，虛虛實實亂絲紛錯，覆滿整座林子，也不知是採筍人隨意走出來的，或是狐狸布下的詭陣。

跟著小隊我總是滿心歉意地拖累隊伍。一來是體力，二是膽小。登山是體力活，沒有堅韌的體質還真不行。陡坡上彳亍前行，喘得上氣已是萬幸，沿途盡是蒙塵吃土的卑微時刻。拚得半路一身塵與土，到了頂上都有山鬼貌，且還泡在自己的濕汗裡。而我有多膽小呢？僅僅一張斑駁的「山區毒蛇出沒請注意」告示牌就足以讓我舉步艱難，這類無具體資訊的警示經常設在入山口，專嚇唬我這種意志與體能都薄如秋草的人。

通常我未達半山就疲得無暇他顧，毫無餘裕細看風景殊勝。一路一心緊盯著眼前的方寸之地，每一步都只有崎嶇與負荷。我不再想任何事，人世言語幻術隨著體力消耗褪盡，我回到物的蒙昧狀態，只是無智識地看著周遭，直覺警醒卻又盲目。再驚奇的鬼斧神工我看去都是荒野異地，是絕路險境。人身孤微，雙手雙腳展及不過三尺，所謂意志僅是這咫尺之內的掙扎和喘息。所謂本能是不特別執著什麼，也不放棄什麼。微塵草芥，朝菌蟪蛄，本性狐者還為狐，猿者恆猿，若有枝椏就飲露生長，若有獸足便疾奔向前，若有羽翼就翱翔上天。

如此昏茫上山頭，喘過氣，回神一看，天地山川雲海日光逼面而來，忽然耳聰目明，還魂為人。在峰頂，無限是全體可見與不可見的有形聚合，它不是技術創造的抽象思維，不是精神概念或思想，它是物質，無法窮盡指認辨明，起伏跌宕，參差錯落的一切物。運算器的位元或宇宙星辰之廣邈是不可觸及的無限，然而此處你確實能觸摸雲霧和光，草葉與風，它們是無限的物質型態具現於一。他們是一切物的原型正如同我也是。

說得這麼玄，不過是郊區低山而已，海拔還不滿千。

初秋我搭公車上擎天崗，魚路古道芒花瑟瑟。這一帶山勢雖緩，可北迎海氣，陰晴不定，午後易起大霧。抵達山頭已經過午，到金包里大路城門時天轉陰，暗雲壓山，齊肩高的芒草小徑走起來有斷腸天涯之感。這天遊客不少，我避著閃著走一條沒人的草徑，徑愈走愈窄草愈長愈高。終於迎面兩三人擦肩行過，問他們從哪過來的，他們也說不清，只說前路失修，有點險，雖可以繞道，但下坡已經起霧了。我只好隨他們折返。即使是公車可達的郊山也由不得人逞強，萬一在濃霧芒草裡走岔了，沒個三小時一樣出不來。

折返後我沿石板道漫走，在一處半圓休憩區坐下。天色昏暗看似要雨，一小時前還是喧鬧豔陽天，現在一車一車的人腳不沾地地走了。

所謂陰晴不定就是這麼回事，疾風雖厲，雨卻沒下來，風捲殘雲破了一處，霧金陽光如神諭般降下，撫及之物，草木頑石，都有了短暫的聖潔。我看見一個形貌混沌的人從遠方草叢歪斜走來，說混沌因為他看上去簡直脫盡人形要垮散了，他的肩胛脊梁乃至於渾身姿態搖晃前傾，帽緣衣角甚至身上的每一條繩帶都露出沉重不堪的疲色，一步一墜。但是他氣勢盛大，呼吸磅礴，身上汗氣蒸騰，彷彿拖曳群山而來。

他漫漶得無法辨識年紀，幾百里的塵土蓬蓬籠著他。我想必神色駭異，他友善地略做停頓，說從某某處來的。

我雖不知他說的地點，那弦外之音的自豪還是懂的。問他走了多久，他說，七小時。

好久啊，七小時。我說。這話暴露了我對他的偉業毫無所知。他失望地說，非常快了，一般人要走更久。他遙指雲濤洶湧的山巔，那裡，是從那裡走來的。

我實在不知該看哪裡，遠方綿延台北盆地諸山，一勾一落沒有盡頭，每座山頂都可能是他的起點。一般時候我這種無知微不足道，轉眼相忘於江湖。然而在七小時的苦行之後，他這一天不太走運，遇上見證者昏聵如我，我再怎麼稱佩也顯得言不由衷。他又繼續走了，連我的愚昧和歉意一起背負，看起來更累了。

後來深秋某日，我在山上獨遇竹林攔路橫躺，想是不久前的風雨打的。我原想橫跨過去，然而竹林即使橫著也還是枝葉森羅，凌亂更甚，我怕那裡面也許窩著蟲虺，遲疑再三，只得折返從另條小路繞道。豈知這一繞竟岔了半個山腰，從山陽走到山陰，走成一道日晷的影子。我低估橫生枝節的山路了。而且，不是每條路上都有山區小巴的。

如此曲路莽行，雖偶有人家，但門戶頹圮，鐵門與冷氣的鋼架鏽蝕，沿屋植栽多已雜亂各謀出路，窗玻璃破了也不修補，蕭索彷彿主人離開時的心境。我心黯淡又著急，地圖上看起來只是幾個小彎的路，走起來卻又遠又沉。

山裡日頭一滅，氣溫陡降，下午曬出來的汗現在冰霜一樣裹著，骨子發寒，我於是跑了起來。路燈亮了，星辰離離。我終於走到山區小巴站，附近有個小鋪門懸霜淇淋布旗，望進去卻有一桌人在吃晚餐，炒菜油亮青翠、燉肉、蔥煎蛋和燜白苦瓜。香得我發餓。我問坐門邊的小姐，你們也賣餐嗎？她說，這是我們自己晚飯啦。又問，你自叨位行來？

我遙指藍得黑青的山路說，那裡吧。其實我自己也不清楚。

我大概一臉苦冷，他們笑問，作伙吃否？加一雙箸爾。

僅僅離城四十分鐘車程，人情已有田舍古風，我差點就要坐下了。但公車的明燈從蜿蜒暗路彼端駛來，晃如炬火，盼了一下午，偏偏來得不合時宜。我向這家人道謝，匆匆跳上車。

夜路黑，路燈彼此隔得遠遠的，愛莫能助，獨自明滅道旁。一會兒就回到山下了。

——原載二〇一七年四月三日《自由時報》副刊

最初的日子——劉崇鳳

成大中文系畢業。身高一五七公分的女生，卻擅長背著大背包行旅，之於島嶼的高山大海，無可救藥的喜歡。患有寫字病，不愛文學獎，文常於報紙副刊和雜誌出沒，始終以個人經歷和身邊故事為線索，書寫是接近自己的唯一理由。曾獲國藝會文學創作補助、書寫高雄創作獎助；出版有《聽，故事如歌》、《活著的城——花蓮這些傢伙》、《我願成為山的侍者》。旅居花東八年後，搬回高雄老家美濃，一邊寫作一邊務農，兼任自然引導員。

一

盛夏，我背著包包來到澎湖，轉船抵達望安島。夥伴小民來接我，他們已經在這裡住了兩個月。「我們的村子叫：水垵村。」小民在風中跟我說。

共居生活並不容易，十個夥伴塞在一間房子裡，一起準備夏天海上獨木舟的活動，密切相處，少有隱私。老實說，我有點惶恐。

下車時，琳正好端出一盆麵包，興高采烈地朝我招手。她不仰賴窯或烤箱，用鍋子放炭火上慢烤，仔細控溫，也烘烤出成功的麵包！院子裡正升著火，琳神采飛揚地轉圈，轉在白煙裊裊間。我忍不住笑了，偷看一眼火，炎炎夏日，火的存在發散著某種提醒，某種，一去就不再回返的瞬間。

海風隱隱，黑網在半空中飄，我們坐下來，圍火吃午飯。我說起身體的濕寒與低血壓，他指向其中一盤：「那妳要多吃一些，補補身子。」那一盤很不起眼，乾乾瘦瘦，我夾起略帶毛髮的肉片。「是阿傑抓的羊。」琳說。「這裡有羊？」我驚呼。夥伴眼神深邃，一言難以道盡。

你迅速被那樣的眼神、那樣的火擄獲，推開人類記憶的大門：捕獵、生火、無具野炊，海邊小島的簡單生活，並不輕鬆。你認識他們許久，知道這群夥伴的能耐，卻還是常常遺忘。這樣原初的氣味，總在你們四散後各自回到常規生活裡快速散逸，但只要聚合，便即刻就能凝聚，召喚你回來。

火的氣味、肉的毛髮、麵包的嚼勁，和，海的鹹濕。

璁吆喝海泳，幾個人跨上電動車騎到一處海濱，一個個投身入海，漸漸不見蹤影。我沒打算這麼快投入大海懷抱，站在那裡，看望海許久，有點不相信這麼快就開始了。回家清洗身體時，拿著水管沖洗身體，才發現夥伴們已習慣拉一個大臉盆站在裡頭，連淋洗的水也不忘蒐集，只因可以繼續用來洗衣服和裝備。

極簡的追尋漫無止盡，節能減碳相當實際。使用抽水馬桶還有生活公約：小號無須按沖水閥，請自行評估馬桶內尿液的顏色和氣味，再決定沖水與否。沒有衛生紙這種東西，如廁後以水洗取代，冷水對我來說太寒，便自備一條小毛巾專事擦洗。衛生與否？身體力行後我有了自己的答案。走出廁所一刻，我發現自己被置換，集體實踐的力量之大，出其不意，只要花一點力氣適應，轉身便海闊天空。

晚餐忘了是誰主廚，幫手時有時無，沒有排班，隨心所欲。整個夏天的每一餐，在心照不宣的默契中完成。璁立了個規矩，開飯前得謝飯。「謝謝海，謝謝海，謝謝海。」初來乍到的我，端著飯碗，閉著眼說。「謝謝風，謝謝陽光，謝謝盼望與等待，謝謝夥伴。」因為多了細緻的心情，後來，每一口都很美味。

想起年輕時曾看過的一部日劇《海灘男孩》，曾牽勾起海邊生活的浪漫想像。但在你發現這不是一部日劇後，現實很快地撲天蓋地而來。那些想望許久的簡單富足，會挑戰你好逸惡勞的習性，直到你節節敗退並捫心自問：這真的是我承擔得起的想像嗎？你必須練就一身隨遇而安的本事。沒有床，抱條毯子隨意找個角落倒頭就睡；沒有洗衣機，整個夏天你擁有的就是一雙手；沒有熱水，洗澡水的溫度順隨白天黑夜轉變；沒有吹風機，畏寒的你一洗好頭就用毛巾包覆；冷氣成為古老遙遠的傳說，屋頂是眠夢陽台——削幾根竹片、綁幾條繩子，搭起蚊帳——星空那麼大，風從四方來，哪裡都是床、哪裡都成為夢鄉。

不再仰賴，沒有便失去了。你嘗試把自己的需求縮小再縮小，成為另一種樣子。什麼時候融入的，自己都搞不清楚，不知不覺就找到比自己當初所想像的，更大更安適的家。

琳勇於無具料理，小量熱衷撿拾海廢。不，不只小量，夥伴們在海邊散步時總是東探西望，他們把海廢——也就是垃圾，無所不用其極地，當寶一樣收藏。如今，小量用廢棄漁網和繩子做了第四個網袋，有大有小、側背後背，她說每個網袋都有不同的功能，說的時候眼睛亮亮的。刀疤沉默地編繩；傑多做一個網袋送給台灣女友；小民偷懶只想撿別人做壞的，遭眾人不留情訕笑……當人手一個自製網袋，自然想跟上「潮流」。渴望的不只是網袋本身，更多是化腐朽為神奇的魔法。價值的再造和轉譯令人臣服，物件重生的同時，彷彿我們自己也重生。

小量和艾達撿了許多美麗的玻璃瓶，她們討論切割好做燈罩的可能性。我訝異於海浪送上岸的玻璃瓶竟仍保有完整，把玻璃瓶洗淨裝滿水，拿到屋外曬一曬，就有溫水可以喝。陽光咕嚕嚕溜進身體，太陽水真的好好喝！

為了這前所未見的成就感，我們成為廢物利用的狂熱者。從海邊一路撿，撿到望安資源回收場。琳的黃橘色花洋裝、傑的粉色襯衫，都來自這裡。男人在大院立起曬衣竿，回收場供應成排的衣架。拼拼湊湊、排列組合，塑膠籃拿來晾碗盤、漁網揉成團變成天然菜瓜布，隨後我盯著爐台上的壓力鍋——不可能！這群人不可能有這種快速方便的高檔貨……「當然是回收場撿的啊！」琳聳聳肩，雙手一攤，笑得耐人尋味。

我走上走下，細看這房子的每一處，它不是我所熟悉的那種家，除了划船露營的裝備，努力將一切需求減到最低，翻轉生活。儘管擁擠喧鬧、必須互相配合，儘管身體濕了又乾乾了又濕，至少不用再讓日劇專美於前，這裡成為我們的黑盒子，開演屬於自己的夏天。

二

只是恆久沖冷水澡的身體，想念熱水。共居得久了，也需要獨處。

獨自一人坐船到馬公島，小巷弄裡找了間背包旅店歇腳。旅店在二樓，隱身於公寓中。我驚訝外頭有舒暖的自然風，客廳卻吹著冷氣。主人領我走進八人間，撲面而來是更冷的冷氣，包裹著化妝粉的味道。我一直記得，聞到冷空氣沾染香水脂粉的一瞬，鼻子如何皺縮起來。這與連日風裡來浪裡去，夾雜陽光海沙的氣味相距太遠，天南地北的殊異兩端，卻一天即可交換。

立時想逃離現場，因預付房款懊惱不已，白淨柔軟的單人床近在咫尺，卻一點也不吸引我。我走出房間，確認這是一間密閉式公寓，腦袋裡轉了千百種退房的藉口。直到推開木門，發現戶外陽台，才安定下來。陽台上的盆栽很有精神，魚菜共生的設計顯示出老闆的用心，這小小一方天地，以簡易吧檯區隔出戶外廚房，外頭的陽光打在對面的紅磚牆上，映照出枝葉的影，老闆泡了杯咖啡給我，聊起他島內移民的故事，我才發現是自己太武斷。

夜裡沖了熱水澡，珍愛無比，吹風機烘得頭熱呼呼的，幾乎跪拜起這樣的溫暖來——好舒服啊！走出浴室一刻，深刻覺察文明的可貴，一切並非理所當然，哪怕是一台熱水器、一支吹風機。我放下簡約生活的嚴格標準，世界很大，住著許多不一樣的人，每個人心裡都有要守護的價值，奢華或極簡只是不同的兩端，走向哪一端都可能失重。

所謂平衡，是珍重已存在的一切，包含自然與文明，我都收受，我都愛。唯有如此，才能取得無所矛盾的，真正的富有吧。

三

回到望安，連續幾天疲累緊繃、馬不停蹄的海上活動，大家都累翻了。幾個人要不攤平在屋子裡、要不遊魂也似地遊走。

午後，琳在廚房用電鍋做香蕉蛋糕；艾達坐在門口手繪浮球；璁聽著音樂；小民瞇眼看書；宏蹲在一旁改他的網袋；刀疤在地板上午睡……我洗好衣服晾曬，轉身一刻，看到小量跨坐在漂流木上做木匙。

沒有人說話，大家各自做自己的事。這靜默不會太久，我卻在靜默中看見古老的生活記憶，時間好似沒有盡頭。

火光兀自在夜裡舞動，刀疤和琳換了水母衣、套上防寒衣，背起漁具，兩個人一前一後跨上電動車，慢慢沒入黑夜，那融入暗夜的雙人儷影，很美。我知道當他們回來，會有魚湯可以喝。

客廳內傳出艾達洪亮的笑聲，她和宏正聊著某次海泳時海下的趣事。小民走到門邊：「我關門囉！」告知的聲音和闔上紗門的動作一樣輕，一天即將結束，我盯著筆記本上閃爍的火光，發現自己許久沒依著火光寫字，心裡有些滿足。

沒再添柴，直到餘火退去，炭心呈現暗紅色；直到光輝燦爛都消逝，剩下灰白餘燼。

風吹得很輕、很柔，我坐在這裡，看到水泥地上石塊中央的炭灰，我俯身觸摸，如絲也似的炭灰在手指上化開，觸感綿密輕柔，白與灰象徵年邁蒼老的智慧，從手指那頭傳遞過來。我摩擦，寧靜溫柔如潮水。我看見家人的支持、愛人的等待，我看見光的溫暖、風的輕撫，突然間只剩自己一人在曠野中，與火同在。就這麼坐在這裡，安安靜靜讓灰燼撫平自己，撫慰過去的焦慮、壓抑、以及想像。炭輕輕沾上了手，黑黑的就像這夜，蟲鳴真美，如風的流動。

我好像讀懂了。那需要很安靜、很安靜，才能讀懂的語言。

我以為我需要的是技術、經驗、故事、成就感或其他，但原來只是要這樣的安靜自在而已。灰燼不全然黑，自手上滑落，我彎腰摸了摸周遭石塊的溫度，以及形狀，穩重溫暖的觸感留在手心上，那是時間深長的饋贈，就像星星一樣。用身體和手參與生活，聲音和故事便盡在其中，我在找些什麼呢？就在這裡！我的手離開，什麼也不留下，我以為什麼也沒有，可指尖明明白白留下氣味：火的、樹木的、森林的、流水的、石頭的、草的、灰燼的氣味。火的影子留在手上，散發出淡淡餘香，一如海的聲音收納進身體，和血液奔流歌唱。

老天，我灰黑的指尖好美。謝謝，不需要拚命抬頭張望和尋找了。謝謝，瘋狂忙碌的夏天和臭味相投的夥伴們。

空手而來，空手而去。什麼都沒有發生，也什麼都已經發生了。

——原載二〇一七年七月九日《自由時報》副刊

今夜出海捕飛魚

——夏曼・藍波安

夏曼・藍波安為本名，現定居於蘭嶼。國立清華大學人類學研究所畢業，私立淡江大學法文系畢業。現為「島嶼民族科學工作坊」負責人。

海洋，飛魚，對於海洋民族的達悟人來說，那正是我們的生存哲學，生活美學，它一直是傳遞著盼望，期望的循環因子。一九三〇年以前出生的，我的父祖輩們，在二〇一七年的此時，幾乎皆已升天作古了，包含我的父母親。然而，一則達悟創世紀的飛魚神話故事流傳的海洋漁獵的秩序，禁忌（我稱之海洋法則）就如山谷裡的涓涓溪水般的，繼續深化，傳承在我們的海洋基因裡，某種海洋律動的主格牽縈著達悟男人的心魂，雖然島嶼逐漸邁向現代化，傳統信仰的轉換，但是海自己的信仰，飛魚本身的導航系統，依然是遠古的特質，在蘭嶼島南邊遊戲產卵，於是也傳遞著不出海獵魚的，不會造船的男人是低等男人，此話也成為某種不變的傳說，安洛米恩的說詞是「殘障男人」。

時光的隧道是被所謂的現代性帶給我們島嶼許多的便利，族人適應現代化的高度與低度不依據個人涵化過程裡的教育程度，而是很單純地繼續傳遞著古老的遺訓「我是男人」，我必須出海獵魚，繼續運用身體書寫著「流動的海洋文學」，傳遞著盼望，期望的生活美學，散播海洋的歌聲。

我的部落依然有十幾艘的拼板船，一艘十人大船。每年飛魚汛期的第三個月，稱之papataw（鬼頭刀魚月）的第七天，族人俗稱是慰勞男人的日子（minganangana），其真正的意涵是「航海日」。第八天便是mipuwag，就是祈福節，祈福海洋繼續豐腴多元的生物物種，祝福節，祝福家屋家人，田產，森林，部落族人健康，平安，這是我們傳統信仰的符碼。這一天的夜晚即可大量的獵捕飛魚，徹夜不眠。

今年我與兒子正在建造給我們父子人生的第一艘拼板船，也為我做父親給他的成年禮物，就如一九九〇年父親帶我做一艘船的意義等同（父親曾經非常嚴厲的跟我說：我要詛咒不建造拼板船的男人）。此時我還沒有船，於是借用外甥的拼板船獵捕飛魚，他有快艇可以捕得更多，更快，更省力。

我把漁網拿去出海的灘頭，然而部落裡有拼板船的男性幾乎都已經與有快艇的親友，兄弟預約好了坐快艇，獵捕夜捕初航的飛魚。

我個人特愛，特別喜歡初夜初航划著拼板船獵捕飛魚的感覺，以及成長過程中的記憶感動，那種存在感是深層的古老感動，是拒絕現代性馴化的原初本能，我的幸運感觸是成長於這個小島，父祖輩們傳授「海戀」的古老基因。傍晚時分，已是夕陽落海的時刻，部落灘頭上只有孤獨的木船，不見船主，某種海浪浪濤宣洩於灘頭的濤聲，亙古而倔頑的不改變，改變的是人類。人類似乎循著「便利」的捷徑捕獲飛魚更多、更省力、更省時是當下的趨勢；微傳說、微傳統、微倫理自然在便利的驅動下，退為記憶體裡的遺忘遺棄的對象。我獨自一人在灘頭等著夕陽落海之後的灰暗，深層的落寞感頓時襲上心坎，心頭轉回昔日沒有機動船的歲月，所有部落的男人在灘頭或早的，或晚的整理飛魚網，漆黑的膚色似是白腹鰹鳥般的，在海浪面前謙卑的啟動雙臂，雙槳，在黑夜降臨後，出海獵捕飛魚，掠食大魚，此刻的灘頭卻是空無一人，男人墮落了嗎？我心裡很複雜的如斯想像。

Marang Kong. arwa Ta-u do minatu.

「叔叔，你好，所有的男人都聚集在小港口。」

Sira mangana kong.

「晚輩們，你們好。」兩位中生代的年輕人嘗試划船捕飛魚，他們也是拒絕坐機動船捕飛魚的人。

「你們跟著我的船尾，我們划船去麗瑪拉麥（飛魚初訪蘭嶼島的海域，傳說中的飛魚出生的海域）。」我說。

「好，叔叔，我們就尾隨你的船尾划。」

那是約莫三公里的划程，後段有一段岬角，因月亮陰缺圓滿，醞成或大或小不等的，如足球場的暗流區，湧升流區，對新手而言，當然是危險的海域。木船的優點在於身體的協調律動是跟著波浪的情緒划駛，雙槳宛如是木船的雙翼，從海底仰望海面，它真的像是海上遺世獨立的行動劇場，每一刀插入海裡的槳葉似是我們人連結海脈的浮動血管，這就是我個人遺棄乘坐快艇核心信仰。

「你們不可以害怕！」我說。

「有叔叔領航，我們就心安。」二十分鐘之後，我們來到了暗流岬角，彼時一塊如籃球場大的海面如是鍋裡的油面，非常光滑，卻是暗流漩渦密布，它暗藏著隨時弄翻木船的能量，對人類不假一絲情感的自然力。

我划經如是油面的暗流，它似乎很頑強的要把我們的木船帶出外海，我固然是老划手，老經驗，但也不得不承認肉體邁向老化，力道衰弱的事實。我的船身距離岸邊的黑色巨岩僅僅三到五公尺，我卻發現我船尾後的兩個年輕人被暗流帶到外海，離我約莫六十公尺，我吶喊道：

「我在這兒等你們，男人！」

五分鐘後，在安全的海域我們再次的併行划槳，胳臂的結實敘述著我們生存意志的韌性，在飛魚出生的海域國度，停止槳葉，觀天，望星，親海等著飛魚群在我們的漁網展翅拍尾，遠古的舞台還在繼續，這一刻，古老的傳說在流傳，拼板船還在生存。

白晝退位，夜的黑就位，這個節奏幾乎就是星球上的人類共通的感官真理。對於我個人而言，白晝與黑夜的循環，在我民族的飛魚汛期期間成為我個人的，很隱密的生活意義是；海洋，飛魚，生活的連結密碼，是降低依賴島嶼民族進入現代化之後的便利。黑夜來了，我就像開始進入祖父口述古老的傳說故事，情境脫離了燈光的光害，或是燈光在夜間工作恩賜的便利，我與兩位部落的年輕人悠悠的輕划著拼板船，在飛魚群初始抵達大島的小海灣利馬拉麥，放流著我們船內的漁網，也放流著流動在我們體內，對黑翅飛魚的古老期待，其實，從我部落划船來到利馬拉麥海域，直線距離只有兩公里，問題是必須越過急流渦旋處，也就是危險岬角，然而，這也不是最至關重要的，關鍵是，我部落裡已經沒有幾艘拼板船，男人們出海已經依賴機動船，就是依賴機械，不再使用雙手划船。

拼板船在夜間的海上漂浮獵捕飛魚，一直是我這一生最美麗的記憶，我個人最愛的活動。假如往日的，五十幾年前孩童時期純真的記憶是決定我這一生的最愛的話，答案是正確的，最愛使用自製的拼板船在夜間捕飛魚，也一直是我個人的生活課題。

那兩位我部落的年輕人，從台灣回祖島開始生活之後，他們也一直「拒絕」登上機動船捕飛魚，所以我約他們划船越過岬角，體悟木船在海流湍急的岬角，運用全身，心力的專注力，讓身歷其境的過程說故事。我常說，這是我們族人逐漸在遺忘，遺棄的獵魚漁法。因此，對於他們依舊熱愛木船魚獵，那股孤獨感裡的「夥伴」像是最親密的親人感受。問自己，我們是在衝撞文明，抑或是文明在撞擊我們民族的古老文明？彼時在我內心深層處「喜悅」在衝撞的龜裂壕溝浮生出也被遺棄的尊榮。

Full moon從我們在海上面對島嶼正面山頭爬升，我們各自的放流船上的漁網，月光在天氣晴朗的夜空是我不能否認的，我最愛的時空情境，這個意義是，我可以短暫的忘記現代化帶來的便利，以及多層次的憂愁，或許我也可以說，是我自己療傷核能廢料不遷出我們小島的無奈吧！

Full moon在海上的光明是柔和而優雅的，是島嶼民族習慣的夜間景色，海洋的心跳就是潮汐的瞬息萬變，在小木船捕飛魚是我三十二歲回祖島定居後，實現祖父給我的遺訓，「飛魚季節，男人屬於海洋」，訓練自己愛上這個活動。兩位年輕人在一艘雙人划的拼板船在我右邊放流漁網，流水由我們船隻面對島嶼陸地的右邊流向左邊，離陸地的外海約是兩百公尺的海面，海流則是極為不規則，忽左右，忽南北。我的漁網放流完後，漁網的末端繫上粗繩，連結漁網與船身。海流的不穩定讓漁網在海面漂浮時是七扭八歪的，我的船其實距離陸地的礁岸只有七、八十公尺，而漁網的直線長度也只有五十公尺，但在海面上漁網被海流扭曲變得更短了。然而，二十多年用木船捕飛魚的經驗，當然是勝過那兩位年輕人。第一次收起漁網，只捕了十幾尾的飛魚，我們都理解，飛魚永恆是逆流覓食浮游生物，在我再次的把漁網一面放流，一面划槳拉長漁網的同時，機械船一船接一船的開來利馬拉麥海域，在一個足球場大的海域擠滿二十幾艘船，在我下第二次漁網的時候，我估計約有一百尾的飛魚，再一次的下網約是八十尾的飛魚，因此我的船內已經接近兩百了。

彼時，我划船靠近那兩位年輕人，說：我的船吃飽了（適量而止）（他們捕的不到一百條）。我又說：Full moon的潮水非常強勁，尤其是那段約是八十公尺長的岬角海流更為凶悍，走吧！

月圓的光，雖然是絕對的美色，也是絕對的浪漫，但對於我們在海上運用雙手划槳划船絕對是費力而艱辛的。果然，當我船隻划進岬角外圍時，浪頭不僅變大，一公尺到兩公尺，在月光的照明下，岬角的浪頭是湍急又是短波浪，且是極為混亂，我的形容是「浪漫隱藏不假情感的險惡」。我對他們高聲吶喊道：尾隨我的船尾。不到幾秒，他們的船被暗流帶到離我約是五、六十公尺的外海，那兒正是急波短浪之區，極為險峻的，我於是又說：順著波浪朝岸邊划。十分鐘之後，他們終於接近我船身了。哇！好危險。

我們已在平順的海面，而我也安心了許多。在滿月月光的照明下，我們平行的划船，我知道，明天之後的歲月，他們將會跟他們的親友不斷的闡述今夜獵魚的事蹟，歲月也將累積他們划木船的次數，也將會沉澱他們的謙虛，我以為，我們被現代化的同時，也只有划船獵魚的經歷，才會有月光下的美好記憶。也是吃了很飽的機械船，當我划進了我部落裡的簡易碼頭的時候，每艘機械船捕的飛魚至少七、八百尾以上，但漁工們少了划船的最後尊嚴。

——原載二〇一七年六月、七月《幼獅文藝》第七六二、七六三期

輯三

辜負的晴天

哪個是老師？——亮軒

本名馬國光，美國紐約市立大學傳播碩士。曾任國立藝專廣電科主任、中廣公司節目主持人、《聯合報》專欄組副主任，世新大學口語傳播系副教授。曾在《聯合報》、《中國時報》等五大報開闢專欄，著述不斷。回憶錄《壞孩子》一書感動兩岸文壇，入圍二〇一一年台北國際書展大獎。著作有《亮軒書場》、《亮軒開講散文篇》、《青田街七巷六號》、《情人的花束》、《亮軒極短篇》、《不是借題發揮》、《吻痕》、《亮軒的秋毫之見》、《說亮話》、《風雨陰晴王鼎鈞》、《邊緣電影筆記》、《二〇〇四／亮軒》、《假如人生像火車，我愛火車》等二十六種。目前在幼年與父親生活過的市定古蹟「青田七六」老宅擔任志工導覽。二〇一二年開始於自宅開闢「亮軒書場」，以美學為講述核心，唱作俱佳，實踐其理念：「學習是一種狂喜，一種最頂級的娛樂」，場場爆滿。曾獲頒「中山文藝散文獎」及「吳魯芹散文推薦獎」。

系裡面打電話來，要我盡快到學校去一趟。現在已經放暑假了，許多老師都出了國，有的才放假第二天便登機「回國」，他們大概提前作了期末考，家在國外，趕著回去團聚。我只是在家避暑，想要好好的讀讀非關課業的書，想不到依然不得安寧，問說要開什麼會啊？系辦說只請我一個人去一趟，難免狐疑。

進入系主任辦公室，主任只說，有一個學生我當了他，能不能改成及格？只要六十分就好。教了好幾十年的書，這樣的要求還是頭一次遇到，系主任說了學生的名字，我一下子就想起來了，這個學生常常缺課，大家都知道我是有三次不來就死當的，他超過了許多，當然是當掉。我知道來不來上課跟當不當得掉不一定有必然的關係，然而學校存在於一個制度之下，凡是制度都有標準，上班的要上班，上學的要上學，做工的要做工。都不來上課，也可能聰明睿智，那就不必在這個制度之下苟且了，有的是大好前程可以去開創。這是我公開的說法。私下的想法是我不點名計較的話，就不太有計分的標準。單單依試卷打分數，而題目又是申論為多，雖有一定的尺度。有一年在其他的系裡兼了一門課，那個系的學生實在不用功，當得多了一些，結果是他們的系主任親自打電話問我標準何在？我只好全班的成績統統每人加一定的分數，讓大家都可以過關，申論題要說有什麼一定的標準很難解釋。要加分都要加，不能說只把當掉的那些加加了事，所以那一次他們好多人得到了滿分，只好如此，要不就要有一百二十分的了。這是我維持一點可憐的公平的手段，以後人家當然也不會再找我兼課了。也還有其他的考察項目，如筆記、如小考，如隨堂口試。但是也同樣困難重重，學生請假沒來，就有權利要求為他們單獨測驗，也是不勝其煩。好在多年來自己費些事，也無大問題。但是系辦要求把已經送到教務處去的成績重打，從來沒遇到過。

原因不是因為這個學生有什麼特殊的背景，而是他知道他這一門過不了關之後，到教務處苦苦哀告，說是他會讓他爸爸打死。我沒見過他爸爸，也不知他爸爸有沒有打死人的前科，心裡有一點不是滋味兒，但馬上就想要給及格給了就是，雖然不一定因此才救了他的小命。你們讀書好不好關我何事？從教務處到系辦都要支持他，我幹嘛為難？馬上在一張便條紙上承認打錯了分數，給了個六十，就回家了。我細想這個學生，花樣不少，有一次他快到下課才來，顯然是怕給當了，隨手帶了一片機車上的擋雨板，說是在路上跟人家撞上了，耽擱了時間，要大家看看證物。我看他身上沒有一點傷，只說沒事就好，全班卻哄堂大笑，還有這一招的！這個學生缺課的理由很多，每一次都很有創意，這是最精采的。

大概過了幾個星期吧？我忽然急急忙忙的打電話給系辦，要求把那一門課的學期成績再拿回來給我重打。我發現有一個嚴重的忽略，是這才想到的，既然他都可以及格，那所有的當掉的學生也都應該讓他們過關，而且，全班都要加分！遺憾的是，來不及了。制度嘛，來不及了。那麼，我也就馬馬虎虎算了，這一件事便擱了下來。繼續讀我的課外書，不亦樂乎。我算不得什麼有原則的教師，心裡很明白。

也要檢討自己，怎麼會把自己搞成這樣？記得過去曾經得到教務處的一個非正式通知，大意是說，建議出題盡量出是非選擇簡答之類，以外沒多說，這個通知不僅是給我的，大家都有。但一看就知道，申論題很難把打分的標準說得釘釘板板，因而學生就有了抗議的空間，各級辦公室也不勝其擾。但是我想高等教育不考申論怎麼行？一向不怎麼遵守。高等教育甚至應該普遍開卷考試，我認為。律師與法官可以帶六法全書出庭，學者可以把參考書放在手邊做研究，為何學生考試不得開卷？

多年後遇到一位在大學兼課的仁兄，他也主張開卷發揮，但是考試時間長達八個小時，足以證明不怎麼行得通，但是我個人是有史以來就開卷考試，很不同意背誦可以等同理解。試卷連同筆記一起交上來，以便查對。這樣子也不一定就完全公平了，盡心而已，不想讓平常用功的學生吃虧，「好人不吃虧」，這一點很重要。一直到離開學校為止，開卷考試這一項，執行到底，是否有用，無法確定。

新學期開學了，照例點點名，卻發現有一位男生不見了，不是點名他沒來，而是從點名單上消失了。這是怎麼回事？系辦助教跟我說，他被當掉的課程太多，有的是三修，也就是重修了三次，不能再修了，因此喪失了就學的資格。不用說，當掉的其中有我教的一門。進一步了解，方知要是我手中的一門沒當掉他，他是可以保留就學資格的。

因此有點自責，怎麼那麼大意，在依教務處要求重打那個學生分數的時候，怎麼沒想到其他人也應該同樣比照？沒有會打死他們的爸爸也應該讓他們過關。現在，要完全的公平是不可能的了，比如說歷屆讓我當了的學生，怎麼可能恢復他們應有的權益？然而同一班同一屆而有不同標準是說不過去的。補救已完全沒有辦法，心裡很悶，甚至於想，也許在性格上的堅持，是自找麻煩，這種堅持有必要嗎？記得有一次為研究所報考的學生閱卷，在集中的閱卷室，我一個小時看不了幾份，一連要看好幾天。卻見到一位原來從未出現的教授，翻卷子比數鈔票都要快，十分鐘不到，厚厚的一疊試卷就打完分數了，真是嘆為觀止。一份多少閱卷費他還不是照拿？我為那些來考的學生抱屈，你們那麼想要更上一層樓，但是辛苦的成績是給人這麼打下來分數的。可是誰也拿他沒辦法，我也不會去告密，真告會成為大笑話。

開始關心這個不知去向的學生，跟系辦打聽，知道他已經找了一個工作，好像是在大賣場打工。

看來他身強力壯，大賣場給他的應該是要用力氣的工作，他有了工作，我心裡好受一點。卻依然忍不住會常常在其他同學那邊問起他，我想要是可能，我願意給他一點補償。但是我一無金脈，二無人脈，他真的要我幫忙，我可能一籌莫展。當一個教師，沒有什麼可堅持的本錢。

慢慢的知道他更清楚的背景。原來這個男孩子年紀要比一般的學生大一點，卻免服兵役，不是他的健康有問題，而是他有一個非常麻煩的家庭。父親早已去世，應該是個退伍軍人，母親有智障，也生了兩個孩子，他有一位姊姊，也是智障，而且，他家遠在彰化，家裡兩個智障都要靠鄰人照應，他是家裡唯一身心健康的正常人，也進入了大學，不幸的是家裡常常出狀況，一下子哪一個走失了，一下子差一點失火了，便是鄰居照應，也不可能面面俱到，他常常要趕著回家處理問題，缺課，無法如期的交作業，考試也不會理想，都肇因於此。他總是緊緊的抿住嘴，後來想想，那應該是一種習慣讓自己忍耐的神情。想不起他跟我說過話了沒有。

很後悔沒有及早去了解學生。當然，要是給自己非當他不可的理由，很容易找到，但都被痛苦的自責擊潰。對他，我什麼都幫不上，但要給一個及格的分數是辦得到的。也許他因為有了這一個特殊的家庭，反而特別的逞強，不肯向我道出他的不得已。而作為一個老師的我，給人的印象是很嚴厲，對自己對學生都是如此。我用功的備課，你們就給我好好的上課，天公地道。誰知天下事總有我們想不到的地方，那個分數打什麼鳥緊？想當年，顧維鈞在哥倫比亞大學讀博士，北洋政府忽然要他回去當外交總長，年輕的他總認為學業未完成有點說不過去，哥大馬上發了張博士文憑給他，他也就成了重要的歷史人物。便是我自己的父親馬廷英博士，一篇論文得到了德國柏林大學跟日本東北帝大兩個大學的博士學位，當時德國他連去都沒去過，只能說，柏林大學太愛這篇論文了，也參一腳，有何不可？這位同學有這樣的一個家庭，他卻默默的擔負了照應兩個智障親人的責任，又要極力的應付學校的課業，無非是想，以後可以因為有了大學學士的資格，找工作容易一些，媽媽跟姊姊都可以過好一點的日子。

我要了他的電話，試著聯絡他，我什麼補救的辦法都沒有，那就鄭重的說一聲對不起吧。他非常驚訝老師居然會打這個電話給他，直說沒有關係沒有關係，他本來就有點不想念了。我想他不想念就是因為我這個老師，心中愧疚更甚。但是許多話也說不出更說不清了。

當年曾遇到一位兼任老教授，昔年是一位大將軍，在學期末了，他給了全班每一位同學一百分，教務處問他為何如此？他回應得非常經典：「個個都可愛，統統一百分！」是啊，八十多歲高齡的老將軍，經驗過許多沙場上的硝煙彈雨，看到這些年輕的孩子，個個都可愛，為何不可都給一百分？分數有什麼了不起？請國父來考三民主義，他未必能及格。我們曾經學過的東西，又有多少到今天還有用？連科目名稱、教授姓名等等也都忘得乾淨。

那天系裡要我回去做一場演說，剛剛講完，有個男子抱著個小娃娃到跟前跟我打招呼，居然是他，我反倒有點緊張。他已經結婚生子了，他要兒子來看看這位他的老師，顯然的，他沒有恨我，還有些肯定我。聽到了我回校演講的消息，就特地來見我。過了好幾年，看來他還是老樣子，緊緊抿著的嘴唇，似乎有點怕陽光的雙眼，好像總看到了一些我們看不見的東西。環抱著孩子的手臂強壯有力，那樣沉著的氣質依然。我一時也沒什麼話好跟他講，只客套了兩句，人生就是如此，最深的愧疚，最高的敬意，都只能藏在心裡，是表達不出的。他只管讓小娃娃叫我老師，我心裡想，誰是老師啊？別扯了。

——原載二〇一七年九月二十七日《聯合報》副刊

蛙福元年——陳黎

台灣花蓮人，台灣師大英語系畢業。著有詩集、散文集、音樂評介集等二十餘種。譯有《辛波絲卡詩集》、《白石上的黑石：瓦烈赫詩選》等逾二十種。曾獲國家文藝獎、台灣文學獎新詩金典獎、時報文學獎敘事詩首獎、新詩首獎、《聯合報》文學獎新詩首獎、梁實秋文學獎翻譯獎等。

我家後院空曠多年，友人好意，幫忙糾工、繪圖，挖池、搬石、植種草木，又陸續添加假山、假橋，微型黃山或瀟湘八景，儼然在焉。為增生氣，先後買了多條錦鯉優游其間，經常餵以魚食。小橋，流水，高山，飛瀑，飛蚊……大小生物互通靈氣，頗合乎我以小窺大，見微知著，在我的城旅行所有的城，在我的後院小庭園旅行全世界國家公園的「小宇宙」美學。冬去春來，偶見不知名小青蛙，不知從何處潛入，撲通一聲從草叢躍入池中，頗有俳聖松尾芭蕉「古池，青蛙躍進：水之音」的禪趣。恰好，我母親先前的一些同事們在手機Line上成立了一個習佛讀經的群組，約定輪流到不同組員家讀經交流，為親友與眾生祈福，有時也借我家後頭餐桌夜間聚會。我雖屬無信仰之人，但大開大放，樂觀其成，也珍惜深印心中幾番讀經聲與青蛙叫交鳴，窗內哦哦哦哦不知所云與窗外嘓嘓嘓嘓不知所云互相吐槽之妙景。說老實話，組員們唸的經文，可謂難解、文言的天書，我常常有聽沒有懂，但翻成清脆、白話的蛙音，從蛙嘴吐出，反讓我有耳朵受洗，得道、上道之感。

四月、五月後，蛙鳴似乎越來越響。組員們方吐出「須菩提！忍辱波羅蜜，如來說非忍辱波羅蜜。何以故？須菩提！」窗外立即「嘓嘓嘓嘓嘓嘓嘓嘓……」乃至於「旺旺旺旺旺旺旺旺……」回應不停。那一天我為接手機來電，走出餐室到後院，電話中友人聽到叫聲不停，問我說你們家最近養狗了嗎？組員中有學識淵博者說此「貢德氏赤蛙」也——是一種叫聲像狗，俗稱「狗蛙」的台灣本地常見蛙。我本來欣喜繼八百年前聖方濟、聖安東尼向鳥、向魚說教後，這些「福妙習經群組」的善男女們向我家後院青蛙說教有成——他們智慧高妙，我長命千歲殆有望矣。沒想到居然是我家後院被「狗蛙」大舉入侵，成為牠們春夜求偶、繁殖的溫床。隨後幾天更有鄰居前來敲門，請求我們入夜後將狗管好。我本來以為自己退休賦閒在家，管竹管山管水即可，沒想到還要管狗叫蛙叫！

都怪我這幾年吃的安眠藥太有效，讓我一覺到天亮，渾不知暗中發生了此等大事。我只好斷藥就寢，到了半夜一兩點，果然聽到旺旺旺旺的蛙鳴從屋外後院響起。先是一聲似乎是公蛙的鳴叫，然後是母蛙的回應，然後此起彼落，一聲接一聲，不知究有幾隻。如此，熱鬧到四、五點，我當然也失眠了。

天亮後跑到後院水邊一看，哇，池面上漂浮著一層果凍般的蛙卵，讓我想起三十年前譯的愛爾蘭詩人奚尼〈博物學者之死〉一詩：「每年春天／我都會裝滿好幾個果醬罐的果凍似的斑點／置放在家裡的窗台上，／在學校的架子上，然後等著看／那些日漸肥大的斑點突變為／身手矯健的蝌蚪……」先前松尾芭蕉「蛙俳」的畫面立刻從我腦中消失，轉而浮現出二十世紀專以青蛙為題材的日本詩人草野心平一首名為「生殖」的極簡詩：「るるるるるるるるるるるるるるるるるるるるるるるるるるるるるるるるるるるる」。那一個個發「嚕」（lu）音的平假名「る」，彷彿一隻隻瘋狂求愛的青蛙，又彷彿一顆顆蠢蠢欲動的蛙卵……。我把撈起來的蛙卵迅速拋灑在屋外路樹下作為肥料。我告訴自己，如果不立刻著手將後院裡的狗蛙請出去，我可能要開一家「青蛙下蛋」粉圓、果凍專賣店。

我到大賣場買了一支台幣七百多塊的ＢＢ槍，趁月色，擊向不幸被我識破藏身處的狗蛙。但那兩百發塑膠子彈完全無效，輕飄飄地還沒飛抵目的物就墜落了。我甚至找出當年買給我女兒當玩具的彈弓，左手持手電筒照射，右手張弓欲射，但還沒出手狗蛙已機警閃跳消失於草叢中。我只好提高武器規格，隔海在「淘寶網」上刷卡購買一組強力十字弓，希望一舉讓狗蛙們斃命。無奈，過兩天，他們居然把貨款退給我，說這是管制物，不得運送出境。習經群組的組員們知我陷入困境，紛紛說殺生何如放生，建議我挑燈夜戰，借強光活捕狗蛙而後放生。我又跑到量販店購買相關器材，在後院架設了三盞飛利浦省電燈泡，夜央後，聞狗蛙出沒，即刻三燈齊開，讓嚇得躲進水中的狗蛙無所遁形，而後鼓起勇氣，伸出右手用力抓之。天啊，那狗蛙的身體居然如此黏而滑，嚇了我一跳，手掌一鬆，狗蛙又精明逃開了。我重整旗鼓，強化配備，右手戴上塑膠手套，要自己再開燈時，視若有睹又無睹地伸手緊抓不放。終於順利將之捕抓入網。

習經群組的組員們聚會時都著深藍色團服，並以居士互稱，且因群組名稱叫「福妙」，每個人都改取含有「妙」字的新名。像我媽媽，從原來的「秀英」變成「妙英居士」；像前人事主任吳阿姨，從原來的「松齡」變成「妙齡居士」；像總務處鍾科長，從原來的「輝熊」變成「妙熊居士」；像伐木課的哈勇・瓦旦先生，從原來的「瓦旦」變成「妙旦居士」。居士們隔日在我家聚會時，誠心地為前夜被我活逮的狗蛙齊唸了一段很長的「觀無量壽佛經」，並且替牠取了一個叫「妙荒居士」的名字（因為當天正是偉大的游泳選手傅園慧女士以「洪荒之力」勇奪里約奧運仰泳銅牌的三百日慶），要我第二天一大早把牠帶到穿花蓮市區入太平洋的美崙溪口放生。前後兩個月，我矢勤矢勇、貫徹始終地活抓了三十幾隻狗蛙，直到我家後院完全見聞不到一絲蛙影或狗鳴。獲頒居士的狗蛙們各有其美妙、紀念性的名字，包括在颱風夜落網的「妙颱居士」，在五一勞動節就擒的「妙動居士」，在美國總統唐納・川普七十一歲生日當天抓到的「妙唐居士」。最感人的是，為了緬懷與他們結今生妙緣的這些狗蛙，「福妙習經群組」的眾居士們開會決議——組名不變——但每位組員名號中「妙」字改成「蛙」字，並且爾後唸經文時，在適當處自動伴以「嘓嘓嘓」或「旺旺旺」等組呼、團呼。所以我媽媽從原來的「妙英居士」變成「蛙英居士」；哈勇・瓦旦先生從「妙旦居士」變成「蛙旦居士」；新加入群組的杜捷賽機師則變成「蛙賽居士」。哇塞，他們真的一鳴驚人，因蛙鳴而茅塞驚然頓開，洞悟人蛙一物、成住壞空同字的佛法之妙。

我在我的小屋、小院子裡「俯仰終宇宙」，常常搞不清楚眼前是民國幾年，或西元、主後，佛後幾年。但一聽到全數換穿綠色、青蛙色團服的我母親習經群組的同志們，在我家後面一句句「依般若波羅蜜多故，心無罣礙，無罣礙故，無有恐怖，遠離顛倒夢想，嘓嘓嘓……」，「一切有為法，如夢幻泡影，如露亦如電，應作如是觀，旺旺旺……」，或「池中蓮花，大如車輪，青色青光，黃色黃光，赤色赤光，白色白光，微妙香潔，福氣啊……」的讀經聲時，我確知現在是「蛙福元年」！

附記：感謝吾友邱上林茶餘飯後為本文提供加油添醋之資。不敢掠美、掠真，特此表揚。

——原載二〇一七年八月十三日《聯合報》副刊

本名林皎宏，台大史研所肄業。編輯人。現任職掃葉工房。嗜寫書評。著有《生涯一蠹魚》等數種。

告別最喜歡的那家書店

傅月庵

樓上並不很大，四壁是書架，中間好些長桌上攤著新到的書，任憑客人自由翻閱，有時站在角落裡書架背後查上半天書也沒人注意，選了一兩本書要請算帳時還找不到人，須得高聲叫夥計來……這種不大監視客人的態度是一種愉快的事，後來改築以後自然也還是一樣，不過我回想起來時總是舊店的背景罷了。

周作人《東京的書店》，講的是一九〇六年前後的丸善書店，不知怎地，總讓我想起我最喜歡的那家書店。

但其實，論規模、空間、書籍數量，兩者根本沒辦法比，時間更相差了整整一百年。唯一相似的，大概就是「樓上」兩字，以及「不大監視客人的態度」，甚至可說冷淡的氛圍了。

台北郊區的這家書店，我一年去不到幾回，至多恐也就是三、五次。唯獨年年清明節掃完墓順路，幾乎都會過河踅去看看，報效些微書款。去時，從頭到尾也幾乎有一標準流程：上樓，跟店主人打招呼，沿書壁打轉抓書，結帳點咖啡，找位置坐下翻讀，幾十分鐘乃至一個鐘頭後起身告辭。

這幾日，為了寫這文章，我一直思索，不過就是買幾本書，同樣這流程，台北城內城外怕不有十來家書店可搞定，為何我獨獨鍾情於此，且總是忍著不買明明很動心的新書，累積幾本之後，方才花費來回至少半天的時間，去消費這僅僅個把個鐘頭？簡直太沒有效率了，不是嗎？

這或許跟「理想的書店」有關吧。

理想，或說夢想，都很個人，無非相對不易實現的主觀意志耳。所以談起一家理想的書店，十個人可能有十一種看法——有一人不只一種——有人希望不受干擾，安靜的挑書，最怕店家過來推薦這推薦那，甚至「也可以用租的」這樣怪異的提議；有人卻責難店員不親切，一臉冷漠，專業知識不足，不能跟客人聊聊書。更有嫌書少，沒得挑；嫌書店太大，人太多……都說個性決定命運，這命運當也包括一爿理想的書店才是。

書店是買書的地方，買到書一切理應完結，於我卻不僅於此。書是逃避現實人生，借用他人人生的空間，書店即此入口之始，買書遂具有某種儀式性質，也自有一種莊重。別的不說，至少得安靜明亮，讓人得以凝神推門，排闥而入。圖書館必須安靜，因為所有人正耽溺另一個人生空間，不應也不可打擾。書店自也應該如此，倘若不夠安靜，甚至光線陰暗，萬一入錯門，借錯了人生該怎麼辦呢？「安靜」是理想書店的第一要件，個人很主觀的偏見。當然，安靜並非絕無聲息，適當的音樂，自可發揮「鳥鳴山更幽」的作用。但應該何種音樂？那也是一門學問，熱門搖滾必然不適合，常見為古典音樂，但按照不同時段雜以爵士、藍調，輕聲低放，亦自有一種趣味。

我喜歡的那家書店，有無音樂？我竟已忘了，可以確定的卻是慣常靜謐。靜謐原因有幾：⑴生意不算好，有時一整個下午也沒一個客人，主人卻也不著急，隨順而行；⑵客人太喧譁，店主人會出面制止，甚至擺臭臉以待；⑶主人當也愛靜，常自低頭看書或計算機，除非你開口，不太搭理客人。歸根究底，主人性格即是書店性格，氣味相投方才會喜歡，我與此店因緣由此而來。

據云男女主人頗有些怪癖，譬如媒體時代裡，各行各業莫不以「被報導」為榮，大街小巷飲食店張拉「感謝某某電視台某某節目報導」大紅條幅即可證。昔時「有拜有保庇」，今日早改為「有報導有客人」。此店明亮靜謐，風景這邊獨好，背後更有滿滿一籮筐故事，入圍參選「台灣最美麗書店」絕無問題，店主人卻幾乎不接受採訪，也非我慢貢高，而是索然無味，斷然喊停：「初時也接受訪問，註銷一篇，鬧熱數日，卻多半不是愛書人，來打卡來拍照來東翻西看，就是不買一本書，遑論好好讀一讀。店小人多吵雜，妨礙了真想買書讀書的客人，想想多一事不如少一事的好。」——主人深明大義，看得遠，守得穩。想不喜歡都不行。

女主人另一怪癖，愛貓恐更勝於愛人（男主人或例外）。自於河邊開成書店，便開始照顧本地街貓，從無到有，從少到多。何處有食？貓自會傳播，數年之間，「吃好叨相報」，貓口激增，女主人不僅給食給水，救死扶傷，登記編號，更予結紮。看到她對待貓兒的溫柔照拂，處理愛貓捐款的一絲不苟，實在很難想像她所自稱「臭臉老闆娘」、「因為看不慣一個客人老是在書店把妹，而他滿口的文學意見都是陳腔濫調，讓我愈來愈不耐煩，有天竟憤而把他趕出書店外！當時在場的一位年輕人被我嚇到，以後再也不來了。」

有一間書店，緊臨著河岸邊
我為祂，守候著時間
守候每個季節的水鳥
守候泥穴裡沉睡的蟹
我時時勤拂拭，偶爾也縱容
比如說，一隻牆腳上困著的蜘蛛
一片遭晚霞燒紅的落葉

二〇〇六年開店之初，女主人為書店寫下的情詩幾行，題名〈我想我會甘心過這樣的日子〉。十年於茲，有河有書有貓有山有歡樂有艱苦有日子緩緩流過，「是一切美好與快樂的由來」。對主人如此，對客人也是這樣。二〇一七年，女主人有恙，遂不得不聲明於深秋結束營業，儘管後續有人接手，書店依然，但「你不能兩次踏入同一條河流」，遂也只能告別最喜歡的那家書店了。

淡水「有河Book」，二〇〇六～二〇一七，台灣最好的書店，因為堅持，遂得以獨立。

——原載二〇一七年十一月《印刻文學生活誌》第一七一期

賽跑，在網中——顏擇雅

柏克萊加州大學比較文學系畢業。上一次入選年度作品選是蕭蕭主編《七十八年詩選》（爾雅，一九九〇）。第一次寫專欄是一九九九年在英文《台北時報》。二〇一四年金鼎獎雜誌專欄類得主。著有散文集《向康德學習請客吃飯》、教養雜文集《愛還是錯愛》、時評結集《最低的水果摘完之後》。二〇〇二年創辦雅言出版公司。

跟其他網站相比，臉書一大特色，就是數字特別多：通知數、來訊數、朋友數。一進入臉書就必須接受：這是數字主宰的世界。

在這裡，數字會影響你的心情，你的判斷。抱怨一下半夜失眠，幾個讚代表世界還有人陪你醒著，半晌無一讚則害你更睡不著。發一篇無聊雞湯文，如果分享眾多，你很難不感到飄飄然，自認是作家了。

數字最能激起比較之心。學生時代考試分數沒公開，但老師發考卷回來，底下一定互相探聽同學都考幾分。公開數字更不用講。臉書雖有隱私設定，朋友名單可隱藏，按讚數和分享數卻攤在陽光下。這裡人氣無所遁藏，有數字為證。

點進去看舊日情敵的塗鴉牆，除了看見他現任女友相貌美醜，也一眼可知他享有多少人氣。人氣從來不是輕如鴻毛。亞塞・米勒《推銷員之死》主角一大悲哀，正是生前最愛拿人氣跟妻子吹噓，自殺後卻沒人來參加告別式。在臉書時代，這主角只要換大頭照無人回應，身後妻小自然知道一切從簡。

然而，臉書人氣卻有一點跟現實不同，就是需要經營。葛麗泰・嘉寶不露臉幾十年，女神地位只有更鞏固，臉書卻不行，必須時時勤拂拭，不然就人走茶涼。這是臉書易上癮一大原因，更新了動態，就必須回來檢查，順便看看別人發什麼文。你回應別人，別人回應你，這就是臉書賺眼球的方式。

把人氣轉成數字卻有個問題，人氣這東西可以量化嗎？所有測量數值都有類似問題。一國生活水平量化，就是國內生產毛額。產製愛的小手努力推銷，絕對有增加國內生產毛額，但這增加有何意義？產銷商賺到錢是真的，但小孩挨打會痛也是真的。痛到嚎啕大哭吵到鄰居，生活水平不進反退就不只是小孩，還有不得安寧的整棟公寓。

臉書數字最可商榷處，正是那個讚字。英文是「like」，喜歡。《推銷員之死》主角主張，被喜歡是人生第一要事。這需求臉書聽到了，遂給所有動態都安排一個按鈕「讚」。奇妙的是只可按「讚」，卻沒「不讚」或「無感」可按，如此「讚」的意義就奇寬無比。

有人哀悼親人往生，下面也許多讚。不可能是喜歡死亡吧，難道是嘉許悼文辭采妥切？或許沒細讀，純想表現善意？還是按讚只是順手，等於標記：「朕知道了，下次略過」？

對他人悼亡無感，當然不是朋友。友誼最基本不是同理嗎？單純以一個「讚」概括人際各種可能的喜怒哀樂強弱濃淡，朋友與非朋友中間那條線一定模糊。

在臉書時代，二者之間已不是一條線，而是「臉友」這詞所代表的灰色地帶了。這是中文比英文準確的一點，因為不管臉友還是朋友，英文都用friend，不加區分。但中文使用者也不是一加入臉書就知區分，誰一開始不是只想加生活中認識的人呢？但沒多久就破戒，也許是渴知產業風吹草動，也許是關心受虐貓狗傷勢，反正就是某角落有群人湊一起閒聊，你超想加入，只好發出加友邀請。一旦破例，沒再加第二、第三位說不過去。很快臉友數破三百，半數並無一面之緣，有的搞不好只有一讚之緣。

一讚之緣當然只是臉友，但累積到千讚呢？彼此關注動態，頻頻互相留言，這樣跟朋友有何差別？如果只是沒見過面，別忘了，古人許多見面相聚往往空洞，像孔子罵的：「群居終日，言不及義，好行小慧，難矣哉。」這種聚會並沒真友誼，頂多證明誰誰誰一掛而已。還有《漢書・游俠傳》

這位陳遵：「每大飲，賓客滿堂，輒關門，取客車轄投井，雖有急，終不得去。」這種人再怎麼講義氣，做臉友還是比較好吧。既破壞財物又侵犯人身自由，他的「賓客滿堂」我是絕不參加的。

當然，我們不會想跟每位臉友變朋友，但晤言不再限於一室之內，卻大增交友的可能。韋應物的「舊交日千里，隔我浮與沉」如今已不成問題。本來我們在轉學、換工作後常有李商隱「新知遭薄俗，舊好隔良緣」的感嘆，如今拜臉書之賜，「舊好」已隨時可對話，「新知」也不限於學校、工作場合遇到的了。

說臉書可帶來真友誼，許多人也許不信。然而從古至今，友誼內涵本就不是一成不變。今日朋友不管如何意氣相投，稱兄道弟，也不會像蒙田，寫〈論友誼〉時明明已經結婚，卻稱亡友才是「另一半」。今日兩個大男人睡覺蓋一條被，別人一定認定是斷背山；純友情而走路手拉手，則是國小女生。然而杜甫懷念李白卻有「醉眠秋共被，攜手日同行」之句，沒人覺得肉麻。

許多人不屑臉書，因為太多吃喝玩樂，不就是炫耀嗎？殊不知，炫耀是否值得同理，也因人而異。大財主炫富令人討厭，大財主的媽媽炫耀兒子會賺錢更是討厭加三級。但如果凡夫俗子炫耀一下小小快意，那就另當別論。

契訶夫〈吻〉寫的就是這麼一位凡夫俗子。小兵去豪宅作客，誤闖伸手不見五指的房間，不知哪裡冒出一位香噴噴小姐抱住他吻一下就奪門而出，他當然知道吻錯了，卻還是自珍自愛那幸運的臉頰方寸，拚命揣想小姐的相貌身分，喜孜孜一夜一天，再來需求是什麼？當然是炫耀！沒想到，想起來綿綿無絕期的一吻，竟然兩三句就講完，同袍發覺沒香豔可聽，反應冷之又冷。

這就是沒有臉書的悲哀。若在今日，小兵只要上傳幾張豪宅美食照，再寫：「另有小小豔遇，雖無照片為證，心臟依然快速跳動著。」下面就會有一堆讚，再加「超羨慕」或「怎沒揪」之類的留言。

凡夫俗子的人生總是辛苦無聊，享樂也往往像契訶夫筆下的暗室驚吻一般稍縱即逝。拿出來炫耀，不過想延長一下腦內啡分泌而已，這是很卑微的需求。孔子看不起「友善柔」，殊不知偶爾善柔一下是只有朋友可以展現也最應展現的同理。常言「患難見真情」，但不是亂世，陷入患難應只有少數才對。對多數來說，「炫耀見真情」實際多了：你在星級飯店打卡，真朋友就應該留言「你值得」。誰如果只惱恨人生不公平，不給讚還取消關注，就不是朋友。

現實中，非朋友變朋友常需要交往一陣，少數是一見如故。朋友變非朋友，正常狀況是疏遠，少數才是絕交斷交。友誼不像親子手足有切不斷的血緣，不像婚姻有契約束縛，亦不像愛情受賀爾蒙宰制。因為只憑理性意願取捨自由，最能顯露品德，哲學家才特別喜歡論述。

這自由呈現在臉書，就是加友刪友。這裡中英文不一樣。本來英文friend只是名詞，交友要說「make friend」。既說make，表示友誼需要心思力氣，一番敲打拿捏才漸漸形成樣子。有臉書後，friend卻變動詞，交友就像吹口氣毫毛變大聖，unfriend則是法力消失變回毫毛。對比之下，中文的加友刪友聽起來就不仙不魔，就是一本名冊，隨時需要編輯。

所謂編輯，常是看到一句粗魯留言馬上刪友，或邀請太多懶得篩選乾脆一口氣加友數十。若非臉書設上限，許多人真會加到五千以上，將來再刪。問題來了：臉書有增加朋友數嗎？

關於朋友數，這領域的權威是牛津大學演化心理學家羅賓‧鄧巴（Robin Dunbar）。他觀察，人類交往圈是大腦新皮質大小決定，成員雖會變動，不同親疏程度的數目卻不變。若把泛泛之交也算進來，交往圈平均應是一百五十，有吃飯喝酒交情的通常是五十，失意可傾心的數目則是五。這就是所謂「鄧巴數」。

鄧巴發展出一套人腦演化理論。不是所有社群動物都需要交友，魚雖然集體覓食，卻不分工，因此不需辨認彼此。靈長類腦力先進多了，同群有尊卑，有親疏，需要互助育幼，因此不只需要以聲音、外表相認，還互相理毛。然後，人類遠祖從森林移居草原，為了應付危機四伏，身手必須更靈活，合作也必須更多元，於是人類學會講話。聊天不只跟理毛一樣聯絡感情，還節省時間，不必占用雙手。

這麼說來，臉書其實與猴子理毛是一脈相承，都是維繫社群的手段，只是越來越有效率而已。果然，依據鄧巴研究，臉書內外「鄧巴數」都一樣，就算臉友數五千，實質互動依然只有一百五十上下，最密切依然差不多五位。

這就要講到臉書取名的由來。「臉」字是它本來只收集辣妹美照，供哈佛男生把妹參考用。這麼說來，它一開始的設計，就抓住人類「社會腦」核心：認臉。除非臉盲，這能力是人類一出生就有，到老都不退化的，不像語言學習，成年就大大不行。嬰兒出生沒多久眼睛就知搜尋人臉，不是人臉好看，而是人類天生有透過臉去認識人的需求，這是臉書易上癮另一原因。

至於「書」：臉書的確可以閱讀。但跟書不一樣的是它無終始，隨時可插入，可離開，跳幾頁也不覺遺漏。又因為每則動態只是切片，上下風馬牛不相及，不需注意力持久，是零碎時間最好排遣。這點也讓人易上癮。

事實上，臉書只有對用戶來說才是書，對臉書這家公司來說，它是一張網。用戶增加，就是網越來越大。按讚、留言、分享，就是網線越來越粗、越來越糾纏。我們每人都是數十億網點中的一點。王熙鳳跟劉姥姥說：「朝廷還有三門子窮親呢」，臉書不只能看見劉姥姥是一個點，皇帝是不遠處另一點，臉書還知道，劉姥姥只要加誰再加誰，就可跟皇帝有共同臉友。

也就是說，臉書知道所有人在網上的確切位置，我們則不知道。連位置都不知，遑論我們跟他人遠近了。臉書也代我們決定，每次打開臉書，入眼的五則動態是哪五則。在我們下線時間，我們所關注的臉友、專頁新動態應該起碼一千吧，臉書卻挑這五則出來，背後運算法是不分享也不給討論的。

這就回到前文講的，臉書所帶動的人氣比較。你也不時更新，我也不時更新，都是為了這運算法。它就像路易斯‧卡洛爾小說《鏡中奇緣》那位紅色皇后，在她主持的賽跑中，人人都必須沒命地跑，才能留在原地。紅色皇后認為，只有在很慢的世界，才有向前跑這種事。

即使在慢世界，也有人跑輸，例如告別式沒人來的《推銷員之死》主角。若在臉書世界，人氣再怎麼不行，兒子寫悼文也一定有人按讚吧。但如果跟父親只是純臉友，給兒子按讚後應也會刪掉父親，這是例行編輯動作。

我有一位亡友，走好幾年了，但我從不考慮刪她。雖然她的塗鴉牆我該按讚的都按了，該留言也留言了，但我還是不時會搜尋她出來：滑到最底下有她出生那年，再來是她加入臉書那年，最上面卻沒註明她死亡那年。臉書當然知道我仍關注她，但運算法已不可能再把她的動態送來我首頁，時間在這帳戶已經凝固。

我們所有帳戶的未來都是如此。我們身處其中的網持續擴大，新世代加入賽跑，舊世代漸漸「訪舊半為鬼」。等你老到不想再更新，臉友根本不知你只是懶，還是閻王那本不停重編的名冊最近已經註銷你名字。如果有人為你發悼文，識與不識都會按讚。但只有真朋友會在多年後回來重訪你的塗鴉牆，並渴望有某種運算法把你的消息送回他首頁。

——原載二〇一七年二月《印刻文學生活誌》第一六二期

記憶防空洞

吳妮民

一九八一年生，台北人，現執醫業。曾獲林榮三文學獎、時報文學獎、梁實秋文學獎、台北文學獎、全國學生文學獎等，喜歡由書寫的角度看生活、面世界。著有散文集《私房藥》（聯合文學）及《暮至台北車停未》（有鹿文化）。作品散見各文字媒體，並獲選入《散文類》、《九歌一〇〇年散文選》、《九歌一〇四年散文選》、《我們這一代：七年級作家》、《耳朵的棲息與散步：記憶台北聲音風景》。

網路恐攻的時代來臨了。二〇一七年五月，一波程式病毒以海嘯之姿襲捲世界、專攻以微軟（MicroSoft）系統進行作業的電腦。據報導，中鏢者其文件照片等等檔案，均被加密、無法開啟，苦主尚會接到勒索信，必須繳付贖金，才有機會得到歹徒給予解密指示。短短幾日，彷彿生化軍入侵般，病毒已接連攻陷許多國家，甚且造成重要機關的癱瘓，人人擁電腦而自危——包括我——這新聞帶來的惶恓，使我這樣不常更新軟體、總搞不懂3C的資訊能力低落者也憂心忡忡地趕緊備份。事件中最引我注意的，則是病毒名WannaCry，「想哭」，聽來滿是輕蔑嘲謔，毫無疑問地，帶有丑戲般的惡意。

確實，若在無所覺察間，積累多年的紀錄皆被綁架、鎖住、形同丟失，是令人想哭的，或許，還該加上螢幕前的愕然，及悲憤吧。

去年，我就遇到了類似的慘事。某回因撰稿得附上照片檔，待點入常用資料庫，才赫然發現圖檔多被加上crypz的副檔名，遭此變故的相片一概無法讀取。我急得告訴先生，他問我是否無意按到什麼釣魚連結、或進入了垃圾郵件……嗯，誰會記得呢？就連勒索信我也沒收到——可能夾雜垃圾信件堆中，一併被傾倒刪除了——這整起事件發生得不明不白，誰都沒占便宜，我的電腦，真可謂是無端犧牲。

風波後，方手忙腳亂地購置了新的防毒軟體，意在杜絕日後災禍。劫後清算，最感傷的，莫過於看著那些淪陷資料匣的標題：「科部旅行」、「尼泊爾義診照片」、「去墾丁的週末」……，它們該是多貴重的東西啊，如今放眼，卻盡是殘骸。當時到底發生過什麼？相偕的旅伴有誰？二十幾歲的我長相如何？事隔多年，少了影像佐證，我所經歷的人生竟似不真切了起來，漫漫時光，只被篩成幾個蒙太奇，腦海中閃現；雖然，所有被處理過的長期回憶（long-term memory）理應皆形成了蛋白質，點點沉落大腦的幽冥區域，它們還在，但我怎樣也尋不到去時蹊徑了。搆不著記憶的失落感，彷彿大學時代期中考，沙沙振筆聲裡，我心慌意亂地盯著眼前熟悉的題目瞧——這答案我見過的，明明，它就落在共同筆記上的某則笑話旁邊啊（不過該則笑話的起承轉合倒是記得一清二楚）。

說來奇怪，愈是看不見想不起的，愈是在意。譬如，某些照片匣名稱令人摸不著頭緒，「2011-12-19」、「2012-10-18」，顯然以日期草草編成，或許當初整理時太忙，還不及分類命名，就這樣一股腦兒地先存了再說，大概後來，也沒機會定下心檢視，標題的數字遂形同密語：那是個什麼日子？重要嗎？唉，我真的一無觸動，毫無所悉；匣中內容為何？恐怕，我是連自己失去了什麼都不知道了。

失去的痛，有個故事替我說了。作家陳丹燕替上海永安百貨千金郭婉瑩撰寫的人生故事《上海的金枝玉葉》裡，提及文革帶給她的傷害，是「……我的三十多本照相冊全被人一張一張地撕光。世界上其實是沒有東西能真正留下來的。」這敘述，光看就令人發慄。照相不易的年代，拍幀照是大事，幾張合影便足以傳家，是百貨千金那樣的家世，才有能力擁有三十幾本相簿的。然而，即使曾經留下了這麼多身影，那些孤本被摧毀時，當事者還是撕心裂肺地疼痛，彷彿活過的年華全不算數了。但若你問我，數位時代，一次攝錄影像動輒百十張，總量遠遠多於三十幾本相冊，丟失了會比較無傷嗎？我會說，我也不曉得。讀大學之後，底片機逐漸被數位相機取代，十幾年來，我早累積了上萬張照片檔，它們已多到我無暇一一細看，可是偶爾當我打開某個資料匣，看見過去為了敷衍交差而隨意拍下、或被拍的工作相片時——從前，住院醫師每週總要上傳輪訓照、活動照至科部資料庫，年輕的我們總嫌那是份冗贅的記錄差事，因此影中人常失焦糊去、構圖常粗率、曝光常過度——現在，年紀漸長的我會覺得既慶幸，也可惜了：真好，原來我們曾經是這個樣子；遺憾的是，人沒照清楚。可以的話，我想伸手去扶住那支時間中的鏡頭，告訴它，耐著心性，好好照吧。

而留住記憶就像企圖以沙石攔阻河水一樣，是多麼徒勞，又多麼難。事實上，在今年這波病毒肆虐前，我便曾在電子信箱中收到推銷微軟雲端硬碟的信件，通知語氣亦來得斬釘截鐵：「若不升級，您的帳戶將於〇〇天後遭到凍結，裡面所有檔案，將無法被動用。」天哪，這聽來多像一則威脅？我明白那是強迫使用者得購買儲存空間的手段，起初，並沒打算理會。然而隨著截止日的逼近（微軟公司每隔一陣便寄來倒數計時郵件）、電腦病毒四處放火的煙硝，我動搖了——它挑起我對存在最深刻的恐懼——若有一天，我提不出任何影像證明我的歷史，或失去了我的文字一如所有考證學裡被註記「亡佚」的，那麼，我要如何說明自己存在過的事實呢？

那憂懼促使我在某日按下購買鍵、刷卡，以年付兩千多元的代價，換來一個在虛空中的龐大記憶體，1000 GB，它是個保險箱，終於，在威嚇我記憶即將消亡的黑白雙方夾擊下，我選擇付錢給白道，看著檔案在上傳符號下冉冉升至雲端，抵達防空洞般的處所，我感到心安。如今，這些電子摹本俱在一安全的避世之處了，除了仍有可能被駭入外，它們不怕蟲蛀，不染煙塵，不畏烽火，就算並非永恆，至少可以存留在我還在意的時候——雖然一向清楚，我在意著的懷念著的，通常，是那麼地微不足道。

——原載二〇一七年八月《文訊》第三八二期

運動男女

祁立峰

畢業於國立政治大學中國文學系，現任國立中興大學中國文學系副教授。研究領域為六朝文學、文學理論，著有學術論著若干。另從事文藝創作，曾獲台北文學獎、教育部文藝創作獎、國藝會創作及出版補助。著有散文集《偏安台北》、《來亂》、《讀古文撞到鄉民》；長篇小說《台北逃亡地圖》，並曾於《中國時報・人間副刊》「三少四壯集」、「udn讀書人」以及「Readmoo閱讀最前線」撰寫專欄。

社會運動本身有其催情的元素，對抗萬惡國家機器的宏願本身就是一種情慾。

你是在某場已忘了抗議什麼大件事的社會運動裡，認識席地坐隔壁的學妹。一開始她們自拍你機巧一併入鏡。接著水渠順成聊了起來。這種搭訕要手機索Line的兩性調情，若是置換去了繁華絢爛的東區街頭，肯定幾秒內就得以打槍婉拒收場。但這可是「運動現場」——那些憤懣，熱情，嘶喊與愛慾，都宛如一瞬就燃燒熊熊，以幾千轉速引擎油門催落的超跑似的。

雖然和這幾年新世代的闖立院占政院或總統府那種更大規模、米蘭・昆德拉式的混亂場面沒得比，但你和學妹的社運當晚，也終於迎來強制驅離高潮。隔壁攏坐的男女非得手勾手，身體緊偎，擺設出抵抗驅離被抬走的標準姿勢。在蛋白質費洛蒙在情緒激昂亢奮下，什麼分際隔閡都顯得毫無意義。要說社會運動本身有其催情的元素，或者更進一步來說，那些集會，抗議，對抗萬惡國家機器與暴力的宏願本身就是一種情慾，好像也都說得通。總之遠遠回望你那些年的運動史，最後的記憶就是那些運動裡激情又名正言順的男女們。滿城烽火都只為了成就熱戀的人。

說起來那些年你還童蒙餳澀，什麼政治正確的昭昭議題，你不忘沾點醬油過點水，但運動現場搭訕的學妹，爾後似乎也就真以為你是標準嫉俗憤青。後來各種勞團社運她定期發群組信息，無役不與，於是你也收到了各種標語、旗幟、貼紙。拆大埔的，反核電的，Lomo風拼貼補綴就掛在你套房的室內曬衣桿，也就是這樣的功能了。搬家時那些貼紙海報旌旆不知所蹤，一如你那些輝煌又略嫌草率的運動史。

將社會運動大脈絡大場景的縱深，推拉到極致的，除了前述昆德拉的經典，發生於布拉格之春的《生命中不能承受之輕》外，大概就村上春樹《挪威的森林》。你揣度大學時期的村上叔，恐怕是親身履歷全共鬥，親眼見證安田講堂事件，以及封鎖校園之大浩劫大動盪，幾乎是張愛玲《傾城之戀》的七〇年代版本。亂後多年你造訪安田講堂，一絲運動氣氛也無，只剩學餐裡朝聖的觀光客，你以破爛日文點了赤門丼，辣醬在舌尖又刺又熱，像殘剩的激情。

但這可能是世情小說的特有手筆——在暴亂失序、所有安穩靜好稍有不慎就湮滅的大時代，每個人都像金爐裡閃燃開來，被燒成碎燼卻仍旋轉紛飛的紙屑香灰。但戀人、也唯獨有戀人們才能適應這樣的天擇，說什麼都不怕不顧周遭的混亂，甚至能理所當然、理直氣壯地把這些戰爭，死亡，暴動與喪亂當成背景音、畫外音，當成攝影棚內的電腦合成屏幕藍板。這是戀人的天賦異稟啊，若不是那樣的英雄氣短時代，怎能顯示出沛然無畏的兒女情長？

三次舉牌無效後，你和學妹終於雙雙被抬離。離開了自由廣場，大夥的熱情似乎也如真空袋抽光耗盡了，就這麼順從坐進警備車。遙想那些年，尚無拍肩流血等激烈場面，載滿大學生研究生的黑白斑馬車緩緩開動。街道上仍是狼藉的鐵馬蛇籠，車窗還裝有鐵網防止脫逃，但車內就宛如大學畢旅似的，喧騰騰鬧擾擾。司機將車開往捷運站，運動告終，你們宛若跨年晚會散了場，阿妹五月天走下舞台般光影俱滅，萬籟無聲，擠上終電捷運。學妹纖細肩膀輕靠著你，髮絲飄散著淡淡薰衣草香。這就是運動，草率卻又富饒，猶如愛情。

——原載二〇一七年四月十九日《中國時報》副刊

辜負的晴天

黃信恩

醫學系畢，現事醫療。作品以散文為主。曾獲《聯合報》文學獎、梁實秋文學獎、全球華文青年文學獎等獎項，並入選九歌年度散文選、天下散文選等。散文集《體膚小事》獲文化部金鼎獎優良文學圖書推薦獎。

一年裡總有幾個月，陰晴界線模糊。陽光迷濛，亮得不乾脆，晴天是灰色的。入秋以來，紫爆、紫爆、紫爆，有時一週分三次，有時連續三天。我原以為是偶爾一次的病入膏肓，但空汙警示卻經常成日常。

對PM2.5（細懸浮微粒）的醒覺，是近年來的事。以前只覺高雄入冬很早，什麼東北季風、陰雨綿綿、氣溫驟降，都是遙遠的預報。這城的冬日，風微雨止，大日高掛。少了潤澤，萬物有種枯的氣息，而枯的外表有層灰，彷彿蒙著哀愁。那時我只覺得是水氣少，後來終於知道，如此旱、枯、灰，乾得不澄淨的感覺，叫空汙。

南風已殆，霾在島南

約莫此時，南風已殆，霾在島嶼中南部，吞掉中央山脈稜線。野心大時，山形全消，所謂「霧霾移山」；霾也混進天色，把藍稀釋了，雲朵不靈巧，陽光不俐落，含糊的線條交織眼前的一切。這樣的時節，我反覆在島嶼西南沿線移動。列車劃過嘉南平原，窗外地景雖遼闊，但霧霾罩禾浪，灰妝裹身。車停，門開，空氣裡有股焦酸味，彷彿某種雜質，滲進生活，也竄入身，殃及心，日久令人寡歡。

不能運動了、孩子過敏了、氣喘發作了、結膜紅又癢……這些都是節制的牢騷；諷刺點的「毒氣室」、「人體空氣清淨機」、「最暗太陽」也成流行語。

「氣象預報一整週大太陽。但，能用嗎？」我的朋友，一位母親，在臉書上貼文。她要說的其實是，晴天被辜負了。

愈來愈多的研究指出PM2.5於人體的危害。二〇一七年六月，醫界權威雜誌《NEJM》就美國醫療保險（medicare）族群，進行PM2.5與臭氧濃度對整體死亡率的分析，結果呈正向相關。

根據環保署空氣品質監測網數據，二〇一六年，我的戶籍地，左營，若以空氣質量指標AQI（Air Quality Index）超過一百（意即輕度汙染以上）的天數來算，是台灣所有監測站天數最多的，共一百五十六天。AQI反映空汙狀態，考量PM2.5、PM10、O_3（臭氧）、CO（一氧化碳）、SO_2（二氧化硫）、NO_2（二氧化氮）等汙染物。

然而不只左營，高雄幾個觀測站，甚至鄰近的屏東、潮州都上榜。獲知這訊息，我其實沒有訝異，彷彿就是預期中的一件事，無話題性的舊聞。關於這城的修辭，從來不會是清新、純淨，那是屬乎花東的；它身上的語彙，是石化、鋼鐵。

當高鐵駛進左營站前，當台鐵經楠梓續南行，當客運北上國道鼎金系統後，窗外是煙囪、塔槽、油管。進城出城，我所熟悉的家鄉，總在不止息地儲料、燃燒與冒煙。

然而這只是城北一瞥。仁武工業區、大社工業區、大發工業區、臨海工業區、林園工業區……煙囪塔槽的意象，邊邊角角飛灰共演。當大氣擴散不良，加以市井百萬排氣管，廢氣懸浮，濃烈驚心。

我在這樣的空氣裡，求學、通勤、慢跑，從前不知PM2.5，空氣顯得無憂無慮；如今知覺，反添了苦煩，空氣顯得多疑多忌。

紫爆揚塵，命運扎根

大學畢業後，我到台南工作，之後又到斗六。從空汙之城到空汙之鄉，從五輕到六輕。有日驚覺，求學與工作，原來同在一條空汙沿線上。

某冬日午後，斗六PM2.5破百，我照例進行居家訪視。這次是新案，八十二歲阿公，中風臥床，鼻胃管與尿管，意識清楚，與外傭同住。

事實上，阿公以前獨居，中風後，先被子女接來台北住。一住是兩年。日子簡單，純粹得彷彿僅剩復健與處方籤。

我整理用藥，想像他的台北光景：兒孫作伴，一戶熱鬧的幸福。但不免好奇：為何返回老厝？

「台北空氣不好，車多，還是回雲林好。有田，車少，空氣好。」他說。

我聽了有些沉重。他執以為信念的，其實已不是事實。

或許務農身世，對於秧苗水田，有一種歸屬感。然而數據呈堂，無以抗辯：一年內，雲林AQI達輕度汙染以上的天數，約是台北的三倍；若僅就觀測站PM2.5濃度排序，斗六更常居全台之冠，一年二百五十多天未達世界衛生組織日均值標準。

燒著石油焦與生煤的六輕，自然成為眾矢之的。但揚塵自北邊濁水溪捲來，平原上永遠待續的廠房與工程，砂石車來去，舊的工業區外，又有新的工業區。有時農業廢棄燃燒，有時境外飄來塵暴。當一切都在東邊綿延的山脈前止步，散不去的，就成了秋冬春，漫漫數月的色澤。

即使紫爆，這農業大縣，阡陌間仍然有務實的身影，背農藥，犁田，施肥，灌溉，收割。他們不善抗爭，生活的哲學是退讓。不尖銳，不刻薄。關於工業的剝奪、呼吸權的上街，新聞裡來自台中、高雄的聲音，還是比較亮。

「小時家住虎尾，往古坑看，山很清楚。」有次公務車司機和我說。他的家族世居雲林，半數務農。

因著醫療業務，我常往返78快速道路，當公務車從虎尾駛上高架道，向東，此時平原在腳下流動，中央山脈就在路的盡頭。

「現在啊，一年沒幾個月看得見山。」他笑說。

我想續聽他對空汙的觀察與意見，但一切止住了。他口中關於空汙的指證，聽來完全不像抱怨。

我一直覺得，雲林與高雄在「接收空汙」的事上有些不同。當年我家遷住高雄，工業的命運早在城裡扎根，汙染是定居以前的事；雲林不一樣，這土地上世居的人或許未想過，有天六輕來到麥寮，汙染是定居以後的事。

二〇一七年春末，行經斗六車站，戴口罩、裹袖套的婦人，拿了一張「破除反禁燒流言」的宣傳單給我。

「你知道嗎？六輕有一批生煤許可證，六月就要到期。他們正向雲林縣政府申請展延。」她聲音沙啞，逢人就激動講述空汙危害。即使氣力單薄，也要捍衛。

幾週後，事件在地方版新聞塵埃落定。政府最終全數批准六輕生煤許可證，但強調有條件的，除了檢測項目加嚴，亦加入季節限定的排放管制，並縮期兩年。

我知道那是一個複雜難題。工作權、呼吸權、六輕工會、環保團體各有訴求，各掌數據。有時我會想：霾害真正受害者是我嗎？我不過整天在醫院空調裡生活。或許暴露最多、呼吸最多、那更應反空汙的，是勞工。

日子滾動，眷戀仍在

我想起高雄的畫面：通勤時，民族陸橋、民族路、高楠公路，一路的騎車勞工，他們陷入車陣中，極少戴口罩，有時還點根菸。他們在意霧霾嗎？一切赤裸裸，健康無遮蔽，取得一種日子的滾動。

這些年來，我參與了兩次空汙遊行。其中一次，遊行後隔日，紫爆。我感到一種無底的疲憊，念頭轉而負向：一場遊行能改變什麼？南風就此吹來，霧霾散盡嗎？除了聯署，還能幹嘛？口號顯得微小而無用。

香港作家韓麗珠，在〈僭建的陽台〉中說：「眾多的微小和無用的聚合，往往近乎尖銳。」想來，那些關於PM2.5、臭氧的事，我也是在一篇又一篇的報導，一則又一則的訊息，這些可能被淹覆的網路文字中，覺醒，被聚合。

「想不出社區健康議題，就探討空汙吧！」身為一個社區醫學導師，我向輪訓的PGY（畢業後一般醫學訓練）醫師提議。我才發現，關心的人不少，他們和我一樣，下載台灣即時霾害、空氣盒子APP，每日追蹤空氣品質。

如此生活模式久了，自然習得歸納：大概每年十月到隔年四月，七個月，高雄霾季；而夏日颱風來前，氣流沉降，亦會一場霾。風場似乎是關鍵。但天象、地勢改不了，唯減少汙染源。

有時望著不乾淨的天空，坦白說，那樣的高雄，我並不喜歡，甚至生厭，即使是故鄉；但我又不喜歡人們以空氣髒形容高雄，畢竟這不精確。因為每到夏天，南風吹來，這城市澄澈湛藍，色度飽和，所有線條歸位，甚至有幾天，站在陽台便能眺見北大武山。

近來聽聞幾例島內空氣移民，花東自然是首選。我沒想過遷離，買台空氣清淨機，當成一種安心。只是自在呼吸的天數太少，整日關窗、靠機器濾清空氣不免悶。我告訴退休的父母，可以的話，入秋後就去恆春long stay，單單只為運動與呼吸。那大概是離家最近的避霾所在。

有時連日紫爆，我索性跟父母說：在恆春買個房，夏天再回高雄。他們說好。但事件至今仍懸著，零進度，似乎是習慣了高雄。

我想，故鄉雖蒙灰，父母應是有些眷戀仍在。那是此城之事，此城之人。

或許，眷戀隱含了喜歡。喜歡一座城，也包含接納它的缺點。於是戴上口罩，呼吸，工作，生活。幾個月後，時節會入夏，南風會吹來，霧霾會散去，這城市會回復它初始的輪廓。而我只能如此盼望著。

——原載二〇一七年十月四日《自由時報》副刊

水電修復工程

——神神

台北出生，現就讀國立成功大學台灣文學研究所。曾獲林榮三文學獎、時報文學獎、聯合文學小說新人獎、教育部文藝獎、新北市文學獎等。

一、停水

我住的城市預告明天停水，於是我把所有器皿都拿來儲水了。玻璃杯、保溫杯、臉盆、寶特瓶、漱口杯……最後是我的心。但我的心，是有裂痕的，所以它盛裝什麼都注定會流出去，只是快和慢的差別，只是分子粗和細的差別。

我的心剛受傷，傷口還很新鮮，我喜歡觀察裂痕的變化，向外擴張或向內萎縮。以往我的心是水做成的，之後就讓鋼鐵和石頭填滿空隙，這樣才是完整的人類，某個科學家這樣告訴我的，宛如一則哲學。

盆栽有儲水的功效，但我不能把它拿來用。那是植物活下去的憑依。每當走到樹下，它截留的水分微微灑落我的肩膀，我知道那是它和我打招呼的方式。你看過小小的盆栽上出現一彎彩虹嗎？我怕盆栽承受不住彩虹橋的重量，一下把它壓垮了。

我住的城市明天停水，如果你需要我，我會多哭一點。我會坐在空蕩蕩的泳池，懷念大海和鯨豚。我會和豢養的金魚多說一些話，聊慰無水可換之苦。我的心有一部分是水做成的，但我不能把它贈送給你。給你鋼鐵，給你石頭，直到你珍惜縫隙中的濕潤。

二、停電

原以為只有自己一個人天黑，後來走出門去，才知道整個城市黑壓壓一片。像突然切換了幻燈片，好多個渺小的人走得愈遠，身影就愈小。

於是就有些困倦，和成千上萬的難民走在濃重的黑暗，火車月台上惶惶地來回地走，被港口的巨輪陰影整個籠罩。那黑暗有一種大歷史大時代的悲劇性，你奪不回自己的黑暗，那曾經專屬於自己的災禍，那掛有你肖像，註冊了的商標，價值連城，連你整個一生，它們被稀釋、被貶值。這麼多個互不相識、互不虧欠的陌生人，跟你共用同一鍋苦難，煮不熟的米，長了蛆的麵，整個加總起來稱之為大歷史大時代。個人的小哀小傷都無以道哉。

於是就有些憤恨，斜斜地往天的另一邊走，天秤傾斜的那一邊，砝碼最輕的那一邊。本來想藉著哭增加一點重量，但沒有，比你慘的人多的是，被炸斷腿的，被軍隊強姦的。不知為何自己的悲傷像是被菜市場的老媽子稱斤酌量，買一把青蔥所送的蒜苗。自己的眼淚不過是蒜苗給逼出來的純生理現象。

三、容器

「窗外滂沱大雨
不過是
你所處的世界屋脊之一點滲漏」

請撥打治水專線：0800000000……無限的0撥打下去，以為能取代雨的形體。但是什麼鑄雨成形？屋內鍋碗瓢盆，作為盛接雨水的器皿。即使到目前，完美的容器也還未燒製完成。兩雙一起揉捏的手，後來只剩一雙揉捏的手。會不會這一生都在端詳那只破碗，它的破洞在哪裡？以為透過那破洞可以預知流失的一切：如液體那樣滑落地流失過去，彷彿注定好似地毫不保留地朝它應當前去的方向。過去的總和組成現在，即使這樣折扣折抵——你是過去加減剩下來的殘餘：報紙盛裝的指甲屑、掃帚堆起的髮屑、掌心捧起的王子麵碎屑。

四、洞

那一艘破爛的捕鯨船，一無所獲地歸返了。有人說，它一次一次歸返，所累積的就是一頭巨鯨尺寸的虛無。牠曾經在海面上噴出高高的水柱，不曾露出一寸的身體讓我看見。但我知道那水柱也是由一滴一滴水構成的，那水柱高高地噴向天空，但沒有一次碰觸到雲朵。那一艘捕鯨船和那一頭巨鯨，是在各自的航道上各自失落著。一次一次失落。但那些失落將在某個剎那重新聚集，成為一次久違的遇合。

五、光

他的身高不高，還需要一個凳子。腳踩上去，我喜歡看他有稜有角的腳踝。是在換燈泡，虛弱的燈泡一眨一眨，像我睡不著的眼睛。後來我把眼皮眨動的頻率調整到和燈泡一致，和黑暗達成完美同步，就能順利睡著了。

他把舊的燈泡順時針轉了三圈，拆下來遞給我；接著我把新的燈泡遞給他，他把新的燈泡逆時針轉了三圈——還是不亮，彷彿時間又倒回從前的黑暗。我們兩個靠在牆壁苦笑著，光線昏暗看不見彼此。透過笑聲，體會彼此的苦。

那傳遞燈泡的手勢，像是什麼香火傳承似的。想到我的母親，她換燈泡時像一個補天的女媧。孤兒寡母在黑暗中傳遞燈泡，一手拉一手，把舊的換成新的，知道一個家是這樣手把手支撐下去，之後也把修馬桶修瓦斯修電視的工作都託付給你。我的愛人也是這樣嗎？有些水電工善於整治汗水，焊接地火和天雷。

後來才知道是一個員工誤觸供氣閥，造成電廠斷氣、全國大停電。我喜歡「供氣閥」這個詞，像呼吸吁氣的唇或任何開口。誤觸了，只要一根手指，就能使它斷氣。光明頓失，黑暗降臨。每個人心裡都有這種自動斷電系統，暫時停止呼吸。但願那一隻手指靠近我的唇，不是為了探詢我的死活。

——原載二〇一七年十月二十九日《自由時報》副刊

輯四

隻手之聲

我的懷疑

盛浩偉

一九八八年生，台北人，曾就讀台灣大學日文系，台灣大學台灣文學研究所碩士畢業。著有散文集《名為我之物》，合著有《暴民画報：島國青年俱樂部》、《華麗島軼聞：鍵》、《終戰那一天：台灣戰爭世代的故事》。曾獲台積電青年學生文學獎小說獎、時報文學獎等，並參與編輯《祕密讀者》。

我是一個，無法停止懷疑自己的人。

我總是問自己為什麼，為什麼這樣、那樣，為什麼要，為什麼不要。如果沒有答案，即便是原本想要做的事，也許就索性不做了。

很早我也領悟這是一個極糟糕的個性，因為它時常令我除了維持基本生理與生活所必需的行動之外，什麼事也做不了。就連事情做完了，這個性依舊困擾我，因為凡不得不做之事，大多與他人有關，事情做完了也往往有評價。若是批評，我懷疑自己真的有這麼差、真的該被這樣對待嗎；若是稱讚，我也無法抑止去懷疑自己真有這麼好、真的值得被褒揚？若是不批評不稱讚不置可否，那我則回到原點，不停懷疑做這件事情的意義何在。

這個性影響寫作尤深。曾經有段時間最為嚴重，就連寫下幾個字都會引起強烈的自我懷疑，於是寫了又刪、刪了又寫，寫寫刪刪，到最後完成一篇文章，被刪去的字句大多都是完成篇幅的兩三倍；而更多的是寫到結尾，可能只差一兩個段落了，卻突然頓感虛無，遂大刀一段段往前砍去，留下開頭，存檔，放到資料夾裡，想著未來再寫，但未來總是沒有來。

那時我經常懷疑一切怎麼會變成這樣？好久以前，寫，只是覺得自己好像可以做到這件事，像我孩提時期總愛堆起積木又推倒，或者畫好塗鴉又撕掉那樣，那是我一個人的事，孤獨的遊戲，不為什麼，只是進行著；到高中加入校刊社，對寫作、對文學，才有了更深的理解，知道這不只是一個人的事，知道除了自己之外還有其他寫作者、還有讀者，甚至有文壇這樣的空間網絡存在。在懵懵懂懂之間，我開始模仿那些有才華的學長們投文學獎，偶爾也幸運得獎。這一方面像得到證明，知道自己原來在某些人眼中，算得上有點能耐；可一方面也加深懷疑，懷疑自己其實什麼能耐也沒有，有的只是運氣，而運氣總有用完的一天。就這樣一來一往，最後變得好不想寫，卻又一直想著寫，要寫；一旦真的寫，又懷疑寫的意義。

寫的意義是什麼呢？

寫文學的意義是什麼呢？

每寫下一個字，這個問題就愈清晰，回答就愈困難。

這不是個陌生的問題，我見過許多不同回答。記憶裡最常看到的一種說法是：寫作或文學，是救贖——可是對於不停寫寫刪刪、無止盡懷疑每個字句的我而言，那只是折磨；寫的當下是折磨，寫完要面臨他人，更是折磨。總之於我絕不可能是救贖。與此相近的另個說法是：尋找自我、找到內心的真實之類，可是，如果文學不只是一個人的事，牽涉到讀者、出版社甚至其他作者，牽涉到公共發言的權力，那為什麼一個人覺得找到自己，對其他人來說會是重要的呢？我無法抑止地懷疑。

還有一種常見的說法：為了美、為了藝術、為了生命的沉重深刻云云，諸如此類；總之，不是崇高的，就是嚴肅的。可是這也讓我好懷疑。確實，讀到某些在當代被稱為經典或被認為成功的作品，我也曾心嚮往之，也曾浮現「想寫出這樣的作品」的念頭，可是如果這些作品真的這麼成功，為什麼如今它們的影響力彷彿只限於書頁的字裡行間，只限於默默閱讀的當下，一旦個人感動結束，卻無法真正改變世界什麼？當今世界還是充滿這麼多庸俗和醜惡，甚至那些思想保守的、自私自利的、聽命於資本家的或迫於無奈被結構擺布的人們，也可能都或多或少接觸過、甚至很可能仔細精讀過這些所謂「崇高」或「嚴肅」的作品吧？但是，不能帶來任何實際變革與解放的「崇高」或「嚴肅」，還配得上這樣的詞語嗎？豈非虛名而無實？這些詞語——「崇高」、「嚴肅」或是「深刻」、「偉大」、

「信仰」、「文學是大寫」，云云——的誕生，會不會都只不過緣於一群人依照自己喜好所進行的一場巨大遊戲，以批評的方式淘汰不合群的黑羊，而以美麗的話語為理由妝點強化朋黨的立場呢？——總之，我也止不住懷疑這個說法。

曾在圖書館翻到一本書，那是早年寫過《日本近代文學起源》的柄谷行人在近年出的另一本書，《近代文學的終結》。裡頭宣告「文學」在這個時代，已經失去了任何作用。柄谷認為，過往，曾經有一個時代，文學肩負了沉重而嚴肅的任務，務求逼近世界的真實，探討政治、社會、道德、信仰等課題，旨在改變人的認知，改變世界；但如今，文學已淪為純粹的娛樂，一部分的作品毫不避諱地迎向市場、面向大眾，剩下另一部分的作品，則是道貌岸然、滿口崇高神聖的修辭，彷彿震古鑠今，實際卻沒幾個人在閱讀。他更舉《微物之神》作者阿蘭達蒂•洛伊為例，說洛伊出版此書、獲得布克獎後，便不再寫小說，只發表各種議論，致力於各種社會運動、反戰運動；他還這樣說：「洛伊並非捨棄文學而選擇社會運動，毋寧是成功地繼承了正統的『文學』。」——換言之，在柄谷眼裡，「正統的文學」並不框限於形而下的文字，它根本核心是一種形而上的，追求新變、實踐理想的精神。

這四、五年，社會運動蜂起，議題應接不暇，那些在街頭的日子，我也不時閃過這樣的念頭：在台灣，純粹的文學，還有多少人在讀呢？幾千人？幾萬人？可是這些人占全台灣人口多少呢？就連在學校或學院裡，關注著文學的人也已是少數中的少數。文學已經無法引起波瀾，更別說改變什麼；有時候真的得起而行才更重要——愈是冀求改變的時刻，這念頭就愈強烈。

可是——

可是忽一轉念——

可是我本來，本來就不是為了要改變什麼現實世界，才開始接觸文學、開始寫作的呀。

難道只參與社會運動、什麼也不寫，或者，只寫些社會、政治相關的時事評論或凝聚士氣的熱血檄文，就足以稱為文學嗎？

不，我沒有答案，只是又這樣懷疑著。懷疑著文學、懷疑著寫作，懷疑著不斷懷疑著文學和寫作的自己，還有懷疑著我是如何懷疑著。

我覺得自己真是無可救藥。

為什麼不斷地懷疑了這麼久，卻還是持續進行同樣一件事情呢？

對啊，為什麼不斷地懷疑了這麼久，卻還是持續進行同樣一件事情呢？

這個想法在我上次換筆記型電腦的時候首度浮現。怎麼懷疑了這麼久，痛苦了這麼久，折磨自己這麼久，卻從來沒有懷疑過「一直懷疑」這件事？我一邊想著，一邊把儲存資料的隨身硬碟接上，準備把舊檔案都複製到新的電腦裡，當然包含那個裝滿了還沒有未來的斷頭檔案的資料夾。花費時間比我想像得快上許多，等傳輸作業完成，移動滑鼠點開，嘩——

裡頭是空的。

我趕緊拿出舊電腦，點開資料夾，裡頭也是空的。

那整個晚上，我找遍所有儲存裝置，所有儲存裝置裡的所有資料夾，所有資料夾裡的所有檔案。只剩完成了的那些還乖乖地存著，印象裡沒完成的檔案全都消失了。粗估，小說和散文開頭少說各有三、四十個，而純粹的靈感題材筆記大概有上百則。這麼龐大的資料，到底哪裡去了？

不知道。到現在還是不知道。曾有整個月都想哭。等到不想哭了，就開始懷疑，懷疑該不會根本沒有這回事，只是我太過懷疑而扭曲的妄想？

但從那之後，寫作時懷疑的發作，居然似乎減輕了；作品未必比較好——即使我希望——但是刪得不那麼多了，寫得不那麼掙扎了。很神奇。

日後某次有機會寫到了一段和童年有關的回憶，我才聯想到可能的答案。

或許，我始終是那個堆起積木又推倒，畫好塗鴉又撕掉的小孩吧。

那些寫，那些刪，重點不在留下什麼，重點是我一直在做這件事，我知道我一直在做。

我想，對寫作、對文學，我還是相信的。唯一因長大而不同的地方在於相信的方式變了：我用懷疑來相信。因為相信，所以敢大膽懷疑；因為知道無論怎樣懷疑，也不會改變相信。

我相信寫作，因為寫作就是我的懷疑。

當我這樣想的時候，我發現那是唯一沒有懷疑自己的事。

——原載二〇一七年一月二十四日《中國時報》副刊

痛恨，倒數的感覺

黃翊

一九八三年出生於嘉義，台北藝術大學舞蹈創作研究所畢業，黃翊工作室創辦人暨藝術總監。自小在父母開設的國標舞教室接觸舞蹈，也跟著從事廣告設計的父親習畫。舞蹈、攝影、錄影、科技裝置藝術，都是他創作的領域。

曾兩度獲台北數位藝術節數位藝術表演獎首獎。二〇一一年獲美國舞蹈雜誌評選為「全球最受矚目二十五位舞蹈工作者」之一。他的創作於二〇一五、二〇一六年連續獲得ISPA表演藝術年會，全球五百多名藝術專業人士票選為「年度最受矚目新作」。

二〇一七年四月，作品《黃翊與庫卡》讓他成為首位登上TED年度大會開幕演出的台灣人。擅以層次豐富的影像、詩意的科技互動與細膩精準的肢體結合，經長時間研發與創作，展現深摯底蘊的藝術製作，驚豔世界，各地邀演不斷。

顏翠萱（Summer Yen）／攝

父親說：「出了這扇門，沒有考上北藝大，就不用回家了。」

從嘉義北上，考北藝大七年一貫制，除了一起考試的同班同學們，周遭的一切對我來說都很陌生。舞蹈系館外的石子路上全都是考生，經過戲劇系門口時，戲劇系考生拿著掃把在大門口、樓梯上演戲、跳舞。還有上一秒在電話亭裡拿著話筒哭天搶地，下一秒掛上話筒一切像沒事一般，打開門走出電話亭結束他的表演練習。音樂系考生文靜地在各處以各種樂器演奏著考試的曲目。舞蹈系的考生則是將腿掛在牆上不停地拉筋、倒立。

S7舞蹈教室滿滿穿著號碼牌的考生，和小時候曾看過的舞者圓夢的電影場景一樣，老師們坐成一排，一輪一輪的挑選舞者。每一輪結束，被唸出號碼的人有時是被告知獲選進入下一階段，有時是謝謝他們參與這次的考試，雖然未能獲選，但並不代表不優秀，不同的學校有不同風格，北藝大不一定是最好的選擇。也可以準備明年再來參加考試，有的學長姊考了兩年才考上，希望同學們不要放棄舞蹈。

一位老師總是不和其他老師一樣坐在那排評審席裡，而是隨性地走在考生之間，離我們很近很近。

她走向我說：「我很喜歡你的髮型！可是我們看不清楚你的臉，我可以用頭巾綁起來嗎？」全場停下來，學長姊們用跑的從門口到走廊四處去找合適的頭巾，協助我戴上。

「這樣很好看！你為什麼要把臉遮起來讓我們都看不到呢？好啦！我懂！一種感覺！」這位老師一邊說，一邊用手在她的眼前模擬我的瀏海飛來飛去的樣子，全場笑成一團，讓考場緊張的氣氛放鬆許多。

她是曼菲老師。

「小熊啊！」她在考場常叫著這個名字，一位帥氣的老師走出來示範，動作流暢乾淨到讓全場掌聲不斷，但他叫小熊？也太可愛的名字了吧？應該是小名，後來看到課表時才知道這位老師的本名，張曉雄。考場上他們就像一對耀眼的情侶，吸引著大家的目光。

關於考試的結尾，腦海中還映著同學們排隊打投幣式公用電話，握著話筒坐在地上掉眼淚的畫面，那時手機還並不普遍。

「運氣很好，捷運開通了！你們以後去哪裡都很方便！」我的父親開著車，從嘉義送我到台北。北藝大男宿裡，母親不斷打點著四處，陽台處的陽光將母親的身影洗成剪影，床墊、枕頭、抽屜，雖然都還空空的，卻都好像被她裝滿了我足以使用一生的東西。站在寢室門口，第一次意識到，父親和母親比我矮小，畢竟在家，都各處坐著多，不會特別站在一起對話。母親故作鎮定的要在寢室門口道別，一轉身趕緊下樓，不敢回頭，父親電話裡笑說母親一路掉著眼淚回嘉義。

我們都知道這一次送別，除非有意外，否則下一次見面要隔半年，因為當時家裡的經濟狀況很不好，車票很貴，要節省一些。

一九九九年，九月二十一日，同學們興奮地入睡，期待隔天開學，一陣天搖地動，父親曾提過上下震動是最危險的地震，我依照父親教導的SOP趕緊去開門，以免門框因擠壓變形無法逃生，拉著驚恐的同學一起到宿舍中央的空曠處逃生。星星因為停電變得好清楚，很美，四周都是報平安的叫喚聲。

沒有人敢回到建築物內，舍監將收音機轉到最大聲，大家坐在外面聽著廣播。「通訊中斷，交通大亂」廣播不停的播報著全台各地的情況。終於和家人通上電話，爸爸手工製作的床很堅固，沒有倒塌，一切平安。隔日同學們都回家了，只有我和一位南投房子倒塌的同學留在台北。

沒想到，久了就習慣了，一年回家的時間隨著年紀的增長，越來越少，從一年四週，遞減到一年九十六小時。

學校就像我的家，而老師們，就像輪班的家長。

離家很久的小孩，不能對他們太好，他們會把你當成家人。

曉雄老師就像這群高中生的父親一樣，曼菲老師自然扮演了母親的角色。大學裡住著一群高中生，全校的大學學長姊們、老師們寵著疼著。但小朋友通常沒有滿足的時候，常爭著誰比較受寵、老師們比較疼愛誰，想霸占老師們的關愛。

也許因為從小看著父母為經濟努力的難處，所以只想有好的表現，不想再增加他們心理上的負擔，所以總是和師長的關愛保持一定的距離。因為只要開口，他們就會伸手扶你一把，但扶久了，你也不會自己走路了、不會跑、也忘了怎麼飛了。

曼菲老師的周圍，總是圍滿了嗷嗷待哺的雛鳥們，而她的關愛幾乎是一大把塞給你的，快到讓你反應不過來。

剛從高中升大學，生平第一次辦攝影展，曼菲老師拉著素君老師，一起在攝影展選了一組照片，塞了卷鈔票到我的手心，說：「老師們幫你買作品！」那是我生平第一次攝影作品被收藏。

系館玄關的樓梯上，曼菲老師只是路過，問我最近在做什麼？我說在存錢買琴，想學作曲，老師覺得我存得太慢了，帶我坐上她的車，直接開到學校的安賓超商前，將提款卡和密碼給我，要我去領。我站在車窗前不知道怎麼辦的時候，她忙著打電話給慧玲老師，要確定我能買到好的琴。我焦急地打給媽媽，趕緊跟老師說家人會協助購買，她才放心地離開。

這台琴，一直都是我珍貴的禮物，不只是因為老師，還有我的父母親。即便已經不再使用了，仍隨著一次次搬家，在總是擁擠的房間裡為它找一個安身之處。

總是給眼前的每個人深深大大的擁抱、像親密朋友一樣地勾著肩走路，這是她給予他人關愛一貫的方式。每次見到她時，總是一雙大大亮亮的眼睛直視著你，問你近況。即便那雙眼睛，到後面的幾年，開始有了血絲，開始變黃，她還是用一樣的音量在問你過得好不好、有沒有完成自己想做的事？「只要回答一切都很好就好了。」我這麼想著，但她總是會繼續追問下去，問到她能夠為你做些什麼的答案她才滿意。

老師問我琴的不久之後，新聞播出了她被詐騙的消息，但她不在意，甚至仍相信著這件事對對方有所幫助。

接受那種無私的愛，其實也很容易變得依賴，或想占據、將那份愛變成特權。所以必須要求自己節制，因為看過許多人迷失，不論年紀。那樣的複雜與競爭讓我感到害怕而不敢靠近，如只要向前每一步，就像要奪走他人珍貴寶物一樣的壓力。

二〇〇六年三月二十四日清晨，我穿過北藝大S7舞蹈教室的大落地窗，掀開窗前的黑色背幕，教室裡一群模糊的舞者們在和曼菲老師排練，到處都是奔走、落地的腳步聲。

曼菲老師看到我，問：「黃翊，怎麼了？有誰欺負你嗎？」

我眼睛睜開，一摸，臉上都是淚水。

接到消息，老師走了。

當天，是我大學畢業演出的首演。

一進入系館，氣氛一片低迷，在劇場裡老師們集合大家在舞台上牽成一個圓，因為已經做好心理準備，這一圈，我沒有掉眼淚。但在後台拜台時，同學請曼菲老師保佑大家演出平安時，我忍不住轉頭離開現場。我還沒有準備好聽這句話。

最後一場，前台傳來林懷民老師出現在觀眾席的消息，全部的同學都繃緊神經，因為如果表現得不好，林老師可能會提前離場，舞作一首一首的過去了，中場休息後，林老師還在，直到最後一首舞結束，掌聲響起。鞠躬、落幕，才剛走至側台，聽到遠端傳來學弟妹、助教的呼喊聲：「林老師要你打電話給他！」

曼菲老師鼓勵我創作，遇到她時總是把「邀請你來雲2編舞！」掛在嘴邊。老師離開了，邀約實現了，心情好複雜。

走進觀音山上雲門2團的排練場，相較於我在課餘時間躲在二樓看林老師排練的雲1，雲2反而是我比較陌生的空間。還清晰記得，第一次推開門，與2團的學長姊們見面時的感覺。排練時，常常會聽到，如果曼菲老師在的話，她一定會這麼說、她一定會這麼做……排練時坐在一個地方，學長姊就回憶著說，曼菲老師常都站、坐在那裡看排練。有時排練到一半，會有人默默地走到排練場的外面掉眼淚，因為有人不小心說了，或做了某些曼菲老師習慣說的話、習慣的動作。

那次之後，我就不再說「Nice」，也盡量不大聲、熱情地稱讚任何的表現了。因為那些曼菲老師式的溫暖，會讓大家難過。

也許是因為從小經歷長期的家庭經濟震盪，我總是習慣預先做好準備迎接任何事物，盡力讓自己有穩定的表現，但某一場雲門2團的講座，行政人員播放了一段紀錄片，裡面曼菲老師像過去一樣的說話，那個有點沙啞、又很爽朗的口吻，和過去一樣。我無法控制地開始全身發抖，慢慢地從椅子上下來，順著房間的邊緣走至門口，出門到走廊的一半，確定走遠了，加快腳步躲進廁所，用衛生紙把自己的眼睛塞住，不能讓眼淚進到鼻子裡，會很難處理，但還是失敗了。

哪一場，我不記得到底說了什麼，腦袋一片空白。

那段影片，讓已經有點模糊的，曼菲老師的聲音，又回到耳朵裡面。

那場講座，帶領我遇見了生命中重要的導師，改變了我的命運。

今年，得以透過螢幕，一幕幕地把過去封起來的回憶再重新顯影，原本開始模糊的聲音又慢慢變得立體。封起來是為了避免去比較，讓自己與所有人們都好過一些，把那些標準放在自己的身上去努力，一步步地接近、延續它。也透過每一個人的對話，看見每個不同版本的曼菲老師，也欣賞著每個人決定放置自己的距離，也思考著與記憶中不同的部分。

幾年前，系上助教整理系館時，找到一包我的攝影作品，要我回去拿。那是曼菲老師某一次出院期間急著要我洗的，她要拿去推薦給朋友們，我還記得那天她那雙紅紅的眼睛和消瘦的身影。

幾年前，林老師和我說，算命的說他只能活到七十二歲，要我到時候不可以哭。

我會努力，至少不在大家面前哭。

蔣老師開刀後，一如往常地關心與問候我們這些小朋友。

父親上一次來台北，是送我入學，再一次來台北，是我帶他到和信醫院檢查，我們相信一切安好。

我真的痛恨，這種倒數的感覺。

能不能回到當兵的那段時間，一切規律，放假回家陪家人，睡前在林老師的書房打地鋪一起看電視，睡醒吃蔣老師做得太豐盛的早餐，找著退伍後要住的房子、想著未來要做的作品。能不能回到剛入學時，曼菲老師在課堂上很凶地罵人的時候，曉雄老師還沒有肚子的時候。能不能回到我第一次見到我的電腦，在那個一家四口住在一間小小的房間裡，在父親手作的雙人床梯上畫著我和妹妹身高的記號，很窮困，但很溫暖的那些時候。

期待回報的愛，不是愛，是投資。

愛就只是愛。

我以為只有父母會對子女給予那樣純粹的愛，原來，也有師長會這麼做。

會懷念，是因為過去，比現在美好嗎？

其實是因為自己長大了，換我們要照顧其他人了，我也正努力著，像我的老師們一樣為小朋友們付出。

但我仍然痛恨，倒數的感覺。

——原載二〇一七年十二月《印刻文學生活誌》第一七二期

雞雞的故事——陳栢青

一九八三年台中生。台灣大學台灣文學研究所畢業。曾獲全球華人青年文學獎、《中國時報》文學獎、《聯合報》文學獎、林榮三文學獎、台灣文學獎、梁實秋文學獎等。作品曾入選《青年散文作家作品集：中英對照台灣文學選集》、《兩岸新銳作家精品集》，並多次入選《九歌年度散文選》。獲《聯合文學》雜誌譽為「台灣四十歲以下最值得期待的小說家」。另曾以筆名葉覆鹿出版小說《小城市》，以此獲九歌兩百萬文學獎榮譽獎、第三屆全球華語科幻星雲獎銀獎。另出版有散文集《Mr. Adult 大人先生》。

周俊偉坐在我隔壁，高中第八節，最後一排，水泥地上窗框線條隨日照移動得比後方鐘面上指針慢，和九〇年代一樣，你以為他永遠不會過去。

周俊偉睡著了。

人在鬆懈的時候會變成周俊偉。他睡著了。睫毛在垂釣，小腿肌肉舒緩，用水抓成尖刺的頭髮塌倒額頭上，空氣裡線條都軟下來了，人畜無害。那時候他最像周俊偉。雖然我沒看過真的周俊偉睡著的樣子。但只要無害，就該被傷害。忽然很想鬧他，想把他粗粗的眉毛用麥克筆連起來。耳朵靠近聽他微張的嘴在說什麼？課本被手肘遮起來的部分是筆記還是塗鴉？

周俊偉開始紅的時候，我的成績隨著變差。沉迷偶像有害學業，其實只是因為老師按照成績排座位而已。很開心考不好，反正隨時都能回去前面。考卷隨便寫一寫，我只是想去後排認識周俊偉。書包拖著，小提袋拎起來，桌子裡又是書又是考卷要來回搬好幾次，還有沒喝完的蘋果牛奶，壓開封口有一種青春期男生打呵欠的氣味，不知道是放久了，還是很深的裡面有東西在壞掉。「後面很髒欸」、「欸，你桌子沒對齊線」，離他很近，小女生那樣拚命找話丟出來，結果心變得比指甲縫還細，捏蓮花指挑眉抬下巴找茬子一臉尖酸樣，其實已經氣喘吁吁用盡心力了。

操，你很吵欸。

結果他只是冷冷回一句。換邊趴下來。醒過來的四十五度角的周俊偉。他有讓人癢的特質。有點壞，狗眼睛一樣垂下來的眼。腫腫的臉皮，一臉莫可奈何，其實是不關己事。人在淡出，心在收訊範圍外，誰都不鳥，那也不太壞，可就是一種酷了。真的周俊偉會是這樣嗎？

不是他像周俊偉，我覺得是周俊偉像他。

高中時默默開始喜歡周俊偉。別人都在傳，我是你的寶。一九九七年以一張《我愛你》專輯大紅。買這張專輯的人都該譴責。這麼輕易公開示愛，唱片行裡每問一次唱片，就是一次告白。好意思嗎？

那時候豐原有兩家唱片行。搭到一中街，又有兩家。花一個下午反覆去櫃檯問。

「你要什麼？」

「周俊偉我愛你。」

高中生真好騙。但話說回來，多老多小都一樣，一旦成為誰的粉，誰都只是高中生。愣頭傻腦，未語先怯，心裡很多小劇場，你怎連話都說不清楚。清醒點吧，你要什麼？

我要周俊偉你愛我。

英文課教祈使句型。願望應該是這樣才對。話要這樣說才對。CD會繼續轉。沒人知道這會變成我這一生一首不存在的主打歌。苦苦追求。從未擁有。

你要什麼？

我要你愛我。

但唱片一張一張出，戀情一次一次談，總是我愛你。

後來周俊偉哪裡去了？

「要不要去廁所？」周俊偉忽然問。那種挑釁的眉眼，是幾年後才會在偶像劇裡出現的那種，像是邀請，其實不容拒絕。

手招著，眉眼廁所隔間門關起來。熟練的叼著。原來是抽菸。

「欸，還是不要了。」

搖搖手，心底有一種悵然若有所失，搞什麼，就這樣而已？一定有比抽菸更危險，更禁忌的事情啊。但我也說不出那是什麼，身體每天都在長，早發的毛髮比那時的想像力旺盛。我說我在廁所外面等就好了。抬頭看隔板上煙霧裊裊，忽然又覺得可惜，其實很想踏進去。想被納入一個小群體。想被包圍。

偶爾聽到他的笑聲。夾雜幾句髒話。啊啊啊啊不要啦，你很哭杯欸。到底那裡面發生什麼事情呢？進不去的世界，光影緩移，那樣無事也便就是永恆的下午，啊，好想被他鬧。想刻意裝傻，被他用手臂環繞著脖子作勢要挾要勒，彼此罵罵咧咧，望向彼此眼神無比清澈。

後來，周俊偉的雞雞就被切掉了。

我是看到這一幕的第五千個人嗎？周俊偉的朋友找來女生，幾個大男孩輪著上，後來他們一個先被劃開肚子，一個劃開了虎口，輪到周俊偉，還在當口，騎在上頭，結果射出來的那一刻，人家刀子背後往前伸，由上往下一揮。充血變成噴血，順湧而出濺得彼此一頭一臉，一張臉上分不出是痛還是痛快，未認雞先認人，我是在這時才認出，啊，這不就是周俊偉嗎？

別人都在傳，我是你的寶。

那已經是兩千年的事情了。後來周俊偉和范曉萱分手。又後來，彭浩翔拍了《維多利亞壹號》，對，就是切掉周俊偉雞雞的那部電影。我離開小鎮。洗身分那樣去了台北上了大學，很多事情就這樣跟著過去。過去了，二〇一六年九月《蘋果日報》新聞標題是〈與劉德華合唱紅過　無人認得路人周俊偉〉，看到的瞬間，和九〇年代的自己擦身而過，應該也不會認出來。終究，我連他的臉都記不得了。只記得他的雞雞。有人下體代替他的臉，要紅不紅的男明星特別讓人惆悵，不如說他太容易讓人對號入座，現在誰都有點故事，記不得他的故事，那正好就是他的故事，他被切掉，我們在空虛中充滿。這是我們的故事。

到底跟他一起度過怎樣的時光？想起了只有幾句歌詞，和那些比午後還要持久的夏日煙氣。

（欸，二〇一七的周俊偉，你過得好嗎？）

（好想記得你的臉喔。）

二〇一七年快結束的時候，我遇見彭浩翔。很驚喜，更生氣，劈頭就是，欸，你為什麼要切掉周俊偉的雞雞呢？

彭浩翔說，說到這件事情啊。於是我們進入一個對細節考究，日本職人那樣一個步驟都不能錯半空有刻度對準的瓶中世界，彭浩翔說，他拍《維多利亞壹號》時最大的困擾就是，如果雞雞在最硬的時候被切下來，你要知道，他不只會縮短，還會同時縮小。你懂吧，導演開始用手指比劃，雞雞實在是太神奇的東西。他必須在長度上縮短，又要在圓周直徑上內縮。他同時挑戰兩個維度的測量，在呈現上便顯得困難。

特效是泰國團隊做的。彭浩翔說他開會在黑板上畫，一邊描述腦海裡那地上猶自搏動的半截要怎樣同步縮小，台下有翻譯，粵語翻泰語，很認真，一句一句，整個團隊都聚精會神在做筆記。氣氛肅殺，好像高中會考。

雞雞筆記。

對，他們回泰國試驗了三個月。拍了短片傳過來，彭浩翔說他滑開手機，裡頭都是各種雞雞縮水影片。「不知道的人看了，以為我變態的。」

「後來香港電檢處不讓我過，我跑去跟他們講理。我說我都拍三級片了，你們還不讓我過，要我剪，電檢小姐說，三級片有規定，不能拍男性勃起。」

「我就氣上來了，我說，那我們來定義勃起的定義呀。什麼是勃起？至少要在身體上才算勃起，雞雞都離開身體，這就不是勃起！」

所有人都卡在那個節骨眼上。和那個尺幅吋縮，從外觀從長度同時縮水的海綿物體槓上了，一派認真，精雕細琢，戴起放大鏡那樣逐吋逐截檢視。絲毫必較。

但毫無意義啊。

和你在大水包圍的長廊上奔跑到最後。髮絲長出雨，眉毛變成屋簷，體育服都濕了。好想再跟著跑一下，那時你掠開我垂下的瀏海。

但也就僅此而已。僅此而已，我們已經用盡氣力。雖然那時候沒有雞雞。

這樣已經很滿足了。

那一開始就是沒有雞雞的故事。接下來是雞雞也沒有了的故事。

後來我們什麼都要。

但也就什麼都沒有了。

沒有任何事情發生。但一切都確實失去。

很多年過去了。

問一句，你到底要什麼？
周俊偉我愛你。
但我連這都沒有辦法了。

——原載二〇一七年十一月四日《釀電影》

實驗人形奧斯卡——唐捐

本名劉正忠，詩人、散文家、文學評論者；奠基於古典而銳意革新，他的詩與散文創作，優雅與奇詭並駕，經典與異端齊驅，文字每每出格，意象往往出人意表，在復古中轉化出新意，獨樹一幟。著有《網友唐損印象記》、《無血的大戮》、《金臂勾》、《蚱哭蜢笑王子面》等詩集，《大規模的沉默》、《世界病時我亦病》等散文集，曾獲五四獎（青年文學獎）、年度詩獎等眾多獎項，目前任教於台大中文系。

1

我念高中時，從鄉村來到市鎮。三年間，遺失了十一輛腳踏車，賃居過七個房間。那七個房間常在夢裡飛旋變化，串成一列火車，馳過孤寂的青春大地，恬靜而古舊的小城市，植有大棵雨豆樹的校園。多少年，過去了，我依稀看見，車廂裡幾多個我在明滅的燈火下，默默頹廢且憂傷，如絲瓜拉長，如雲煙消散。

監獄築在高處，外面有條護城河（或大水溝），我每次經過都有衝進去解放苦難同胞的衝動。學校蓋在一個山坡上，西側雜巷裡有些租書店、撞球間、小麵攤，足以助殺一些蒼白的午后。北側是死寂的天龍禪寺，傳說中的枯榮大師，或正在裡面修煉他的六脈神劍。我有時坐在台階上背誦三民主義，集中精神，享用一種恐怖的禪悅。七、八株紅花微微搖顫，兩頭白象守護著四邊的肅穆。

像這樣，放學後我常騎著腳踏車穿梭於街巷，寂寂一人，若有所求。電動玩具店裡我專攻一款遊戲：開著黃色坦克東西遊走，挺一根砲管朝蜂擁而至的白色坦克亂射，不為什麼的過了一關，再過一關。垂陽路大水溝邊有間漫畫店，坐在裡面看，每本兩塊或三塊；消磨了整個晚上，隨喜布施一些零錢也就可以脫身，店主似乎不太計較。那時人間尚無「白爛」一詞，因此，我懷疑我在那裡吸收的，只是些暴力、色情、不健康的文學與人生。

我熟悉小城裡的舊書與廉價書店，其中有家是W老師的弟弟開的（他們長得真像），別家賣的他都有，但特色商品應是廉價的色情小說。W老師畢業於師大國文系，他說他同學王×雄教授吃飯時常把一隻腳弓起踩在長板凳上，十足鄉下人的模樣。我的筆記裡至今還銘刻著他的語錄：「書中自有劉瑞琪，書中自有寶時捷。」他自稱年輕時是轟動一時的補習班名師，常與我們分享在港都花天酒地的細節。

課文的解釋他有時講錯或有些凌亂，我不在乎，比較要緊的是他開啟了關於國文系的奇妙幻想。當時我最常翻讀的書是《李白評傳》和《無岸之河》，唸誦著：「來日一身，攜糧負薪。道長食盡，苦口焦唇。今日醉飽，樂過千春。」「嚼著菸草而把帽子仍然戴在昨天的那個地方的是他……。」我被一股魔魅的韻律感灌滿，有著用舌用筆搖出自己的情意的想望。我喜歡詩人的憂患、狂想與囂張，還有那些新奇的文字組合。

2

翻過一大片山，連續彎路六十公里，就能回到我的盆地——水庫邊的僻遠山村，街尾的木造家屋。曬好的筍干經硫黃煙薰過，有著美好的色澤、刺鼻的氣味，滿滿地堆放在客廳。穿過狹隘的通道，走到屋後，阿爸正在給他山上採來的「水波石」配上醜陋的水泥底座，他認為那樣可以賣得更好。鐵皮搭建的屋尾，還養了一大池福壽螺（牠們即將被棄廢流放，為害農田），有人誆他可以繁殖換錢。我說，阿爸，我回來了。媽呢？在筍干場趁著烈陽把筍米一片片鋪開，幾十隻小拇指般的筍蟲被棄置在旁邊。

還有許多時日，爸、媽和哥哥住到水庫對岸，山上的筍寮。山和湖，草萊之美，鄉野的蒙昧與荒蕪，我是熟悉的。

當時，我或許寧願離開它們遠一點。

客運車駛在碎石鋪成的山區省道，最曲折最高遠的台三線。通過峽谷上的大橋、鳥埔、火燒寮、柳藤潭、風吹嶺、澐水……，我又進入了小城。在賃居的房間裡，度過豪華而寂寞的十六歲。有時是在理髮店的木造閣樓上，夏日打著赤膊，聆聽自己的汗水。樓梯間不時傳來奇異的油粉味和俚野的歌謠。清晨四點鐘，對街的麵店開始桿麵粉。麵粉揉成一團，捉拿起來再狠狠往桌面拋擲，再揉，再拋擲。我清楚地覺知那木桿的來與回，以及清脆的「啵」聲。

像一個遊牧者，我終於把家當搬到民族路，一家廉價書店的樓上。

店裡專賣一些殘損書、回頭書或倒店貨，除了遠景、遠行、大林、水牛、國家的叢書，還有一些不太出名的雜書散刊。最便宜的，每本大概十幾二十塊吧。每日下樓，我常駐足隨意翻看，漸漸被我們的魯蛇哥哥七等生所吸引：他的不與常人同調的敘說方式，他的陰鬱、冥搜與怪異的故事框架。——我小學時就深誌其大名，因為家裡有兩本《南海血書》（大哥二哥各買了一本），裡面附了一篇討伐他貽害青年的文章。——我最愛的是〈在霧社〉這篇濃濃抒情茫茫行旅的詩化敘事。劉和雷（也就是武雄和驪啦）兩個舊友相約攀登合歡山，在霧社度過一夕，敘述者劉絮絮瑣瑣回想起自己孤獨索寞的舊事（譬如：為了心愛的女孩而騎單車環島到每一鄉鎮寄出明信片），並訴說他與雷之間有多少差異與齟齬，「凡是我與他攜手合作的事，沒有一件不是到最後不歡而散的。」奇怪的是，每當「極度不快樂」時，他們就會想要與對方一起做些什麼，譬如此刻，在霧社……。

房東即書店主人，他和美麗的女兒輪流看管這家店。事過多年，我早已忘了他們的五官樣貌，只記得在看書的間隙屢屢抬頭凝視一張迷人的臉龐，感覺無比憂傷與幸福。夜裡，由於一種煙囪效應，巨大的房東渾厚鼾長的鼾聲，從二樓升起，穿牆透壁，達於四樓。像一股驚天的濤浪，把我捲起來。我曾經計數過，他的每一呼息大約十二秒。我可比受傷的小獸在陷阱裡廢然張望，想要跟上他的呼息卻屢屢挫敗，幾個月後不得不逃離這裡……。但往後，每當我讀書而生禪悅，便會想起神祕的少女之臉；每當看到「大塊噫氣」，我就想起那樣的蒼白年少，游仙窟的奇異歲月。

3

有個假期我和某個同鄉舊友和他表哥去他表哥的同學（或「和他同學去他同學的表哥」）家裡看片。在蘭井街一舊屋度過兩個日夜，屋裡有許多詭祕豔異的書與舊雜誌。當眾人全力玩撲克牌，終於累癱於閣樓上，我的眼睛卻炯然有光，悄悄從第十二集推進到第十三集。啊，那是《實驗人形OSCAR》，一部標著「限」字的成人漫畫。

渡胸是個羞澀柔弱的男子，但也是技術超凡的人偶製造師。Volkswagen找他去做最精良的「實驗人形」，以便在車輛碰撞測試中，如實地反映各種狀況。德國車廠要的，只是骨骼肌膚與內臟構造與人類相似；渡胸卻堅持做出會流血、疼痛、有情感的人形。外表溫順的他，內裡住著另外一種張揚暴烈的自我。每受強力刺激，便會分裂出來……。就像「Dr. Jekyll and Mr. Hyde」那般，這是一個雙重人格的故事。

一旦陷入非常狀態，渡胸就化身為「奧斯卡」（他親手創作出來的完美人形）。強大、健美、秀異，擁有極誇張而雄偉的男性；能夠洞察表裡，破除偽善的人事、糾結的刑案、祕藏的心，征服那些或美麗或鬱結或神祕的金髮女性，撫慰她們的內在創傷（和慾望）。啊，那些工筆細緻的女體曲線以及肆無忌憚的局部特寫，蕩姿媚行，大大刺激我青春的感官。彷彿還告訴我，世界的底層還有世界，陰翳裡埋伏著能量，人格崩毀是詩的端倪……。

當時我便知道，這是一本自卑之書，色情化的精神勝利法。

自卑者心裡養著摩羅，在幽黯夢寐裡變身，重組了世界。

「從雪白的鞦韆上跳下來／好像是想插在髮上／一朵野玫瑰的／處女們／已沒有了嗎」，「回答我吧媽媽／家庭及家族／是什麼東西」。這是奧斯卡的爵士樂，抒情且帶著質疑，孤寂又有點哲思。我也就想起來了我神祕的哥哥七等生，把花插在女人頭上的李龍第（他說：「李龍第是她丈夫的名字，可是我叫亞茲別，不是她的丈夫」），以及來到小鎮的亞茲別和他奇怪的思維，恍若天殘的句法。我可以否認我是我，人類重組，世界崩潰，話也可以不像話那樣清白而愚頑。

那天以後，我常看到奧斯卡和亞茲別，解悟他們其實是同樣一種靈魂的不同變體，能夠穿梭人我、淆亂真幻、逆轉善惡與強弱，通過詩一般的力。執筆寫著神祕而狂亂的手記，我在揣摩著變強的感覺，雖然我還不能……。假如我能，提升自己的技藝，使假的皮膚可以流出真的血，我將可以使自己的寂寞自卑不快樂取得額外的意義與能量，得假身，變真相，去到我沒有去過的巴黎紐約煉獄淨界，用文字解放自己修飾他人。然後，我聽到一個聲音說：「我的裡面還有，我／的裡面還有，我／然而故事以及字的羅列／然而故事以及字的羅列」。

——原載二〇一七年三月十二日《聯合報》副刊

我與我的南京——畢飛宇

一九六四年生於江蘇興化。揚州師範學院中文系畢業，曾任教師，後從事新聞工作。八〇年代中期開始小說創作，他的文字敘述鮮明，節奏感掌握恰到好處。曾獲得英仕曼亞洲文學獎、魯迅文學獎、茅盾文學獎、百花文學獎、中國作家大紅鷹文學獎、中國小說學會獎等，《推拿》獲選為《中國時報》開卷年度十大好書。著有《玉米》、《青衣》、《平原》、《造日子》、《推拿》、《大雨如注》、《充滿瓷器的時代》、《小說生活——畢飛宇、張莉對話錄》、《小說課》等書。

陳佩芸／攝

就在今年，南京市民搞了一次民間活動，海選「最喜愛的關於南京的詩句」。最終，獲獎的是「舊時王謝堂前燕，飛入尋常百姓家」。

有關部門請我寫個評語，我寫道：沒什麼可說的，這兩句好。我也想選這兩句。

事實上，關於南京，還有別的詩句，比方說，「南朝四百八十寺，多少樓台煙雨中」。這兩句也好，我也喜歡。就詩歌的意境而言，這兩句也許更好。然而，相對於南京來說，這兩句是平面的，它遠不如那一群恣意飛翔的燕子。

我是在鄉下長大的。在我們鄉下，孩子總是頑皮的，我們會掏鳥窩，會拿彈弓射殺鳥類。但是，有一種鳥我們不會殺，長輩們不允許，那就是燕子。燕子是「好鳥」，牠被道德化了，牠是專門給我們送財富來的，誰家的堂屋裡飛來了燕子、有了燕窩，誰家就要發財。在我們的文化裡，燕子一直比狗好，狗眼看人低，而燕子呢？童叟無欺，貧富無欺。

而實際上，燕子更偏愛一些高大的堂屋，道理很簡單，堂屋高，門就高，燕子們的出入就要容易一些。當然了，那些矮小的茅草房牠們也不嫌棄，今年來，明年來，後年還來。燕子很念舊，牠認得路。——凡是可以和人類結成長期、友好關係的生命，我們鄉下人有一個說法，叫作有「靈性」。

好吧，在南京，在南北朝的時候，有兩個大戶人家，一家姓王，一家姓謝。大戶人家有大戶人家的標誌，那就是房子高，房子大，房子亮堂。它們是磚瓦結構。人們習慣於把住在這種房子裡的人稱作「貴族」。貴族家當然有燕子，這些燕子就在貴公子和貴小姐的頭頂上交配、下蛋和哺育。其樂融融。

可是不好了，時代變了，命運改了，那些看著燕子們交配、下蛋和哺育的貴公子和貴小姐們，他們突然就吃不上飯了，他們突然就失去了交配與下蛋的華屋和溫床了——這就叫敗家，這就叫三十年河東三十年河西，這就叫命運。乾脆，這就叫歷史。這裡頭都是熱血、眼淚、喟嘆與生死。

燕子們卻不管這些，牠們依然要交配、下蛋和哺育，沒有瓦屋，牠們可以將就，草房子裡頭牠們一樣可以因陋就簡——燕子和人就是不一樣，真的想交配，那就別挑地方。

幾百年過去了，一個生性敏感的詩人來到了南京，來到了貴族的聚集地——烏衣巷。他來到烏衣巷的時候天光暗淡了，夕陽西下，殘陽如血。在殘陽的血照中，他看到了別的，那就是人類的命運，物是人非，物非人是，浪奔浪流，沉沉浮浮。唯有燕子在斜飛歸巢。

從此，這個世界上就多了一種動物，叫南京燕，也多了一種人，叫南京人。

南京人的明白與透徹不是天生的，三歲的時候母親就教了：「舊時王謝堂前燕，飛入尋常百姓家」。瞥一眼天上的燕子，南京人在一秒鐘之內就可以長大。當然，要想把這個長大說明白，也許要用一輩子。曹雪芹就說了一輩子，他說明白了。我認為他說明白了。

我不認為曹雪芹是悲觀的，相反，他是我精神上空的一隻飛燕。他教會我很多，那就是不要去做人上人，那就是盡力做一個本分人。本分人並不麻木，他可以微笑著燕子來與燕子去。

南京人的淡定是著名的。三十年前，我二十三歲，大學畢業，第一次到南京入職。一上街，我傻眼了，南京有那麼多漂亮的姑娘。我傻眼不是因為她們漂亮，而是她們都坐在馬路邊的小板凳上，在吃。一問，知道了，她們吃的是「旺雞蛋」——因為孵化失敗而死在雞蛋殼裡的小雞。南京美女的理論是這樣的，因為死雞在蛋殼裡已經成型了，所以，吃一隻「旺雞蛋」就等於吃一隻雞，吃兩隻「旺雞蛋」就等於吃兩隻雞。一個漂亮的南京姑娘如果在下班的路上吃上五隻雞，再加上一瓶啤酒，那是什麼等級的水準營養？所以，南京的姑娘們坐著，不急於回家，她們把肉嘟嘟的小雞從蛋殼裡取出來，一邊拔毛，一邊蘸椒鹽。後來我在報紙上看到了，說「旺雞蛋」極不衛生，有些甚至有毒。可是你聽聽南京的美女們是怎麼說的：日你媽，煩不了那麼多，多大事啊。

這句話是由三個部分組成的。第一當然是粗口。南京人非常熱衷於粗口。無論是男性的性器還是女性的性器，南京人幾乎就是掛在嘴邊的。老實說，我從來不認為南京人嘴髒。這年頭誰還不會說普通話呢？南京人自然也有兩套語言體系，一個是普通話，一個是南京話。只要南京人說上了南京話，無論他是王謝還是百姓，都一個調調，都愛爆粗口。南京人就是王謝，南京人就是百姓，去他媽的。

第二個組成部分是「煩不了那麼多」，有時候也叫「不煩」。都說北京人渾，我不太信。南京人是真的渾。渾是南京人精神上的老底子。這是由南京特定的歷史造就的。南京人可是見過生死的，渾是南京人的粗鄙，也是南京人的優雅。這裡頭有一種坦蕩，也可以叫超越。生死當頭，你不渾你怎麼活？南京人在細處固然不計較，在大處有時候也不計較。我們不能簡單地說它好不好，我只是說，南京人是真的渾，渾到「旺雞蛋」和一隻雞都可以不分的地步。

因為渾，南京人的眼裡沒有「事」，多大的事都不算事。我認識一個人，有一天，這個人和他的朋友約好了，他要買房子去。路過寵物醫院的時候，醫院正要給一隻烏龜做結石手術。這個人想，烏龜怎麼會有結石呢？給烏龜做結石手術是怎樣的呢？他的好奇心湧動起來了。他去糕點店買來了蛋糕，特地送給了醫院的主刀大夫，為的就是看這台手術。他是中午走進了手術室的，晚上八點他心滿意足了，回家。一到家電話就響，朋友劈頭蓋腦就問：「你他媽死哪裡去了？找了你一天了？」「看烏龜的手術去了，哎，烏龜也有結石的。」朋友罵了一句「操你媽」，憤然掛上了電話。

附帶說一句，看烏龜手術的人就是我。我放下電話，自言自語地說，多大事啊。燕子就不能去看看烏龜嗎？

我也寫小說，寫了幾乎半輩子了。多大事呢？

——原載二〇一七年十一月六日《聯合報》副刊

瑪麗安，我的樹洞傳奇

——楊澤

上世紀五〇年代生，成長於嘉南平原，七三年北上念書，其後留美十載，直到九〇年返國，定居台北。已從長年文學編輯工作退役，平生愛在筆記本上塗抹，以市井訪友泡茶，擁書成眠為樂事。

陳建仲／攝

a

想像，如果你不反對，一個來自南方小鎮的年輕人，剛過了懂得慕青春少艾的年齡不久，初抵外地的大都會求學，大街小巷，目光所及，一切對他都顯得如此新鮮立體，甚至突兀神奇。

想像，如果你不反對想像，上蒼給這年輕人天生一副多愁善感的性情，還有難得富磁性的低音嗓子。想像他初來乍到，五光十色的大城，加上以大城為背景的少艾之戀，固然令他欣喜萬分，遇事好鑽牛角尖的個性，一種無以名之，屬於一般志氣薄弱的年輕人才有的「心魔」，偏讓他吃盡苦頭。他在校園裡，在公車上，很快認了三、四個乾妹妹，接連談了好幾場戀愛，到後來，竟因暗戀一個連手都沒碰過的學妹，丟掉了最先愛上，也最愛他的舊情人。

這不甘寂寞的年輕人，對愛情絕望，又自認沒愛活不了，活不下去的年輕人，同時對生命感到困惑不已，他處處模仿之前囫圇吞下，一知半解的西方存在主義讀物過日子，在內心凹洞為孤獨蓋迷宮，為憂悒起城堡，就差那麼一點便因他的天生好嗓子，被人強拉進教會聖詠隊唱詩歌，所幸他還有自知之明，在那之前，已先加入校內的現代詩歌社。

想像，如果你不反對想像，而且如果你多少知道青春，任何時代的青春，是怎麼回事，而青春時代的愛情又是怎麼回事，想像這年輕人平常愛跑到河邊玩，對著河水唱歌，半是兒戲，半是一個人落單了沒事幹，然而，就像古代詩家早說過的，「雛鳳清於老鳳聲」，幾回初試啼音，當河邊傍晚吹起涼風，天地為之變色，一時間，他竟深深愛上了自己的聲音——深深被自己嗓子所能模擬出各種情感光譜的憂愁及悲傷，被自己低沉厚重的嗓音，更準確的說，被那人聲本身給撼動了。

b

李漁當初是這樣說的：絲不如竹，竹不如肉。

也就是，就各種能發出自己聲音的樂器而言，人聲不折不扣是最美好的一種。

可我得很快補上一句，人聲和絲竹之音層次有別，人聲並非任何樂器，它不止最美好，也最是獨特。

認真說來，人聲是何等素樸鮮活，複雜奇妙，而又不可思議的東西呀！人聲的背後有許許多多無意識，或人直接意識不到的美妙東西，因為它就來自人身這神奇的生命樹，知識樹，愛情樹本身。

人聲和絲竹之音層次有別，磁場有別，頻率有別，因為你我體內有太多奇妙的腺體，奇妙的「性靈的滋液」，掌握著人聲最富神韻的部分。人聲來自生命的源頭，而那正是吾人性靈，或「情之所鍾」的各種竅穴，孔洞之所在。

從伊甸園以降，戀愛中人於萬千場景的呢喃低語，既像是重演在愛情樹上偷偷刻下戀人名字的儀式，更宛如頻頻對著樹洞呼喚吶喊。古往今來，對「鍾情正在我輩」的詩人歌人而言，戀愛中人的忽忽若狂，戀愛中人的歌哭無端，乃是無上啟示，性靈的祕密與奧義，人聲的祕密與奧義，盡在於斯矣。

也因此，我們可以充分想像與理解，當傍晚涼風吹起，那外地來的，一臉迷茫的小夥子，那情場失意，只好對著河水唱歌的年輕人，反而得以誤入自己歌聲的樹洞，在一遍遍的自我聆聽底下，進一步偷覷到靈魂與肉體的雙重命題，以及自己未來的人生任務。退一萬步而言，即使人心再孤寂，世界再一無所戀，那個在向晚河邊徬徨的年輕人，他無意間發現的，可是筆何等獨特的生命財富，何其大的性靈寶藏啊！

C

詩集《薔薇學派的誕生》（一九七七）及《彷彿在君父的城邦》（一九七八；一九八〇）是我最早發表的兩本舊作，初面世在上世紀七十年代末，今天回首已整整四十年。

兩本詩集斷版多年，而我也早過中年多時，黃仲則名句「結束鉛華歸少作，摒除絲竹入中年」，因此對我不適用。反而是，龔定庵同樣有這麼兩句：「少年哀樂過於人，歌泣無端字字真」，常會不自覺想起。有一點要說明，在我理解中，上句寫「少年哀樂過人」，恐怕並非龔定庵，或哪位詩人獨有的經驗，而下句說的「歌泣無端」，更是每個多情善感的年輕人皆如此的。

這些舊作約略皆在二十到二十五歲之間，也就是從大二大三到其後念外文所，在台大文學院當一名小助教，執編《中外文學》階段，到八〇年匆匆出國前，快筆揮就而成。當年我幾乎無日不詩，隨身帶著小筆記本，隨時隨地在其上塗塗抹抹，在校園裡，在公車上，甚至在大馬路邊，都會有靈感生起。出國打開了視野與創作的眼界，最早的那份詩的情懷證明越不了大洋，二十五歲，我後來才懂，乃是少年詩人最敏感，刻意，把自我的氣球一味撐到最大，復從中瞬間爆裂的分水嶺。

去年初夏，我出了詩集《新詩十九首》，算是對回國後這麼些年來的人生感慨做了點總結。從

《薔薇學派的誕生》到《新詩十九首》，一個人的大半輩子就這般過去了！回頭想到重印舊作，固然是重演一齣「青春悲喜劇」，但也堪稱喜事一樁，顯示個人有幸在時間的恩寵下，義無反顧，正堅定朝向某種人生的下半場，甚至是延長賽的那番深一層領悟邁進。

夢中我仍見得到，那條流過校門外的河，還有，就我一人知道的，隱現在河面，在天空上的樹洞，那座歌聲的樹洞。樹洞中有我當年遊蕩其間，整座大城的倒影，就只是倒影吧，因為樹洞中的一切其實都是我夢中的發明。

d

在某一層次上，我並未真正活在一九七〇年代，那座叫台北的大城（台北日常）；也因這樣，遂得以詩歌見證另一座看不見的城市（台北非常），寫出〈在台北〉這樣的散文詩。那是白色恐怖時代，一個讀了太多魯迅，太多芥川陳映真的苦悶文青，他常常在白晝亮晃晃的馬路上找女神，同時又將自己放逐荒野，天天擺張慘綠兮兮的臉，在內心喃喃，只有自己聽得到的獨白：所謂「知我者謂我心憂，不知我者謂我何求」！

一九七七年中，我曾拿到一張盜版黑膠當禮物，那是當年英國最酷的中古搖滾樂團Jethro Tull的新專輯，來自那位我始終手都沒碰過的女孩。但在那之前，我已對中古世紀，歐洲騎士文學十四行詩著迷，為了回報女孩的餽贈，我寫了〈暴力與音樂的賦格〉一詩。現在回頭看來，那是一首從《薔薇學派的誕生》到《彷彿在君父的城邦》的跨越之作，宣告我已從稍早偏甜的綠騎士風走向苦澀萬分的藍騎士時代。

年輕詩人的hubris（或所謂「悲劇缺陷」），常就在他過度旺盛，強大的心魔，可說成也它，敗也是它。一開始，當我在樹洞中學會歌唱，愛的失落及獲得一直是最重要的命題，「瑪麗安」這帶有濃濃異國風的名字，既是性靈的代號，也是一種類似綠度母般的母親幻想，聲音幻想。

瑪麗安是假，也是真，是內，也是外，既是歌聲的樹洞，也是詩的傳奇本身，大至集體的國族命運，小至個體的悲歡離合，我都可以時時在詩中向瑪麗安持咒祝禱。但當青春的夢想變得愈來愈激進，孤獨，且充滿了焦慮——從藍騎士往國族的鐵甲武士不斷傾斜——瑪麗安再也救不了我。若干年後，我也不得不因此，告別瑪麗安，我那永不再的樹洞傳奇。

青春，哦青春！像那滿天蟬鳴，我一度聽見它的歌唱，至今也仍回響在心底。

——原載二〇一七年二月四日《聯合報》副刊

隻手之聲

姚秀山

一九八二年夏日生，獲家人賜名蔡琳森，已婚，知名愛妻家。現為自由編輯、文字工作者。曾任九歌出版社編輯，因編輯接觸了數本散文傑作，始萌生習作散文此文類之動機。曾獲時報文學獎、喜菡文學獎、飲冰室茶集新詩大賞、梁實秋文學獎、漂母杯文學獎、台北文學獎、創世紀詩獎、海洋文學獎等。散文入選《九歌一〇三年散文選》、《九歌一〇四年散文選》。出版詩集《杜斯妥也夫柯基：人類與動物的情感表達》、詩文集《寡情問題》兩種，並與崔舜華翻譯詩集《嚎叫》（*Howl and Other Poems*）。

時間來到了凌晨，哭聲又從防火巷緩緩傳來。

它像捋線穿過織理，繼而猛然突刺，不意在指腹扎出了血。夜晚像廉價批發的布料。我們謹小慎微，藏好了線頭，一次次替它收邊、打褶。若是多長了心眼，去翻看了，便能見到針尖在幽冥裡透出的鋒芒。

入住新居某一夜，我和妻便聽到女人的哭聲。聽上去，聲音像是從鄰棟大樓上方的某一戶傳來。開始時，我一度還誤以為是流浪貓嚶叫。細細忖聽才辨出了聲裡人類獨有的哀矜口吻。

妻說她害怕這哭聲，叫得太淒厲了，讓人打從心底發寒。是家暴？還是這女人徹底瘋了？我們反覆地臆測，橫豎我們得不到解答。

我們的居處不像希區考克的《後窗》有個天井庭院，可以眾覽彼岸樓屋的背面，窺看其他建物的視域剩餘。我們所在的空間，窗裡、窗外都無廣角的視野，任何人的背面都被藏匿起來。這座城市，誰跟誰的距離都像是規劃好的。每日，人人安全無傷損地浮泛在水面上，誰也不能真正明白誰水面下的身世與境遇。

此區真是寸土必爭的鬧區地段吧。

我反覆探向窗外，仰望鐵色的石棉遮雨棚，依舊不辨聲音的源頭，沒能覓到任何線索。

後來哭聲愈發淒厲了。撕心裂肺地往建物的牆堵上喊，往深淵般的夜闇裡擲，往另一個尋常的白晝上竄。

牛毛細雨中我們聽著，瓢潑大雨下我們聽著，颱風夜聽著，空調引擎顫慄的作動聲底也聽著，時而伴著鄰戶的婆媳爭嚷，時而佐以家庭卡拉OK的悠揚迴響。

那可不是什麼雞零狗碎的小事，妻憮然道。不像純粹的肉身痛楚。皮肉之苦若是如此長久地維繫，早該送進醫院。也不像精神上的磨難，一個女人要能這麼逐日地煎熬，怎還能不燒乾見底了呢？

我們夫妻倆慢慢習慣睡前聽著它入眠，像勾兌了水同飲一杯烈酒，或是一人配給一錠安眠藥。夫妻同睡一張床榻，分享同一個懸疑。黑暗中，兩人的談話聲漸落，夢境開展前，畫面猶是黑幕，女人的聲音便像幽遠的畫外配樂慢慢地淡入。

它很像一個不容質疑的勾引。讓人備好了進入一則眠夢的短章，恐怕它是一則甜蜜故事，也恐怕它是一場驚濤駭浪。這哭聲似乎淡化了我們的現實感。它要消解我們聽覺以外的其他衰疲的感官。偶爾在闇裡悠惚轉醒，為了掙脫虛妄的夢境，又讓它作為現實之維的有效佐證。

我們的睡眠經常是淺短的，入睡前與覺醒後，只女人的哭聲如梭橫亙於我們的夢與無夢。它像一條感性的水線，跨過了它以後，便是徹底冷酷的現世。

它隸屬於現實，即便聽上去不太真實。

聽見了嗎？是我的幻聽嗎？妻在問我。

不是錯覺。我也聽見了。我說。

怎麼猜也沒有答案。女人只是哭，除了哭沒有供出其他的證詞。它很完善地在我們的生活裡扮演了抵禦無常的防線，像永遠無法賡續到敘事盡頭的推理小說，像我與妻閒情之餘的小小的日常猜謎。妻熱衷於心證推理，幾個夜裡聽著、猜著，我們都在忙碌的生活裡找到了一張舒適的安樂椅。

●

下了班，我們一齊購晚餐、吃夜宵。假日則相偕在附近衢巷手勾手蹓躂。

轉出了巷口就是八條通了。這一帶日本料理店、酒吧林立，沿家挨戶不時傳來酒拳伴唱聲。

妻擁有十足貪嗔的東洋品味，平日熱愛在住家附近晃蕩。此區數十年前猶是內地人的高級住宅區，這內地指的是日本。棋盤式的街衢規劃，刻意仿造日本古都形制，據說是為了一解旅居此地日人的鄉愁。政權轉移後，店家逐日零星偷換，慢慢開始有酒店生意和新興餐飲入駐，由著歷史因緣，廣睞日人消費。

計程車像嗅覺靈敏且建立了良好覓食計劃的鷹隼，時不時繞道進來載客。幾輛車緊挨著單向甬巷愣愣地闖入，像發動一次次巷戰。人車在兩米寬之間謹慎地閃身挪動。幾個西裝革履的中年男人，臉上猶存一抹尋歡的笑靨，搖搖晃晃，相互扶持上了計程車後座。

雨夜，車子一輛一輛鑽弄探巷，頭燈將雨水蒸燒為妖嬈的煙氣，替對向的行人造就了短暫的視盲。

這是我最鍾愛的夢幻時刻。

暫別了塵世，眼前盡是流金溢彩、仙雲繚湧。我偕妻慢慢步入光華鑠鑠的仙宮，裡頭有24HR便利超商，陪酒KTV，隱密的黑玻璃後則是制服店，男大姊店，還有科幻金屬感的、低光度的吧檯，熱霧翻騰的鰻魚飯，韓式銅盤火鍋，湯水蒸騰不休的日式小火鍋，昏濛的燒烤攤，切水果盤，居酒屋，霓虹眨巴眨巴閃不停的市招，掛簾與紙燈籠，脂粉味，洋酒浸泡著食物，混著路旁刺鼻的嘔物……熱滾滾的好不擁擠。

我與妻最認真凝望的是那些男大姊。她們的美豔更勝原生女性。修長飽滿的腿胯，裹入緊身挾腰高衩旗袍，濃妝妖冶，耳環手飾頸鍊隨輕盈腳步啷啷作響，曳著鑠光。總是團簇如花盛綻，三五成群串街走巷，見了熟識的客人便媚態打招呼，招搖得那樣果敢，那樣坦蕩。

條通特殊的音質是慢慢泌出來的。它是耳道裡殘留的灰燼，招來前一夜篝火燃起的嗶剝聲。它是上一夜殘餘熱度所引發的幻聽。

妻常盯著街衢外巷弄內錯身而過的這個那個女人，細細地端詳。我猜妻是想要找出夜裡哭聲的主人。她是能自理生活甚至起居出入無礙的嗎？是不是遍身瘠瘦，蓄一頭長黑髮、有一雙炯炯的眼睛，神經質而冷峻的高顴骨……？

在十一坪大的套房裡，我們有個依樣搭造的家。有衛浴、小廚房與一張和式餐桌，有洗衣機、衣櫥與曬衣窗。它緊挨著凡俗，近似一個凝縮的現世。

我們也會發出聲響。有時我們做愛。有時我們溝通，如果遇上彼此的情緒漸漸堆疊，話語的邏輯層層累進，聲響就會慢慢大起來。丟出謾罵時，我們都是上了賭桌的賭徒，愈凶狠愈鋒利的語言是面額愈大的籌碼。一次次豪賭後，向黑暗的內裡刷地燃起了火柴，又迅速任其覆滅。通常，我們的聲音很健忘。我們很快就能夠言歸於好，很輕易便懂得自我否定，或是發現自己的軟弱與畏懼。

不健忘怎能續活呢？

聲音有時是傾向抑制的。抑制對方的聲音，同時抑制自己的不安。它們欠缺毅力，幾乎都是一次性的。但惡毒的話卻不是。惡毒的話不能回收，只得掩埋。

逐日，我們重複餵哺對方好的、不好的話，那些話與背後的動機幾乎是失憶的。像一次次出門發現落了東西又折返。我們生活何其限縮啊。上班的動線，購物的動線，覓食的動線，每日該要走的迴路都像配給好的。逐日行進，風景依舊，漸漸便傾向了宿命論。活著，像隔著一層白翳般不清醒，或是不知如何才能清醒。

我們的聲音也經常是沒有目的性的。它們只是一份講述的需求，不必然是為了達成什麼。有時我恍惚覺得，我與妻仍維繫著共同的生活，不過是因為兩人恰好一起困陷在共同營造出來的同一個聲場之中。一切只是習慣。

畢竟一個巴掌是拍不響的。

●

入睡以後，有時我嚷著夢話，妻被擾醒了便被迫去聽它們。妻說，那些夢話往往含糊如甫收成的一串牡蠣，難於理清。我究竟都說了些什麼？那些妻不能聽明白的，是我清醒後已然忘記的。

有時反過來，換成了妻作惡夢，我若還醒著便輕聲慰言，或乾脆直接將艱辛掙扎、哭喊不停的妻搖醒。她憒灂地擰著眉頭，用餳澀的聲腔給我講述夢裡的恐怖境遇。我很清楚，她口中種種暗晦的情節並非一條現實的邊界就能順利防堵。現實更像它們的母親。

人又為何需要哭喊出聲呢？

很多時候，悲傷當然是一種餘裕的展示。

我大概不是真的明白眼淚是怎麼回事？哭又是怎麼回事？哭與哀矜，難道只是對位工整的能指與所指？像《霸王別姬》裡程蝶衣那樣掘心般地哭喊？像《新橋戀人》裡愛到癡狂的男人因幻滅而生的自殘哭喊？或是像《憂鬱貝蒂》裡始終站在不穩定的邊緣暴虐撒野地哭喊。對比現實，它們算是審視哀矜的有效經驗嗎？一次次在戲劇框架的保護下，我看著電影裡一張張臉因哭泣而扭動；看著人的悲傷被圓滿地再現出來，只覺渾然自在。

哭泣根本上就是一種戲劇演出？給自己看，給外人看？

幾次發生爭執，見妻莫名流下了眼淚，或是驟然開始啜泣，我便心軟又懊悔。妻哭泣時會說：你就是不懂，你就只會講你的那套道理。

妻哭喪著臉像一條擰緊的臉巾。我得努力把它攤平，把它洗乾淨。

晚了，吵到鄰居不好。安靜下來，別哭了。我把聲音放軟這麼對妻說。

或許我們都太年輕。我們還擁有爭執與謾罵的熱情。可能是一種生來的稟賦，可能是一種縱慣自己盲目的揮霍習性。愛與恨的血液蒸騰煮沸了，還能浮漾著泛白的水沫。

●

相較之下，或許我更欣羨默片裡的無聲的哀傷。

喜劇是風塵，悲劇是在風塵裡行路。

生活裡，有些哀傷也是無聲的。更多哭泣與眼淚都被隱抑下去了，沒能找到證成自己的對口，更多心事則或許根本不足為外人道。許多單獨的生活也常鬧著哭泣，擁有陰性詞根的那一種哭泣。我們必得和自己的哭鬧妥善共處，反覆交涉。

想及禪宗公案裡的「隻手之聲」。單單隻手，如何能造就什麼聲響？但它就是能。它就是那麼吵。大抵是一些異常敏銳的場合，人情與心思不意相互碰撞的凶險地帶，幾次下來，慢慢諳熟妥協之道，學會謹慎拿捏分寸，不傷及他人，也不讓誰來折磨自己，遂悄悄地將陰性的詞根掩在自己上面。讓它保護自己。像高緯度國家的房頂，考量不同降雪量而有不同的角度的變造。

我們居住的城市遍布石棉屋頂，醜陋且堅篤，像一枚枚母音的變音符號，善於修補，利於排水，提供了人們許多的安全感。

●

為了給生活憑添一些聲響，我們開著電視，放著音樂。一面聆聽一面煮食，洗衣，沖澡。女人也逐日地哭喊，彷彿特意過濾了其他話語，只保留了哭泣的純度。

純粹的哭聲予人一種原始的肉體感，也提供了一種無法透過語言表述的曖昧性。哭聲或許是最奇異的聲音。它欲剝開事物的表皮，揭露事物的底邃。哭聲不可翻譯，無法被轉述。學生時代有個老師曾跟我說，你若真以為自己讀懂了什麼，至少也要能夠轉述它，能轉述的，才是真的明白的。能轉述與不能轉述，我大抵還曉得其中的差別。

哭聲自有其專斷的特質。它標誌一個「他人之心」的結界。它是不是也像卡巴拉教旨裡的那個神聖單詞？用以表徵神的名諱：一個無法用嘴巴誦讀出來的子音詞組。無法傳授以言語，無法讓渡予他人。

女人的哭聲在日子與日子的尺度下，在封閉迴繞的錶盤上間歇。後來，索性便沒了聲音。哀矜竟也能轉成靜音嗎？無聲不一定是圓滿的消解，也可能是決絕的喪奪。

她住院？不在人世了？搬家了？

躺在床上，妻繼續閒侃著。

她是不是也該有個丈夫？哪怕是酗酒、賭博，會謾罵、會動粗。或是會有個兒子？不能工作或遊手好閒，還是染上了毒癮……

●

時間又來到了凌晨。我與妻還不能成眠。

躺在床上同衾共枕，肩挨著肩，兩人有一句沒一搭鬆散地侃話，像兩具轉速過高的鍋爐，凝盼著彼此意識的爐膛，不時有火星逸飛而出。

關了燈的房裡，我們一起蓋著冬日的厚被子，彼此偎傍。

終於，我們又聽到女人的哭聲，聽上去十足地淒厲。我猜妻跟我一樣，倏然感到了滿心僥倖。

本文獲二〇一七年第十九屆台北文學獎散文優等獎

今夜大雪紛飛

江逸蹤

本名江毅中，彰化員林人，高師大國文系畢業，高師大國文教學碩士，現就讀於政大哲學研究所碩士班。任教於中央大學附屬中壢高中。散文曾獲一〇六年台中文學獎首獎。

也許是因為一根雪茄可以抽上兩小時，雪茄酒吧裡的時間顯得緩慢。燈光昏黃，爵士樂輕快，這裡的人抽雪茄時，彷彿打禪。煙絲亮起暗下，嘴裡像啜著什麼，然後抬頭緩緩吹出雲霧。雲霧散開，混入夜色裡，越晚時間越慢，只有音樂依舊輕快，與偶然從窗外走過的行人同調。

第一次來雪茄吧，是Y帶我來的，他說在他離開台北前一定要帶我去抽雪茄。原本我不懂為何他喝酒一定要抽雪茄，直到那天，看他輕輕抖落雪茄上的煙灰，像細雪在空中飛舞，才明白原來抽雪茄並不是尋求感官刺激，而是像Y的人生，反覆啜著生命脫離常軌的氣味。這些氣味一直盤繞在酒吧，滲入衣服，我們指尖彈落的煙灰，是一堆堆雪。若雪有氣味，大概是菸草混著焦油的味道。

Y是我高中同學，男校學生大多放蕩不羈，他更是箇中翹楚。我自小被父母嚴格管教，日子是一個個無形的方框，生活在安排好的課表中。第一次見到Y時，他穿著滿是皺褶的白色制服襯衫，蓬頭垢面，像是剛從昨夜狂歡後的宿醉醒來。起初，我還分不清楚墮落與放蕩的差別，逐漸與他熟識後，才知道什麼叫活著。墮落是陷溺，放蕩是自由。Y是穿梭於世界的表層與本質的自由之人，並願意與我分享他的自由。

Y說酒館是交換靈魂的場所，許多人在此真正清醒，也有許多人在此流離失所。但雪茄吧裡的人很少喝得爛醉。抽雪茄很需要技巧，否則雪茄一熄，氣味便苦。Y抽雪茄時保持著自在的節奏，我的雪茄熄了又點點了又熄。他教我，試著把酒和菸草的香氣混合，就能徘徊在意識和無意識之間。

高中時，Y教我怎麼過高中生活，但一開始我不懂Y，更不懂生活。我和Y一起通車上學，他從不遲到，每天到校門前我們都會爬段斜斜的長坡，長坡左側是紅磚斜瓦的老舊房屋，右側是綠樹掩著的圍牆，圍牆後是長長的校舍。Y在學校或睡覺或看課外書，鮮少認真聽課。一個高中生讀的不是教科書，而是馬克思的《資本論》或是張仲景的《傷寒雜病論》，有時也讀康德的《純粹理性批判》。高中的他顯然沒辦法讀懂，與其說他在閱讀，不如說是在欣賞奇書。他倒不是多厭惡課本的知識，或是像我視考試為大敵，他只是覺得課本的編排太瑣碎，讀來索然無味。

高中是最純粹的時光。因為青春，我們始脫離年少的懵懂，又尚未進入雜駁的成年。每個人都有自己的純粹。有人積極追逐著想像的未來，日夜埋首試卷。有人隨著鐘聲載浮載沉，遊走遲疑。Y則建構了一個顛撲不破的理想世界，他在裡面指天畫地，吞吐風雲。那時教室沒有冷氣，夏日午休，教室悶熱難耐，大家都揮汗如雨無法入睡。Y會敞開衣服露出黑色背心，翹起二郎腿猛力揮舞著扇子，眾人宛如魏晉名士，圍繞著Y，或坐或臥，開始談天說地。當時所有奇特的發想都來自Y，他讓不同人的專長在班上得以發揮，我們成立詩社、組馬克思讀書會、慢跑團，他也要我教大家學武術。有時我們討論學校不合理的制度，一群青春狂飆的少年，談著談著就聯合寫信給教育部或立法委員，Y因此常被學校叫去訓話。跟著Y，起初只為好玩，是苦悶生活中的一點樂趣，但我生活中的方框卻漸漸鬆動了，Y似乎在我平穩的心田裡，埋下了什麼奇樹的種子，日復一日抽芽增長。我開始對某些有明確答案的問題或既定不變的規劃感到不耐。

高中的時間很慢，慢到我以為昨日仍走在上學途中，看著走在前面的Y，七點半，太陽不甚高，光束穿過葉隙一道道掠過Y的肩頭。至今我閉眼，仍有Y背影的視覺殘像。或許，我和Y就是依靠著那時的記憶活到現在。我們都不想成為醜陋的大人，所以在高中畢業前，努力掙脫所有功利的想法，告訴未來的自己該如何而活。那時候我們都還沒意識到未來的難關，我們以為的理想，其實是置身事外的單純。我和Y都還不知道，十六、七歲的輕盈維持不了多久，時間會逼我們面對現實。現在想想，就是高中時的純粹，使得我們後來走向難以自處的險坡。

雪茄吧那夜，Y跟我介紹雪茄的由來，據說「雪茄」是徐志摩音譯，也取其灰白如雪。他笑著說，他想到「白雪紛紛何所似，應似菸草落成灰」。我也跟著笑了。但關於雪，那時我想到的卻是韓愈在貶謫時倉皇寫下的「雲橫秦嶺家何在？雪擁藍關馬不前」。

畢業後，高中同學大多到北部念書，我則考上高雄的學校。Y跑去重考班，蟄伏一年後也到台北讀法律系。高雄的太陽永恆照耀，台北都是淅淅瀝瀝的陰雨。離開高中生活圈，我不知該如何生活，既無法像Y那樣獨自開天闢地，也不甘回到膚淺的表層體制。到高雄，覺得大學裡醉生夢死的同學都是無趣之人，我只能不斷延長高中的記憶；偶爾和北部同學聯絡，對他們的生活無比欣羨。Y仍舊是同學的領頭，他們到處聽演講看展覽，跨系跨校旁聽大師的課，也上山下海出遊，甚至推動社會運動。我則封閉自己，孤單忍耐地生活。

像是要製造夢，酒吧裡所有東西都是朦朧的。吧檯後整牆的酒瓶五彩繽紛，在燈下閃爍著奇異光芒。每瓶酒的年分材料與工法各異，我想，若每瓶酒都符合釀酒者夢的氣味，酒保則用這些酒做基底，調成無數的夢。選酒的人以夢找夢，若不了解酒，那麼在酒吧選酒極易失去距離感。來到酒吧，蛻去用以活在世界的軀體，向酒保索取通往潛意識的瓊漿玉液，囁嚅著白日不敢傾訴的迷夢。雪茄吧裡人們吞雲吐霧，更在夢裡重重堆煙，雪落無聲。我似乎退到比夢遠的地方，但Y還在夢裡。

Y在我眼中是自足的完人，他總能把自己的生命彈放到極遠之處，然後輕易收攝。大學時我們甚少見面，我只能懷想著高中，作為大學生活的摹本。但我知道Y是不斷變動的，我努力追著他的腳步，卻總在以為靠近時，他又倏然遠逝，到另一個更高的境界。有一次我到Y的外宿之處，那時他是學校的調酒社社長，宿舍地上放了許多高高低低的酒瓶。他也射箭，玩壁球，練拳擊。每次見面都是我聽他口沫橫飛地講著縱橫上下的故事，我羨慕著他對生活的無畏，也知道自己是追不上他的了。我一直覺得，世道的險阻對玩世不恭的Y來說，只是小磕小絆，他是有垂天雲翼的大鵬，遲早上擊九霄。

Y想當人權律師，但和高中一樣，他從來不在意畢業後的司法考試。他認為準備考試必須過著極其規律的生活，放蕩的日子如流水無涯，一邊準備考試一邊過著自己想要的日子，這是悖論。和Y不同的是，我總擔心未來，大二我就開始準備教師甄選，自以為有計畫地延遲夢想。我知道自己沒有Y的才華膽識，為了和他能在遙遠的未來相見，我必須先解除現實生活的桎梏。我直觀認為，要掙脫牢籠，自己必須先進牢籠。

準備考試是一段讓自己面目模糊的晦暗時光，這時光竟然悠悠延伸了四年。固定的讀書時間，固定的飲食運動，反覆翻找著考古題的答案，反覆想著未來生活的樣貌。假日把背包塞滿，走在空蕩蕩的校園，到圖書館找個棲身的角落，能聽到的都是窸窣的翻書聲。讀至閉館時冷氣的低頻聲頓止，燈一盞盞暗去，圖書館像塌陷到更深的寂靜裡。回到宿舍，翻幾頁文學作品，關燈就寢，一夜無夢。這些日子看似完整，實則瑣碎，整天閱讀，實則未曾閱讀。用零散的知識，遊蕩的身體，企圖交換安穩的未來。畢業後果真考上外縣市的教職，像在人群中推推擠擠，終於登上預定的車班。離開家鄉教書，我從此往返兩地，在火車上看著月台遠逝，高中時的Y漸漸成了單純的名字。

Y讀書毫無目的，他學習不為考試，也不為炫耀知識，只是為了學習本身。他相信以他對法學上的鑽研，在考試上他能舉重若輕。然而，Y畢業當年沒考上，重考一年還是沒上。就這樣前前後後考了六年，接連失利。前年他痛下決心，搬離永和的公寓，窩藏在南陽街的兩坪小套房，樓下就是補習班。我很難想像追求理想的Y，要如何斷捨原本的生活。為了跨越考試這道鴻溝，他沒入台北車站的人流中，那裡房子老舊，交通壅塞，在補習街排隊搭電梯進教室，像爭食的魚群，像大學時的我。我也去過他的套房，沒有酒瓶沒有他以前各種興趣的痕跡，架上都是考試用書，堆到床上。我注意到有幾本課外書夾在其中，應是他在這苦悶日子裡的氧氣筒，或是，他也曾在極其疲憊時，用這幾本書，回到窗外有老樹綠蔭的高中教室。

抽雪茄不像抽菸會把煙吸入肺部，只是讓煙在口中流連。也許是這樣，抽雪茄較不會成癮。Y很少抽菸，大多都抽雪茄。起初我以為這類的刺激物，其妙處就是在滿足成癮後的快感，若不成癮，那和吃美食有何不同？Y說抽雪茄的成癮是來自上一口的口腔刺麻感，是主動性的成癮，而不是被動性的。雪茄不融入血液，若和香菸比，香菸是去而不返的耽溺，雪茄則來去自如；或許也可以說，因為自己主動成癮，所以是更無可救藥的耽溺。

是啊，路都是自己選的，那麼，是什麼原因讓我們各自選上自己的路而無可自拔？高中時單純的想法，在記憶的光譜中一直如此鮮豔明亮。Y用高中的方式活到現在，我則是想成為他那樣的人。但年過三十，我們都無法是自己想要的樣子。

後來我到北部教書，這兩年正是Y準備考試最煎熬的日子。北部是我們年輕時約好大展身手之地，以前我害怕跟不上Y，而今我到了，他卻回退到我努力掙扎出的困境。那時我曾暗自怨懟Y不好好規劃生活，延遲享樂，也對他理想與現實不分的想法有些質疑。Y考試那幾年，我帶著職場新鮮人的熱血，試著改變教育環境，卻在職場飽受攻擊。我雖不輕易言敗，可是奮力突圍幾次後，才知道我沒有足夠的能力改變什麼，有些現況在改變之前會先把自己消耗殆盡。身為教師，我沒辦法像高中時的Y，給學生無限寬廣的世界。有時在課堂之間，看著學生在面前嘻笑玩耍，他們青春明亮的制服竟令我怵目驚心。很多次我想辭職，破釜沉舟重新累積實力，但過往的努力與現在穩定的收入，讓萌生的勇氣轉瞬退卻。印證了Y的悖論，從高中到現在我仍然擺脫不了瑣碎，安逸活在枯槁的世界，自我矛盾。

去年年初台灣第一次平地降雪，有些不下雪的山區，竟然一片白雪皚皚。雪花落下的那刻極不真實，細碎的雪花漫天飛舞，一碰地便融成水滴。還記得那天嚴寒徹骨，Y說今日正適合喝酒驅寒。到了雪茄吧，Y告訴我這是他最後一年考試，若再沒考上，就要回老家工作。我知道Y並不害怕考試，但他已經不想再委屈自己了。Y並沒說不當律師他要做什麼，我相信他在很多行業都能大放異彩，只是現在回想起雪茄吧那夜，雪茄快抽完時越來越苦，酒喝到三分，在身暖微醺時我們摁熄雪茄，走在記憶中最冷的台北東區，像隨時都會下起大雪。我們在捷運站分別，Y搭著手扶梯下降，背影消失在散成色塊的湧動人群中。那是我最後一次與Y在台北見面，迷離在現實夢幻。

年輕時我們都期待下雪，沒料到一下就是大雪紛飛。陶淵明說人生實難，於今方知難的並不是如何應付生活，而是用自己的方式活著。Y給了我對世界的憧憬，但不能給我勇氣，他有能力改變世界，卻被體制阻隔在外。Y去年仍沒考上律師，他搬離台北後我們鮮少聯絡，我遂被擱置在高中時的約定。走到青春的盡頭，我還是追不上他的決然，他的自由。

今夜我在雪茄吧裡喝酒，雪茄點點熄熄，對面沒有人，灰燼抖落如雪。

本文獲二〇一七年第六屆台中文學獎散文類第一名

輯五

如同她們重返書桌

戀愛保健術

——

顏訥

一九八五年生，城市裡的鄉下人。當了很久的東華人，目前為清華大學中文研究所博士候選人。研究香港、台灣文學傳播與唐宋詞的性別文化空間，碩士論文曾獲台灣文學館學位論文獎助，博士論文獲科技部獎勵人文與社會科學領域博士候選人撰寫博士論文，創作計劃獲國藝會補助。曾獲全國學生文學獎、林榮三文學獎，著有散文集《幽魂訥訥》。

燈光亮。

場景是現代化的嶄新診間。一白袍中年鬍男急急拉開布簾，整張臉往裡探。忽然愣住，想起什麼似的，又退回布簾外，大喊：「淑美！」十秒鐘後，一白衣婦人面無表情走進布簾內。中年男子隨後粗魯地扯開布簾，大步跨進來，兩人湊在光溜溜的大腿旁交頭接耳。

淑美：腿張開。

白袍鬍男：請把腿張開！

淑美：小姐，不好意思，大腿不要夾那麼緊。放鬆再放鬆！

白袍鬍男：唉，你怎麼都聽不懂呢？好，那我直接進來了。

燈暗，聚光燈亮，主角躺在診療椅上，兩手互相搓揉，看起來很緊張。

不知道是這幾個月的第幾次了，我躺在這裡，盡可能把腿敞到最廣的角度。兩腿間，一道本來抿得緊緊的嘴巴就微微咧開笑著。

「いらっしゃいませ！」嘴巴鬆開大喊。就像推開木門掀開布簾，看到立在料理檯後的日本料理店老闆，精氣神充滿，好像並不害怕與團團圍在腿邊的目光對視。

我不知道陰道如果會說話，她是不是真能勇者無懼。可我其實怕死了，怕到就算練習了無數次，一躺上去，勉力張開腿，那緊繃程度，也像是髖骨焊死，一轉動就嘰嘰嘎嘎走了音，總是不能一次唱到位。

最初幾次，醫生還得跩住我的膝蓋，唰一聲，奮力掰開，簡直像幫牛接生，手腳齊上。

人說使盡九牛二虎之力是太俗常的用語，寫作的時候如果要拿它來形容一種艱困的人生風景，都還得再三思量：「難道沒有更創新的說法了嘛？」不過，頭幾次看婦產科的不堪，躺在那冰冷的診療椅上，空穴來風的時候，也確實只想得出這種成詞套語來重建創傷場景。醫生埋著頭費他的九牛之力往深處探勘，而我心底不可抑制的恥感則虎虎生風，一隻沒有耳朵一隻沒有尾巴，就像哪裡破損了壞掉了，只能輕輕唱兒歌來嘲弄自己：「真奇怪啊真奇怪。」

那麼真正使我害怕的是什麼呢？來了這麼多次，幾乎每月一次報到，我當然知道進了診間該做什麼，程序其實都內建在身體裡了。褪下內褲，摺疊好塞進口袋，切記不要隨手放在旁邊的櫃子上，否則給人見了發黃的褲底那多尷尬。接著，把裙子麻花一樣扭往腰腹之際，側身坐上診療椅，以臀尖為圓心，一個掃堂腿旋風歸位，兩腿岔開，各自擱在躺椅旁的鐵架上，然後靜靜等待。執行上述步驟時，任何扭捏都是作態，對待疾病務必理性多於情緒，至少醫療科學是這樣教養我們的。所以，無論本來多情緒化，內心玻璃劇場演的一幕幕都是劃時代大悲劇；但只要進入素白的診間，看見鐵盤上方正規矩排在一起的器械，還是得告誡自己，穩住，維持病患的專業，表情最好有如躺在慈湖萬世千秋給人謁陵的蔣總統那般肅穆。

所以，我怕的是自己控制不住的真心，一個閃神，就叫出聲來。

啊啊啊啊，那裡不行！

婦產科診間是這樣的場所：嚴禁喧譁嬉鬧，嚴禁七情六慾，嚴禁用狀聲詞表述疼痛，焦慮，愉悅，收縮或者舒張。這般肅穆倒也不是明定的規矩，而是約定俗成的默契。否則，你想想，捂著嘴坐上家醫科的旋轉椅問診時，怎麼都不必掩藏自己這些時日體液橫流的悲情，最好當場從肺部深處咳一個慘字，以竄出的鼻涕明志，讓眼前乾乾淨淨的醫生一起變髒。或者，同樣被放倒在診療椅上，場景換成復健科，鄰床牽引脊柱的叔嬸們總不吝嗇交換病況，唉我腰背酸啊心裡苦啊脖子僵啊，佐以各種淺斟低唱的呻吟。復健師溫柔笑著翻轉凹折他們的身體，好像知道那一聲一聲，說的其實全都是寂寞。

一個人躺在潔白的婦產科診間裡，兩腿掛在支架上，我經常害怕，偶爾也會疼痛。想叫出聲來，想喊輕點不要那裡，可是不要就是要，所有希望醫生感同身受的呻吟都不合時宜，還可能不小心把痛演繹成爽。眼神微微往下望，總是那塊布橫在腰間，楚河漢界，下半身沒有話語權。「いらっしゃいませ！」她喊，歡迎光臨！身為一個容器，所有放進來的，都要接納。

頭頂白燈敞亮。

白袍中年鬍男坐在椅子上，手持銀亮鴨嘴器，迅速刺入主角兩腿之間的孔洞。撐開鴨嘴，呱呱呱，旋即以棉花棒戳入，喇一喇，採樣完成。白袍中年鬍男眉頭一皺，發現案情，實在，太過單純，表情立刻收整起來，慎重其事宣布。

白袍鬍男：你發霉了。

主角：發霉？難道是過了最佳賞味期限了嗎？（呵呵呵呵乾笑）

白袍鬍男與淑美沒有笑。

白袍鬍男：這沒什麼，在台灣很常見，就是太濕了。

主角：太濕……。

白袍鬍男：對。冒昧請問，你是做什麼的？

主角：我……寫作……。（聲音漸小）

燈光暗，聚光燈亮。主角獨白。

小腿掛在診療椅前方豎起來的鐵架上，等待醫生走進來洗手做羹湯的期間，經常百無聊賴，適合多作他想。為什麼老是癢進深處無怨尤呢？搬上台北以後，夏日裡，把自己埋在頂樓加蓋小套房寫作。鐵皮罩頂，攝氏四十度，我是剛出爐的小籠湯包，火候恰到好處的時候，寫濕了一條內褲，就乾脆脫了甩開，裸身窩在房東給的布椅子上，慢慢地蒸，蒸出一地湯汁。

是那時候就發霉了嗎？

也不是沒聽過寫作的職業傷害，得交付身體向寫作之神去換。於是村上春樹他日日跑步，鍛鍊身體，維持撐起長篇小說的核心肌群。有人寫到頸椎長骨刺，有人寫到椎間盤突出，有人寫到近視又乾眼，有人寫到自律神經失調。多寫一個字就是耗掉自己一點，關於寫作，更多是犧牲作家的幸福快樂，這些詛咒我都聽過，可為了寫得更靠近神一些，鰥寡孤獨有什麼？都拿去吧，也有人這樣發願。

況且，傷了腰椎毀了視力，往往還能是成為大藝術家的履歷。遺失聽力的貝多芬，獻出新作《第九交響曲》後，全場歡聲雷動，他只是低著頭背對觀眾，久久未發現整個世界都已經轉向他。於是，這傳奇的一幕可以永遠地被剪裁下來，在文字裡，在影像裡，一遍又一遍地回放。

啊，此刻又搔癢了起來，謹慎地扭動了一下屁股。沒人告訴我，如果用發霉的陰道去交易，這無法與人分享的病，能替我換回什麼呢？嘻嘻嘻，好像還可以聽見腿間唇縫噓逼出的笑聲，那種缺牙漏風了還勉強作態的笑。尷尬的時候，害怕的時候，我總喜歡笑。與痛苦相較，快樂通常是一種看起來淺薄，引不起人深究考掘的情緒，而刻痕最深的傷痛，於他人而言卻又經常只能逼近，無法抵達。所以，如果看見地獄的話便自己去吧，如果要被鬼追，何苦拖人下水。

套上褲子吧！好像聽到淑美開口。一個人立在布簾內，握著內褲，怎麼那麼想笑呢，於是笑出聲來，哈哈哈，竟然像一片吐司一樣發霉了，哈哈哈的跨出診間，到隔壁藥局領藥，藥劑師彷彿已經認得我，攀談幾句。那時候，在陌生的城市裡，我才突然感到好多好多的寂寞。

時間：一年後。

場景：狹小老舊的診間。

燈亮。戴眼鏡、穿白袍奶奶正坐在主角腿間，緩緩推入鴨嘴器，撐開前，溫柔告訴主角，要撐開了喔，輕輕安慰她，主角才慢慢放鬆下來。用棉棒採樣分泌物後，擱在玻片上，白袍奶奶拉開布簾離開，把眼睛靠上顯微鏡仔細觀看。

主角：不好意思，應該是又發霉了。這半年反覆發作，吃了藥啊保健食品啊，也總是沒辦法全好。

白袍奶奶靜靜透過顯微鏡看玻片，調整了一會，才終於轉頭望向主角。

白袍奶奶：有另一半嗎？

主角：我寫作。啊……剛剛是問另一半嗎？那個，最近有了。

主角低下頭，回答得有點尷尬。

白袍奶奶：這是滴蟲害的。請你另一半也趕快去檢查，否則就算治好了你，過半個月又會回來找我了。

主角：滴蟲是不是坐久了太悶熱，才會感染的病啊？

白袍奶奶：怎麼說呢，算是接觸性感染吧。這是一種，男生就算得了，也不會有感覺的病。很不公平對吧？其實很多婦女病都是這樣的。

燈光暗，聚光燈亮。主角站在街角，準備往遠方巷底的藥局領藥，又彷彿想起了什麼，定定站著。

原來，一直以來都錯怪了寫作嗎？曾經以為就算壯烈犧牲了也難以對誰開口，那麼孤獨的病徵，竟然是與人共享而來的。一個人的悲傷是黴菌，兩個人的寂寞是滴蟲；僅女性有感的這種病啊，雖然因親密而獲得，總得先相濡以沫，但那些疼痛，燒灼，與難耐的搔癢，仍舊只能描述，無法分享。因為細細去描述而同情共感，是寫作的騙術。如果人生不如一行波特萊爾，那麼關於努力著互為主體的愛的種種，也不過是顯微鏡下的，一滴分泌物。

想著夏日裡一個人在頂樓加蓋寫作的時日，想著秋日裡在頂樓加蓋試著把愛人放入寫作，越愛越寫還是越寫越愛終於變成先有雞還是先有蛋問題的時日。那當然也包括，多希望誰把誰寫壞了就能把他殺死，卻在真實的爭吵中永遠只能敗陣下來的時日。其實更多時候，僅僅是寫不出刻痕太深的傷，於是兩腿緊閉，大笑大叫，就怕袒露了自己。

離開前，我又折返診間，實在不想復發，苦苦向醫生問來了保養之道。我該多吃蔬菜？早早睡覺？放棄寫作？還是川燙內褲以便斬草除根？坐在大桌子後寫字的醫生，抬頭，露出了一個母親才有的表情，想了一想，意味深長的說：

「善待自己。好好生活。乾乾淨淨。我祝你幸福健康。」

燈暗。劇終。

——原載二〇一七年十二月二日《聯合晚報》副刊

少男系女孩

楊隸亞

一九八四年十月生，台北人。東海大學中文系，成功大學現代文學碩士畢，曾獲林榮三文學獎散文首獎，《聯合報》文學獎散文評審獎及懷恩文學獎、桃城文學獎等其他獎項。作品散見各報副刊、《印刻文學生活誌》、鏡傳媒等。二〇一七年出版散文集《女子漢》，作品獲國藝會文學類創作補助、入選二〇一七年國立台灣文學館文學好書。

那是中國電視公司已經停播的一個綜藝節目，每週末晚間播出，本土綜藝天王吳宗憲擔任主持人，搭配大小S或其他女星，編寫節目的企劃人員構思了一個異常有趣的猜謎單元。

你猜你猜你猜猜猜。

從白色煙霧竄出一陣口號：「人不可貌相，海水不可斗量。」

外型中性、俊秀的五個「少男」裡，其實只有一個是真正的男兒身，其餘皆為貨真價實的女孩。她們被稱作「少男系女孩」。

網路的線上翻譯字典，解釋了類似的名詞，輸入「tomboy」便會出現一句說明：「男孩似的頑皮姑娘。」還用英文造了短句例子，「Mary has always been a tomboy. She likes hiking and horseback riding. 瑪莉一直很男子氣，她喜歡遠足和騎馬。」

自歐美國家流傳來的Tomboy說法，含義廣泛，這種可男可女，如同小男孩般，又同時具備清新氣質的女孩。倘若要從明星偶像裡舉出個案，比起相對男性化的林良樂、潘美辰，其實應該更接近孫燕姿、范曉萱、梁詠琪和桂綸鎂。

在審美觀幾乎一致的傳統年代，不管是玉女還是慾女，從矜持害羞到熱情四射，女性美的標準始終不在人們心裡，而是在電視廣告和摩托車後的擋泥板。大大的眼睛、烏黑長髮、白皙皮膚，在鏡頭前跑起來你是風兒我是沙的，現實世界也幫男生的摩托車擋泥土，可謂最佳賢內助。

屬於少男系女孩的時代，實在來得較晚。

大約是二〇〇〇年前後，擋泥板美女們嫁做人婦或人間蒸發。

范曉萱剪去長髮，平頭造型現身，孫燕姿、桂綸鎂紛紛用清湯掛麵的學生妹髮型擄獲粉絲的心。

地表上的板塊移動，聚合離散不斷發生。性別意識不僅隨著氣候變化起伏流動，不只在初春時破冰融解，還要變成一盤草莓巧克力雪花冰，在夏天融化人們的心。

站在藍色大門前，可以男歌女唱或女歌男唱。

孟克柔雖然還是比較喜歡運動褲，勝過制服裙，可是每一場城市裡的腳踏車追逐賽，她仍舊不改白襯衫制服裙的搭配。倒不是為了怕被教官記過，或許更大的可能性是？

她也不知道。

腳踏車的輪子轉著轉著，連用三段變速，一路超車追趕，她多麼努力想將張士豪拋在身後，卻無法抵達終點。如同走在大富翁紙上遊戲的街道，擲出骰子、往前走幾步，小心翼翼翻開命運、機會的紙牌，得到的卻是另一個問號。

祕密。

拒絕百分之百男裝或女裝的孟克柔，繼續在遊戲裡擲骰子，只因為不肯向命運低頭屈服。

「我是女生，我愛男生。」她在體育館二樓最隱密的牆柱角落，用鉛筆反覆寫下一次次的疑惑壓抑。

那年電影散場時，我仍穿著高中制服坐在觀影席，雙腿卻隱約有些發麻顫抖。坐下的時候，制服裙長度在膝蓋以上，由西門町峨嵋街的老師傅改短，黑色百褶裙，一摺又一摺，層層疊疊，藏著爆米花的碎屑。

師傅修改的經驗極多，並不急著一刀裁去多餘的裙長，而是將它收攏縫進裙內裡，外觀與其他制服短裙無異。

有天你會用得到，不如留下。

「誰知道哪天你想穿長一點？哪天又想穿短一點？」

衣服跟人的性格取向，都是善於變化的，無論長長短短，膝蓋似乎終究是一道關卡，也像島嶼早期的濁水溪，以北、以南，跨不過去並非道路中斷，更可能是思維打結或各自堅持。

從觀影席站立起來，制服裙長度將膝蓋覆蓋，落在最尷尬的位置。

長裙顯得優雅，短裙顯得俏麗。

而我兩種都不是。

台北城裡，實在想像不到哪一條路段能夠如此暢快的騎著腳踏車，劇情裡出現的518號公車，起點是麥帥新城，終點站是圓環，從內湖國宅一路開到大稻埕碼頭口，如今每年七夕都是河岸音樂季，男男女女在碼頭旁或站或坐，欣賞獨立樂團唱歌跳舞還有煙火秀，如電影裡孟克柔和張士豪的約會。

海邊的浪在起伏拍打，沙灘上的樂團唱得賣力激昂，那些隨著民主與解嚴襲來的一波波搖滾樂團浪潮，被自由渴望帶到了岸上，又隨更多慾望被帶回海裡。

浪來浪去，性別的界線又被推移得更邊緣更模糊。

電影裡一九七六樂團原班人馬早已解散，我也上了大學。營火總在入夜後開始燃燒，為各自的聯誼露營，增添更多親密溫暖。眾人圍成圓圈，收音機傳出一百零一首舞會歌曲：〈第一支舞〉。

「帶著笑容　你走向我　做個邀請的動作
我不知道應該說什麼　只覺雙腳在發抖」

男生站圈外，女生站圈內。

我想起張士豪跟孟克柔，或者張士豪跟林月珍的約會。

營火還在舞台中間發燙，為夜裡漸寒的空氣增添溫度，所有人都穿著同色的上衣或牛仔褲，終於沒有制服褲、也沒有制服裙的選項煩惱。

真是太好了，我心裡這麼想著。

站在圈外的男生竊喜，站在圈內的女生害羞低頭。

呵呵呵呵。

嘻嘻嘻嘻。

觀望著並退後了幾步，我還是不知道該站在圈外或圈內。

我想起中學時期，永遠考不及格的數學考卷，纏繞著我的集合單元，排列組合題目總喜歡如此發問，當A等於B，A等於C的條件下，請問B是否等於C？

「同學，請問你想站圈外還是圈內？」

關於排列組合，我也不知道答案。

營火讓臉龐與手臂感到發燙，許多同學們臉上也有了紅潤的色彩。他們手牽著手轉圈圈，嘴角上揚，踩著幸福的節奏。

那一刻，我忽然想起，電影裡從來沒有演出林月珍跟孟克柔的約會，孟克柔是戴上張士豪的臉孔面具和對方約會的。

我也有屬於自己的歌曲，或許不是〈第一支舞〉，而是《藍色大門》裡的〈小步舞曲〉。

主持人站在營火旁表示，最後一次的舞曲即將播畢，請站在圈外的男同學們把握機會。無論圈外或圈內的同學們，加快了速度，有些人焦急的想趕緊結束，有些人捨不得放手。

原來愛與不愛都是本能。

「同學，你到底要站在圈外還是圈內啊？」

「少男系女孩」站在A與B的交集，哪兒都去不了，也不去了。

何時才有人發明圈內人與圈內人的第一支舞呢？

你猜你猜你猜猜猜。

——原載二〇一七年一月《印刻文學生活誌》第一六一期

在車上

言叔夏

一九八二年生。政治大學台灣文學博士，現為東海大學中文系助理教授。曾獲林榮三文學獎、九歌年度散文獎、國藝會創作補助等獎項。著有散文集《白馬走過天亮》。

有一日，沿著中港路，車子的廣播忽然流出了陳昇的歌。電台裡有一個低沉的男聲，他說，秋天到了就適合聽陳昇了。我沒有停下車子，在原本要去的地方，輕易地擦過，將路開到了一首歌的盡頭。說來可笑，在這座城裡其實沒有什麼我真正要去的地方。沒有課的白日，我經常一個人開著車，沿著這樣一條筆直的路進城，穿越高架橋底下的涵洞。進城的路上，這樣接續而來的涵洞總共有三個。它們底下的陰影把我摩擦成一隻光影交錯的斑馬，和其他的斑馬放馳在這理應加速的道途上。也許我該問的是能而不是要：在一座不知該以陌生抑或熟悉待之的城市裡，沿著一首往日的歌，我能將一部小車開到什麼地方去？白日裡我在邊郊的超市買菜，提衛生紙，抱回貓砂與糧食。在剎車板與油門的縫隙間，忽然想起了很久以前在北方的城市，為了聽完耳機裡的一首歌，而在恍惚間坐過了一兩個捷運站的事。

中港路其實已不叫作中港路了。在我搬進這座城的時候。它早我先認識它一步地被改換了名字，成為了另一條路。如同淡水線倏忽轉了彎，移花接木地。某天以後，某些必然的抵達忽然失效。比如有一天醒來，我就忽然醒在這島上中央的城市。離什麼地方都近，離什麼年紀都遠。

不開車出門的日子，我亦曾拿著北城寄居時買的悠遊卡，在島一樣的公車站上車。十公里免費。再十公里免費。膠水一樣地把那些截了頭的短路黏接在一起。三十歲以後從頭認識一座陌生的城，和在這個年紀重新結識朋友一樣地困難。心與皮膚老而堅硬，指尖的指爪細長鋒銳，而所有的感官竟都是破碎。常常，我在一公車不斷繞路後的某地站牌下了車，往前與往後，皆是再尋常不過的街市風景。這裡是什麼地方？我無法辨識眼前的風景與過往居住過的任一城市之差異。它們皮膚一樣地覆蓋在我的表層，幾乎只是一張被褥。

後來某日，我就忽然理解那半透明狀的薄膜所為何來了。沒有傷口的地方，沒有種植。終沒有一棵自己的樹來遮蔽自己的影子。心室若是輕斜地偏移，日晷一樣地，一公里也是異鄉人。

●

搬到了此城才開始學車。如同搬到花蓮才開始真的寫字。往往一種技藝來自一種命運，一種命運則決定了心底寄居的一座城池。我常想人與一座城的關係往往來自某種偶然。而成年以後搬遷的地方，便因此像是繼母一樣的存在物。某段時光逝去，你不得不被催逼著跋涉一段路程去抵達另一座城；租屋，購買簡便（而易於裝箱或拋棄的）家具，熟習新的通勤道路。這些寄居的城市個個都像是某種託孤。生活所剩的餘裕，皆耗在和解。二十二歲我剛踏進台北時，也有過那樣一個多雨而尖銳的繼母。冬季盆底的水氣陰濕浸骨。東北季風颳人臉面。我與她共同居住在一個屋簷下，有時被她殺死，有時我殺死了她。

內殘自毀的日子畢竟屬於二十世代，過不去的日子亦是。但過著過著，竟真的過去了。搬離北城時我想，我永遠也不會喜歡這座城市，如同世上長久並存的許多關係：並不喜歡，只是習慣而已。而今我搬進中部的這座城市，竟已跨越了那條三島由紀夫緯度，在日復一日的重複中洗滌著一條又一條的日子，緩慢學習在一篇文章裡安置此地的名字。往往人用寫作去指稱故鄉甚或一個陌生的他方是一件相對容易的事，但要指稱自己繼母的名字卻需要長久的練習。每每在新的城市裡我自介：「我住在……」；「我是……人。」都有一種害怕被誰拆穿的罪惡感。日常話語掩蔽了那些遷徙的路徑。像是日日浮在這座城上三英鼇處，假裝腳踏實地的生活，忽而竟也理解「汗毛豎立」四字是一種什麼樣安靜且無聲的意思。因為每根毛都沒有緊貼著皮膚，哪裡都可以生活，卻也哪裡都沒有活過。

此地其實待我不薄。秋日的日光涼薄如蟬翼，抵達沙鹿前的海線斜坡，整個下午就有了那種芒草的金黃。冬日高曠，坡上的電塔孤獨而荒涼，冷高壓的線軸壓花般地壓過了天空，多的是乾燥花般低垂懸吊的日子。春夜多霧，有時在一條暗夜的路上，我開車爬上了大度山的坡。山路低緩，開著開著竟忽而身陷五里霧中。擋風玻璃霎時一片朦白，只剩下遠方霧裡的車燈，一明一滅地，像在夜路上忽遇見了一隻打著燈籠的白狐，被牠的尾巴摩挲了臉頰。

●

但我其實已離作為一女兒的時期甚遠了。

結婚的時候，迎娶的飯店訂在梧棲港旁，一個面海的房間。港邊起重機的燈光終夜明滅。我幾乎要以為這是在異國的某城了。海濱碼頭空曠無人。這就是我某日老死埋骨的城嗎？旁人說拜別儀式時應該要哭，或許正因為這「應該」二字，在眾目睽睽的企盼之下，我竟哭不出來，甚至有點想笑的氛圍。像小學時被點到回答問題時的尷尬氣氛，既說不出是也說不出不是。其實我應該像個成人，說些什麼來結束這回合，畢竟沒有人想被懸吊在那裡。成人的意思是：要盡量讓別人感到舒服。最終是成人的母親出聲解了圍：算了吧。免這功夫。以後你就是台中人了。

母親不會知道，在許多時間的節點上，往前與往後，我總是無話可說。丟掉扇子。潑一盆水。踩踏火爐。踏過火爐的時候我曾幻想那白紗的裙尾會不會就此燒了起來，擾亂程序，延遲儀式，所有人驚恐一遭。我應許會在心底哈哈大笑。年輕時我在張惠菁的小說裡讀到，出嫁的新娘從禮車裡丟出去的扇子正恰好打中了一隻貓。忘了那貓後來是不是搖搖晃晃地站起來，抑或就此昏死了過去。所有的敘事原來都為了繞路。

而大度山的這一邊，其實是難以繞路的。路熟了以後我才知道出了國道涵洞往東海方向的中港路是一條極逼仄的路。每日有通勤的人從城裡出來工作，從城外進城上學。路的兩旁看似分支甚細，都是逃避與繞路的洞口，然而細路多歧，盡頭不是永無終止的綿密巷弄，便多半是戛然而止的死路。我曾想過避開中港路下班時間的尖峰車潮，將車子打彎開進了工業區裡的產業道路。殊不知廠區裡的道路星羅棋布，根本無限延伸的歧路花園。天黑下來，我卻還在路上打轉，找不到通向聯外道路的方向。路旁是中南部工業區裡隨處可見的大排水溝渠，水聲嘩啦嘩啦作響，櫛比鱗次的低矮廠房一座接連著一座。偶爾有幾個大眼睛的外籍勞工停下腳踏車來注視著你。他們的眼睛閃爍著困惑的星芒。這裡是哪裡呢？我究竟把車開到了一個什麼樣的地方？很奇怪地，是在那樣一個日常生活的化外之地，沒有遊客，沒有在地的人。我第一次隱約地想起，這裡是一個叫作「台中」的地方。

●

不塞車的日子，從校門離開。只有中港路能抵達中港路。這一次，開車的是J。

我問他，大度山究竟在什麼地方？為什麼沒有人告訴我它明確的場所？J偏著頭想了想，說，這裡就是大度山吧。或許，我們住的地方，就在大度山裡。

但是我們從城裡回來，走同一條路，筆直地爬到高處。這條路兩側的高樓幾無變化。一點也沒有上山的感覺。我說，我們真的在山上了嗎？為什麼路沒有轉彎？地理課本上說，世上所有的山路，都是蛇一樣地盤著山往上爬。

山腳就是這座城的脖子。每次，車到了國道的高架橋下，我都會想，啊，這裡是肩膀，緊接著是脖子。過了朝陽橋，慢慢抵達城的唇。城之心。開車的時候，真像是接吻。四腳輪子滾著滾上了城的臉。即使是陌生人，親吻幾次，可能也會產生愛罷？這真是一個過於浪漫的想像。仔細一想，親吻幾次而產生的愛，哪裡浪漫？真正的浪漫是一條一去不回頭的路，一見鍾情，所以無須回返。仔細想來，那日日壓輾過大度山的中港路其實是一條坐三奔四的路。蘋果皮般的下山方式畢竟是屬於高山的。被中港路劃過的城郊的矮山，只能是電剃刀般地在腦勺上推延著，推延著，終劃過了整片山坡的植被。所謂前中年的一種風塵僕僕，大抵如此。

——原載二〇一七年六月二十日《聯合報》副刊

出生於高雄，淡江大學中國文學系、東華大學創作與英語文學研究所畢。現居台北，文學書編輯、企劃，目前仍於出版社工作。獲教育部文藝創作獎等，出版詩集《騷夏》（麥田出版）、《瀕危動物》（女書文化）、《橘書》（逗點文創）。

《瀕危動物》詩句並改拍為二〇一四年台北電影節形象廣告片「騷動之夏」，由導演侯季然執導，台北電影節影后張榕容、劇場影視雙棲男星莫子儀共同演出。

嘉德麗雅蘭、等高線、病人遊戲

——騷夏

父親熱愛養蘭，特別是嘉德麗雅蘭。它們被懸吊在陽台的高處，多數的日子都以肥大的葉子敦厚待人。但開花期就不一樣了，飽滿的花瓣，又有絲絨般緞面的光滑，終於盛開的嘉德麗雅蘭總是從高處睥睨地看著家裡的其他成員、其他小孩。蘭花們在開花前，會受到父親急切地催花，過程像是調教，減水、修剪、停止施肥、增加日曬，父親深信：生殖的慾望是來自環境危機感。

「驕傲什麼？醜！賤！」剛滿十歲的我用剛剛在同儕間學到的髒話、與自然課本學習到的植物知識對蘭花們咒罵，花是性器官，不過是用性器官看人，還開得這麼大，它們俗豔的桃紅粉紅花色令我聯想到廉價免洗杯碗，用完就可以丟棄。

母親的名字有個蘭字，我不肯定這是否是父親喜歡蘭花的原因，但我確定我的母親不是嘉德麗雅蘭。我看過，她的陰唇不是長這個樣子，在她躺在婦科的療檯上時、她緊緊地拉住我的手緩解緊張：「有女兒陪真好。」

母親的陰唇比較像是我在地理課堂上畫的等高線——「地表高度相同的各點連成的閉合的曲線」。等高線令我著迷，我興奮地重複線條動作，我喜歡畫等高線，地圖也很會，甚至畫得比老師好看。每次地理課前，我都會自動先到黑板畫好今天要學習區域，我的地理成績平平，所有對地理的熱情，都在課堂黑板上繪製地圖和等高線達到了快感，像自慰完倒頭就睡，地理課本內容對我來說已經索然無味。

「等高線橫過河流時，必成U或V字形，尖端指向上游……」沒有人引導我，如何把指腹放到她的上游，我用指尖點圖放大，我上網下載許多等高線圖，各種地形的等高線。

「有一種感覺，妳和妳媽媽的感情很好？」她中斷我，像是在黑板上畫地圖的時候，粉筆喀嚓斷掉，刮出尖銳的聲音。

那麼我們來玩病人遊戲吧，她對我進行邀請：「像是婦產科醫生內診一樣，請妳用這個姿勢和我做，從現在開始，妳是醫生，妳可以主導我，但妳要記住：服務是一種榮譽。」網路上有各式各樣參考的體位，各種手指正確的角度，她說她想要體驗潮吹，她已經喝很多水了，請我幫助她完成。

答應她的同時，我想起童年時玩的病人遊戲：哥哥搶著當醫生，妹妹搶著當護士，我總是很懶，比較想躺著，睡沉沉的午覺，所以總是自願當病人，他們要我得什麼病，我都答應。他們總是爭著要幫病人打針，挽袖子打手臂，脫褲子打屁股……媽媽叫我們吃飯的時候，我常常沒有穿衣服。

等高線有缺口了就不是等高線了，破掉的等高線，被我決定用藍色的水彩塗滿。

我沾很多水，濕透了，床單濕了、紙也快破了。

等乾的時間，我趕在假日花市收攤前買一盆嘉德麗雅蘭。

——原載二〇一七年二月二十一日《自由時報》副刊

父親與書，還有我

廖梅璇

一九七八生，嘉義人，台大歷史系雙主修外文系畢，曾任雜誌編輯，現為文字工作者。曾獲時報文學獎短篇小說評審獎、林榮三文學獎散文佳作、梁實秋文學獎散文首獎，著有詩集《雙耳的對話 *Dialogue des oreilles*》、散文集《當我參加她外公的追思禮拜》。

父親生前沉默，我也鮮少與他對話。

在他過世後，我才從母親口中得知他曾任職於警備總部。父親不說話，也從未寫信給我，但我讀過他的許多書，彷彿與他先後耕耘過同一塊田地，引我透過書去認識他。

父親的書放在老家一個鐵櫃，大概是機關汰舊的檔案櫃，父親退休前搬回來的。他還從機關帶回一套軍中作家選集，我記得選錄的作家有陳西瀅、覃子豪、謝冰瑩、桑品載、朱西甯、瘂弦等人，字裡行間干戈敲擊出火光。小學課本說這些作家描寫的那塊陌生土地是家鄉，但我卻因著他們筆下遼闊的異域傳奇，迷上了這批書。許多個下午，我翻著泛黃紙頁，幻想這些外省作家鄉愁的歸宿，是等待我出發流浪的遠方。

依偎在軍中作家選集旁的是王藍的《藍與黑》，至今我仍記得封面摸上去皺褶累累如樹皮，不知翻了多少次，父親應當是愛的。讀完《藍與黑》後，以肉體救贖情人與國家的唐琪，在我心中拔地而起化身女神，遺留在淪陷的神州散發光暈，頹喪失志的醒亞與不貞的鄭美莊，與他們所流落的台灣合而為一，被我貶入鄙野一流。身為女子，我想當唐琪，活得壯烈昂揚且受人崇敬。

鄰居阿桑見我只講國語，打趣問我是不是外省囝仔，我搖搖頭，卻懷著一絲希望跑去問母親，母親否認了。失望之餘我追問著她：「要不然你去問爸爸？」即使我仍年幼，朦朧間也曉得身分不是一襲洋裝，說換就換，必須像洗血般從父親開始淨化與生俱來的土俗，才能抽換女兒脈管裡的族裔。

退休返鄉務農的父親，是否知道女兒因著讀他的書，否定了他的根源？我想即使知道了，他也不會在意。我父親虔敬信仰的不是那片秋海棠的幻影，而是栽培哺育他的黨。黨說要愛中國，他就愛，女兒愛中國，也算是陰錯陽差承繼了他對黨國的愛。只有在如此奇特的歷史情境與家庭結構裡，才會有一個十歲的孩子，荒謬愛著未曾謀面的祖國。

父親還有另一批書，包括各種軼聞雜談，其中一些卜筮雜談宮闈祕辛，描繪床第詞藻極穠麗，我半懂不懂仍讀得津津有味，像闖入一個聲色犬馬的世界，反共愛國文學的硝煙淡去，脂粉飄進眼睛，霎眼綺豔。我在兩類書籍世界穿梭來去，正如我會在黃昏時分讀痖弦而憂傷，也會看綜藝節目《天天開心》笑到流淚。父親親近俗世的這一面，沖淡了嚴肅文學滲進我體內的暗沉，讓我得以較為輕鬆地長大，不至於完全被混亂的國族認同綑縛住。

或許父親無心造就我在認同上的矛盾，就像他從未阻止我閱讀那些不適合小孩的雜書。隨著時間流逝，我吸收了更多資訊，對黨國的孺慕也不再如小時候強烈，我喜愛的最後一本具有中國情懷的書，是母親替我買的李永平《海東青》。《海東青》吸引我的已非僑生靳五念茲在茲的自由中國在台灣，而是他混跡台北各處，目睹台灣暴富後密聚星爍的光怪陸離。女童朱鴒的靈黠烏眸在霓虹燈影裡，閃映著西門町雛妓青嫩腋毛，醜惡得近乎美。

離家上高中後，偶爾回家，我發現父親在黯淡燈光下，以讀公文的耐心研究磚頭般厚實的《海東青》，著實吃了一驚。父親不可能像我耽迷李永平的妖冶文字，他為了什麼浸淫在五十萬字書海裡？因著認同華僑飄泊在虛幻歷史空間的失落？或是以文字重建夢裡華夏的執念？當時我已拋卻黨國教育嫁接給我的大中國認同，將目光轉向過去忽略的草木鄉土。我冷眼瞧著父親蹙眉辨認書裡一個個生僻字詞，有種旁觀瀕危動物的心酸。

這回是父親讀了我的書，但《海東青》到了他手上，好似不再屬於我，倒像去到了它所歸屬的地方。

上大學後，偶爾回家，會見到父親瀏覽藥草圖鑑，他也自己炮製藥酒。二〇〇〇年總統大選前夕，選戰方酣，父親認為曾關注過我們宿舍拆遷的候選人遭受黨中央汙衊，第一次背離黨意，敵視起黨眷愛的候選人連戰。李建軍的《我的台灣路和連戰的總統運》一出版，父親破例拿錢給弟弟，叫他即刻買回來，露出罕見的微笑，倚在竹編躺椅上捧讀。

我所認識的父親向來只對外人慷慨，對自己慳吝，這是唯一一次我見他掏錢買書。父親過世後我才知道，他在警備總部工作時，任務就是在選舉期間嗅聞風向，蒐集黨的對手候選人負面情報，這是他前半生習得的技藝，儘管早早退休，他仍無法忘情於選戰的合縱連橫。當時我對此一無所知，更不明白父親何以熱衷流言勝過關心政策。我趁父親把書擱在一旁拿來看，層層內幕透出祕辛混摻金錢的濁膩，令我生厭。我嫉妒起獲得父親鍾愛的候選人和這場選舉。

一切都關乎黨，關乎國，父親的書裡沒有一本關於家庭的。他似乎把所有的愛都傾注在一個面目模糊的龐大機制上，我們這些家人只是他的負累。我闔上書，繞過牆角一罈罈藥酒，悄然走出客廳。

這是我所知道父親讀的最後一本書。藥草未能滋養父親的身體，兩年後他罹癌過世。

過後母親帶我去他生前務農留居的工寮整理遺物。滿室霉味中，我找到了《海東青》，撢去灰塵，一打開水漬漫漶字跡，紙張起皺沙脆，波浪起伏的紙緣，像父親臨終前糙硬的皮膚觸感。我試著兩手抱起書，臂膀直往下沉，宛如托著父親的軀體。死亡將他變成一本毀壞的書，密封住所有可能，無法解讀。

我只能用與他神似的一雙眼，耙犁過一行行文字，想像他也曾看過同一本書，不小心折了頁角，又用大拇指輕輕撫平。然後他抬起頭，正眼看著我，我就站在瞳孔裡。父與女之間，不再隔著黨與國，只餘下我們曾翻讀的書頁，枯葉蝶般緩緩翩飛，散落。

——原載二〇一七年八月《印刻文學生活誌》第一六八期

如同她們重返書桌

李欣倫

中央大學中國文學系博士，現為靜宜大學台灣文學系副教授。父親是中醫師，受此影響，十多年來的寫作關懷多以藥、醫病、受苦肉身為主，如《藥罐子》、《有病》、《此身》，近期的散文集是《以我為器》，寫女性從懷孕到生產的身體，進一步思索新生、死亡等生命議題。

木馬文化／提供

1

Alice Munro的小說〈抵達日本〉，描述了同時是母親、女詩人的葛蕾塔的一段生活插曲。葛雷塔寫詩，雖然先生彼得的母親知曉此事，但嫁給彼得之後，她告誡先生別用「女詩人」這個字，因此後來才認識她的人不知曉她寫詩，她也盡力隱瞞這點，畢竟多讀一本書、談論嚴肅的話題都可能會啟人疑竇，更可能影響先生的升遷。

葛蕾塔將詩作寄給文學刊物並獲刊登後，雜誌編輯邀她和其餘作家聚會。聚會前，葛蕾塔請人照顧孩子，自己穿上優雅的黑色洋裝和高跟鞋去赴約，但在聚會中，多數的人並不搭理她，除了男記者哈利斯，兩人後來維持著若有似無的情愫。之後在彼得出差、無法安置妻女的情況下，葛蕾塔帶著女兒搭乘火車前往多倫多，打算住在女性友人家。

在這趟火車之旅，葛蕾塔認識了帥氣的男演員葛瑞格，在酒精作祟下，葛雷塔拋下熟睡的女兒凱媞，溜進男演員的臥舖親熱，但她心繫凱媞，匆忙返回車廂時，發現女兒不見了，瞬間她動彈不了，「彷彿整個身體、心靈都掏空了」。她揣度各種可能，在極度恐懼下慌忙尋找，最終在兩節車廂的金屬門那兒發現凱媞，原來凱媞去找媽媽。尚未從驚嚇和恐懼中恢復心神的葛蕾塔用毯子裹住女兒時，感覺整個人像發高燒那樣顫抖，而被暫時遺棄的凱媞對母親戒備著，不願讓母親靠近。

心存愧疚的葛蕾塔開始反省過去自己如何忽略了女兒，包含對丈夫以外的男人著迷並心存幻想，也包括生活中瑣碎的、占據她不少時間的家事，甚至檢討寫詩的行為——孟若用的詞是「不忠」，不僅對丈夫、女兒不忠，甚至對自己的人生不忠。暫時被棄的女兒獨自坐在兩節車廂走道的畫面，加深了罪惡感，孟若用「罪惡」形容：「這是罪惡，她居然把注意力轉移到其他事上面，滿心只想專注在其他事情上，卻不肯注意自己的孩子。這是罪惡。」

如同女兒獨自坐在車廂的畫面久久占據女詩人的心中，這個故事始終烙印在我心中。葛蕾塔，擺盪於母親和女詩人之間，前者像鎖鍊牢扣著她，象徵著自由與自信的女詩人身分，給予她從平凡生活逃逸的可能，卻也引發強烈的罪惡感。當成為「母親」的意識超越「女詩人」時，葛蕾塔極力想隱藏的寫詩「怪癖」——寫詩對一般人來說確實是一種難以理解的「怪癖」——令她感到罪惡，甚至覺得對丈夫、女兒和自己不忠。

2

產後的我困頓和憂鬱，總覺得披了一件名為「母親」的皮囊在呼吸、行走、活動，由於睡眠剝奪而完全喪失了食慾，對於送到眼前的所有食物發嘔，一天吃一碗清湯麵已足夠。但旁人說你得吃些什麼，不為自己也為孩子；你得吃些麻油、紅菜、堅果高營養的東西，不為自己也為孩子；你得好好躺在床上，你得這樣那樣，不為自己也為孩子。

他們的說法，讓我重新質疑「我」的存在：我是誰？我在哪裡？難道只為孩子而存在，彷彿提供乳汁的機器？當時我拚命咀嚼許多發奶食物，如果不這麼做，彷彿便是不忠，像葛蕾塔反覆湧現的罪惡感。但真正令我覺得背叛了自己的，其實是和奮力大哭的嬰孩肉搏的夜半時分；即便我已餵了奶、換了尿布，也排除所有孩子不適的因素，她仍大哭不休，被吵醒的家人總著急探問：「孩子究竟怎麼了？」「妳是不是沒餵飽她？」恰好就是這個時刻，我覺得原來的「我」已轉身背離。我深覺背叛了渴望擁有自由和多重可能的自己。

孩子晝夜哭泣、馬拉松似的哺乳對母親絕對是消耗與考驗，體力透支讓母愛變得困難。有本育兒書提到，仔細觀察孩子哭的時間和哭聲變化，可以藉此判斷他們究竟是餓了、睏了、脹氣還是承受不住太多外界刺激。有時我會顯露出難得的耐心，一一觀察和分判，但多半那些哭聲聽起來並無太大不同：尖銳、急切、猛烈、令人發狂。於是有另一本育兒書提出一個不怎麼高明但後來證明管用的方法：不如媽媽戴上耳塞。看著女兒漲紅臉大哭，五官擠在一起，彷彿一個醜陋的糟老頭，睡眠不足的我對她大吼：盡量哭吧，被迫來到這苦難世界本來就值得大哭一場。然後我逃進浴間，坐在馬桶上將臉埋進手掌，忍不住哭了起來。如果不這麼做，難保我不會將哭聲不止的女兒扔出窗外。

當時，我常坐在馬桶上，閉上眼睛，有時真的戴上耳塞，逃避女兒的哭聲。這是我躲避母職的防空洞。有回在香港參加研討會，聽楊佳嫻轉用吳爾芙「自己的房間」，形容〈紅玫瑰與白玫瑰〉中的煙鸝因便祕，常在廁所蹲上幾個鐘頭，那是空虛的她暫時的棲止處。雖然我沒有便祕的困擾，但仍覺得佳嫻用「自己的房間」來形容確然是妙喻，過去的女人需要自己的房間來寫作，但對一位新手媽媽來說，浴廁便是自己的房間，馬桶是堡壘，白色的磁磚儘管沾了黃垢，但這無礙成為暫時的祕密基地。坐在馬桶上，凝視磁磚上方浮現的花紋，緊繃的身體線條才一點一點地鬆開。

最好的時光仍是：孩子熟睡，於白晝，也是我沖澡的時刻。窗外的天光色如珂雪，絲綢般地燦燦鋪展、流動於浴間。在蓮蓬頭下觸碰自己的身體：消滅而鬆弛的肚腹、肚皮上深色的妊娠紋、蒼白沉贅的肉身，儲滿乳汁正蓄勢待發的飽脹乳房，這一切的一切構成了我：一位母親，母親的身體，交換青春以哺育孩子的身體。然而，這就是我嗎？

3

重讀生完女兒頭兩個月的每日紀錄。那時讀了朋友大力推薦的育兒書，書中建議母親盡可能每天記錄E（Eat）A（Activity）S（Sleeping）Y（You）：前三項為孩子的喝奶、活動和睡眠時間，最後一項則是妳——身為母親但同時也是女人的妳——替自己做了些什麼。在這本育兒書的權威建議下，我開始記錄孩子睡與吃的時間、換尿片的次數，以及更重要的——妳，不是母親，而是一個女人的活動。

女人的活動那欄，並沒有購物、喝下午茶等字樣，只有讀書和讀經。讀的書大多是育兒書籍，雖然如何育兒各有方法且相互矛盾：有人告訴你將嬰兒放在嬰兒床上，並在「確定房間沒有蛇」之後，就可以關燈離開，這一派的主張特別強調孩子的安全感建立在穩定的時間表上，並以多人的親身實驗，證成嬰兒絕對有獨自入睡的能力。但同時，也有專家謹慎地提醒你，零到三歲決定一個人未來的人格養成，母子間的肌膚親密才是孩子的安全感來源。

有人則告訴我，產後的女子排出惡露，濁血染汙了大地，地藏經文能滌除罪垢，於是日誦一卷經文成了我的定課。經中詳細描繪了地獄的所在、地獄相狀、受苦的生靈、造作何事而墮入地獄。當孩子喝完奶、好不容易願意安靜小憩，我展開經卷，讓地獄繪穿行指尖，流經聲道，躍震舌尖，化為虛空。彷彿梵唄，經文漂過我、眠睡中的孩子、家具及積蓄塵埃的毯子、窗簾和其他，流過我的腳底——極度疲憊使我頭重腳輕，彷彿騰空踩不著地。經文流過這一切；一切的一切。

彼時七月的熾烈日光流瀉於安靜斗室，即使只是文字，地獄圖景卻清晰立體，讓我暫且忘了憂鬱愁苦。否則我總以為地獄不過如此：失去睡眠、哭聲輪迴、體力透支，全是永夜的炎燒火獄。此時，描繪著熾烈鮮活地獄圖的地藏經，讓我忽略下體濃赤的血及胸前白色的乳——兩者皆困縛我於晝夜。遙想更大的苦難是否令此身暫獲鬆綁？記得孩童時期的我每至宮廟中，牆上大幅地獄圖總魘著我：枯瘦身軀、腫墜腹部、焰、火、煙、滾沸油鍋、亮晃晃的刑具、遍地噴灑的血如此燦爛，鮮明的畫面彷彿附帶了聲響：刀鑊鏗鏘，滾水湧沸，掛著爬著掙扎著的殘軀破體嘶吼、呻吟著，我不敢看又悄悄張望，急急走過卻頭暈目眩，沒想到成為母親後的頭幾個月，我以聲音召喚地獄圖景，同樣悚然之餘，竟給我莫大安慰，穩住我隨時崩潰的意志。

4

成為母親，寫字變得艱困，愈是如此，我愈渴望閱讀，渴望書寫，若不讀不寫，反倒是對自身的不忠和背叛。

曾有段日子，每天四點即醒，醒了之後開始讀，讀完之後盡情地寫，寫到八、九點市聲鼎沸，再睡回籠覺。青春的我浪費多少時間在愛和美和痛，每次的迴旋衝撞都是傾盡身心的浪擲，寫得既痛又快，寫得痛快。

幾年後的行旅，閱視多人眼目，他者肉身經驗烙印於自身，太多生猛而刺激的體驗撞擊生命，眼耳鼻舌身大開大闔，驚險萬分卻也瑰麗萬分，彼時覺得毋須再寫，至少不再積極動筆：為什麼要寫呢？最奇美最熟成最動魄的已寫進肉身，銘刻於呼吸片刻。然後，懷疑起書寫的價值。彼時我獨行於充滿塵沙的異地街巷，來到一個又一個身形殘缺、與死亡搏鬥的他者面前，目睹他們攤開身體大書——裡頭寫滿了殘酷但堅實的真理，悚然、流淚、畏懼的我反覆質疑書寫的意義，不斷自我駁難：為什麼要寫？寫下這些是為了什麼？宛若視覺暫留，將我一次又一次帶回憂戚面容和衰毀肉身的現場。惶然離開書桌，離開迴旋的文字和修辭，我停止書寫，甚至連隨筆都沒有。我真的停了下來，覺得不寫其實也沒什麼不好。

於是，在加德滿都浪遊的我和K，某日穿過雜沓人聲躲進日本小館，喝茶聊天，無聊得發悶，竟敞開兩人的錢包，一張一張數著皺而軟而綿（那必然吮盡眾人的汗澤體味）的鈔票，將銅板分類疊起，煞有其事擺滿了整張桌，彷彿我們是土豪。總記得這樣的下午；好多類似的下午，我們天南地北地聊、抽菸、聽搖滾樂、讀書，時光簡直就像快餐店裡的免費無限暢飲。青春和愛也是，我們不顧一切開著任其流淌，流過幾多晝夜。

然而，當奢華的時光真正離我遠去，我卻想寫，想從襤褸時光中找尋絲毫可憑藉，可依恃，可皈仰。書寫，助我從盲昧而瑣碎的深海中透脫出來，從全然圍繞著孩子的專注中鬆懈下來，暫時找尋所謂的「我」：我的價值，我的存在意義。原來我還是挺在乎我自己的吧？如何定義自己？「我」不是那個頭髮蓬亂、衣著邋遢骯髒的母親，「我」該是那個坐在書桌前，一盞燈，一本書，在空白的扉頁開啟靈感的，寫字的人。

當孩子入睡，我捧著微薄的時間回到書桌。這是安靜的獨處時刻，是梳理紛雜思緒的時刻，是我凱旋回歸主體的時刻，是忠於自身並攬鏡凝視的時刻。我珍視如斯時光。即使孩子的睡臉宛如天使令我貪戀，但我毅然離開甜美的熟睡，回到書桌前，深呼吸，鍵入文字。有幾次手指甚至因過度興奮而顫抖。

母職的另一項訓練：珍惜能讀能寫的時刻，永遠無法得知下次是什麼時候。像死亡催逼，在孩子睜眼之前——那意味著餵奶、換尿布、洗拭、龐大家事的輪迴，我翻開書，寫下幾個字。這幾個字彷彿鏡子，迴照了我的五官和表情，疲憊和狼狽。每個字忠實且不帶批判地承接我的情緒、分裂和眼淚。

5

然而，閱讀和寫作，在月子期間是個禁忌，勞神傷眼，耗神費力，剛成為母親的女子需要全然的休息。事實上，大多數的女人既渴睡又無法如願，像幽靈徘徊於晝夜之間，即使如此，所有育兒手冊皆如此建議，引經據典，專家者言。這對親自授乳的母親何其困難，幾乎是天方夜譚了，於是我略過這些不切實際的漫想虛言，任性地讀起書來——畢竟這是我在重重限制下僅剩的任性。

那時能撫慰我的反而是Charlotte Perkins Gilman的《黃壁紙》。作者長期為精神崩潰所困擾，求助於精神科醫師，醫師建議她休息療養，一天動腦最好別超過兩小時，更嚴厲地告誡她：「這輩子絕不能再重拾紙筆、畫筆或是鉛筆。」小說中，女主角在產後也被暗示不該寫作，她的先生約翰說：「為了我好，也為了我們的寶寶好，當然也是為妳自己好，請不要再讓那想法闖進妳的腦袋了。」她只好瞞著先生寫，儘管不知道寫這些東西幹嘛，但她堅持要「找到方法表達自己的感受與想法」，因為「這是何等的紓解方式」。

是的，我讀《黃壁紙》，看產後憂鬱的女子如何定睛凝視黃壁紙，那蔓生、搖晃並充滿魅惑召喚的壁紙圖案，在女人危脆的心緒中爬行，親暱又危險。最終，瀕臨崩潰的她幻化成一頭爬行的獸。坦白說，看著這個被創造於一八九一年飽受折磨的女子，狂烈橫行於眼前，即便當時距離這時空如此遙遠——二〇一二年夏天，產後的我終日面對一堵白色牆面（而非黃壁紙）——還是覺得被安慰。

6

每次和朋友說起我在月子中心修改論文的經驗，聞者皆甚感驚訝。

記得生兒子楠前晚，我和梓潔在紀州庵談《此身》，返回娘家途中，收到「修改後再審」的信件通知，雖然緊張了一下，但心想離預產期還有三週，應足夠我修改，當時還跟肚裡的孩子私語：「再待三個禮拜喔。」凌晨三點半，朦朧間羊水破了，驚嚇之餘喚醒母親，坐上救護車一路呼嘯奔回台中生產。隔天在月子中心，趁母親不在身邊時，趕緊聯絡助理和同事協助印期刊論文、去圖書館借書，祕密送來月子中心，然後抓緊時間，修改論文，十分鐘也行。

當家人敲門，我大喊等一下，速將筆電、論文、書籍收在衣櫃底層的抽屜，稍加打點，等他們進來時，能安心地看到一個蓬亂著頭髮、著連身長裙的女人，歪在床上，認真地鬆懈身體和心智，並將桌上的湯湯水水灌飽腸胃，準備下樓餵奶去。這時如果看書恐怕會驚嚇到我媽。當我將這段記憶貼在臉書上時，也是過來人的學姊提到，她也在月子期間看書寫論文，母親恐嚇她「小心眼睛瞎掉！」學姊衝口而出：「瞎掉也要寫。」只能說非常壯烈。

於哺乳、斷續睡眠中艱難完成後，回覆修改後論文說明最末，淡淡加上「在月子中心完成故不甚周延」（此篇論文是否因此而順利刊登亦不得而知）。

月子期間這樣拚命改論文、寫作，不知是否鑄成了產後憂鬱的因，從月子中心返家後沒多久，我常處失眠、焦慮和恐懼中。

當時以為已養了一個孩子，第二胎絕對沒問題，但沒料到同時照顧兩個年齡相近的幼兒著實將人逼瘋。有段時間，我凌晨三點醒來餵兒子，半小時後躺回床，不到兩小時輪女兒醒了，夜半啼哭，我起身摟她哄她，朦朧間我倆又睡去，恍惚間又聞兒子泣聲，我睡眼惺忪，下床將他從嬰兒床抱到大床哺餵。哺乳手冊建議：側臥姿勢可邊睡邊餵，讓產婦充分休息。事實上我無法安眠，因為孩子的用力吸吮，就像強力幫浦，聲音中透露出頑強的生存意志。相反地，我卻損耗下去，睡眠破碎如島，終致無法入睡。

夜裡，我聽著孩子的規律鼻息，只覺恐懼，憂鬱扼住喉頭，占據胸口，無法順暢呼吸。我感覺兒子就要醒了，他隨時會醒，響亮的哭聲炸開，像梅雨磅礴傾注。我豎耳傾聽，謹慎提防，準備捧著我的乳房將乳汁灌入他的嘴（那樣他就不再哭了不是嗎），就這樣我再無法入睡，翻來覆去。

彼時正待進入潮溽的夏，夜裡突然降下大雨，又急又快的雨滴敲打於每一吋土地和物件上：公園裡的兒童溜滑梯和盪鞦韆、健康美麗的阿勃勒、路燈、人行道，這些物件有細微縫隙，但它們畢竟不是真正的容器，無法承受如此凶猛的雨。雨水將不受控制，排水道也失去作用，蟑螂和更多的蟑螂將被沖湧而出，瞬間滅頂或順著水流浮沉掙扎，所有的生和生的慾望將受到全面威脅。

雨愈來愈大，彷彿警示。然後是閃電，雷聲，狂大的風拍打著窗和窗簾。我隱約聽見兒子在哭。我坐了起來，發現才兩點。手錶的時針分針發出螢光，切出超現實的空間。下床探視，兒子正好眠。全家除了我之外全都被睡眠的光霧深深包圍，只有我無法入睡，坐在床緣恍如跌坐於曠野。但憂鬱讓一切變得擁擠，幾近窒息。

7

約莫這個時候，我開始了心理諮商，也重新開始寫。憂鬱讓我幾乎活不下去，完全無法動筆。經過了幾次談話，碰觸到生命核心時，諮商師彷彿想到什麼般地跟我確認：「還寫嗎？」怎麼可能寫。能活著就不錯了。

「找時間寫吧。」她提議。

後來竟發現，反倒是寫作讓我活下來。是的，是寫作。

8

翻開《創作者的日常生活》，立刻先讀Toni Morrison和Alice Munro兩位女作家，不僅因為喜歡她們的作品，更因兩人皆同時寫作並照顧孩子。

相較於書中大部分作家維持規律寫作的情況下，坦言無法規律寫作的Toni Morrison鼓舞著我，九〇年代她不僅是藍燈書屋的編輯，同時教授文學課，並以單親身分撫養兩個孩子長大，在忙碌的日程中，她得趁黎明或週末寫。因此，固定每日早晨五點爬起來寫，且在駕車和割草時思考，於是一面對紙便能令人羨慕地「一揮而就」。五〇年代Munro仍是有兩個幼兒的年輕母親，常趁著大女兒上學而小女兒午睡時「躲進自己的房間寫作」，讀至此真是心有戚戚焉。

我的讀書寫作時間正是兩個孩子同時睡覺的時候，交集起來可能只有二十分鐘，這時才有機會翻開書，開啟一個新的檔案——嶄新潔白宛如嬰兒無瑕的小屁股，令人充滿希望——進入另一個身分。稀有時刻：孩子睡了，而我還清醒。其實不確定究竟是真正的清醒，還是他們同時提早入睡令我精神抖擻：終於，我可以，我又能重返書桌，閱讀，寫作，最原始的情感交流與溝通，一盞溫暖的燈，照亮了頁與頁之間，行與行之間，照亮了我專注的眼眸與渴盼。像全身浸入滿室氤氳而水溫適中的浴池，像悄悄掩上門扉（同時安靜背對整個喧囂世界）回到斗室靜坐，像極緩但有次序地梳理著飛揚奔騰的續流，終日勞動的我終於停下陀螺般的自轉旋繞，與靈魂面對面，與自己的惻痛面對面，靜靜地凝視它的臉。

他們呼呼大睡，淌著奶蜜的獨處時光終如神蹟乍現，將我周身籠罩，光暈充滿，魔術時光。

9

有時魔術時光來得太急，令人猝不及防：ＳＹ臨時帶女兒北上，而兒子還待在保母家。保母說：

「今天晚點來接也沒關係喔。」我捧著天降的自由，雙臂顫抖，雙腿發軟。

我背著書和電腦衝進喫茶館，點了特大杯的翡翠檸檬，打開書，準備進入文字，但終究無法順利進入，字句和目光間凝成一蓬又一蓬無法穿透的雲霧，如張開的傘。恐怕是太興奮，對於這意外而現成的時光；宛若清晨森林中的冰涼空氣，反讓我無法消受。終於閱讀了幾行，孩子的臉和嗓音悄悄浮現，盤據了故事，在字與字、行與行之間輕巧結下隱形的網，有效而成功地攫獲我纏繞的情思。

我讀，孩子就在眼前，我寫，孩子也在眼前。此刻他在哭嗎？他開心嗎？睡了還是醒著？會和別的孩子搶玩具嗎？他又霸著公園的溜滑梯嗎？他是否能再次成功克服沒有母親陪伴的時光？

書畢竟讀不下去了。多種即興、任意、古怪的鬼點子和計劃，一點一點飛向結在字句和目光之間的蛛網。一本書成了小墳場。我嘆了口氣，迅速喝完大杯冰飲，即將到期的自由。

10

珍視能寫的時光，在疊疊累累的繁重家務之間，見縫插針般地讀，蜻蜓點水地寫。不受打擾的時光如嶄新而色澤鮮異的布匹，以稠密又光滑的質感流經指尖，然後我開始寫。不假思索地寫。

如同她們重返書桌，閃避迅速擊來的日常瑣碎跋涉至桌前，打開電腦，鍵入文字，一個字，兩個字，一個句子，皆是神蹟體現。那必然是洗了床單又曬又疊了衣服；必然餵過奶或餵飽女兒；也必然將地上的麵條和黏在腳底的飯粒清除；鍋碗瓢盆不必然已滌淨，也不必然清醒或飽食，我急急穿越汙穢油膩，無視於疲憊飢渴，如同穿行重重山徑將自身帶往桌前。無須暖身。其實不是不須暖身，而是毫無餘裕暖身，無法像從前那樣先靜靜讀一個小時、泡杯濃茶、看看天光或聽聽風的摩娑聲才再開始。

是的，我得一坐到書桌前就拚了命地寫，全不在乎修辭、文句和結構，如止不住的嘔吐那樣寫，因為隨時得停，哭聲、撒嬌、鬧脾氣等諸種孩子本事隨時將我帶離書桌，因此被迫練就隨時得寫出幾句的功夫，沒有心理準備和情感醞釀，無法重讀上文並根據脈絡，就這麼挺起精神、硬著頭皮寫下去。

11

夜裡，我突然間領悟寫作之於我的意義。我被孩子尋奶的動作吵醒，之後無法入睡，許多事情在腦中盤旋。

我是誰？我是老師、母親、妻子、女兒，其中耗費我最多心力的是老師和母親。作為老師，我得說我開始感到力不從心，社會和學校或對老師的期待（KPI、THCI、MOOCs諸如此類）、大量的行政庶務。作為母親，總明顯暴露出我的無能、被動、狼狽與疲憊，常常我從學校返家，在擁擠的公車上望著紛繁的人事景致，帶著一堆對現有教育體制和老師身分與價值的困惑，回到一個完全犧牲奉獻的角色；無論晴雨我默默返回這個衣服再無法全然乾淨、睡眠再無法完整的角色，繼續與孩子奮戰。

我被這些晝夜瑣碎的細項分食，教育及其接踵而來的事物以一種高倍速的方式將我掏空、吞沒，像是洗衣機裡飛旋的衣服，在你無思想的空檔只能被捲入再捲入，在同一個漩渦裡打轉，原地打轉。

是以，寫作便顯露其必要，於我，寫作是一種抗拒、質疑、不合作的姿態，它對抗速度、質疑現狀並在每個理所當然的答案中顯出它的不服從，比起老師被要求的投入、母親被期待的犧牲，寫作與現實甚至與自身保持距離，警戒和清醒，懷疑和推敲。

難怪我渴望寫作，特別在教師和母親身分蠶食我，繳械出存在感時，我必須寫，因為困惑，因為疲憊，因為沉重，因為混亂，因為紛雜事項與孩子熱烈貼上我讓我喘不過氣。於是，在被孩子吵醒後再不得安眠的夜，月光以一種啟示的方式照入窗隙和夢境，我起身，寫下我的困惑，推敲我的存在。

——原載二〇一七年八月十四、十五日《自由時報》副刊

如果一隻貓——宇文正

本名鄭瑜雯，福建林森人，東海大學中文系畢業、美國南加大東亞所碩士，現任《聯合報》副刊組主任。著有長篇小說、短篇小說集、散文集、傳記、童書等多種。散文作品入選《台灣文學三〇年菁英選：散文三十家》；近作《庖廚食光》獲選「二〇一四年開卷美好生活書」、《講義》雜誌二〇一五年度最佳美食作家。

公車上，坐我身旁的大叔不停地抓，抓，抓，抓他的手臂。我感到煩躁，最近事多易煩，我闔上書本，閉目養神，想像身旁是一隻貓，正愉快抓牠的貓抓板，心浪慢慢地靜了。

我的平靜沒維持多久，忽然心思又起，覺得自己有點糟，說不定這位先生正因皮膚疾病受苦，我卻在心裡揶揄他。我自己是不介意的，但大部分人並不喜歡和貓狗相提並論。

何況我是深深懂得癢的。不久前，我因奔跑過馬路摔跤，膝蓋受了傷。從痛，到了癢，那是傷痕的另一階段生命。我對癢奇怕無比，不必碰觸身體，只要做出呵癢狀，立刻能笑到抽搐，有時甚至逼出眼淚，常讓與我玩鬧者尷尬不知如何收場，分明是逗我笑，卻把人給逗哭了。我知道自己絕無可能成為諜報工作者，根本不需嚴刑，呵癢就能逼供，馬上知無不言，言無不盡。

癢是真的可怕，金庸小說裡被視為最厲害的暗器，不是五毒教主的含沙射影，不是李莫愁的冰魄銀針，是天山童姥的生死符。生死符無毒，不會要人命，卻讓人劇癢難當，求生不得求死不能，不得不受制於人，故名生死符。被植入生死符者須定期服用「鎮癢丸」，否則痲癢欲斷魂。殺人容易制人難，因此生死符被視為天下第一等暗器。我深深懷疑金庸先生也是懼癢之人，才寫得出這樣的暗器。

那段時間我的膝蓋中了生死符，去買3M防水透氣繃貼起來，不僅為了方便沐浴，其實醫生說不要包紮反而好得快，但在疼痛階段，我聽他的，在劇癢階段，千防萬防，莫如防我自己這隻手要緊！隔布搔癢，或壓或按，總算可保全傷口，不被這賤手荼毒。

這位大叔的癢，是皮膚病？還是如我傷口之癢？又或者根本是心理過敏？我年輕時遇過某大師說要教我一門功夫，先學盤腿，五心向上，眼觀鼻，鼻觀心，我閉目不要兩分鐘就站起來，「怎麼了？腳不舒服嗎？」我說：「會癢！」

連買衣服，今夏流行短袖袖口繫個飄飄欲飛的蝴蝶結。店員慫恿我：「妳穿一定好看。」試穿出來，店員大讚：「就知道適合妳。」我說：「可是蝴蝶結碰到手臂會癢怎麼辦？」她愣了一下，大概沒有顧客問過她這種問題，她說：「癢的時候就抓一下啊。」

癢亦是種心病。心癢最難治。某日逛街時跟先生說，我聽說，有些男人陪老婆逛百貨公司的時候會把老婆的手牽得緊緊的。先生嘿嘿嘿：「牽緊緊沒有用，要把眼睛矇起來才行！」他深知只要女人的視線與獵物一對上，便覺心癢。口袋裡的「鎮癢丸」須派上用場。

還有種心病是「技癢」。忍痛易，忍癢難，蘇東坡說的。他還寫過好幾首「忍癢難」之詩。在他反對新法，以詩賈禍之後，親友紛紛勸他「戒詩」，他也真戒了五年。直到老朋友孫莘老寄來一塊好墨，這太搔動人心啦，東坡先生磨了墨，詩心滔滔，技癢難忍，揮筆寫詩，說自己忍耐了五年，這塊墨啊，讓他「快癢如爬疥」，必須大書特書，直到「詩成一自笑，故疾逢蝦蟹」，想作詩想到猶如疥瘡上頭有蝦蟹漫步，〈孫莘老寄墨〉詩一寫寫了四首。哎，這一縱筆，大詩人再度被貶，貶到了天涯海角的海南島儋州。

而我身旁這位大叔究竟是哪一層次的癢呢？我悄悄留意他抓癢的方式，幾乎維持每回抓四下，休息一拍的節奏，一直抓到我下車都未曾停止，那應該是真的很癢很癢吧。

下車前，我回頭朝車廂最後一排瞄一眼，抓癢大叔眉頭皺得很深，癢到深處，在眉心折成一根深長的懸針紋。我正要去誠品，與某作家碰頭。想起不久前，同樣的路線，我到銀行存支票，之後搭公車前往市府站。下車刷卡時，司機先生挖苦了一句：「小姐啊，只有兩站妳也要搭車，走走路吧。」我可以默默下車的，這段時間真的修養特差，我忍不住回頭向他抗議：「先生我腳受傷了，多走路膝蓋傷口會裂開，要驗傷嗎？」他嚇一跳，趕緊道歉，說他不是故意的，「因為現在女孩子一步路都不肯走……」我心想你開你的車，管人家走不走路哩……我還是閉嘴了。

我在臉書上寫下了這件小事，並且模仿勵志作家發表了感人的深切反省：「在事物的表象之下，總有我們看不見的內裡。我們卻那麼急著對人評斷。」

然而，我的臉友們，那些熟到好像天天開門喊聲早啊，你好啊，沒事還會端菜分水果的臉書左鄰右舍們，總能看透我的心思，一個個在留言裡指出了司機先生話語中的keywords：「女孩子」。好吧，我承認，這三字完全搔到癢處，聽到「女孩子」三個字，我立刻就原諒他了。

——原載二〇一七年十二月二十五日《聯合報》副刊

不再委屈自己——袁瓊瓊

祖籍四川眉山，一九五〇年出生於台灣新竹，專業作家及電視電影舞台劇編劇。

一九八二年赴美參加愛荷華國際寫作班。最初以筆名「朱陵」寫現代詩，繼以散文和小說知名。曾獲中外文學散文獎、《聯合報》小說獎、《聯合報》徵文散文首獎、時報文學獎首獎。已出版著作涵蓋小說、散文、隨筆及採訪等共計三十二種。《自己的天空》並入選「百年千書」。

有三十年以上編劇經驗，戲劇作品散見台灣與中國大陸。曾入圍金馬獎最佳編劇提名。

沒有死於癌症，她就開始做一個予取予求的人。她索取一切她看上的東西，因為她差一點死去，而復活之後，她似乎就有了隨心所欲的權力。

我認識她的時候。她已經割掉了乳房，離了婚，和比她小十歲的男友住在一起，等著對方和老婆離婚。

我們一起寫連續劇。那還是筆和稿紙的年代，多數人不會用電腦。寫完本子，打字行會派人來拿，打字後，列印，裝訂成數十本，送到劇組。（所以打字小姐往往比任何人都更早知道劇情走向。偶爾去打字行，打字小姐會說：「不要讓男主角死掉啦。」我就說可是製作人說他不演啦。）

我慣常在一家茶店寫東西。店面分隔成小套間，和式房，榻榻米，拉門。一張四方桌挨牆擺，客人坐在地上。店裡有好喝的冰茶，就只是茶泡出來之後在冰箱放涼，不加糖也不加別的。一給一大壺，喝完了還可以再添。老闆是個虎背熊腰的大鬍子。店裡就他一人招呼。每次去都看見他埋在櫃檯前非常認真在寫什麼。他可能是個胸懷大志的作家或詩人，我從來沒問。那時候也沒有網路和部落格。

我跟她約在這裡見面。她來遲了。我們說好要談故事，縷出劇情方向，然後分頭開始寫。

她什麼都沒帶。桌上攤了我的筆記，稿紙，原子筆，零食……其他雜七雜八。我以為她要和我一起在這裡寫劇本，但是她什麼都沒帶。

席地坐下之後，她從皮包裡掏出一面小鏡，對著鏡子開始描眉毛塗口紅。她說她睡遲了，「只」洗過臉就來趕赴約會。她仰頭大笑說：「哈哈，我太沒時間觀念了。」然後說：「我告訴你，我常常會遲到。」

我說沒關係。反正我都在這裡寫稿。我那時很乖，像上班一樣，起了床就來茶店報到。

她一邊化妝一邊跟我說話。她是資深編劇，在這行待得比我久，名氣沒有我大。她說：「因為你寫小說，名字會登在報紙上。」她看過我的小說。她說：「你寫的完全不對，男人不是那樣子，你根本不懂男人。」她提的是我早期作品。她寬容的說：「你那時年輕，現在你應該知道你看錯了。」

我沒反駁，因為跟她不熟。這之前只見過一次，製作人介紹我們認識。

我看不出她年紀。猜是比我大。但是保養得不錯，臉皮白白嫩嫩，是那種乳液按摩滋養出來的成果。十指尖尖，塗鮮紅指甲油。我認識的編劇沒有一個有這樣的一雙手。

她後來掛上大耳環，把頭髮梳得蓬蓬的，兩手相疊擺在胸前的桌面上，抬頭挺胸，說：「我們開始吧。」

我問你不用記下來嗎？她說不用，雍容華貴的說：「我有腦子。」兩手平放，文風不動。我們開始談故事。但是說不到兩句，她開始講她自己。

我有弱點，這毛病至今戒不掉。就是只要碰到奇怪的事或人，就會很想知道：「下面會發生什麼。」往往偏離常軌。

她，在我當時看，就是個超奇怪的人。她跟我講她乳癌，所以割掉了乳房。她在手術之前離了婚。因為結婚多年之後她早已不愛她丈夫了，可是當時離婚還是很嚴重的事。她就只是不快樂的活著，直到驗出了乳癌。從醫院回家之後，她就對丈夫說，我要離婚。

人在面臨人生中的毀滅性大事時，往往擁有特殊的權力。她老公答應了。兩人好來好散。在離婚前，趁著她還有美麗的乳房，兩人去拍了合照，她穿著低胸禮服，露出漂亮的乳溝。

之後就離婚。她割掉了乳房。老公給她買了忠孝東路的頂樓房。不時來看她，直到那房屋裡住進了另一個男人。不過他還是按月寄錢給她。並且至今沒有再婚。

她說她知道自己得了乳癌之後，第一個念頭是：「只要能活下來，我絕對不再委屈自己。」她以前也是乖乖的，順從忍抑的小女人。

我或許臉上露出了聽故事的神情，她忽然說：「我說的是真的。」隔桌伸手來抓住了我的手。她的手冰涼，蛇一般。滑滑的。纏住我的手腕，往她的右胸貼上去。

那一處胸口是平的。的確。我不太知道自己碰觸到什麼。馬上把手收回來。她說：我說的是真的。露出厭煩的神情。我覺得她可能時常這樣對人證明自己。

總之，沒有死於癌症（在那個年代，乳癌的治癒率很低），她就開始做一個予取予求的人。或許覺得全世界都欠她。很多事情她都直接來，很多話她都直接開口。

她跟她的小男友剛認識就問說：要不要上床？他們在她前夫付貸款的房間裡親密接觸之前，她明告對方：我要在上位，正常體位滿足不了我。明說之後，一直到現在，他們的性關係非常圓滿。

所以男人就一直嚷著要離婚。她是無可無不可的。讓他自己做決定。

茶店裡有冷氣，我通常會帶一條大披肩，太冷了就圍上。她看著我的披肩說：是什麼牌子？我不知道是什麼牌子，披肩的花色是鳳凰，金色翅膀的鳳凰站立在黑褐色的樹枝上。鳳眼漠漠看著前方。我在店裡一眼就看上了，非常貴，可還是掏空錢包買下來。

她說：借我披一下。我借了。之後全程她都披著那披肩。跟她的化妝，大耳環和蓬蓬髮非常相襯。

我們談完話之後，她站起來。跟我說：這披肩我要了。她朗聲大笑：「反正你披著一定沒有我好看。哈哈。」

這個人，後來只跟我合寫了一集戲，人就不見了。不過我可以想像，她仍然在不同的地方，對著不同的人，看著對方的眼睛，理直氣壯的說：「給我。」她索取一切她看上的東西，因為她差一點死去，而復活之後，她似乎就有了隨心所欲的權力。

——原載二〇一七年三月十三日《中國時報》副刊

一九二四年生，遼寧鐵嶺人，國立武漢大學外文系畢業，一九四七年來台灣。

一九八八年從台灣大學外文系教授任內退休，受聘為台大榮譽教授。教學、著作，論述嚴謹，引介西方文學到台灣，將台灣代表性文學作品英譯推介至西方世界。著作有《巨流河》、《一生中的一天》、《霧起霧散之際》、《千年之淚》等。

一生中的一天

齊邦媛

霧

上山來近兩個月，晚上總習慣等著看夜班車離去，對於熬夜的我，午夜這班車好似宣布我們今天與外面世界的道別，直到明天早晨第一班車進來，這個山村被留在無邊的黑暗裡，新挖出的土地上，草木都是新種的，全然的寂靜，聽不到什麼蟲鳴。

今晚我站在窗前等著，發現我什麼都看不見了，窗外似乎罩了一張乳白色的布幕，對面亭子的路燈都看不見了，我以為自己眼睛有了問題，打個電話給正在換夜班的服務台，她們說山裡起了大霧，騎摩托車的人都不知該不該上路回家。

如今我已在此安居，人生已沒有需要我趕路的事，再大的霧我也不怕了。

從烏溪橋那場霧中活著出來，五十年來我再也沒有看過那麼大的霧，也許，更確切地說，我今生並沒有真正從那霧裡走出來。

那天中午，我們從掛在牆上的老電話上接到中興新村醫院的電話，請我們趕快去給我表哥裴連甲的緊急手術簽字，他新婚的太太只是哭，不敢簽字，病人胃大出血不停，情況相當危急。幸運的是那天是星期天，丈夫頭天晚上開著工程車回家，今天吃了中飯就得趕回工地，那是一個時時刻刻都有大大小小難題要應付的日子，我們年輕，對人生沒有怨言。

我們把三個孩子（六歲、四歲、兩歲）千叮嚀萬叮囑，交給新來幫傭的二十歲女孩，開著他的工程車，盡速趕了二十二公里的路到了醫院，簽了字，開了刀，止了血，命保住了，晚上八點鐘左右，我們終能開車回台中，出醫院門，發現天黑後起霧了。

那時的中興新村是座充滿希望的新城，省政府剛搬去，路燈明亮，很快找到上公路的指標，過了草屯，路燈漸少，霧變濃了，霧越來越濃，四面八方包圍過來，到了一個較狹隘的山口路段，往前去就是烏溪橋，路旁有一個夠亮的牌子寫著：「烏溪橋工程；臨時木橋，小心駕駛！」

接著就是沉重的車身上了木橋，車輪駛在一條條橫木條搭起的懸在溪上的臨時橋上，壓出咯拉咯拉的聲音，往前開了一分鐘，就完全看不見車前的路了，大霧在溪上像半液體般地把車子密密包圍，由於岸上的燈光，霧不是白色，是檸檬水似的氤氳，一層層地罩住了天和地，開大了車燈，只照見車前兩尺的木條，這時他突然問我：「妳來時看到這木橋有個彎度嗎？」我說：「好似個月牙的形狀。」他問我記得那彎度是向左還是向右？中午來時過這木橋我們都只想著醫院和家中幼兒，匆忙開過，如今都不記得它的彎度在哪一邊，木橋沒有欄杆，也沒有任何可以判斷的指示，有，也看不到，我說：「讓我下去在車前探路，你慢慢跟著開。」他說：「對，來車先撞死妳，或者妳看不到路時已經掉到河裡了……我們現在只能這樣一尺一尺往前慢慢開，一切交給命運吧！」

我不知道我們在天地全然蒙眼的霧中開了多久，我永生都記得車子一尺一尺前進時，橋上木條軋軋的聲音，時時都嚇得心膽俱裂，似乎是永無止境地一尺一尺往前挪移，我們在求生的默禱中一尺一尺往前開，只聽得見他沉重的呼吸聲，凝神看著車燈照亮的那一排木板，木板下河水激流響著。

天荒地老，不知開了多久，突然前輪下的木板軋軋的聲音變得悶重起來——莫非我們猜錯了彎度，壓到了邊線？慈悲的天父啊！求求你，那三個孩子還這麼小啊！他開始按喇叭，慢慢地一聲接著一聲，希望有人聽見……

突然，右邊前輪觸著了土地，堅實的土地！再加一點力，後輪也上了土地，全車開上了臨時的橋頭，上一個小坡，就看見了公路的白線。這時，我們已無力說話。

無言中，車子到了霧峰，上去有一段小坡，好似神話一般，霧竟漸漸散了些，驀地，台中萬家燈火遙遙在閃爍，我們活著，要回家了！這時，我開始哭泣，全身震撼哭泣，停不下來，他說，「妳怎麼了？」我說，「我剛在想，我們三個孩子成了孤兒會怎樣……」他說，「唉，妳們這些學文學的人！」——但是我看到他眼角的淚。

進了家門，我衝往孩子們的屋子，看見三個小兄弟都擠到一張床上，老二的胳臂在哥哥的胸口，小弟弟的一條腿在二哥肚子上，睡熟了的臉上還有淚痕，年輕的女傭靠著床柱打盹。

坐下看著眼前這景象，我又哭泣起來。

我哭木橋上的瞬間生死和幼兒的一生，也哭自己今秋將要離家，雖然媽媽在我去美國進修半年時，會來照顧，但是我應該去嗎？我怎麼走得開？我一生會怎麼想？孩子長大了會怎麼想？

現在的烏溪橋，是一座一九八三年修建的鐵橋，橋長六百二十四公尺半，二十六公尺寬，雙向線快車道及兩線慢車道。山澗河道的濃霧已不是威脅。這座橋傲然跨越兩岸，堅固安穩，是我們當年的木橋所不能夢想的，如同今天的年輕女子的人生也是我們那一代所不能夢想的。

紅葉

午後去撿那排錫蘭橄欖的落葉，竟成了期待。連續已數月之久了，這幾棵不大的樹竟也有掉不完的葉子，由酒紅到暗綠夾金黃，厚實深沉的絢爛顏色，雖是落葉卻充滿了生命。夜夜燈下有三兩片在桌上伴我，竟是和花朵一樣這般真切的美好！明日便將枯萎，但仍令我留戀，似盼積滿前庭，聽夜雨滴落。六十年來何等人生，都市中何等妄想！

以前去撿落葉多存選擇之心——尋找最美好的，如今我已不常有尋找的心情，進入隨緣階段。身體總不夠好，繞這一公里有時覺得勉強，彎腰選葉感到累，遇到好的就是有緣，帶回供著高興。每天落下的葉子都有相同脈絡，顏色也大多相似，好似昨夜的風和太陽的效力只能染出這種顏色，有一天全美好，有兩天沒得看，全靠風和露水的舒展。每天的落葉常是相似的，色彩潤度都一致，只能去欣賞同樣的陽光和水。

連日冷。落葉美得淒厲，落葉之美驚人。紅色與綠色交鋒，生命和死亡互占葉脈，小小的葉子，多大的場面啊！

一位老太太前天發現我在撿紅葉，一再踢她眼前所見的紅葉告訴我，這個是紅的！我的回應很淡，撿拾葉子對我有更深的意義，這些葉子豈可踢得？自然生命的流失和留戀，豈是陌生人可懂？我的最後讚歎亦何容侵入？

誰知她竟在樹籬上留下三片疊在一起，然後由另一條路走開，遠遠看我，我知道這是她的好意，增加我的收集。

但是，太晚了，在生命這時日，對陌生人說不明白這秋葉和隨緣的意義了。

還有人問，撿這葉子做什麼？我說：去賣啊！

對自己所愛，不容褻瀆，原該拈葉不語，但修養不夠。

書與骨灰罈

人類數千年來都說從出生走向墳墓之路……而到了我這一代，已很少人能有真正的墳墓，幾乎全待燒成灰裝進罈子，而骨灰罈放在什麼塔裡，或公墓一塊格子裡，不一定會有刻石名字的墓碑，骨灰罈的意象和各種墳墓的場景對照，沒有一點浪漫的氣息。所以該沒有人會吟詠「我悲哀地（或「不捨地」）朝骨灰罈走去」。

而我，在滿了八十歲之後，真正勘破了這些葬身的迷思，先由都市荒居抽離，住進這光亮的山村，然後不再遲疑地朝向我一生之書走去。

小乳貓

天快亮的時候，我夢見懷裡揣著一隻黃色的小乳貓，餓得快死了，我奔走在台中（或台北和平東路）街頭，買一小包米去救牠。這隻小瘦貓確實是我在台中家裡無數乳貓之一，牠們到我屋下生許多小貓，我輪流抱著看書。在麗水街最後的一些夜晚，聽窗外小野貓夜啼，不能去救牠心中歉疚，我救不了那淒號的小貓，因為我那時連自己都救不了。但這隻貓卻不止一次來到我夢中，記憶是多麼堅持的追蹤者啊！

棉鞋

有一老者說活得太累，全身都痛，兒子幫他捏捏，每處都痛，只剩最後一層靠近地面不痛，原來是棉鞋。

他們便允許他不必滿身痛楚地活著，幫他解脫。在台灣怎麼辦？沒有人穿棉鞋。

——原載二〇一七年七月三十一日《聯合報》副刊

輯六

家的真相

阿公比較窮嗎？——廖玉蕙

東吳大學中國文學博士，台北教育大學語文與創作學系退休教授，目前專事寫作、演講。曾獲吳三連散文獎、台中文學貢獻獎、中山文藝獎、吳魯芹散文獎等。著有：《當蝴蝶款款飛走以後》、《送給妹妹的彩虹》、《後來》、《在碧綠的夏色裡》、《教授別急！——廖玉蕙幽默散文集》、《純真遺落》、《廖玉蕙精選集》、《像我這樣的老師》、《五十歲的公主》、《純真遺落》、《寫作其實並不難》、《古典其實並不遠》四十餘冊。曾編選《繁花盛景——台灣當代新文學選本》、《文學盛筵——談閱讀教寫作》等二十餘種語文教材。

兒子整理了衣櫃，將已不常穿的衣物部分送去回收，挑了兩大袋送來給他爸爸看看能穿否。

兒子走後，我慫恿外子試穿看看，發現除了長度需要修改之外，一切都很合身。外子感嘆著說：「我真是三代中的最低消費者，我父親還經歷過沒落家族的最後繁華，穿著算是相當講究；兒子的衣服無論質料或款式都比我這做老爸的精緻高雅。我就撿著兒子不要的穿就夠了。」

我半揶揄著說：「爸爸是沒落王孫，兒子是當代新貴，本來就都比我們幸運。但我們白手起家，保有中產階級的樸實美德，也是理所當然。」

兩個孫女一旁聽著、看著，四歲多的大孫女海蒂提出心裡的疑問：「為什麼爸拔要把自己的衣服送給阿公？」我解釋道：「因為這些衣服，爸拔穿久了，已經不新鮮了；可是對阿公來說，他都沒穿過，只要改一改長度，就都變成新衣了。」

海蒂又問：「阿公比較窮嗎？」我瞠目結舌，結結巴巴回：「嗯……應該也可以這樣說啦。」

過一會兒，小孫女諾諾拿了水果玩具來跟阿嬤共食，我們一個拿香蕉，一個吃著番茄，吃得不亦樂乎。我邊玩邊問：「諾諾最喜歡吃什麼水果？」諾諾也邊嘖嘖假吃邊答：「我最喜歡吃草莓。」我大方允諾：「下次妳們回來，阿嬤請阿公買妳最喜歡的草莓給妳們吃。」諾諾皺著眉回說：「阿公沒有錢了啦，他很窮捏，還是阿嬤買吧。」阿嬤嚇了一跳問：「妳怎麼會覺得阿公很窮？」諾諾說：「阿公都沒錢買衣服了，很窮捏，好可憐。」原來，看似漫不經心的小傢伙都把我們的對談聽進耳裡了。

我回頭看她阿公，穿著一件幾十年前買的舊衣，好像是真的很窮，若非阿嬤我非常堅強，差點就要悲從中來了。不過，後來阿嬤還是跟兩個小孫女辯稱：「爸拔跟媽媽其實比阿公更窮，你看，他們都穿不慣漂亮衣服，習慣穿破洞百出的丐幫裝：妳們有仔細看過嗎？媽媽的衣服布料都好少，爸媽的長褲是不是常有破洞？」

兩個小孫女想了想，同時點頭，嬤孫三人頓時都神情黯然。

雖然如此，阿嬤還是為孫女的同情心感到無限欣慰，也同時聯想起久遠的往事。小孫女的爸爸念小六時，他妹妹念小四，我們剛剛買下坐落台北杭州南路的新屋，背了大筆房貸。一日，我進行精神教育，要他們兩人共體時艱，不要亂花錢，否則爸媽得非常辛苦去賺錢。過幾日後的一個黃昏，外子有應酬，我剛趕完稿子，眼紅髮披，胡亂穿了便服就騎摩托車載兩童到師大路的「大聲公牛肉麵」吃晚餐。點餐時，兒子原本點了牛肉麵，女兒選了二十個牛肉餃子。可能是忽然想起我前日的叮嚀，兒子改口「吃牛肉湯麵就好」，他的理由是：「妳不是說家裡都沒錢了嗎？」女兒也跟著改成十個豬肉水餃，說：「還是節省一點吧，豬肉的便宜些。」儘管我再三表示一碗牛肉麵跟二十個牛肉餃子不是問題：「飯總是要吃飽的嘛。」但孩子堅持，說：「這樣你們不是太可憐了，要工作到很晚嗎？」這一番對談，雖然低聲進行，但店裡地窄人稠，想必被有心人聽去了，結帳時，竟被告知已有人幫我們這三個看起來萬分可憐的母子把帳給付了，我們連想推辭或致謝都找不到人。

那個黃昏，變得如此溫柔，對那位付帳的善心人士和我們的一雙貼心兒女，我一直都沒敢忘記。誰知多年後的今天，那位昔日十一歲的男童，業已生養了兩個女兒，她們也遺傳了他父親和姑姑昔日的溫柔。

外子接受餽贈舊衣的次日，我早上起得遲，醒來時，赤足在屋子各角落尋找，沒有任何人的蹤跡。桌上翻找，也沒有片語隻字留下。正搔首撓耳間，門鈴響起，才猛然記起約了出版社編輯前來討論新書。

談啊談的，外子推門進來，問他去了何方，他回說送承贈的舊褲去市場邊兒的鋪子修改。「拿幾件去改？」我此問有緣由。前一日送來的長褲少說十五件以上，我邊量邊做記號，還邊打趣他：「這十多件長褲改好夠你穿到一百二十歲了。」

外子說：「開玩笑！幹嘛改那麼多件，改衣服也要不少錢咧！」我以為物價飛漲，修改衣服的價格也跟著大幅攀升，忙問：「改一件多少錢？」他回：「少說也要一百元咧。」

我忍俊不住，笑他小氣且不知算計：「一件就算一百元，相較於買件新的動輒上千元，不是很划算！何況十五件也不過一千五百元，就算漲價應該也不出二千元，出去吃頓飯就花掉了；而改好的長褲可以輪流穿到一百二十歲。」阿公哼哼哈哈，嘴裡嘟囔著：「改個兩三件來穿就很好了……」我不想住海邊，管太大，隨他去。

哪想到外子原來是叛逆，完全是一副：「妳說了算，那我算什麼！」的心情，他還是折衷拿了十件去改。客人在，我給他留面子，不好給他吐槽：「不是說只改兩三件？」

沒料到他將順手添購的日常用品拿進廚房前，又轉回頭很遺憾地說：「本來改一件一百元的，因為還要拆掉褲管，每件多要了五十元。早知如此，我在家先拆褲管，總共就省下五百元。」瞧！這位先生真是窮酸至極啊。

後來想想，此事恐也怪他不得，這事得追溯至母輩，歸咎於遺傳。

一事至今四十年難忘。新婚時回婆家。婆婆拿著水電費帳單，一臉焦急，朝剛進門的我們說：「這個月的水錢哪會遮爾仔濟，一定是漏水抑是抄毋對水表。恁去自來水廠替我查看覓咧。」（這個月的水費怎會這麼多，一定是漏水或抄錯水表，你們幫我到自來水廠去查查看。）

我問：「這個月要繳多少錢？」婆婆揚著帳單，我接過一看，不過二十六元。我驚訝再問：「上個月是多少？」婆婆很氣憤地回答：「頂擺才二十四箍。從來毋捌超過二十四箍，一定有問題，這個月也無加用啥物水。」我啼笑皆非，正不知如何應答，婆婆思前想後，猜測：「……若無，敢會是水道頭囥佇厝外面，予人偷用去？」我聽了，眼淚差點掉出來，兩元之差，對老人家而言竟像是天大的事，可見手頭有多拮据。

其後，我們逐漸調整，夫妻同心協力賺錢，奉呈給公婆的生活費遂稍稍寬裕了些。一日，從中部北上途中，外子忽然跟我說：「今早，媽媽從市場買菜回來。我問她給她的生活費還夠用嗎？媽媽很驕傲的回我：『有夠用了，這陣去市場買魚，攏毋免（都不必）先問一兩偌濟（多少）錢，雄雄就共伊買落去。你毋免閣加予我錢，我按呢就真有夠囉！恁賺錢也真辛苦。』我聽了，覺得好安慰。」說到這，我們夫妻倆都紅了眼眶。

莫怪這個男人到如今還如此簡樸持家，原來遺傳了我婆婆美好的德行。想到往事，心裡忽然暖了起來。呵！真不該取笑這些個神奇的遺傳啊，台灣不正是靠這眾多體貼與勤樸的遺傳創造了曾經的經濟奇蹟嗎？

——原載二〇一七年二月二十七日《中國時報》副刊

真相——平路

本名路平。生於高雄鼓山，台大心理系畢業，美國愛荷華大學數理統計碩士。

重要著作包括以社會事件為題材的長篇小說《黑水》（聯經，二〇一五年十二月）以及《行道天涯》、《婆娑之島》、《東方之東》、《何日君再來》等，短篇小說集《蒙妮卡日記》、《百齡箋》、《禁書啟示錄》、《凝脂溫泉》等，散文集《浪漫不浪漫》、《讀心之書》、《香港已成往事》等與評論集《女人權利》、《愛情女人》、《非沙文主義》等。曾獲吳三連文學獎。長篇小說與小說集有英、法、日、捷克等多種文字譯本。《黑水》已出版韓文版。

二〇一七年新作《袒露的心》（時報出版），出版後引發眾多迴響。

真相之一

回到那個早上，引出真相的話題。

你與母親坐在陽台上早餐，對於即將聽到的事，你沒有任何預感。

之前，你去了美國一趟，長途飛行辛苦，你讓母親留在香港。或者是那段時間她覺得寂寞，你回港後，母親常在小事上找碴，話題總繞回父親骨灰還沒有入土那件事。

父親骨灰暫放在台北，揣摩父親最後幾年的意向，應該是想要歸葬他的原鄉。父親過世一年，墓碑託人造好，鐫刻的字都遵照母親的意思，偏偏父親元配所生的兒子對墓碑的字有意見，這件事沒辦法達成協議，骨灰就不能在父親老家順利入土。你揣度，如果自己送父親歸葬，到父親老家親自處理，事情會有圓滿的解決。你知道那位同父異母的哥哥介意什麼，墓碑上的刻字全依了你母親，對他那身為元配的母親一字未提，而你相信若是與哥哥見面談，你們兩人一定可以商量出辦法。畢竟因為你，哥哥才在離散數十年後父子團圓。那是多年前，你在美國住家，親戚酒後說了一堆醉話，你覺得奇怪，由那堆語意不清的話，你狐疑著父親在大陸有元配，父親與母親婚前還存在另一個家庭。當年，你為尋親去了一趟大陸，大媽已經辭世，那是第一次，你見到這位長你十幾歲的哥哥。某個意義上，因為你從中穿梭，父親才把失去的兒子找回來。

自從母親來到香港，你向她解釋過許多次。你的職務上有規定，不准許以私人理由進去中國大陸，但母親聽不進去，她脾氣來了就嘟噥一陣，認為職務是個託辭，只是你推諉不去葬父的藉口。

那天早上，陽台上用早餐，母親放下叉子，突然開口，說出那句牽引出後來所有真相的話。母親說：「不去葬你爸爸，是不是你懷疑，你不是爸爸生的？」一秒也沒有多想，你回答：「沒有！」事實上，你飛快說「沒有」，因為你從沒有這樣的懷疑。下一秒靈光一閃，彷彿反射動作，你問出一個母親措手不及的問題。你接著問：「那，我是不是你親生的？」

空氣僵住。半晌，母親開口。從此，世界破了一個大洞。

真相無所不在，可惜人們看不見它。

那早上，真相突如其來。然而，真相它真的突如其來？

你順著母親的話，瞬間問出讓母親愣住的那一句，是因為童年時候，你心底的問題從來沒有得到真正的解答？

「必然有那樣的片刻，門打開一條縫，讓人偷眼盱到未來。」（註❶）童年時候，那扇門驟然打開，你眼中盱到過什麼？

成年後，一個品牌剛出來，你看見立刻就很著迷。那品牌的裙子與洋裝，你一件一件地買回家，為的是衣服上的造型人物 Emily。Emily 黑頭髮、黑眼睛，前額被瀏海遮住。看她那麼眼熟，是不是因為小時候，你樣子有些像她？

造型人物的全名是 Emily the Strange。Emily 是怎麼樣一個小女孩？頭髮披下來蓋著眉毛，由髮絲遮蓋的眼裡看出去，那是怎麼樣的世界？

童年記憶中，你的頭髮披散在前額，遮住半邊面容，只露出一隻左邊的眼睛。從細碎的髮絲之間看出去，由大人的嘴形變化，你猜得出他們說些什麼。彷彿在潛水艇艙底，艙底裝置的潛望鏡向海面一寸寸升起，看到了看到了，大人的嘴一張一闔。憑小女孩的直覺你在猜，大人們在一起，他們騙來騙去，說的常是好聽卻不一定真心的話。

一個人的時候，望著鏡子，你看見自己迷惑的眼神。眼神中全是問號，不知道該怎麼樣理解這個詭怪的世界。

你回憶起那些陰森的晚上，老鼠吱吱地在天花板上爬。你望向高處，天花板與梁柱間結了蛛網。蚊蟲吊在網上，搧動細小的翅膀，翅膀發出奇異的螢光。你從床上坐起來，腳尖下地，踮著腳經過父母的房間，你聽到窸窸窣窣的聲音。大人不需要睡覺嗎？為什麼隔房的父母總是醒著？

真相像剝洋蔥，剝開一層，現出底下一層。

母親對你溫柔地笑過？記憶中好像沒有。

母親常在外人面前說自己多麼慈愛，用言語形容她對你多好。掩上門，沒外人在的時刻，母親收起笑容，換上另一副面孔。被母親責罰之後，如果你哭喪著臉，必定又是一頓罵：「作孽，好好的日子不會過，給家裡造業呀你。」母親經常掛在嘴邊的是：「一張苦臉你擺給誰看？把你爸爸氣死了，你怎麼辦？」

長年來，你以為問題出在自己，為什麼生下來就不是父母喜歡的小孩？

母親經常向人敘述流產的經驗。據母親說，那是在你之前，逃難的顛簸中，胎兒保不住了。這段經歷你聽了不知多少次。你翻轉眼珠，聽母親怨嘆地說，流產的胎兒已經成形，她說：「看得出來，是兒子。」當時，你似懂非懂，而唯一確定的是，你怪自己不是兒子，母親沒有得到……她想要的那個嬰兒！

那時候，你記得自己跪在床邊祈禱。哪一天，像主日學發的卡片一樣，馬槽邊金光閃閃，奇蹟般地，母親若能夠生出一個男嬰就好了。

真相它突如其來？如今回溯，許多事都露出玄機。

記憶中在小時候，大人不喜歡你繞在身邊。當父母一起談笑，父親見到你，習慣性地皺一下眉頭，空氣中多出一份不自然。你記憶最深刻的是，父親瞅著母親，接下去，望向你的眼光立即罩上一層寒霜。

後來，遇到小女孩嗲聲撒嬌，你總癡癡地看。小女孩偎著父親，雙手勾住父親的頸子，你望著，說不出心中有多羨慕。

你一早就識趣地學到，在家裡，躲避地雷的方法就是讓自己隱形，不要隨便發出聲音。讀書寫功課是最安全的事。成績可以被母親在人前說嘴。司令台上領了獎狀，回家來，壁紙一樣貼在牆上。

那些年，你努力做個乖巧的小孩。留了幾年的辮子，終於要一刀剪下，在美容院老闆娘提議下，成了你母親腦後的髻。美容師傅捧著鏡子，母親前前後後滿意地照。美容師不停讚美，一逕說人髮比假髮看起來滑順。那一天，你覺得自己可是派上了大用場。

你努力博取母親歡心，只希望她對你的臉色好一些。

學校課堂上寫作文，題目是「我的家庭」，你抄了不少孝心與親情的句子。作文簿發回來，捧著老師畫紅色雙圈的文章，母親在客人面前大聲唸誦。那個當下，母親顯然對你的表現很滿意，但不知為什麼，對著作文簿上自己寫的字，你臉漲得通紅，一副撒了謊的不安模樣。

「我總對母親撒謊，她也對我這樣。」──《科學怪人》的作者瑪麗•雪萊（註❷），什麼情境下寫出那樣的話？

你曾經猜疑？看出一些不對勁的地方嗎？為什麼，你終究是……什麼也沒有猜出來。

若為自己找理由：如果你在早年看穿了所有的事，清楚了所有錯綜的關係，包括，聲稱的愛裡帶著多少偽裝，以及作文簿上的真情句子帶著多少欺瞞；如果一早知覺到太多不該識破的事，你能不能夠順利長大？

即使長大了，你會是怎樣一個人？

你究竟是怎樣的一個人？

從小，你的感覺就是不對勁。後來你讀到雷蒙•錢德勒的小說（註❸），錢德勒的用語是：A world gone wrong，當年，你被丟入亂了套的世界裡。

知悉身世之後，你推回去想，錯了、全錯了，但不只是你，在當年，你母親或許也是同樣的心境。對著你，來自另一個女人的小生命，養也不是丟也不是，她的世界亂了套？你母親不知道該怎麼做。面對著無助的嬰兒，說不定她也努力過，想要壓抑不愉快的過去、想要不存芥蒂地養育你。說不定，她確實試過像親生母親一樣克盡母職。

怪你，都怪你。顯然地，嬰兒時期的你沒有勾起母親太多柔情，即使勾起了也不夠多。當你漸漸長大，母親很容易就看出來，這孩子生著一對敏感的眼睛，不經意就會盯到事情的裂隙。又因為其中原本摻著假、有讓大人心虛的地方，你愈是想要討好她，看在母親眼裡，愈代表另一重挑釁，向她強索她沒有的東西。

後來，母親更不知道怎麼對待一個成長中的少女。

成長階段，你戴一副重度近視眼鏡，胸部藏在寬大的制服底下，看不出任何發育的跡象。你總慶幸著比起女校的同學，自己沒那麼女性化。好在月信還沒來，你是月信來得很晚的女孩子。

月信還是來了，每個月泛出一片紅，那是母親口裡的「髒東西」。衣服上偶爾染到經血，母親總責怪你粗心。母親用鄙夷的口吻對你說：「『髒東西』自己洗乾淨，用另一個盆子，別沾上你爸爸的衣物。」你當年聽到時覺得不解，母親對著她自己的「髒東西」，臉上卻是想要挽回什麼的表情。那時候，母親坐在馬桶上，對著衛生紙上濕潤的淺紅，「快停經了。」她嘆口氣說。

母親坐在馬桶上那幅畫面，為什麼在你記憶中那樣清晰？

寫字，打毛線一樣，拆了又織、織了又拆。補綴一些記得的片段，總又漏掉了更重要的線索。你努力拆拆織織，拼不出完整的圖像。

它糾結、它纏繞、它含混、它難以言傳，為什麼記得這一幅卻忘掉另一幅？而努力忘但又忘不掉的部分，是不是隱指著你生命中無能彌補的傷痛？借用帕慕克（註❹）的說法，對作者而言，化成文字的其實是自己的第二個人生。第一個人生之中，你會不會仍是那位乞求母愛的小女孩？總想著怎麼樣更可愛一點，因之可以獲得母親的愛。

第一個人生，被深藏在底下，因為它太傷痛或太曲折？

第一個人生之中，其實你一直是，一直是癡想要不到東西的執拗孩子。這份癡想，反映你身上不能夠還原、不能夠統整的部分。

它無法還原，代表你在與人近身相處的障礙；它無法癒合，讓你在應該打開心扉去愛的時候產生距離。《蘿莉塔》（註❺）書裡，納博科夫筆下，男主人翁是中年大叔韓伯特，癡狂地追求女兒年齡的蘿莉塔。韓伯特心中，想著的是童年的摯愛安娜貝爾。傍在蘿莉塔身側，韓伯特卻在心裡呼喊：

「喔，蘿莉塔，如果你曾那樣愛過我多好？」

將「蘿莉塔」換成母親，那是你心中默默的呼喊。喔，母親，如果你曾那樣愛過我多好？

當年一篇回憶童年的文章中，你曾經形容那種絕望的心情：

隔著一層厚厚的玻璃，裡面是明亮而溫暖的世界，我站在那樣的世界外面，想要說什麼，我發不出聲音，咚咚敲打著，裡頭的人聽不到。隔著玻璃看過去，那是一個人聲眾多的世界，……到今天，我依然被阻隔在那個世界外面。

你覺得被阻隔在世界外面，有時候更覺得自己頭上貼著標記，因此被分到做錯事的一邊。誰教你生來就是會犯錯的孩子？而大人的一切努力，乃是預防你在成長過程中犯下大錯。

記憶中，母親把所有的惱怒化為你聽不懂的語言，每句話都像鐵鎚，敲在你身上，有它千鈞的重量。

不要失足／不要任性／不要自甘墮落／不要汙辱家門／不要……

每一句都是冷冰冰的語言，預防你可能犯下大錯的語言。你閉上眼睛聽，鐵鎚鑿下來，命定了的，自己是一個會出錯的孩子。

彷彿要印證這份命定，小學五、六年級開始，在母親眼中，你周遭沒有一個好小孩。男生女生，沒有一個不是包藏著禍心。同學們在你家低於地板一大截的玄關裡站著，接受你母親從高處打量。站在同學旁邊，你緊捏著制服裙角，不敢出聲。你知道，自己怎麼說怎麼錯。

家裡來了客人，叫你出去見客，裙子下的兩腿如果沒有併攏，意味著你「站沒有站相」，客人走後母親會繼續開罵：「小小年紀就站沒有站相，將來大了，包你管不住自己！」經過臥室房門時你偶爾聽見，母親的口吻充滿憂慮，向父親複述那必然成真的前景，必然會發生，你生來就是禍害到父母的女兒。

預言有它自我實現的準確性？你的青春期果真格外動盪。

那些年間，父母看你不順眼，你看自己也不順眼。當時的心境，借用王文興在一篇小說裡的說法，「髣髴一朵過重的花開在一枝太纖細的梗莖下。」有時候回家遲了，你編各種理由，回答母親的質問。一回又一回，母親戳穿你的謊言，接著，她用最不堪的言語挫傷你的自尊心。其中沒有感情作為緩衝，那份挫傷就格外刺痛。

那些年，與童年的溫順不一樣，你的回應方式伴隨著暴烈的自殘。

一次，你吞服過大量的安眠藥，差一點死了。

如今鏡子裡仍然看得見，你額頭上留有一道彎曲的疤痕。當時，父親急急抱你出房門，撞到門柱的裂傷。

準備吞藥丸的那一天，你先寄了一封信給你最要好的女朋友。大意是跟她說，信到她手中，你已不在這個人世間。事後，聽她說，她接信衝進你家客廳，問你母親你人在哪裡，你母親閒閒招呼她入座，跟她說你出去逛街，不用找你。

當時，你正躺在醫院裡，洗胃後等著甦醒過來。

那時候，你大學一年級。

一件接一件，由安眠藥的事件揭開序幕，後來你開始逃家，坐火車，坐長途客運巴士，在親戚家借宿，或者在朋友家住下。那些年間，你與父母的衝突愈演愈烈，你的抗爭手段也愈趨極端。一次，父親在母親的慫恿下，透過他熟識的警察大學校長，找來少年隊的人，坐在你家裡，等你回家問你話；又有一次，你與父母發生爭執，你一路跑，父親掄著棍子在巷子裡追，追到馬路上……如今回想，你的戀愛以及婚姻都是逃家的手段，你告訴自己跑快一點、跑給你父母來追，這次跑更遠一點，不信他們還能夠把你追趕到。

大學畢業後，你申請獎學金去美國念書，半年後在拉斯維加斯結婚。小教堂有個好聽的名字，叫作「燭光」。三夾板搭的尖拱屋頂，活像電視劇的布景。招牌上掛著二十四小時服務，收各種信用卡。證婚的牧師滿臉油垢，活像是在哪家賭場剛發完牌，直接趕來，套上牧師袍，做這份神聖的兼差。

一切即時又即興，那是你今生唯一一次的婚禮。牧師宣布你們是「husband and wife」之後，你特意走到門前大街，跟教堂招牌上收各種信用卡的標幟合影。

沙漠的薰風裡，照片上的你披散著長髮，戴寬邊軟帽，嘴角有一抹淺淺的笑。嘴角的笑容……是嘲弄自己逃出重圍？還是揶揄父母再也追不上你？

從戀愛到婚姻，你採取了最激烈的方式。問題是，曾經嚇到過父母嗎？

對母親，你所有的乖戾舉動，恰恰是預期的結果。從你進入青春期，母親就一直放出警訊，你注定會闖禍，注定會做出影響全家「清譽」的事。

當年，對二十二歲的你，用自己作為賭注，似乎是唯一的方法，你以為自己可以贏。

青春期的每次戀愛，一次又一次，其實在強化你那敢於叛離的自我。你偷偷摸摸赴約、偷偷摸摸回家，你很早就學會了帶著罪惡感的奇特歡愉。那段時間，吸引你的都是長著反骨的男人。恰似那句：「手裡握著剃刀，才知道生命的銀絲多麼容易斷！」當年，帶著某種自虐，在情愛裡，你期待的是……剃刀邊緣的快感。

對你而言，沒有叛逆、就沒有歡愉。那時候，愛情是叛逆的同義字，關係一旦穩定下來，很快就發現對方不是，你也不是，原來對方丁點不像、丁點不符合你所塑形的「愛人同志」！之前你戀上一個人，只為讓自己的腎上腺素激增，等到這功能消失，關係很快就無趣起來。對沒什麼理由就失去影蹤的激情，莒哈絲在小說中的用語是：「像是水消逝在沙子裡面。」

前半生，無論碰到怎麼樣的男人，沒有人適合你。你無法想像，遑論去努力，感覺上是命定的絕望，簡單說，你根本不相信這世上有值得相守的關係。

問題卻在於關係中不只你，還牽涉著別人。回溯起來，當年被你胡亂編排在劇情的男人，常是無辜又無所覺地……接受了功能性的角色。過了這麼多年，你可曾認真問你自己，對無端被牽涉進來的人，有沒有試著……找機會說一聲抱歉？

多年後，你與中學同窗胡茵夢有過一次對談，你們談到當年，吸引自己的常是負面能量的男人。與胡茵夢畢業後未見，坐下來立即談得深刻，也因為你倆都不是出自正常家庭的孩子。

相隔這些年，表面看起來，你們各自以不同的方法，走出了自己的傷痛。當你們繼續談下去，不經意間就從彼此身上辨識，在最沒有陰影的笑容裡，仍留有一縷難以釋懷的什麼。

對坐著，你們燦爛地笑，一件事牽引出另一件，忘掉的又記了起來。觸碰到那深埋的縫線了嗎？你們相望，驚覺到當年的疤痕，驚覺到傷痛還在那裡。

是因為匱乏，因此更飢渴於一份愛？當年，總是寄望……眼前出現一個人，為你照亮生命中的陰霾。

回溯去看，在你年輕的時日，期待的哪裡是愛？你寄望的是肩上插一對翅膀，只可惜那不是牢靠的翅膀，它遇熱會融化。如同希臘神話中伊卡洛斯的悲劇，想展翅飛過海洋，飛到高處，才知道配備的是一對蠟做的翅膀……

那時候，愈是急於高飛，愈是不免墜落的宿命。當年你不知道波折的前景，你每天揉揉眼睛從床上起身，正常地開始每一日，因為你是矇著眼睛一路往前（註❻）。如今回頭想，你要是事先知道，知道每個動作對爾後的影響，包括對另一個人帶來的影響，那麼，你根本不該試探，你不該搔撓別人的心，不該像貓咪的爪子四處搓磨……

到今天，往事愈來愈模糊。你靠舊照片勾起塵封的記憶。一張照片是你面對大海，年輕的男孩在替你拍照。你臉龐洋溢著玫瑰色的光潤。

你依稀記得，那年是在墾丁海灘，某一段感情初萌芽的時刻。照片上，你逆著光，側臉上有靈動的光影，看起來在遙遠的海面上，似乎有你心裡所憧憬的什麼。

另一種可能是，越過眼前的景象，你聽見了遠方背叛的號角，《生命中不能承受之輕》書中，薩賓娜耳朵裡聽見的那一種（註❼）。

真相之二

換個角度來看，你身上的叛逆，又不只是叛逆而已。

把你前面的人生鋪在地下，審視一路走來的脈絡，其中的軌跡之一，竟是想要長成與你母親不一樣的女人。

這個力量足夠嗎？僅僅為了長成與母親完全不同的女人。

成長階段，但凡母親身上的特質，你選擇的方式是自動剔除。母親喜歡在人前展現歌喉，你幾乎從不開口唱歌。音樂課站在台上，你滿頭大汗就是唱不出聲音。小時候你記憶不多，曾經很長一段時間，你重複做同樣的夢。嘴裡塞滿棉花，噎住的感覺。然後你憋著氣，從夢中醒來。

對表達自己，你始終有很大的障礙。想要與母親有所區隔吧，在人前流淚的生理機制，一早也被你自動剔除。

記憶中有許多次，你蹲在地下，從水盆裡絞乾毛巾遞給父親。父親屈身在母親跟前，一面低聲認錯，一面用熱毛巾按摩母親手腳。母親纖小的拳頭捏在胸前，嘴唇發紫，渾身打哆嗦，眼看隨時會休克。直到父親認下全是他的錯，母親才願意張開握得死緊的拳頭。顯然每次都奏效，你聽著父親對母親說：「不敢了，我再也不敢了。」

記憶中最清楚的是，從頭到尾，母親眼眶裡飽含著淚，不時有一串水珠沿著臉頰掛下來。莫非是看多了母親富戲劇張力的眼淚？你的淚水似乎在眼眶裡結了凍。無論遇到怎麼樣的傷心事，有外人的場合，眼中總是乾的。你哭不出來。

一度，你必須去找醫生，醫生在你眼角注入兩個人工淚囊（沙漠中的仙人掌？），讓眼淚貯存在淚囊裡，不致揮發得太快。有時候，你羨慕地望著善感的女朋友，隨時可以流出眼淚。想哭，就哭了，多麼愜意的人生。

你模糊地記得一些，包括父親在母親跟前低頭認錯。現在重新回溯，那類畫面藏著家庭嚴重的恥感。

你成長的那些年，母親常在提醒，千萬不能讓父親蒙羞。「蒙羞」？當年，你覺得這兩個字透著古怪。那時候，你怎麼也想不出其中的原委；在你知悉真相之後，你才明瞭這兩個字指向更深一層的意思，指著有機會變成緋聞的那件事。

當年，母親動輒抬出「清譽」這類的名詞，保衛父親的「清譽」似乎是身為母親的天職。她口裡為什麼掛著父親的「清譽」？知道真相後你重新回溯，理由會不會與「佛洛伊德式失言」更有關聯？在下意識中，你母親覺得你不乾淨，她也不自覺地要讓你覺得自己不乾淨！

記憶中，你跟母親從不互相碰觸。有幾次，母親的手碰到你，她指尖接觸到你皮膚，你手臂上立即爆起一片雞皮疙瘩，幾乎是同一秒鐘，你反射性地躲開。純粹生理反應，那是由神經末梢傳遞來的驚悸感。

長大後，記憶中有一次，你母親睡在床上，你站在床側，向她報告一些平常的事。冷不防地，母親突然起身，感覺上是作勢欲撲，朝你的胳臂攫捉過來。事過後，你也認真地低頭檢視，露在短袖襯衫外的手臂，有沒有落下一道抓痕？

為什麼，下意識地……你躲閃得這麼急？

多年後，你在一篇〈母親的小照〉（註❽）文章中寫過：

記憶中，我們的母女關係中並不包括身體的接觸。小時候陪她去衡陽街上的綢布莊，選布的時候，用手摸過那一疋疋美麗的布料，一旦剪下來穿在她身上，我就少碰了。

母親的旗袍經常是絲綢（或者是流行起來的特多龍？）的料子，摸起來泥鰍一樣滑溜。穿在身上是沁涼的吧，碰到了像觸電，手指會緊張地彈跳開來。

另一方面，童年的某些記憶卻又透露出費解的訊息。

那一年（你幾歲？）全家去北投洗溫泉。記得，你坐在一池燙水旁邊，小心地用舀子盛水，潑自己的大腿。麻紗背心的下角濕了，滾熱地貼著皮膚，一股股奇異的觸感。望著「女湯」裡冒煙的水，你擔心燙水裡突然伸出一隻手，把人攫捉下去。

你怯怯望著旁邊母親的裸身。她褪下衣服，全身的肉鬆垮下來，像一隻脂油的雞。肥白而層疊的肚皮，堆在下身與腿的接壤處。母親踏進水裡，肚皮垂懸著。再下一階，膨大的乳房像兩個氣球浮在水面上，你避過眼睛不敢看。水花濺到池邊，你的麻紗背心愈濕愈大片，而你驚疑地想著，光身子的婦人竟是這般令人窒息。

童年記憶中，印象深刻的竟是在偷瞄……成年婦人的身體。你是不是……悄悄在羨慕？對比於母親豐腴而富態的婦人身形，你的扁平身軀常是自卑感的來源。

許多次，母親站在穿衣鏡前顧盼地說：「不用穿胸罩，一點都不向下墜。」斜瞟你一眼，母親接下去又說：「看你那些姑姑，年齡沒多大呢，背已經彎了。你爸爸家的女人，從小骨架不正，駝背、雞胸、向前勾著肩膀。你就是像她們。」而你從小大手大腳，加上平闊的肩膀、扁薄的身形，母親說，都是女人命苦的徵兆。

有時瞪著你，母親說一些不明就裡的話：「你爸爸一早跟我講，講得很清楚，他寧可賠上孩子，絕不會為了孩子賠上大人。」

面對著你，母親為什麼說出這樣的話？在她嘴裡，這件事二選一，你父親彷彿在「賠上孩子」或「賠上大人」之間曾經做出選擇。當時，你誤以為母親在說她自己想要高齡懷孕那件事，意指丈夫很貼心，有沒有孩子不重要，妻子不必承受過多的風險，而其中的真義，要等到你知悉身世後才終於明瞭。

在你家，你從小有一種驚覺：你知悉身體是不該觸及的話題。

記得，你與父母一起看電視。母親常在詛咒螢光幕上那些穿很少的女人。對著電視，親熱鏡頭讓母親很不自在，裸露出的胸部構成嚴重的褻瀆，交纏在一起的身體更是冒犯到她。

有時候，從母親詛咒的言語中，你敏感地知覺，那些話有針對性，似乎是罵出來給你父親聽。

身體相關的話題，在你家一方面是禁忌；另一方面，又讓母親眼光閃爍，她會露出神祕的一抹笑。

記得你上中學時，一天，站在晨霧的草坪上，母親望著你，遲疑一下，指指澆花的父親，母親小聲說：「晚上貪要，隨了他，又怕他累。」你搓揉雙手，覺得一股說不出的詭異氣氛。母親吃吃地笑，你聽出母親笑聲中的曖昧。站在那裡，你暗自發窘，但願自己立刻隱身不見。

當年，母親為什麼偏要說給你聽？

明白了一件事，接著又搞混了另一件，你被弄得糊塗極了。在當年，任憑你想破腦袋，想不清發生在身上的事。

瑪格麗特・愛特伍寫過，只有失落、悔恨、困頓與渴望才讓一個故事繼續推進……沿著它迂曲的路線推進（註❾）。那時候，你坐在風暴中心，你就是問題的癥結，而你絲毫不知道，圍繞你身世的諸般衝突，正是故事往前推進的動力。

註❶：出自葛雷安・葛林（Graham Greene），這句的原文是：There is always one moment in childhood when the door opens and lets the future in…

註❷：瑪麗・雪萊（Mary Shelley），英國作家，《科學怪人》（*Frankenstein, or the Modern Prometheus*）是她在一八一八年創作的科幻小說。

註❸：雷蒙・錢德勒（Raymond Chandler），美國硬漢派偵探小說家。

註❹：帕慕克（Orhan Pamuk），土耳其作家。

註❺：《蘿莉塔》（*Lolita*），納博科夫（Vladimir Nabokov）於一九五五年出版時曾引發爭議。

註❻：《八月心風暴》（*August: Osage County*），作者是崔西・雷慈（Tracy Letts）。劇本中有一句話：「感謝天，我們不知道未來，要不然，怎能夠打起精神起床。」另有改編自此劇的同名電影。

註❼：米蘭・昆德拉，在《生命中不能承受之輕》形容薩賓娜：「生命敞開了背叛的漫漫長途。」在你身上也是一樣？如同昆德拉在書裡說的：「背叛一旦開了頭，就像個連鎖反應。每一次稍稍安定下來，背叛帶來的刺激淡去了，遠方的號角就在招手，你又在準備下一次的背叛。」

註❽：出自《我凝視》，聯合文學出版。

註❾：瑪格麗特・愛特伍（Margaret Atwood），這一段出自《盲眼刺客》（*The Blind Assas-sin*）中「尾聲：另一隻手」。

——原載二〇一七年四月五、六日《聯合報》副刊

本文收錄於二〇一七年四月出版《袒露的心》（時報）

中國文學博士，具文學作家與大學教授身分，現為東吳大學中文研究所教授。一九八五年出版《海水正藍》，獲選為影響台灣四十年來最鉅的十本小說之一，三十年創作約四十餘本，出版發行擴及全世界華人地區。近年投入「文普書」寫作，並成立「張曼娟小學堂」，致力推廣少兒經典閱讀，對國語文教育頗有貢獻。教學、創作之餘，從事電視、廣播等媒體工作。

住在工地的日子

——張曼娟

據說我很小的時候，我們不停的搬家，有時候箱子裡的衣物還沒全部取出來，又要搬家了。但這些無根的遷徙我完全沒有印象，四歲那年，終於有一個安定的居所，父親抽到了公家宿舍，那是我記憶中的第一個家——二層小樓，還有個小小的院落，種植著梔子花、桂花、石榴、桑樹和葡萄。我和鄰居的同伴們穿過一家又一家的餐廳和院子；在自己家和別人家的樓梯上上下下奔跑著；在村子廣場的草地為男孩們的壘球競賽吆喝加油，就這樣剪去了長長的辮子，進入了國中。

公家宿舍後來變成了我們自己買下的不動產，母親的育嬰事業蒸蒸日上，需要更大的空間，有一天父親宣布：「我們要搬家了。」那時我剛考完高中聯考，「不負眾望」的落榜了，成為家人的羞恥印記，可以搬離這裡真是太好了，一點悵惘也沒有。為了支付新家的房價，必須立刻將舊家出售。還沒有房屋仲介的年代，只能委託「掮客」，掮客的樣貌各有不同，有時候是鄰居大嬸；有時候是市場阿桑；有時候是小學老師，帶著形形色色的人來看房子，但都沒有什麼成效。於是又登了報紙的分類廣告，打開報紙總覺得廣告實在太小了，怎麼會有人看得到呢？

新屋繳款的期限愈來愈逼近，父母的眉毛壓得愈來愈低，半夜裡能聽到父親起身踱步，在客廳裡一圈一圈的走著，困獸的聲息。

終於有一天，父親不再歡迎掮客，決定自己的房子自己賣。找到一張全開紅紙，研了濃濃的墨，寫了一個大大的「售」字，底下是電話號碼，貼在臨廣場的窗上，人來人往都能看到。

「欸，聽說我們村子有人貼了好大的『售』字，超誇張的。」同伴笑著說，已經是少女的我面無表情：「是我家啊，哪裡誇張？」

鄰居老奶奶遠遠指著我家窗戶，問身旁的人：「那是個什麼字呀？老眼昏花看不清楚。」旁邊的人回答：「是個『售』字呀。」「什麼？」老奶奶非常驚訝：「誰過壽呀？這麼鋪張。」冷面少女我本人正好經過，幽幽回答：「沒人過壽呀，奶奶，我家賣房子。」

有時候我自己在廣場上看著那扇窗，也感到懷疑，這樣真能賣房子嗎？

然而，詢問電話還是來了，滴鈴鈴的響著，父母親都在忙碌，弟弟年紀還小，我刷地一下子接起來，結結巴巴的報了坪數、格局、屋齡、屋況，恨不得趕快說再見。怎麼這麼遜呢？幾次之後，決定力圖振作，好好介紹這幢守護我童年的小樓。

「這是兩房兩廳，一廚一衛的兩層樓，還有一個充滿陽光的小院子，冬天一到，鄰居都來我家借太陽曬被子呢。樓上的兩間房是臥室，和樓下的客廳、餐廳分離，就算有客人來，也不會互相打擾，而且每個房間都有大窗戶，視野很好，可以看見山上的竹子和相思樹喔。後門雖然小小的，可是一出去就是廣場，廣場上的草地可以打球，也可以騎腳踏車……」聽的人有了嚮往，說的人也添了離情愁緒，這就是我生活了十年的地方，是個如此美好的居所，也是我即將失去的家。

還沒開始寫作的時候，我就知道自己很會說故事，說著好故事，賣掉了自己的家。

說著精采的故事，十四歲的我賣掉了自己的第一個家，解決了沉重的經濟壓力，於是，我們準備搬家了。確定了再也無法擁有這個家，真正的離情別緒才洶洶而至。站在陽台上和鄰居同伴們打手語的午後；鑽進鄰居家堆滿課外書的廁所閱讀；樓梯下方小儲藏室是我陰涼的庇護所；後門直接通往廣場，那一排防風林是我們玩家家酒時，想像的城堡。

聯考前的一個多月，媽媽把我安置在他們的眠床旁，那裡鋪了一個床墊，放滿了我得努力讀完的參考書與試題，每一天，除了吃飯，我就駐守在那裡。讀到眼睛痠痛，累得再也不能支持，便倒身入睡，睡醒了，洗把臉又繼續讀。臥室的窗簾恆常是降下的，隔絕了炎暑與陽光，也隔絕了我的時間感，就這樣沒日沒夜的，一盞小燈陪著我的最後衝刺。雖然，這樣的衝刺對我的聯考成績並沒有什麼幫助，卻已經考出了有史以來的最高分。因為搬家，我得收拾起這一方聯考戰場的遺跡，不免有些傷感。父母親卻沒有傷感的餘裕，因為有個更結實的難題撲面而來了——在我們與買主訂好交屋時間之後，發覺新房子工程延宕，無法準時交屋了。

於是，我看著大人們展開一連串的協商與談判，最終得出的結論是：因為買主必須準時遷入，我們只好如期遷出，住進毛胚屋的工地裡。

我們住進的工地沒有水電，工人幫我們拉了一條電線，夜晚來臨時，便點亮一盞巨型燈泡。而且，那並不是我們的新家，而是新家的隔壁，我們暫時棲身，工人會趕工將新家的工程做完。也許因為父母親都當過難民，他們隨遇而安的韌性夠強，牙一咬，就搬家了。我記得曾有鄰居提議，可以先把家具搬到工地裡去，我們則分住親戚或朋友家。然而愈是在艱難的時刻，家人的情感愈凝聚，我們還是堅持要住在一起。說真的，住在工地這樣有趣又刺激的經歷，誰想放棄啊？

住進工地之後，所有的家具都隨意堆放著，沒有客廳也沒有臥房，廚房沒瓦斯，浴室沒有馬桶，我們全家人挑了最大的一塊空間，放上幾張床墊，睡在一起。每天都在施工的噪音與飛揚的灰塵裡過日子；用一個大同電鍋料理所有的食物；要養成按時大小便的習慣，因為一天只有幾次能去另一幢尚未賣出的公寓裡借用洗手間。然而，對我們來說，最大的挑戰卻是沒有門。我們暫住的四樓公寓沒有門，連樓下進出的大門也沒有，完全是門戶大開的狀況。父親將我和弟弟的鐵床床架擋在門口，想像著能給闖入者一些障礙，然而這並不能安慰我和母親的恐懼，於是父親從街邊撿回一顆人頭，應該是美容院丟棄不要的，我們為她畫上林投姊的妝，放在鐵床架上，再用手電筒照著她，作為我們的守護者。每夜興奮的等待著闖入者發出魂飛魄散的恐怖叫聲。

常有人來探望我們，他們送來豬油，我們便吃豬油、醬油拌飯；他們送來大西瓜，我們翻找出西瓜刀將瓜就地正法；他們帶來一顆球，我們就在人車稀少的巷子裡玩躲避球。

住在工地的那個暑假，我的人生也掛著「施工中」的牌子，卻是一段逸出正軌的歡樂時光，讓我覺得困難啊什麼的，都只是過渡時期，一切終將變好的。

——原載二〇一七年三、四月《小日子》

長照食堂——郭強生

台大外文系畢業，美國紐約大學NYU戲劇博士，目前為國立東華大學英美語文學系教授。曾以《非關男女》獲時報文學獎戲劇首獎，長篇小說《惑鄉之人》獲金鼎獎，《夜行之子》、《斷代》入圍台北國際書展大獎。散文集《何不認真來悲傷》獲開卷好書獎、金鼎獎、台灣文學金典獎肯定。《我將前往的遠方》獲選金石堂年度十大影響力好書。除小說、戲劇、散文之外，評論作品亦豐。

每回新看護報到，帶她去買菜便成了當天的首要任務。讓父親住在老家不搬動，因為去醫院回診可以慢慢散步，十分鐘就到。下樓巷口就有7-11，走到下個巷口就是一家全聯超市。對面小鋪有他喜歡喝的銀耳蓮子湯。再走三分鐘就有傳統市場。市場旁有麥當勞，父親喜歡他們的鬆餅早餐。

我帶著新到的印傭，沿路邊走邊指給她看。

走進超市，迎面而來霜霧低溫，暫時平息了我每日疲於奔命的焦躁。印傭推著車，跟著我首先來到蔬果葉菜區。

父親的牙齒比去年差了，以前他愛吃的花椰菜與空心菜，現在嚼不動了。但是他還有最愛的南瓜和洋蔥。四季豆切細細，燜煮得軟些，淋上一點蒜蓉醬他也可接受。南瓜用蒸的，還可以打成漿煮湯。洋蔥配炒火鍋用的牛肉薄片，也都要切細絲才成——

我邊從冷藏架上取菜，邊對著印傭說明。但一回頭，看到她既像怯生又像是放空的眼神，我跟自己嘆了口氣。還是等回去之後，要她拿著筆記本站在旁邊，一道道實際示範做給她看吧！……我沒有食譜，也沒有那些琳瑯滿目的廚具用品，我做菜全憑記憶。

據母親告訴我，很小的時候我就會一個人坐在電視機前，安靜地看上大半天。最早的電視兒童，父母都在工作，伴我的就是那台長著四隻腳的黑白電視機。很奇怪啊，才四、五歲，你最喜歡看的是傅培梅和京戲，母親說。

家裡最會做菜的向來是父親。母親是二廚，負責把菜洗好切好，父親是大廚，都由他來掌勺。父親在讀北平藝專的時候，據說每天都得趕回家給他爺爺做飯。

母親在許多方面都敏銳，雖是職業婦女，打毛衣修改衣服布置裝潢這些家政科目都在行，唯獨在味覺這件事上不行。有時米飯沒熟透，成了「夾生」她卻吃不出來。怎麼會這樣？這點讓我一直很納悶。

但是母親仍然常常心血來潮，看到電視裡教了什麼料理，也會躍躍欲試。

四十年前美乃滋還是新鮮玩藝兒，不像現在現成包裝隨處買得到，只有在日式餐廳裡點了炸豬排，才會在盤子上很小氣地放上一些。母親看到電視上教如何自製美乃滋，原來就是用蛋白和沙拉油打出來的啊，她馬上也想來試做。

殊不知，沒有家用電動打蛋機的時代，要用手工把蛋白與沙拉油打勻，還要打到整個成為奶油似的稠糊狀，竟是非常、非常費力的事情。她打累了換我打，然後哥哥補習班下課了換哥哥打，最後終於打出了類似成品。

大家滿懷期待等著品嘗，一輪試吃完都沒人出聲。然後下一秒，一家人不約而同全都大笑了起來。

哈哈哈這是什麼東西啊？……

走在超市一排排的冷藏櫃前，不知為何，總會想起很久以前，每到晚飯時還有四個人圍坐成一桌的那個家。

三年前，第一個印傭來上工，問她會不會做菜，她說會。沒想到她每天都端上貢丸湯和蛋炒飯。

起初我的腦中一片茫然：要怎樣教會她我們家的口味呢？

還在帶便當上學的時代，我就從同學們的飯盒中發現，每一家原來都有幾樣固定菜色。沒有這些基本款，也許就不成一個家吧？

就這樣，時隔多年後，我再度走進了廚房。

我努力回想家中常吃的每道菜。那就像是，努力默寫著曾經背過的某段課文，當原來接不下去的一句突然又在腦海中閃現，竟有一種難言的悲喜交集。

過世的過世，失智的失智，除了我，如今能記得從前家裡餐桌上菜色的，還有誰？

我想起了清炒土豆絲。我想起了木須肉。

還有芙蓉雞丁。豆豉蒸肉餅。青椒鑲肉……

馬鈴薯在我們家叫作「土豆」，清炒的時候放上一匙烏醋，這樣吃起來特別爽口。炒木須就是肉絲、木耳絲、冬粉和蛋。蛋炒碎了就盛起放一旁，否則炒久了會乾硬。芙蓉，就是蛋白。把雞里肌肉切成碎丁，快炒，最後將蛋白淋上，輕輕攪拌後，馬上關火，讓蛋白停留在鬆軟的狀態……

新到印尼看護看著我一道道菜示範做法，突然用生澀的國語說：「以前我那邊工作不一樣。」

「你是說這些菜嗎？」我頓了一下才明白她的意思。「這些都是外省菜。」

也許是心中一個傻氣的假設，認為只要父親吃得好，身體就會有抵抗力，不容易生病。只要有正常進食，表示身體無病痛，心情也還可以。看他怎麼吃，吃多少，成了我觀測他每日身心變化的重要依據。

那一陣子父親吃得越來越少，起初以為是他的咀嚼或吞嚥出了問題。觀察了一陣子，好像又不是。

慢慢才發現，父親好像在掩飾著什麼。

放在面前的菜，他看不清楚了，所以他不動筷，因為不知道該往盤中的什麼東西下箸。啊，原來不吃麵條也是類似的原因。東一根西一根的麵條挑不起來，就算挑起來，送進嘴裡後也因無法俐落地用力吸入，所以一根根麵條總是七零八落掛在嘴邊，弄得有點邋遢。

我明白了。父親記憶雖衰退了，卻仍有自覺，擔心自己會顯得老殘，所以寧願不吃也不要吃得狼狽，吃得哆嗦。

這樣的情形持續多久了？我心中十分不忍。如果早點發現就好了。但是之前在家的時間太少，看護根本不會注意這樣的問題。

我跟新來的看護說，用餵的吧！

但是父親堅決不肯，還是要自己來。

被餵食，對他而言應該是另一項自主能力的繳械，所以抗拒自己成了類似癱瘓，只能呆呆張口的無能老人。

還是要給他一雙筷子，即使他不用。

不能用湯匙餵，湯匙讓他覺得等同失能。

我監督著，看著印傭慢慢練習用筷子，一口菜，一口飯，而不是飯和菜都放在湯匙裡，一股腦全塞進父親嘴巴。

我持續地觀察，希望能找出讓父親接受有人「協助」他進食的方法。

要把盤子端到他面前，問他：「爺爺，吃魚好嗎？」「吃小黃瓜好嗎？」……我這樣告訴印傭。要讓父親覺得，吃什麼不吃什麼，還是由他來決定。

又老了一歲的父親，很多東西嚼不動了，菜單必須重新設計。於是，除了時時在想菜單，我也開始自己發明菜色。

豆腐是絕對少不了的。不得不佩服老祖宗的這項發明，簡單的乾煎，放進蔥蒜、醬油，與一點糖，燜上一會兒起鍋，其實就很美味。

冷凍蛋餃不光是火鍋食材，配我的煎豆腐，加上韭菜，就成了另一道自己發明的新菜。黃色的蛋餃，白色的豆腐，青綠的韭菜，小火紅燒一下，色香味俱全，我把它取名為「金玉三鮮」。

豬絞肉容易帶筋，後來我都改用雞肉做丸子。這時豆腐又派上用場，肉裡加進豆腐、蛋白與太白粉，可增進它的滑嫩。混進剁碎的薑末就可以去肉腥味。加入洋蔥末，軟中帶脆，可以讓口感更好。

鮮蝦剁碎成泥，也可做成蝦丸子或蝦餅。但是蝦泥裡要放進一點肉末，增加它的硬度，否則下鍋會成一攤漿。摻入薑末蒜末去腥之外，紅蘿蔔切成碎丁混入蝦泥也可以增加甜度與鮮度。

蝦泥可以捏成小丸子，跟豆腐一起燉成海鮮煲。或是捏成漢堡狀，放在鍋上煎熟，最後撒上一點迷迭香的碎末。另外，也可以把豆腐切厚片，中間剖開，把蝦泥鋪於其中，放進電鍋蒸透……

這費心設計出的食譜，我暗自希望，或許能讓「家還存在」仍為事實。

我以為，這些菜色就像是不需言語確認的感情，我相信父親吃得出來，那是我們共同的記憶。

但，這畢竟只是我的期望。

每道菜的做法我也就示範過那麼一次，之後印傭也有了自己的意見與創意，做鴨血的酸菜拿去煮雞湯，蒸肉餅時用的豆豉被省略，蝦丸與冬瓜配了對……每一道菜都開始走了味，或是說，慢慢添進了她的味道。

原來那樣煮爺爺不愛吃，她總會這樣解釋。

想起夏天的時候，為了訓練這個新看護，差點搞到自己快抓狂。

我能理解，她們之中不少人曾遇過幾近虐待的惡劣雇主，所以都會互相警告，先裝不懂不會，試探雇主的底限，摸清這家人的狀況。如果雇主大而化之，她們也樂得摸魚有理。雙方一開始的磨合很像是諜對諜的鬥法，再加上我被之前的看護與仲介搞得焦頭爛額，這回更是神經緊繃。家裡沒有旁人可以隨時監督或當下糾正，只能我一個人未雨綢繆，把所有狀況都先做好防備與假設。

兩個月後我陷入極度低潮，太陽一下山就開始焦慮，只好約出在當精神科醫生的朋友，跟他說我非常討厭現在的自己。

我從來不是一個疾言厲色、斤斤計較的人，但是我發現自己現在每天都要板著臉訓斥：怎麼會連這麼簡單的事都做不好？……跟你說了多少次為什麼還會忘記？……

說著說著，又講到了哥哥與母親的過世，都是才六十多歲，怎麼會這麼突然？還有我以前在副刊工作時的老長官，為什麼也是六十出頭就突然癌症過世了？如果他還在，我就多了一個可以請教的長輩。還有還有，跟我合作十幾年的出版人為什麼也是癌症走了？開pub的老友為什麼也在前幾年意外身亡？那時候她總半開玩笑地跟我說，老了一起住吧！……從研究生一路擔任我研究助理十年的學生，還有第一任的情人，他們為什麼要自殺？

我信任的，我親近的，我親愛的，為什麼都這樣無預警地離世？——

朋友聽我講到激動不能語，只好等我安靜下來後，才慢慢反問我：你會不會覺得，你都是在毫無準備的情況下被他們拋棄了？

所以，面對接下來最後也最重要的關係，你希望這次的結局，能在你的掌控中？我控制不了任何事。包括我自己的結局。

雖然沒法監控每餐菜色的口味，但至少我可以陪伴。

現在的我，遇到沒有工作耽擱或應酬的日子，用餐時間除了外食，現在還多了一個選項：回家吃飯吧！

對於二十歲的人來說，回家吃飯可能是父母剝奪他們自由的無理要求。但對五十歲的我而言，那既不是天經地義，也不再來日方長。

有朝一日，當我也已白髮蒼蒼，或許在某個時刻腦海仍會恍惚閃過，誰曾是最後與我同桌用餐的親人。

是枝裕和有部電影《下一站，天國》，他想像了一個人死後的世界，在進天國前有七天時間讓死者考慮，選出人生中最難忘的一刻，然後那個場景會被重建拍攝，讓死者可以帶著這份記憶進入天堂。當來來去去的靈魂都完成了這個要求，男主角卻始終留在片場，放棄了進入天堂的機會，因為他拒絕做這樣的選擇。

三十多歲看這部電影時，我就一直在心裡念著，換了是我，我選不出來我也選不出來……如今二十年過去，我終於明白原因何在。

因為沒有任何美好的記憶是需要被重建的。

最深刻的記憶其實更像是一種味道，混摻在許許多多人生不同階段、不同時空的際遇裡。它之所以深刻，不是因為在某個當下的千金難買，而是在未來人生的許多酸甜苦辣裡，都淡淡地留有它的影子。

——原載二〇一七年四月二十三日《聯合報》副刊

內——吳鈞堯

曾任《幼獅文藝》主編，出生金門昔果山，十二歲遷往台灣，現專職寫作，執筆兩岸等華文傳媒專欄。曾獲《中國時報》、《聯合報》等小說獎，梁實秋、教育部等散文獎以及九歌出版社「年度小說獎」、五四文藝獎章（教育類與小說創作）。繪本著作《三位樹朋友》獲第三屆國家出版獎，入圍香港豐子愷兒童圖書獎前十強。金門歷史小說《火殤世紀》，獲二〇一一年台北國際書展小說類十大好書、文化部第三十五屆文學創作金鼎獎。二〇一六年出版《孿生》獲國家文化藝術基金會長篇小說獎助。最新作品《一百擊》是作者對散文創作的重新撫觸與嘗試。

最美的花開，是一個人把慈悲，刻在她的眼眉。所以我所愛的呀，您不曾戴過玫瑰，只是珠花粉紅，淡淡裝扮，別在您深濃的髮叢。就連一朵偽裝，也非常不偽裝。

我喜歡聽您說：「誰呀！」閩南語喊作：「誰人！」您不在我眼前說，而就著對講機；您在三樓、我在一樓。我聽出您的語氣，很有點明知故問了，知道是我，又裝作不知是我，我朝著那只暗黑的機身說：「我啦，阿內。」

阿內是我小名。那在春暖花開日，我厭倦了名字老是跟在三姊後頭，她叫大麗，我喚小麗。可偏偏我不「麗」，我是一個男子漢，無論三歲、五歲，我都是。

阿內啊。阿內啊。有時候我沒聽到您發的「阿」，只聽到「內啊」或者「內」。那在喊我，又像是您的一段旅程，非常遠、非常沒有邊界。當時我還不叫這個名字，您與我，也什麼都不是。您才剛剛滿身傷痕，懷了孩子又失去孩子。您連擁抱都失去了。有許多次，您躺在床上模仿死亡的姿態，平躺、雙手攤平、雙腿打直；又或者蜷縮如蝦，匍匐如一隻暗綠色的金龜子。我很可能來看您，跟您說，媽媽，最深的擁抱是當我坐您大腿上，我的臂環繞您的背、您的臂涵蓋我的腰，這一個字，就是一個「內」。

媽媽，您可注意到，季節都不老實，留有諸多伏筆，春天來了，總會再來幾個冬凜的日子；夏天過了，太陽不在極熱的天頭，直到秋天盡了以前，還會有幾個熱日子；甚至比炎夏更炎夏。這難道是一種告訴：四季不那麼壁壘，在我沒當您的孩子以前，已經是您的孩子？

內啊、內啊，當您喊著時，我才意識，我很少寫這一個字，那都是您、你們在喊，我只是負責說是、是。媽媽，有一天我在畫廊看到一幅畫，名字就叫作「內」。「禪繞畫」，號稱沒有錯誤的線條，專注繪畫時，沒有它的最終模樣。怎麼握筆，怎麼讓這裡走到那裡，出發之前，沒有人知曉。怎麼走、如何繞，都是心意驅使筆意、筆意圍繞心意。蟬總是一聲、兩聲嘶鳴，這裡的禪，是聲音怎麼聽到下一個聲音？然後，它們疊一塊了，磚頭與花朵，圓圈和花草，流線的、弧度的，線條的腰身描摹的不只是腰，而是臉蛋、眉毛以及您怎麼看著我。

迷失與發現，都是迂迴，都在往「內」走。猶如誰與誰遇見了，眉眼之間，都說不捨哪，都在雷雨交加時，為彼此找一個好太陽。

媽媽，我的手機首頁加載了您的照片。拍在江南旅遊，您側右臉微笑，一個沒有畫框的蒙娜，可卻那麼地麗莎。那該在一個瞬間，我說：「媽媽，看我這兒。」您轉過來您轉過來……媽媽，您轉過來的那一個點上，涵蓋好多的聲音，時間漂流，一截一截，沒有特別的事，也沒有不特別的，我們在這裡有了一隻蟬一般，禪繞起來，您看著我的鏡頭，很知道這是誰人……這是內，您的「內」，以及您與這人間，最深的旅程。

媽媽，您也想我嗎？我知道您來看我了，因為那幅畫幫您說話，「內」、「內啊」……往內走，得那麼專心，就像您一笑，沒有畫框，也成為了畫。

——原載二〇一七年六月十三日《聯合報》副刊

菸——馮平

生於三重埔，長於台北市，飄泊於新大陸，昔中興法商法律系畢，現居美國，任文字主編。被一隻貓所擁有。十三歲接觸教會和文學，自此成為人生所走的道路。作品獲文學獎若干。著有散文集《我的肩上是風》、《寫在風中》、《問風問風吧》（有鹿文化）。

弟又抽起一根菸時，我好像明白了什麼事。

家裡抽菸的人就兩個，爸和弟。我不抽菸。我也抽過一次，那是很小時候，看大人抽，整天抽，就好奇說要抽一口，大人也允了。兩指夾起菸，輕輕顫顫地上口，抽了一口，嚴格說是「啜」了一口，菸沒抽上，就學樣兒仰嘴吐。自然是吐不出什麼，大人看了笑，我自己也笑。

很快我知道抽菸不好，好像壞人都抽菸的，可我爸就是抽。在屋子裡抽。三合一，喝酒，看電視，抽菸。每次脾氣來了，就三字經批呸叫，滿嘴臭氣。後來我大了，就禁止他在屋子裡抽，「你去陽台抽！」他就乖乖去陽台，一個人對著夜晚吞煙吐煙。

我爸幾歲開始抽菸不可考，至於我弟，可早了。小學五年級吧。先是蹺課，再是抽菸。起頭是偷偷地抽，後來被逮到了，就大剌剌地抽。一個小夥子成了家裡大老子，誰也管教不動。有一天他告訴我，哥，我做愛了。那時他才十五歲。從此他就走進成人世界。煙裊裊，可他的人生成形了。

後來我又抽一次。應該是在軍中吧。聽一個弟兄傾吐心事，他抽菸，菸捲著他的一圈愁煩，一絲絲抽出自己，燃燒自己。煙火哀傷，如蠟炬成灰。他不哭，我等著他哭，他應該哭一場的。不知怎麼，我夾走他的菸，輕抽了一口。煙吐在空中，苦嗆得很，他見了笑，眼淚跟著撲簌流下。

煙，薰透了我爸的肺。白煙子進，血紅子出。他只好去看醫師，醫師說戒菸了喔。他虛應故事，說好。後來是不能不戒了，因為人都住進了醫院，這才甘心又不甘心地戒了。殊知戒了也沒用，他徹底倒下了，靈魂出竅，軀體化為陣陣腥腐白煙，隨風而去。

弟的女友無數，每個女友都待他好，可是說到戒菸，沒轍，再說就翻臉。原以為他會持續暢遊情海，讓天地都分享他的這份愛，不想他奇遇一名女子，纖纖動人，終於收服了他的心竅。怎麼知道？

因為戒菸了。

女子說，不戒菸，不結婚。

心竅被收服的人，頭腦只能發昏，發了昏就想結婚。終於戒了菸，結了婚，孩子半年就生下了，是個女娃。他抱著女娃，無比激動，無比驕傲，像生命獲得了複製。他說他抱著的，是一個人啊。

人是什麼？人的生命原來是一片雲霧，出現少時就不見了。可是人生偏又路途遙遙，千斤責任，萬斤重擔。

又懷孩子後，我弟不要，我弟媳要，兩人爭執不下，大吵一架。弟媳動了胎氣，大量出血，知道失去了再得一個人的機會。而那晚，我弟，一臉無動於衷。他一句話都不說。

他又抽起一根菸時，我似乎明白了，那輕煙薄霧裡演變百種人生，裡面總有一個形影，是他所盼望活出的一個樣。

——原載二〇一七年七月五日《自由時報》副刊

寫妳

蔣亞妮

魔羯座女子，東海中文、中興中文碩士班畢，現就讀於成大中文博士班。曾獲文學獎若干、國藝會創作補助等獎項。作品散見於女人迷網站及各報章雜誌。著有散文集《請登入遊戲》、《寫你》。

有時候，我會因為聽到一首歌而忍不住把自己深深放進捷運上的椅子，試圖把自己埋在人潮更深的地方，想偷到一些人和人的間隙，埋進我多出的情緒。即使我知曉不能永遠待在捷運的椅子裡、即使不管忽然冒出哪一張臉指責我真是膽小自私時，都無法耽誤我下車、我人生。

我一直在找一句話，形容「之後的人生」，好知道我該怎麼寫、妳該怎麼活。我還沒找到那句話，但唯一的結論是，妳我都不能把之後的人生叫作餘生，餘生不該是這樣的。

夏天剛開始的時候，我回家了一趟，媽媽在打包行李，打包這三十年來，無論我飛到哪裡，都伸出條絲線綁住我的地方。媽媽一手把我帶大，一手指的是，只憑她一個人的手，從沒有別人對她伸出過雙手。她就是那種一生裡最大的運氣只是中個尾牙陸獎的人，而成堆的安慰獎她也只是任憑它們在家中四散。我們開始忙著搬家，忙著整理她不知道哪年抽獎得到的果汁杯、烤箱和保溫瓶，她忙著帶我走，就像我忙著帶她走一樣，急著帶對方走出這個家的三十年。

故事的開始，我不在場，但總之後來媽媽沒有了丈夫，但中間也曾有過情人，在我不知道的時間裡，他們決定一起走接下來的路，又在我不知道的時間裡，他們決定把一路，變成一段。這三十年，是三十箱的行李都收不完的夜晚和話語，有許多次、真的是許多次，我開口想問這三十年，或這六十年，她過得好嗎？但我不在家裡，不在她愛過的青春裡。

開始打包的下午，她切開裂紋極多的哈密瓜，剖開去子，這卻是一顆絲毫不甜的哈密瓜，她手都沒洗的繼續搬出陳年囤積的雜物，發現了這樣一個盒子。盒子裡全是A４紙，印著密密麻麻的字，比哈密瓜的紋路還要深和密集。她不說我也知道，人類只和最親密的人說那麼多的話、打那麼多的字，但是她偏偏要說，她不像我、不像你們，只敢縮進捷運的位置裡，她簡簡單單的告訴我，笑著但不是強顏歡笑，告訴我：「妳知道這些是什麼嗎？是我和他寫過的所有email。」一整個下午的她，專注的一行一行、一張一張，看完便細細的撕掉，細細的壓進回收箱裡。我還是忍不住問她，為什麼要把email印出來？它已經是email了，打開電腦登入郵箱，只要不按下刪除，就能不錯頁、不泛黃的躺在那裡。有時候我覺得跟她相比，我所謂的堅強，都不足夠強。她說那一箱、真真實實的一大箱情書都是想要以後老了，留著和他一起看的。「情書」、「老了」、「以後」、「和他」，她把我這一生從未開口過情話般的字眼一句句湊齊，而我在她的不停撕紙的指間和整張微微下垂的月亮臉頰裡，沒有讀到任何一點不堪。那個下午，我吃了半顆哈密瓜，陪她撕完所有的紙，再跑下樓一次丟進回收車。不只這些，這下午我憋了一肚子的水，捨不得去上廁所，因為我想知道人能承載的回憶片段，總共是幾十萬字、幾千次對方的名字？

不論是幾十萬、幾百萬個字，上千句對方的名字都好，所有的不堪都只會跟某一個名字有關。那一個名字變成了你的坎，變成了你渡不了的劫，但我怕她的一生裡，卻有太多的劫。

長達一個月的打包，我每週回去幾天幫她，後來，變成了我們長達一個月的爭吵，雖然在我成長、她變老的過程裡，我們最不欠缺的就是爭吵。她是一個好人，但大概不是一個好媽媽，從父親背棄她的那年，我就感覺到她的不變，她不再留長髮，那一頭波浪翻成雲海一樣的美麗長髮，在帳單、欠款跟我考上的私立學校學費單裡，變得乾黃、分岔，她的保養品從雅詩蘭黛、倩碧變成了開架再變成了購物台裡跟大品牌總會只差一字半音不同的奇怪品牌。所以我不明白我該怎麼怪她，該怎麼怪她對我的一切責問、刁難，無法出口只能逃離，但這麼多年來我還是慶幸著，她始終還是一個好人。

書房是整個家裡最亂的地方，有一台中毒的電腦、無數箱不知道哪一年堆放進去的紀念品、資料箱，我懼怕這書房和那些資料箱，害怕她又從裡面搬出哪一人的情書、哪一段的照片。書架上是一套的字典，和她從沒翻過的年庚堯新傳，幾本京華煙雲，那整架的書藏在我不敢跨越的箱和箱之後，所以也變成了我全無興趣的書目。我也曾想就這樣相安無事的把它們丟在那一輩子吧，但沒有什麼事能篤定一輩子，我們為了走下去，必須回頭把一段段從前收拾乾淨，情書就只一箱，還好沒再遇到其他。好像還有一箱書法用具，宣紙已一碰就脆裂成絮、墨汁已乾，習到一半的字帖，我認得出是父親的字，這箱可以直接丟掉，她對我說。在她帶走了幾十箱的保溫杯、回收紙袋、泛黃的Ａ４列印紙，甚至還有好幾盒已無處用的3.5磁片後，卻能對我說把狼毫、胎毛筆、端硯通通丟棄，這就是她所擁有的勇氣。我被她的勇敢震驚得七零八落，打開社區的垃圾筒，書法箱落進去，發出咚咚咚的巨響，我聽出這也是她的劫，是她第一個劫。

我似乎還沒訴說我懼怕書房的原因，大約三、四年前，我總習慣在夜裡看影集、聽歌、泡一杯濃茶，駝著背抱著筆電坐在沙發上。有一晚，我在空氣中，聽見啪達達的輕微聲響，就像某一年我和愛人在北方城市裡每次牽手前的小小電流撞擊聲，大概比那還小聲些。被回憶觸動的我回頭，卻看見一隻碩圓的蟑螂騰起，在書房前不穩的滑翔、飛行，我從小就怕蟑螂，曾經夜歸在門口看見一隻蟑螂倒臥，而一直打手機吵醒媽媽，只為了要她把那屍體拿開。那一晚，只有我一人在家，對牠幾乎噴光了半瓶殺蟲劑、噴到我自己也微微暈眩時，我看見牠轉頭逃進書房成堆的文件箱中，鑽進箱和箱之間，我也撐不住睡意的睡去。她隔天回家，被家裡濃濃的殺蟲劑味嚇到，將門窗大開，她一直認為我那天昏睡到下午是因為已小小的中毒了。從此後，我幾乎不再進書房，更何況那一整座書房，就像是母親的人生儲物間，與我無關。

這一年的夏天，又比前幾年的夏天更炎熱、更不耐一些，記憶中，也有過一段這樣的夏天。大約是高中時的某一段暑假，她沒交代太多、太細，只留下信封袋裡十幾張的千元大鈔，和簡單的囑咐，飛去了她壓根沒想過的美國西岸，找情書叔叔。媽媽的勇敢，總是超出我的想像界限，她連他的英文名字都說不標準，所有的英文字母都似天書，但她有勇氣，用我的話就是不要臉的勇氣，只憑勇氣她就能飄洋過海。一個月後，她帶著後來只放在D槽的十幾G相片回來，漁人碼頭、比佛利山、星光大道、舊金山大橋、Vegas，豪氣花完所有千元大鈔的我那時隱約閃過了她也無憾了的念頭，想來是一個不吉利的念頭，因為無憾也是一種完結。後來，情書叔叔回了台灣，卻不是為了母親，而是為著另一個說著流利英語、也信著上帝的年輕阿姨。但我猜，至少這一段沒有互相虧欠、沒有遺憾，母親她那麼勇敢，在和男人的故事中，我沒有看過她流任何一滴眼淚。

她所有的眼淚，都給了我。

如果命中有劫、劫有注定，那麼她最大最難渡的劫絕對是我。我是一個自私無比的女人，小時候，也是個自私的小孩。很多人的母親吃苦，總瞞著兒女，不想讓他們擔心、想讓他們的成長無憂。我的媽媽有勇卻無謀，每一件事她都瞞不過我，即使是夜裡睡著的我，耳朵也總是不會漏聽一字一句，但這卻沒有換來不忍。我的成長歲月裡，總是一邊堅強的為自己打算、一邊怪著她什麼都瞞不過我。我不曾走錯了道路，因我自私為己，又怎麼會願意賠上自己的人生？在我十幾歲的那近十年時間，我經常穿上校服出門，往等待校車的那路上走，在早餐店吃完早餐後，算好她出門的時間，回家倒頭大睡到中午，再在假單上隨便簽個她的名，坐上公車上學。用這裡多報一些、那裡多說一點的錢，買一切我想要卻不需要的美麗東西，即使我一直知道，她比別人的母親都更辛苦。那麼多年的酣睡、無所事事，睡過了我整段別人忙著戀愛、補習、社團的學生時期。母親也曾經因為這樣的我，這樣寧可倒在家中癡睡、自慰、不吃不喝，厭惡陽光、群體生活，卻也不幹其他壞事的我，哭著求我罵我打我，但我依然這樣的長大了。

「等我想要長大時，我就會長大了。」我這樣告訴哭著的她，而她總是聽不懂。

開始戀愛後的我，果然自己長大了，不再需要那麼多的睡眠，願意為了愛人曬太陽，為了愛人的一句話轉學、考研、拿獎金。她只差沒有去謝神拜佛，但只有我自己知道，也不是真的為了任何人，我所做的不為別人爽快，只是不給自己留退路而已。我不愧是母親的女兒，在不留退路這件事上，無畏無懼。後來的我，也曾因為沒有退路，吃藥、就醫、後悔莫及。那一年，媽媽會在我吃完藥後只有心悸卻仍不能成眠的晚上，輕撫癱在沙發上我腳踝的傷疤，棉花糖白的一道細長疤痕，提醒我們，許多年前的我就應該知道，要有所保留，不要做濃度那麼高的人、不要喝濃度那麼高的酒。

傷疤被摸時會很癢，透著薄薄的皮，很輕易的把搔癢傳到更底層的皮膚之下，我會忍不住的像被微弱電流電擊般的抽搐著腳皮。媽媽問：還記得那年嗎？

她不過是罵了我自私，罵我像父親一樣的自私後，我就在她面前肅著臉赤腳踢破一整面陽台玻璃，玻璃像水晶一樣四裂，有一道最尖的角劃開了我的腳踝，我坐在地上，她看到我純白的肉、骨白的底，然後才是血、很多的血，流滿了趾甲和腳底，流過磁磚的線條，我只是指著她告訴她我不自私。她背著我走下五樓，送往急診，那一年，我十四歲，她已經四十七了。

搬家前一天，我拖著一些東西下樓丟棄，在二樓樓梯間塑膠袋破了一大口，我蹲在地上撿著東西，看見鐵杆下有好幾滴淡咖啡色的痕跡，想起母親說背著我下樓時，我沿路滴的血滴，有好些無論怎麼都擦不去。一樓階梯上，還有著我不知道哪時因為爛醉，嘔吐過後拭不乾淨的陰影，它們都留在洗石子灰的階梯上。丟掉最後幾大包垃圾，我全身汗濕的上樓，忘了帶鑰匙的我忽然像是用盡了所有力氣的坐在門口。我害怕開門後，看見那麼勇敢的母親，告訴我人生的不堪都會過去。我怕這樣的勇敢，會讓人把人生和她一樣過成餘生，我想要離開這裡，躲進一個被城市人潮覆蓋的車廂。

妳真的很勇敢，隔天搬家也很順利，我知道妳一個人指揮著搬家公司來來回回，把好的、不好的都運離舊家。終於，在今年夏天最悶熱的一個午後，妳一個人搬進了新家，勇敢的、和妳的前半生一樣。

——原載二〇一七年十月《印刻文學生活誌》第一七〇期

玫瑰之夜

——

沈信宏

一九八五年生，高雄鳳山人，任教於高雄市立龍華國中。高師大國文系、清華大學台文所畢業，現就讀於中正大學中文系博士班。曾獲新北市文學獎、打狗鳳邑文學獎、教育部文藝創作獎、林榮三文學獎等。

「妳記得《玫瑰之夜》嗎？」

週六晚上，我突然想起這個節目，妻躺在床上看手機，「靈異節目喔，我小時候不敢看。」

我很少跟妻說小時候的事，仔細想想，家裡鬧鬼的事應該可以說，但我從關於《玫瑰之夜》的回憶開始說起，不然她可能不敢聽。

週六晚上媽會讓我晚一點睡，明天不用上學，就從連續劇一路看到《玫瑰之夜》。節目開始前，通常我已刷好牙，站在客廳光照的盡頭，準備涉過黑暗的廚房回房睡覺，腳步始終沒踏出去，因為一再猶豫要不要看，我覺得我像身在雲霄飛車的進場隊伍裡，心中的遲疑隨著時間推高。我想就這樣乾淨地睡，但又想刺激，捂著耳朵讓鬼故事進來，用指縫窺看跳格放大的靈異照片，任心臟跳出來領導，拽著我垂軟的身體用力震動。

媽無所謂地盯著電視，我決定要看之後，靠到她身邊，她會提醒我：「不要愛看又愛怕，自己嚇自己。」

我現在已經不記得節目詳細內容，只記得幾個人擠在小桌子前，後面荒煙蔓草、古厝花窗，分不清場景設定在室內還室外，只是雜亂拼接的恐怖想像。不真實的紫光罩著螢幕，走調又歪曲的配樂，一切都像遊樂園裡的鬼屋，指甲若不小心摳到布景，會彈射出一粒粒白色的保麗龍，那樣淺薄易破的偽裝，卻總讓我不再敢輕易走過家中無光的區域，刻意拖延不回房，跟著媽再看到下一檔。只是我再看不進任何內容，雖然節目結束，但我腦中的《玫瑰之夜》正不停重放，可怕的《玫瑰之夜》才要展開。

我媽看完倒是什麼感覺都沒有，那對她來說只是一個讓眼神找到定點的時段，她一直催我去睡，聲音依然堅實有力，連這都不怕，對我來說，她就是無所畏懼的勇士。

「你爸咧，他不在家嗎？」妻問。

「對欸，他去哪？我不記得。」我又讓爸在故事裡缺席，回憶容許斷裂與模糊吧。

「我跟妳說，我每次看完《玫瑰之夜》，半夜都會聽到女人慘叫，我家那時鬧鬼。」我要開始說家裡鬧鬼的事，妻眼睛果然瞪大，我知道她想制止，卻又好奇，臉上便冒出拔河繩索般靜止又充滿張力的表情。

遇過鬼的人像是歷劫歸來的冒險英雄，想必妻不再對幼小的我感到陌生，妻眼裡開始發光，我不再那麼平凡了吧？她可以想像我曾是個飽經憂患而勇敢的孩子。

每次看完《玫瑰之夜》的晚上，我都很難入睡，可能也因為明天放假，不用急。明明睡著就可以讓意識躲過危機四伏的深夜，卻要死撐眼皮，一直盯住鬼可能出現的暗處，反而好像多期待鬼出現，一有動靜就心跳加速，從床上跳起身。

將睡之際，感官沉進水底，外界的聲音和畫面都在水面上晃盪，突然清楚聽見女人的呻吟聲。我以為我聽錯，然後是低泣聲，像誰躲在房裡笨拙地學拉提琴。還有一些撞擊和破碎、家具挪移的聲音，我不敢出門看，怕看到背對的椅子慢慢轉向我，無人的門被敲撞出凹弧，或是碗盤在空中飄移，然後失重下墜。

後來深夜常有這種聲音，記得一次鼓起勇氣開門，竟然什麼鬼都沒有，整室靜默，爸媽站在那裡，客廳微光如煙繚繞著他們，媽轉頭瞪我，眼神帶著想把我推回床上的力量。

有一次我實在不敢回房睡，就賴著媽睡在她房間，半夜醒來看到沒穿衣服的男女站在床邊，床一直發出咿咿呀呀的聲音，好像有女鬼躲在床裡尖笑。我轉頭找爸媽，他們蓋緊棉被，睡得好熟，呼吸規則起伏。我動彈不得，發不出聲音，床開始劇烈搖晃，我不敢再睜眼，覺得自己誤闖那男女的領地，他們是不是前任屋主，幾年前一同殉情死在床上。無人浴室後來傳出水聲，馬桶自行沖水。我想叫爸媽棄床一起逃，但再睜開眼時已經是早上。

「你根本是看到你爸媽做愛吧？」妻冷冷看我，覺得剛剛的緊張都是枉費。

我拿起手機隨便滑幾下，掩飾我的驚慌，快被發現了，我的確已經偷偷在故事裡摻雜虛構的成分。

妻回到手機裡，她查到玫瑰跟祕密有關，覺得有趣，認為西方好愛扯到神話，好像整個文化都從一部「甘味人生」展開。

女神維納斯與戰神瑪爾斯偷情，生下愛神丘比特，丘比特為了保護母親名聲，送玫瑰花給沉默之神哈波克拉特斯，請他保守祕密，因此玫瑰花成為保守祕密的象徵。

我心裡一驚，妻該不會知道我故事裡藏有祕密，每個人物都有祕密，這其實不只是個靈異故事，但我並不想說出真相，我就這樣安靜地躲進自己的回憶裡。

我後來問媽有沒有聽過那些怪聲，她說不知道，她睡死了。我注意到媽身上偶爾有傷，她說是煮飯割到，或是騎車跌倒，她的確莽莽撞撞的，我沒特別懷疑。只是聽多了《玫瑰之夜》裡民俗專家的說法，有時會想或許有鬼怪偷擰她，她不信邪，所以傻呼呼地合理化傷痕的來歷。

媽媽嚴肅地告誡我：「有聲音就躲起來，把門鎖起來！不睡覺，亂想一些有的沒的。」

至於爸爸，我沒問他，他早上都在睡覺，我不知道他幾點回家，幾點出門，我跟他很少有機會碰面，我放學回家他已不在家，反正一到夜晚他就消失，沒人知道他去哪。我有時猜想晝伏夜出的爸爸容易沾染髒東西，說不定他這麼愛睡，就是因為他身體裡養著太多鬼，吸盡他的陽氣。

想到這裡，我跟妻澄清：「真的，我家真的有鬼。」

我其實看過夜晚的爸媽，他們才是鬼，我家根本就是鬼屋，但我不想多說。連我自己都覺得這不正常的家庭像塌屋的災難現場，孩子被活埋在裡面不見天日地成長，靈魂一定會跟著鋼筋一起扭曲，更何況是妻。如果說了，她還敢跟我生孩子嗎？她會不會覺得我會再製災難，潛意識地推落自己輪迴為鬼。

我想反駁關於祕密的事，立刻用手機搜尋，找到證據之後便說：「玫瑰是指堅貞的愛情，又是神話裡的誰流血染紅了白玫瑰。」

雖然這是一個沒有說出口的家暴故事，但故事裡的爸媽有我無法理解的愛情糾葛，我年輕的時候，一直把它理解為愛情故事。

我還是沒跟妻說，那些聲音其實是爸媽製造的，我沒把故事說完，我看過爸施暴，就是那次鼓起勇氣開門後，媽瞪我，我依然站在原地，身體仍泥在睡眠深沼裡，意識漸漸回復，爸看我，但眼神無法聚焦，他正泡在酒浪裡搖盪。媽下一秒被他抓住頭髮，扣倒在地，她賣力朝門口爬，離我越來越遠，她的頭皮似乎快被扯開，所以她才叫得這麼痛苦。爸的手掌很大，捏住媽像水晶球一樣的頭，手臂騰出紫黑的小蛇，他是一個法力高強的巫師，要把媽銷為一道裊裊飄轉的輕煙。

我一直哭，沒人聽到，因為媽聲音太大，她扛著爸的蠻力打開門，對著門外哭叫，披頭散髮，但夜晚的公寓樓梯間只是制式化地將聲音彈撞回來，沒有哪扇門打開讓聲音進去，也沒有送來任何人。

那才是媽媽的《玫瑰之夜》，有她的淚水與瘀痕、被汗黏住的頭髮和衣背，我終於看見她驚恐的神情。

另外一個場景正如妻所說，那是爸媽在做愛，赤裸男女長著爸媽的五官，他們後來躲進被窩，規律地上下搖動，棉被漸漸下滑，爸弓著身子，像蝦子奮力彈泳，媽仰躺著，像死在海底骨肉綻露的魚。

我想起《玫瑰之夜》裡很有名的人頭魚照片，我是不是害怕媽下一秒會從她微張的魚口，傳出老太婆的聲音探問：「魚肉好吃嗎？」所以才趕緊閉上眼睛？害怕被誰發現我其實沒有睡著，害怕自己被捲入人頭魚的故事裡，聽說吃了魚肉的人非死即病。

後來從眼縫裡窺見爸如常地走去浴室洗澡和小便，媽背對我，縮成一顆小球，我無法理解媽為什麼一會兒縮在地上讓他打，一會兒又敞開自己讓他壓。

是連續劇裡女明星淚光閃閃說的愛嗎？媽後來生了一個妹妹，我無法理解，為什麼媽讓家裡多一個會花錢的人。我不知道妹妹能不能陪伴我的孤單，但她可能會在這個奇怪的家庭感受到和我相同的孤單。

後來長大一些，爸媽終於離婚。外婆替我揭開爸的祕密，她說爸都沒拿錢回家，還到處借錢，他外面有別的女人，是個不負責任的爛男人。外婆不理解媽為什麼要為他生第二個孩子。

我們都不理解媽對爸的感情，為何一起，為何分開，她的心裡有太多祕密，只能是愛，她曾死心塌地愛著這男人的壞。我不愛爸爸，我怕被妻誤認為爸爸，所以我把這些事變成祕密。

妻又查到什麼，興奮彈起身子，「《玫瑰之夜》根本不是靈異節目，是歌唱節目，靈異的部分是

《玫瑰之夜之鬼話連篇》。」

原來我以為的靈異節目其實只是一個小附標，不是主體，我一直都搞錯重點。

到了這個年紀，結了婚，即將成為父親，開始能夠替存放的回憶找到新的關鍵字，找到開啟更多視窗與資訊的超連結。

關於《玫瑰之夜》的回憶也是，一直被我搞錯重點，根本不是靈異故事，也不是家暴故事，更不是爸媽的愛情故事，說到底，主角並不是我，是媽。

有些不重要的細節變得鮮明，像是媽媽的手，我被《玫瑰之夜》的音效嚇到時，我緊抓著的，那隻垂放在沙發上相對溫暖的手。還有我看完節目不敢回房時，讓我攀著不致被潛伏的鬼攫走的那隻手。

那晚當媽被揪住頭髮，爸爸回頭發現我正大哭，暴虐的眼神朝我襲來的時候，媽的手又出現了，她緊箍住爸的手，死命朝門外爬。我記得她手上一顆顆隆起的指節，像被包上一層合金強化的戰鬥盔甲。

或是爸媽赤裸的隔日早晨，我和爸爸分睡床的兩端，中間留下媽媽的空位，他們的被子留在我的身上，我知道那裡有一雙媽隱形的手。

我用手機查到YouTube有很多集，向妻提議現在來看，妻說不要，對胎教不好，「我現在是不怕啦，但我想要孩子爽朗些，看這個會讓他變得陰沉又古怪吧？」

妻瞬間輕巧地擠開我，成為現在這段故事的主角，捧著肚子的她被聚光燈照亮，我則是個躲在鬼故事裡陰暗怪異的配角。

「好吧，反正畫質好差。」我以前竟被這充滿顆粒的粗糙畫面嚇到失魂，我對妻說：「我發現，恐怖都是人造的，真正可怕的是人。」

「你最可怕啦，亂說什麼鬼故事，害寶寶聽到！」

沒想到妻已能嫻熟地護著孩子避開人世的恐怖，我卻還沒有身為父親的自覺，才會輕率說起鬼故事，真正的父親並不會讓家人陷入恐懼。

妻一直滑手機，可能試圖沖淡剛才的故事。她又查到玫瑰的新資訊：「欸，有人說，玫瑰的刺是愛神被從玫瑰飛出的蜜蜂嚇到而射上去的箭。」

嬌美的玫瑰果然人人愛，後人加上的寓意有如層疊繁複的花瓣，《玫瑰之夜》這節目反而讓玫瑰添上可怕的意象。我訝異地說：「刺不是為了傷人，反而是花被刺傷了。」

我終於想通了，媽向我盛開成一朵玫瑰，讓我感受柔美的香氣和花瓣，她選擇讓我看見愛。底下的傷口全被擋住，那些尖刺都是深夜殘酷地鑽進她身體裡的爸爸。

妻放下手機，才怪我讓她今夜難以入睡，下一秒就立刻從她尖凸的肚腹裡滾出鼾聲。她亦是一朵玫瑰初綻，儘管肚皮被胎兒突刺而高高隆起，內臟被踢得零亂失序，睡顏卻依然如花靜好。

本文獲二〇一七年第十三屆林榮三文學獎散文獎佳作

男人的手肘

游善鈞

天蠍座。畢業於國立中央大學經濟學系、國北教大語創所。曾獲優良電影劇本獎、拍台北劇本獎、林榮三文學獎、《聯合報》文學獎和時報文學獎等獎項。作品散見於《幼獅文藝》、《聯合文學》、《印刻文學生活誌》以及各報副刊。二〇一七年在《皇冠雜誌》連載一年的「友善君の怪奇事件鋪」專欄。出版長篇小說《骨肉》、長篇推理科幻小說《神的載體》和短篇推理小說集《送葬的影子：大吾小佳事件簿》。

「你在幹嘛？又不是小狗。」

也難怪R這麼說。我蹲在流理台邊，仰頭望著他手肘。

說這些話時他眼睛瞇得很細很細，好像只有水能流進去。

「汪。」我喊。

他笑，小腿靠向我胳膊。炎熱七月夏夜，肌膚黏答答啪搭啪搭相貼又剝離，相貼又剝離，幽微聲響捲進上方流水聲，這才稍稍涼快起來。「涼麵？」我說。不是紅蘿蔔——沒聽到刷子摩擦，猜他正在洗小黃瓜。

「算你猜對了。」

不坦率。我拔他一根腿毛。他罵聲幹。又笑起來。從這邊看，鼻孔好大。

如果是老爸，這樣笑，鼻毛肯定會跑出來。

R不只一次懷疑自己作弊，困惑我怎麼總能猜中今晚菜色。

這是從小練來的功夫。他不信，以為我打哈哈敷衍。

我跟著笑，不知道他為什麼還不相信相愛的人彼此之間擁有某些感應。

小時候，真的是很小的時候（大概小學一年級不到），便經常站在廚房流理台前看老爸忙活。個頭太矮，什麼也看不到，只能盯著他那堆著圈圈皺褶的手肘。當時單親家庭還不多見——至少在鄉下不多見。即使街坊鄰居私下接耳竊語，大多數人還是選擇遮掩而旁人也就禮貌性迴避話題，彷彿這是椿見不得人的事。

但兩個處不來的人分開，不是再自然不過的事嗎？

憑什麼結了婚，就必須放棄理應是前提的「愛情」。話還是別說太滿——說不定在不久的將來，自己也會為了「婚姻」，做出從前意想不到的犧牲。

R削起紅蘿蔔皮，想起前年六月初到福隆看沙雕曬傷蜷起的皮肉，聽著那乾燥而穩定的削皮聲，我想像著他那雙逐漸被汁液弄成橘紅色的超寫實的手。我不喜歡吃紅蘿蔔，不過自從知道我出現飛蚊症徵狀後，他幾乎每天都會端上一道紅蘿蔔料理：紅蘿蔔炒蛋、日式紅蘿蔔燉肉、洋蔥紅蘿蔔湯、酸梅紅蘿蔔滷排骨……最後甚至還出現——紅蘿蔔蛋糕（令人崩潰），連最期待的飯後甜點也難逃魔掌。如果提前知道沒辦法在家吃晚餐，他就會在晨跑結束後打一壺鳳梨胡蘿蔔汁。「好生。」我抱怨，嘴裡都是渣。他添一匙蜂蜜。我嘲笑他是小熊維尼。

誰教他總叫自己小狗。我記仇。

絞碎那些東西時，他按住蓋子固定的手肘抬得比平時高，整個身體跟著馬達運作聲轟轟震動，一緊一緊頻頻抽搐的肱三頭肌讓他的胳臂看起來格外壯碩。比我還矮的他，此刻像是巨人一樣。包括繃出青筋的腳踝，拉出一條晶亮汗水的小腿肚，還是他逐漸勃起撐起球褲褲襠的陰莖。我可以清楚看見他身體每一處被放大的細節。真誇張——又不是做愛，只是面對一具尾牙抽中的果汁機，就要動用全身肌群來對付。我忍不住背抵靠流理台邊收納醬油糖鹽的抽屜抿嘴偷笑起來，還得提醒自己避開上頭握把才不至於像之前肩膀被曳刮出一條長如弦月的痕疤。

身體不斷顫抖的R不知道的是，和喜歡男人的手肘一樣，之所以厭惡紅蘿蔔，不單單是出於生理上的反感，而是存在生命經歷中更為深層的連接。

媽的娘家務農，光在西螺便有七、八甲田，和老爸離婚前，每次冬收，總往家裡送來一簍簍紅蘿蔔。由於不耐久放，必須在短時間內消耗完畢才不會浪費，加以媽向來不走敦親睦鄰那套，導致幾乎一天三餐（對，包括早餐）都是紅蘿蔔。小時候比現在有耐心，倒也能心甘情願一口口吃進去。還記得那段廚房堆滿紅蘿蔔的童年，放學回家，進廚房第一件事不是吃點心，而是幫忙削皮。現在回想起來，原來當時是喜歡紅蘿蔔的——那讓自己有更多藉口待在廚房，不若以往，每次踏入廚房，媽便從一團熱氣中疾步竄出叨嚷著讓開讓開快出去少在這邊礙事。

後來，或許是娘家和老爸有了齟齬，入冬後不曾收到紅蘿蔔。

不久，媽離開老爸。媽離開後我很高興。為了讓老爸知道自己很高興，我大聲說終於不用再吃紅蘿蔔了。終於不用假裝自己喜歡紅蘿蔔了。

只剩下兩個人的家，老爸自然接管廚房。我永遠記得他做的第一餐：番茄炒蛋、蔥爆蝦仁、蒼蠅頭和青菜豆腐湯——我被老爸的廚藝嚇了一跳。比媽還好。他說早年隻身一人在外求學，為了省錢和分租的朋友們學了幾道菜。「好久沒做了，居然還記得。」直到現在印象依然深刻的原因，不僅僅是味道。從那餐開始，我對男人的手肘有一種近乎迷戀的執著。

視線時暗時明，在頭頂上晃動的男人的手肘，擺動掀起的風比女人更強，長條狀肌肉一束一束跟著跳動。那年紀，還不知道什麼叫作「肌肉」，卻已經定定注視每當一使勁手臂肌肉彼此推擠那道像是用刀子劃割一樣筆直又深刻的線條。把汗水夾進去的線條讓肌膚鑲了銀邊似的發亮宛如從峽谷間穿過的河流映現幽光。

「高麗菜。」

「猜對了。」

「豬肉。」

「猜對了。」

「高麗菜炒肉片！」

「猜對了。」

高麗菜切起來的聲音比其他青菜脆亮，有一種新鮮清爽的感覺。至於豬肉片，為了讓口感嫩一些，老爸習慣先打過水。肉片打水的聲音濕潤中透著黏膩，聽久耳朵會癢癢的。

「蒜頭。」拍扁後褪去皮膜。

「三層肉。」運刀緩慢細膩，每次手肘向外揚展開來都帶著欲拒還迎的細微黏沾。

「蒜泥白肉！」

「猜對了。」

從那時起，只要老爸下廚，我就會站在流理台前盯著那雙作為胳膊軸心的手肘，揣想在自己即使踮起腳尖也望不到的上頭正發生什麼。

「豆腐！」我興奮喊。

老爸似乎被我突然放大的音量怔住，手頓時停下，手肘四周牽扯著的肌肉鬆開，重心稍稍放低了些。

「猜對了。」回答蘊含笑意，大概是想說——這樣你也猜得到？

他握緊刀柄，繼續切起豆腐。

始終沒有告訴老爸這個祕密——其實並不是自己特別喜歡吃豆腐，只是他切豆腐時，力道拿捏恰到好處，柔軟切斷剎那聲音像是瞬間被砧板徹底吸收進去般陷入決然的安靜。像是把流瀉的沙漏突然擺橫一樣讓人心裡猛然一空。

「味噌。」帶著天然豆香的味噌醇厚氣味圍繞整個廚房。

「味噌豆腐湯！」

老爸天生甲狀腺機能亢進，不能吃海帶、海藻甚至是果凍之類含有碘的食物。因此用不著猜，湯裡鐵定不會加昆布。而我不喜歡柴魚（直到多年後才在日本嘗到道地的柴魚，當下立刻在心底對自己長久以來的誤解表示深深歉意）——採用「減法概念」的湯頭氣質出眾，用現在的說法就是「小清新路線」。

老爸舀了一碗湯給我。我撈起一匙豆腐放進嘴裡——是魚。「有魚！」原本以為是豆腐的立方體，原來不僅僅是豆腐而已，還有魚。「旗魚。」老爸說。我瞇細眼睛看著他。真討厭，他是什麼時候偷偷放進去的？我一邊吃著，想著下次一定要拆穿他近乎魔術的手法。

在廚房待久了，那雙手肘不光是按著時間法則變老而已——油爆噴濺的深褐色痕跡，乾冷冬天凍出的灰白死皮。老爸手犯賤硬是去摳，結果和那雙香港腳淪落到相同下場，愈摳皮膚愈爛，往坑坑洞洞裡瞧透出薄薄一層鮮紅色血肉。

R喀、喀、喀、喀用筷子打起蛋，喜歡吃玉子燒的他習慣往裡頭灑一指尖糖。

我喜歡那雙手肘打蛋的姿態。老爸喜歡吃蛋，菜脯蛋、蝦仁炒蛋、蚵仔煎蛋、番茄炒蛋——對他來說，蛋可以變化出成千上百種料理，是最神奇的食材。不過對我而言，「蛋」可是一項難題。因為蛋兼容並蓄的特性，似乎往裡頭加什麼都合理。

「今天怎麼不猜？」老爸的膝蓋微微一彎。

他沒用刀——用手剁的菜會是什麼？

「你是不是感冒，鼻塞了？等下幫你量體溫。」

「九層塔！」會推理的不單單是老爸，我還以顏色。

既然提到鼻塞，表示是香氣顯著的食材——家後面就種了一盆九層塔。

也難怪朋友說我戀父。

畢竟自己一路走來，喜歡上的，幾乎都是年紀比自己還大的男人。但說實在的，誰不會在情人身上或多或少看到父母的影子？愛恨交織才是情人往家人走的必經之路。

經濟穩定、感情觀又比較成熟——愛玩的男人太多了。

「你是，年輕的我也是。」

「你也才剛三五。」

「在這圈子，三五基本上就是四五。」

「那二五呢？」

「二五還是二五啊，幹。」

R的朋友M聽了用難聽的笑聲笑起來。M比R小將近二十歲。他曾問我有沒有懷疑自己是怎麼和R認識的？我聽懂他的弦外之音，但我相信R——現在的R。這樣才公平，畢竟從前的我也是不可信的。

「差不多可以開飯了。」R說。老爸說。

「煮好了喔？」

我用彷彿永遠不會感到飢餓的口吻問。

「你是希望我煮一輩子喔？」

蹲得低低的我，一點頭，就可以把自己藏起來。

R彎身抱起我。那一雙雙男人的胳膊抱住自己時，我總忍不住伸長脖子去看，去看他們自己看不到的手肘。去摸，比周遭肌膚更為粗糙的手肘。沿著皸裂開來的紋理細細撫摸，像把塗抹在肩頸的藥膏往四周一點一點揉開。老爸的背部在不知不覺間已經爬滿老人斑。接著發出異味，苔蘚似地連綿成一大片暗沉紫紅的斑塊。

二十三歲北上念研究所，接著服役，退伍後留在台北工作，回家次數逐年遞減。三年前被派到對岸支援分公司，儘管只去了短短兩個月，返台後，大概是習慣了這樣的頻率，和老爸見面的次數變得更少。

不是沒有話題，只是一想到站在明明如此熟悉的廚房裡，自己想吐露的一切卻一件也不能對他說，那樣的距離，是比在大庭廣眾之下挽住一個男人的手肘還更遙遠的事。

回家收拾東西，R在廚房角落發現一袋紅蘿蔔。「都發芽了。」

老爸背著我吃紅蘿蔔，就像我偶爾在心底也偷偷吃著紅蘿蔔。

原來老爸還愛著媽。

人不在了，我才能用如此煽情的語句來形容他們的關係。因為他的愚笨和癡情，才養出了這麼好的兒子。

「發芽還能吃嗎？」我問。

「試試看囉。」R說。

他提起那袋發芽的紅蘿蔔，帶回我們台北的家。

「開動囉！」R把一盤顏色繽紛鋪了蛋絲、小黃瓜絲、雞肉絲和紅蘿蔔絲，中間花蕊部分還塞了一小撮蒜泥的涼麵擱在我面前，接著炫技似地沿著外圍澆上一圈芝麻醬。「還有筷子。」他遞過來。

我抓著被他握燙的筷子，感覺蹲久的膝蓋隱隱約約痠痛、顫抖。不知道老爸怎麼想——我岔開筷子，我想，在他自認為失敗的人生裡，說不定，還是有那麼一點值得高興的地方。將麵攪拌開來的時候，我用手肘使勁摩擦餐桌像是玩刮刮樂般想要一個答案。

本文獲二〇一七年第十三屆林榮三文學獎散文獎二獎

輯七

六十年來家國

我的時代——鄭清文

新北市（原台北縣）人，一九三二年出生於桃園。國立台灣大學商學系畢業，任職華南銀行四十多年，一九九八年一月退休，二〇一七年十一月逝世。一九五八年在《聯合報・聯合副刊》發表第一篇作品〈寂寞的心〉，一九六五年出版第一本小說集《簸箕谷》，一九九八年出版《鄭清文短篇小說全集》七卷。一九九九年英文版《三腳馬》出版（美國哥倫比亞大學出版），獲該年度美國「桐山環太平洋書卷獎」（現改名「桐山獎」）；同年該書由麥田出版中文版《鄭清文短篇小說選》。作品以短篇小說為主，多篇作品被譯成英、日、德、韓、捷克、塞爾維亞文。曾獲台灣文學獎、吳三連文學獎、時報文學獎推薦獎等獎項。二〇〇五年，獲第九屆國家文藝獎。

我讀公學校以前的記憶不多。公學校入學，是父親帶我去的。這是第一次，也是唯一的一次，父親去過我讀書的地方。

那是一九三九年，台灣人讀的叫公學校，日本人讀的叫小學校。一九四一年太平洋戰爭發生，學校改制叫國民學校，日本人讀的是地名加國民學校，公學校在地名以外加東西南北。這表示，日本人的學校小，卻是中心。

讀公學校二年級期間，雖然日本和中國在打仗，社會還算平靜，生活還算正常。有時也會排隊送老師出征，心裡也沒有特別的感覺。那時候，台灣人只能當軍伕，有一位軍伕在中國戰死了，役場還為他辦喪事，同時也蓋了一個日式的墳墓。

一九四一年，太平洋戰爭發生，時局開始變化。緊張的氣氛漸漸籠罩整個社會。

當時，日本天皇有頒布對米英宣戰詔書。詔書日語叫勅語，一般都是由「朕思惟……」開始，「教育勅語」是最典型：「朕思惟，我皇祖皇宗……」，但是對米英宣戰詔書的開始卻是「奉天庇佑……」當時，我有感到差異，不知道道理，到了戰後才知道以前只要記住皇祖皇宗，這一次戰爭卻需要「奉天庇佑」了。

這個詔書很長，校長在每月八日早會，一定要宣讀，而且要學生能夠背誦。我也背誦過。

另外一個行事，是神社參拜，也是每月八日。日本一直叫人民不要忘記宣戰日，因為是個硬仗。而且現在是非常時期，人民的想法和做法都要配合戰事。那時，國校的學生，很多人，赤腳，冬天的神社參拜，日本老師一定要學生走中間的砂礫路，腳底會刺痛，每個人都縮著腳走路，老師不准走兩側的草地。這裡面當然會有虔誠和鍛鍊身心的意味。

國民學校的課程，當然是使用日語，內容也以日本想法和做法為主，提到台灣的，記得有兩個人物，一個是吳鳳，現在已證實是捏造。另外一個是鄭成功，是不是因為他的母親是日本人？

課本上有一個故事，小野道風小時候不用功，有一天，看到一隻青蛙不斷跳躍，想抓住垂柳的枝葉，多次嘗試，終於抓到了。他得到啟示，從此發憤讀書。這看來太誇大了，不過類似的故事，在別的地方也有過。

除了功課以外，也做了一些奉仕作業，或許可以稱為勞動服務。主要的工作，是去山區採月桃，可作纖維，撿草籽，可鋪機場跑道。那時的飛機都是螺旋槳，種蓖麻，種子可做蓖麻油，可以防凍，用在機上的。

那時，因為學校近農村，還要去幫忙，主要是種田和割稻。沒有做過搓草（除草），因為要整個人跪在泥田裡。

學生要去農家幫忙，主要是因為壯丁，有的被徵到海外去了，有的在島內做勞動服務，鋪橋、造路，還有建造機場，都是用人工，鋤土、挑土、填土。後來，看紀錄片，美國在蓋機場，都是用機械，技術、國力相較，差太多，如何打仗！

日本人預備作業做得很好。一是防空演習，從防空演習可以看出日本人的一本正經，和台灣人的滿不在乎。這是民族性，還是對戰局的認知的差異？

那時，中國和英美是敵人，有去中國化和去英美化的動作。國民學校的成績，由甲乙丙丁改成優良可劣。車掌給司機的指令，也由All right, stop，歐來、斯特普，改成發車、停車。

日本是善於準備的國家，戰爭一開始就會詳細介紹美國的軍艦和飛機，都有圖鑑，完全想做到知已知彼。戰爭初期，日本節節勝利，地圖也一再重畫。印象最深的是攻占新加坡。那次，白天有舉旗，晚間有提燈遊行，一個人還發了兩個日式饅頭。我們都盼望，再有吃饅頭的機會。

當時，日本的報紙、廣播都一直報捷報。

我們第一次感到敵人的存在，是空襲警報。以前，警報都是演習。這一次不同了，是真的。實際上，大家心裡已有感覺，美國正在反攻。最先是阿茲島的「玉碎」。寧為玉碎，不為瓦全。這是日本精神。其實這種想法害了很多日本人。第一不相信日本會打敗，第二要信美國是殘酷的。日本的宣傳，美國不會接受投降，會趕盡殺絕。所以他們要做最後的衝刺。戰爭結束以後，還有很多人留在深山。我看過一個紀錄片，日本兵叫護士一排躺在地上，而後開槍打死她們。其中有一個沒有打到要害，被美國兵救起來了。

兩顆原子彈使日本人不得不投降。有人說那兩顆殺了幾萬平民，另外有人說如果不是它，日本再打下去，死的就不只這些了。

日本天皇投降的「玉音」，我是在士林官邸聽的。那時，我是中學一年級，被調去做工。內容是把日本伐下、製成角才的檜木，從士林火車站，用輕便車推到士林官邸，那時候是「試驗所」。日本兵是海軍，還分給我們一些飯糰類的食物。那天，我們都跪在空地，聆聽玉音。然後，日本兵告訴我們，你們可以回家了，不用再來了。

之前，五月卅一日，台北大空襲，我上學，因空襲停課，走路回家，在回途，在現在中興橋三重這端，看美機轟炸台北，也看到兩顆炸彈打中了總督府，燒到傍晚，天是紅色的，一直燒到入夜。

戰爭結束了，日本投降了，而且是無條件投降，那時因為受的教育和宣傳，心裡有一些茫茫然的感覺。

這時候，還發生一件事，我跟人跑去總督府裡面。美軍投下的炸彈，確實有兩顆，打中了總督府，其中一顆接近高塔。中彈地方，鋼筋暴露，紅磚牆倒塌。那時，裡面的人都跑光了，是名副其實的無政府狀態。

日本人走了，中國人來了，我們開始聽到「祖國」和「同胞」這些名詞。學校也回復了。日語要改為中國話了。不過，開始是請私塾教漢文的老師來授課。讀的是台灣音。後來，有台灣人從中國回來，教中國話，不過是用日語教的。考試也是用日語考的，「相談」是什麼？原來是「商量」。同樣是漢字，意思有差異。

然後，才有中國來的老師。開始，「你講我不懂」。那時，我們隔壁班來了一位很漂亮的年輕女老師，皮膚白，又穿那時候外省人常穿的藍色長袍。我們一年級，不知道為什麼她只教乙班。我們都等快點下課，可以去看她，還可以聽她的聲音，像青笛仔。

戰後，中學改制，日本的中學是五年制，中國分成初中和高中各三年。初中三年，可說是一無所成。主要是因為語言和師資缺乏的問題。不過，有三件事，我記得比較清楚。

有一個同學，喜歡講，也很會講故事。我記不得他的名字，不過他的口音、表情和動作都還記得。第二件是化學的考試。化學的老師，我們叫他鹹鰱魚頭。鹹鰱魚頭，沒有肉又鹹，因為這位老師給分數不大方。記得有一次考試，每人加一百除二，也就是二十分就可以及格，結果全班只有十二人。我是其中一人。

幾何的考試，試卷本來是以分數少的先發，發到「幾何大師」，還有一份，而我的還沒發。不幸，我剛好和大師座位相鄰，很多同學說我看他的。

初中畢業，完全沒有想到大學，就去讀職業學校。怎麼考進去的，還是有點不清楚。後來上課，老師問，誰有自信英文的入學考試，得分超過三十分的。題目是他出的，分數也是他打的。沒有人舉手。說實在話，我們那時的英文程度，比現在的小學生還差很多。

高職時，很多人都勤於學算盤，那是當時最重要的工具。女兒常笑我，我學了心算，現在只能用來check吃飯時的帳單。

在高職時，最重要的是把中文學好。不只是讀書，對一般生活都有助益。

商職，最重要的就是就業考試。當時人浮於事，聽到就業考試可分發，真的沒有一點真實感。但是報名還是報了，志願也填了。第一志願是海關，第二志願是台電，第三志願是台銀。大家都這樣填，我也這樣填。

真的分發了，而且意外的好。我分發到華南銀行。我有工作了。有一位同學可能成績好一點，分發到台灣銀行。不過我的工作地點是台北，他被派去屏東。那時，第一、第二志願沒有人分到。有人分發到鐵路局，有人公路局，有人港務局。有一位分到公路局的被派到台灣尾，枋寮。這次考試決定了很多人的一生。我分發到華銀，因為華銀有一個辦法，考上上級學校，可以保留職位。三年後我考上了大學。

以上所記，只是我的一生的一部分，早期的一部分，其後還有很長的時間，那不只是台灣人，是世界所有的人，變化最大的時期。我們可以看到各方面都在迅速進步，使人眼花撩亂。

就講手機吧。有一次，我坐公車去會女兒，在車內，聽到播出《卡門》。我感覺，今天很特別，公車內還會放音樂，而且是《卡門》。大概響了三次，我忽然想起那不是我的手機嗎？真的，我已落後一大截了。

——原載二〇一七年二月二十二日《聯合報》副刊

四十年來家國

蔣勳

福建長樂人，一九四七年生於西安，成長於台灣。中國文化大學史學系、藝術研究所畢業，一九七二年負笈法國巴黎大學藝術研究所。曾任《雄獅》美術月刊主編、東海大學美術系主任、《聯合文學》社長。多年來以文、以畫闡釋生活之美與生命之好。寫作小說、散文、詩、藝術史，以及美學論述作品等，深入淺出引領人們進入美的殿堂，並多次舉辦畫展，深獲各界好評。著有散文《說文學之美：品味唐詩》、《說文學之美：感覺宋詞》《池上日記》、《捨得，捨不得——帶著金剛經旅行》、《肉身供養》、《此生——肉身覺醒》、《此時眾生》、《微塵眾》、《少年台灣》等；藝術論述《新編美的曙光》、《美的沉思》、《天地有大美》、《黃公望　富春山居圖卷》等；詩作《少年中國》、《母親》、《多情應笑我》、《祝福》、《眼前即是如畫的江山》等；小說《新傳說》、《情不自禁》、《寫給Ly's M》；有聲書《孤獨六講有聲書》；畫冊《池上印象》等。

林煜幃／攝

二〇一七年九月是李雙澤逝世四十週年。許多悼念和懷念的文字，許多媒體訪問、紀錄片拍攝都在上半年推出了。時隔四十年，台灣改變很大。能夠記得李雙澤的名字的，大概都有一定歲數了吧？如果是年輕一代，二十歲、三十歲，李雙澤去世的時候，他們還沒有出生，他們會知道李雙澤嗎？他們應該知道李雙澤嗎？

二〇一七年十月，我和胡德夫做了一集訪問，談一九七〇年代的台北，談四十年前中山北路的哥倫比亞咖啡屋，談那個當年緊鄰美國大使館的搖滾樂餐廳，胡德夫在餐廳駐唱，理所當然，和一般歌手一樣，唱著當時美國流行的搖滾、鄉村歌曲，唱著巴布・狄倫。

然後大約是一九七六年吧，忽然一個人出現了——李雙澤。他也在餐廳駐唱，聽胡德夫唱歌，聽完歌，看著胡德夫，問他：「你是原住民？」（那個年代很少用「原住民」，我想雙澤用的或許是「山地人」。）

胡德夫的長相形貌看得出來，是很典型的台灣原住民。但是在一個唱美國歌曲的餐廳，不管從哪來，每一個歌手，漢族、美國人、菲律賓人，都唱美國流行歌，習以為常，並沒有人在意歌手是哪裡人。

胡德夫有點納悶，這突兀的問話有什麼意思呢？

他回答說：「是啊。」

李雙澤又問一句：「哪一族？」

「卑南族。」胡德夫說。

「那你可以唱一首卑南族的歌嗎？」李雙澤問。

四十年之後，胡德夫回憶這件事，彷彿依然充滿迷惘，好像當頭一記悶棍——

「為什麼要唱卑南族的歌？」

「為什麼要在一個唱美國歌的地方唱卑南族的歌？」

也許島嶼要用四十年的時間來思考李雙澤丟出來的問題。「我是誰？」「我渴望如何活出自己？」

胡德夫疑惑著，然而他想起了媽媽從小唱給他聽的歌。他彈起吉他，回想著母語的歌，一句一句，他唱了。他說：好熟悉的歌，又好陌生。

餐廳裡的人忽然都靜下來，在慣常聽美國歌的地方，沒有人懂卑南語，但是都專注地聽。唱完，大家歡呼，鼓掌，胡德夫說：好像畫家席德進還高興地跳起舞來了。

胡德夫認識了李雙澤，變成好朋友。

這些故事今天青年一代會知道嗎？這些故事青年一代會有興趣知道嗎？這些故事，應該讓今天青年一代知道嗎？

如同在陳映真走了以後，我常常想唸他的小說給青年們聽。〈我的弟弟康雄〉，「鄉村教師吳錦翔」，我一個人讀，讀出聲音，還是像小說裡那個自覺「愧疚」的姊姊，一面讀自殺了的弟弟的日記，一面哭啊哭的泣不成聲。

〈六月裡的玫瑰花〉，陳映真寫的正是那個年代的中山北路，美國大使館，許多酒吧，越戰來台灣度假的大兵，摟著瘦瘦小小的台灣女孩，那個年代有多少「原住民」少女被迫離開部落，在都會酒吧賺錢，用身體「安慰」著戰爭中焦慮恐懼瀕臨崩潰的美國大兵。

然後一年間，發生了許多事，淡江校園的李雙澤事件，在當時校園習以為常的美國熱門歌曲演唱會場，提出了可不可以「唱自己的歌」的呼籲。李雙澤在淡江大學附近跟一些青年實驗性過一種「公社」生活，那個地方叫「動物園」，可以望見大屯山，不遠是淡水河，好像常有雞鴨跑來跑去，各個不同科系的老師學生都串來串去，胡德夫、楊祖珺都是學生，我當時在建築系兼任一門課，也認識了李瑋民、林洲民，以及後來小說寫得極好從事社運的吳永毅。

因為就近，每次去淡江上課，大概都會繞到「動物園」，看雙澤唱歌，他正在寫〈美麗島〉、〈少年中國〉、〈老鼓手〉，〈小朋友你知道嗎〉，在他一九七七年九月七日救人溺斃之前，他寫了十幾首歌，為他「唱自己的歌」做了具體的實踐。

然後，李雙澤死了，留下四十年來許多眾說紛紜的故事，沒有解釋，沒有辯白，沒有結論。

一九七七年我正在主編《雄獅雜誌》，也因此有機會整理李雙澤許多寫給朋友的信，對這個當時初識沒有多久的朋友有了更多了解。

李雙澤或許從來不是一個結論，隔了四十年，李雙澤對我來說是島嶼開始思考的起點。

〈美麗島〉引用了連橫《台灣通史》序裡的兩句話「篳路藍縷，以啟山林」，這首歌歌頌島嶼的海洋、土地、自然，許多人都喜歡。但是，李雙澤有一位好朋友莫那能，莫那能是排灣族的優秀詩人，他也聽〈美麗島〉，聽到「篳路藍縷，以啟山林」，他若有所思，他說：「你們漢族『篳路藍縷，以啟山林』，我們原住民就流離失所。」

這是四十年前的事了，李雙澤據說為此生氣，跟莫那能吵架鬥嘴，但是他們是好朋友，是熱血的哥兒們，李雙澤如果還活著，我想他會站在原住民一邊，為原住民被蹂躪到不堪的部落土地抗爭。

是的，島嶼的價值不是結論，島嶼的價值是一直在思考自己、反省自己的過程。

隔了四十年，李雙澤，或李雙澤那一代的青年，如果還有值得懷念的地方，如果還會被記憶，是因為他們面對自身的限制，不斷反省自己，也不斷修正自己吧。

李雙澤是菲律賓華僑，在台灣讀中學，他比那一代大多數青年有機會知道「什麼是殖民文化」，他也會比當時許多青年知道如何尊重少數與弱勢。

在他去世之後，整理他的信件，有些發表在《雄獅雜誌》上，看到他在紐約問自己：我在台灣唱巴布・狄倫，別人說：我是台灣的巴布，但是，我到了紐約，巴布的地盤，我是什麼？

李雙澤流浪去了西班牙，在文化獨特的加泰隆尼雅，與當地工人一起勞動，工作之餘，看美術館，畫畫，也到街頭觀察示威運動。

他回菲律賓，思考華人移民在殖民地的歷史，寫下了獲得吳濁流文學獎的《終戰的賠償》。

音樂、繪畫、文學，李雙澤被譽為「多才多藝」，但是，我想他只是一直想借各種形式的語言思考自己、反省自己，和自己的限制對話，和自己的偏執對話，走出知識分子狹窄的世界，走到群眾之中，跟廣大的人群一起唱歌，歡呼出熱愛生活的歌聲。

四十年後，有一天，一個朋友忽然問我：「李雙澤如果今天還活著，你想，他是獨派？還是統派？」

我愣了一下，沒有回答，無法回答，因為從來沒有想過這個問題。

我不能替李雙澤回答，因為他生前也從來沒有給結論，他一直只是思考的起點。

島嶼何去何從？要這麼急於下結論嗎？要把自己的結論立刻強加在他人身上嗎？

記憶裡搜索一下，當時圍繞在雙澤唱歌的現場，可能有《夏潮》的主編蘇慶黎，也有當時在宜蘭為郭雨新選舉奮鬥的陳菊。他們都還年輕，各人有各人的信仰，但是當時一致的名稱是「黨外」，許多人解釋為「國民黨」之外，不，也許更正確的認識是「執政黨」之外，「威權」之外，「利益集團」之外。

如果不能回到「黨外」真正意義的原點，其實無從了解民主真正的核心價值吧。

李雙澤去世後，當年在一起唱歌的「朋友」走到不同的路上了。漫長的思考，漫長的反省，島嶼今天，有能力思考連橫《台灣通史》裡漢族的主觀意識，可以思辨「篳路藍縷，以啟山林」這樣動人的拓荒精神的歌頌，可能恰好忽略了另一個族群的受傷。的確，如莫那能所說：漢族「以啟山林」，原住民就開始「流離失所」。

四十年前，李雙澤和莫那能的對話，是不是仍然應該是今天島嶼青年思考和修正自身的起點？

二〇一七年，執政黨的教育部，決定拿掉教科書裡連橫的〈台灣通史序〉。如果這是為了彌補歷史對原住民的歧視，那麼，同樣在二〇一七年，我們不理解，為什麼，此時此刻，就在凱達格蘭大道呼籲「部落完整」的原住民運動，已經長達近三百天，卻仍然得不到執政黨回應？原住民的「領域完整」的呼聲還是如此被漠視？

同一個執政黨，在教育裡反省了漢族移民的剝削史實，為什麼不面對當前原住民的領域完整的正義轉型要求？

島嶼的「執政黨」，能不能思考自己「言」與「行」之間的荒謬矛盾？

馬躍比吼、那布、巴奈，在凱道上長達將近三百天的運動，我相信將是島嶼歷史上最和平、最有意義、最引人深思的運動。他們露宿街頭，不占領立法院，不為了自身政治利益，用最安靜的方法邀請各方面的人士，上課、演說，省視島嶼歷史，省視原住民四百年來被各個階段移民摧毀蹂躪的事實，他們唱歌、畫畫，提醒今天的部落仍然如何受財團政客的覬覦，傳統領域破碎，土地河流汙染，山被挖空，青年一代仍然「流離失所」。

這是李雙澤與莫那能對話的內容，是四十年前的事了，島嶼已經從一個「執政黨」到了另一個「執政黨」，許多當年的「黨外」，已經成為新的「執政黨」核心，然而，島嶼仍然有「流離失所」的人，勞工、移民、低收入青年、偏鄉兒童、沒有長照醫護的老人、殘障者、遊民、社會的邊緣人，「執政黨」會和誰站在一起？執政者「謙卑」的真正意義是什麼？

李雙澤的歌聲已經不是這一代青年的歌聲了，四十年過去，島嶼應該有新的歌聲，也許是莫那能的聲音，也許是巴奈的聲音，也許是那布像山林野獸被獵殺的憤怒吼叫，每次聽到，我都在想，這是李雙澤最想聽到的島嶼的聲音吧。

多年前，陳菊到北京，看到報導，她要求到「統派」的蘇慶黎靈前致意，她們曾經共同是「黨外」，那是「人」的原點，也是李雙澤時代許多人努力的核心價值吧。

小小的島嶼，派系與派系勾結為惡，派與派之間相互詆毀、謾罵、鬥爭，各自建立小小的圈子，誇揚「統」，誇揚「獨」，看清楚本質，卻多是為一點點蠅頭小利出賣自我，毫無信仰，毫無堅持，最後只是張揚維護自己私自的名與利而已。這樣的島嶼，如何有「家」？如何有「國」？島嶼何去何從，李雙澤時代信仰者的包容、理想，此時此刻，還有一點呼喚起大理想的可能嗎？

——原載二〇一七年十一月十六日《聯合報》副刊

重逢——黃英哲

國立台灣師範大學歷史系畢業，一九八五年赴日留學，立命館大學文學博士、關西大學文化交涉學博士，曾任美國哥倫比亞大學訪問學人、中央研究院台灣史研究所訪問學人，主要研究領域台灣近現代史、台灣文學、中國現代文學，現任日本愛知大學現代中國學部教授、國際問題研究所所長。中文學術專著有《「去日本化」「再中國化」：戰後台灣文化重建（1945-1947）》（台北：麥田出版，二〇〇七年初版，二〇一七年三版）、《漂泊與越境：兩岸文化人的移動》（台灣大學出版中心、二〇一六年），散文集《櫻花・流水——我的東瀛筆記》（台北：允晨文化，二〇一七年）。日文學術著作多數。

聽到伊在大學停靠地鐵站月台狂亂尖叫，被地鐵站職員強壓地上緊急送醫的消息時，事情已經過了三個月。我服務的C大共有三個校區，各個學院分散在不同校區，教職員之間幾乎不相往來，但是教職員動靜的謠言卻沒有受到關山阻隔的影響，日本社會是一特別喜歡謠言的社會，在教學、行政工作繁忙枯燥、人際關係複雜的大學世界亦然，背後津津樂道教職員的隱私，也是一種舒壓的方式吧！伊晚了我三年來到位於日本南端地方都市的C大任教，都已經是上個世紀末的事了，當時在每年新任教師的名單上看到伊的名字時，確實有點震驚，一度還希望是同名同姓，之後幾次在新年度全校教職員團拜的聚會上偶然相遇，伊總是維持日本人慣有的面無表情、對任何人的制式點頭，沒有交談，眼神沒有交集，伊的記憶中始終沒有我。伊的冷漠總是令人不寒而顫，當年的鵝蛋臉略變成尖削臉，而且滿面風霜，但是年輕時代的美麗神采依然還在。第一次和伊相遇是在我日本留學的第一站T大，已經是非常遙遠的過去了。

一九八五年春天，櫻花盛開的季節，我抵達了長達十一年留學生生活的第一站T大。T大位於日本關東地區的I縣，在東京的東北邊，從東京走高速公路需一個小時的車程，但是當時高速公路還沒有開通，往返東京時需從上野火車站搭乘地方路線火車，先在一個小城市下車，再換地方客運巴士，費時兩個多小時。八五年，T大的所在地謂之櫻村，相當具有詩意，近年才改名為T市，失去了原有的韻味。

六〇年代的日本也同樣捲進世界學生革命浪潮中：「造反有理，大學解體」的口號響徹了學術殿堂，東京大學安田講堂學生與鎮暴警察的攻防戰，強化了日本文部省打造一座示範大學的決心，T大就是在這種背景下誕生於七〇年代末期的大學。T大在當時是日本所謂的模範大學，校園廣大漂亮，校舍宏偉華麗，硬、軟體設備一流。「民青」（「日本民主青年同盟」的簡稱，接受日共指導的全國大學生政治運動團體）在這所大學起不了作用，在校園裡幾乎看不到任何標語，也看不到批判校方的大字報，教員、學生都乖乖的順從文部省的指示教學與學習，成為革命浪潮後，一種另類的校園風景。但是大學四周圍幾乎都是農地，T大像是矗立在沙漠中的一座孤獨城堡，耐不住寂寞無聊的日本年輕學生，每年幾乎都有自殺者，當年和T大毗鄰矗立在沙漠中的科學園區據說是全日本離婚率最高的地區。

什麼時候開始萌生留學日本的念頭，記憶裡已經是非常模糊了。六〇年代我還是小學生，住在台灣南部的小鎮，小鎮的兩家戲院東和戲院與榮昌戲院經常放映二輪的日本電影，家母是標準的日本電影迷，一有空就帶著獨子的我上戲院看日本電影，小時候我心目中的英雄是石原裕次郎與小林旭，偶像是嬌小惹人憐愛的淺丘琉璃子，銀幕上男女主角的純情世界以及凜冽的北國風光，是我嚮往的天堂樂園。大學畢業後，連續考了三年研究所皆落榜，正感到前途茫茫之際，在T大留學的大學同學為我申請到T大的入學許可，家母在萬分無奈的情境下答應了我的留學，我內心也期待著能在東瀛邂逅我的淺丘琉璃子。就這樣的帶著簡單的行囊，我匆匆奔向東瀛，奔向櫻村。

八五年的日本，正值國力最為強盛的時期，以輸出業帶動產業經濟的繁榮，極有活力，為了誇耀國力的繁榮與進步，那年日本政府也在I縣科學園區舉辦了科學博覽會，當時就連走在街上的日本行人都流露出忙碌的節奏，表情洋溢著自負與自信。鬧區四處流洩著CHECKERS合唱團哀怨動人的情歌……「涙的請求　最後的請求。／將祈禱塞滿在最後的一枚硬幣，打了電話給Midnight D.J.／拜託向她傳達，我依然還在喜歡妳……／提高真空管的音量，兩人第一次／唱出的竟是分離的歌曲，太冷淡無情啊！／真是殘酷的對待。／我送妳的銀項鏈墜裡，／現在是不一樣　那是誰的照片，／好啊竟和那傢伙互相擁抱，／竊笑我的悲戀。……」——〈淚的請求〉

八五年，剛抵達T大時，我的日語能力還處於牙牙學語的階段，苦不堪言。出國前，我已立下志向打算專攻殖民地時期的台灣近現代史，因此申請的是日本史專攻，雖然大學時念了歷史系，也選修過日本史，但是，一年的日本史課程在結束時，鎌倉幕府都還未建立，更遑論其他更深入的了解。日本的大學研究所制度是外國留學生必須先當旁聽生（在日本謂研究生），期限最高是兩年，在旁聽生階段除了要學習適應日本生活與日本的研究所上課方式外，日語及專業知識也需加強，然後接受入學考試，如果兩次沒有考上那就必須離開，至於能否錄取，就取決於筆試成績和與指導教授是否投緣。來留學之前，我的日文能力實在不足，關於日本史的專門知識也相當薄弱，尤其是面對日文古文書時，就像是閱讀天書一般。而半年後，初次與指導教授見面時（他去韓國講學半年），彼此也似乎不是很投緣，當然自己也不夠用功，考試成績也不理想，因此種下兩年後必須離開的命運。

八五年入學考試落榜，八六年一整年，我不知道在T大的日子要如何度過？即使再參加隔年的入學考試大概也是沒有指望的，在進退失據的情況下，精神狀況相當緊繃，整個人陷入深度的焦慮中。在T大，我的專攻雖是日本史，但是中國近現代史的研究也從不忘情，從八五年開始也同時旁聽了東洋史的課程，特別是齊藤教授的中國近現代史特講。八六年春，我照樣繼續旁聽齊藤教授的課，在那年的新生中，我驚豔的發現有一位日本研究生像極了我的淺丘琉璃子，水眼汪汪嬌小惹人憐，上課時，總是安安靜靜的坐在角落，下課時，像幽靈般倉皇逃命式的迅速離開教室，伊的聲音非常低沉，每次輪到她課堂報告時，詞彙似乎老是含在嘴裡不忍吐出，必須很費勁的聽，才能聽懂內容。那一整年心中唯一的寄託是在齊藤教授的課堂上能夠看到伊，我常故作不經意的偷瞄她幾眼，一年下來，意外的發現伊從不穿著牛仔褲或是長褲，春夏秋冬總是穿著剪裁合宜的套裝，舉止和一般的日本女學生極不相同，非常優雅輕巧，氛圍像極了記憶裡六〇年代日本電影鏡頭下，昭和上流社會高雅安靜的千金小姐，猜得出伊來自都會資產階級。八七年離開T大時，內心熱烈希望有一天能夠再度和我的淺丘琉璃子重逢，也許這股渴望無形中支撐了我往後近十年沒有明天的留學生活。

離開櫻村後，二十多年來，伊經歷過的風雨甚至風雪，我實在無從得知，越過關山傳出的關於伊狂亂尖叫的原因，好事的日本教職員們，用著既興奮又神祕的口吻互相交換情報，「M教授研究生時代過從甚密的退休教授W老先生最近孤獨死了……」、「M教授去年有了新的戀情，和多年同居的K教授男友分手了，研究生時代與求職，K教授曾毫無保留的對她鞠躬盡瘁，但是新的戀情並沒有繼續發展下去……」、「M教授的父母最近先後去世，因爭家產與弟弟打官司，M教授父親長年派駐海外，擔任現地法人社長，母親體弱多病，這位弟弟幾乎是由她帶大的，弟弟的爭產對她打擊很大……」從這些似真若假的謠言，大致可以拼湊成一幅完整的圖像。日本大學世界裡女性研究者的求職艱難，日本社會家族間的疏離、血緣間的冷漠，對我這個局外人來說永遠是理解不透的，伊心中的痛我很難同理，也不可能替她分擔。但是，能夠確認的是偶爾校園的相遇，從伊沒有和我交集的眼神，我知道終究沒有再度和伊重逢，而且是永遠不可能再重逢了。

——原載二〇一七年四月《文訊》第三七八期

旅行到遙遠仙台

陳芳明

一九四七年出生於高雄。曾任教於靜宜大學、國立暨南國際大學、國立中興大學，後赴國立政治大學中文系任教，同時成立該校台灣文學研究所，目前為國立政治大學講座教授。著作等身，主編有《五十年來台灣女性散文・選文篇》、《余光中跨世紀散文》等；政論集《和平演變在台灣》等七冊；散文集《風中蘆葦》、《夢的終點》、《時間長巷》、《掌中地圖》、《昨夜雪深幾許》、《晚天未晚》、《革命與詩》；詩評集《詩和現實》、《美與殉美》；文學評論集《鞭傷之島》、《典範的追求》、《危樓夜讀》、《深山夜讀》、《孤夜獨書》、《楓香夜讀》、《現代主義及其不滿》、《很慢的果子：閱讀與文學批評》，以及學術研究《探索台灣史觀》、《左翼台灣：殖民地文學運動史論》、《殖民地台灣：左翼政治運動史論》、《後殖民台灣：文學史論及其周邊》、《殖民地摩登：現代性與台灣史觀》、《台灣新文學史》，傳記《謝雪紅評傳》等書，為台灣文學批評學者的研究典範。

黃鼎翔／攝

1.

一九八六年初秋，是魯迅逝世的五十週年，日本國立東北大學來信邀請參加紀念活動。那年夏天，在京都的《野草》學術期刊，曾經發表一場演說，題目是：「魯迅在台灣」。對於日本學界而言，他們第一次發現魯迅的影響並非只發生在日本。而且也遠及台灣與香港。可能是經由這樣的契機，才會正式邀請我去參加紀念儀式。在漫長的生命過程中，魯迅已經升格成為我個人的重要隱喻。從一九七五年購買《魯迅全集》之後，這位中國作家的歷史影像，在我靈魂裡盤據了一個很大的位置。在一九三六年去世的魯迅，恐怕未曾預知自己的文學影響，可以在整個東亞發生深遠的效應。

閱讀魯迅，往往牽動著我內心深層的感覺。為什麼不一樣的歷史情境，竟然對海島上一位知識青年產生那麼大的衝擊？後來我漸漸明白，原來他所對抗的威權體制，也持續掌控著台灣。魯迅所寫的批判文字，突破時空的限制，容許我更清晰地感受了他的生命力。他所受到的思想檢查，他所呼吸的不自由空氣，在戒嚴時代的台灣仍然延續著。尤其他寫下那篇悲憤的散文〈為了忘卻的紀念〉，在於追悼被逮捕而失蹤的弟子。字裡行間帶著飽滿的感情，卻又對那黑暗時代提出強烈控訴。不知道為什麼總是讓我聯想到台灣的政治犯，尤其是那些不知姓名的白色恐怖犧牲者。

我與台灣當權者的對立絕對不是偶然，如果沒有親歷那個時代的陰暗，就不可能變成日後的強悍批判者。尤其經過一九八〇年的林家血案，並且也經過一九八一年陳文成命案，我的人格就不可能不受到徹底改造。左聯五烈士的命運，使魯迅陷入無窮的悲傷。他所使用的那些深沉文字，也使我的魂魄發出顫慄。原來國民黨在一九三〇年代所使用的恐怖手段，也持續在一九八〇年代的台灣沿用。魯迅的歷史，赫然就是我的時代。除非我是沒有感覺的人，或者是冷血的人，否則就不可能保持沉默。讓我敢於發言，甚至讓我投入政治運動，最重要的關鍵其實是魯迅文學。重新尋索自己的生命軌跡，可以發現時代盡頭坐著一個龐大影像，他就是魯迅。

在撰寫政論時，總會情不自禁引用魯迅的文字。充滿了人性，也充滿了人間性的魯迅，在很多時候可以精確點出盲點，也可以精確彰顯社會現象。他說過：「一隻完美的蒼蠅，畢竟是蒼蠅；一個有缺點的戰士，畢竟是戰士。」一位充滿戰鬥力的文人，無須營造崇高的形象，他該說話時就說，該行動時就做。這正是我所認識的魯迅。他從來也不會掩飾自己的好惡，甚至也公開顯示自己的傲慢。尤其他面對敵人時，就如此表達：「最大的輕蔑，就是不發一語，而且臉也不別過去。」這是非常動人的描寫，也是讓我輩讀書人無法企及之處。完全不在乎虛偽形象的魯迅，帶給我極大的敵示與暗示。他要罵人，一定是罵得令人千古難忘。有太多依附國民黨的文人，完全無法接受他的輕蔑態度。他們一方面為黨效勞，一方面攻擊魯迅，正好落入魯迅所形容的那樣。

接受東北大學的邀請，使我一直停留在亢奮狀態。仙台就是魯迅最早留學的地方，在那裡他的心靈結構完全受到改造。他離開故鄉，到達亞洲第一個現代化的國家，其實已經預告他個人的生命史就要產生劇烈變化。他身上帶著八國聯軍占領北京之後的屈辱，在仙台時期強烈感受到中國的落後。他經歷過傳統文學的啟蒙，到日本留學又接受了現代文化的再啟蒙。在仙台讀書期間，內心不時產生強烈矛盾與鬥爭。早期的中國留學生，彷彿是古老社會延伸出去的觸鬚，去觸探陌生的知識領域，也去感受莫名的異國情調。一個近代知識分子的誕生，想必要穿越許多精神考驗與肉體折磨。在四書五經裡，他看到一個永恆不變的中國。在近代知識追求裡，他第一次見證推陳出新的現代文化。他所目睹的日本，漸漸成為他思想裡的重要借鏡。

那年初秋，我乘坐新幹線到達仙台車站時，已經察覺秋天早就到來。所有的樹葉開始轉紅，纖細小手的楓葉在微風裡顫動。有一種惆悵在內心浮起，總覺得自己與魯迅的相遇已經遲到。不知道為什麼，我並不覺得仙台是日本的城市。在我想像裡，那裡是魯迅再啟蒙的起點。對我個人而言，魯迅卻是我再啟蒙的另一個起點。或許我並不是熱衷於參加會議，迢迢千里從舊金山飛到東京，又轉乘新幹線到達日本東北，簡直就是一段朝聖的旅程。留學時期的魯迅在這個城市到底留下多少遺跡，那是我不知道的。當年他所讀的是仙台醫學院，如今已經改名國立東北大學。所有的景物已全然兩樣，但冥冥中卻覺得與魯迅更接近一點點。秋風裡飄揚著落葉，不免使我湧起傷逝之感。也不知道要朝哪個方向，去追念這個近代中國文人？寒風從海洋那端襲來，我迎風而立。想像著當年他所承受的異國之秋。

秋葉蕭蕭，我站在醫學院的樓前，嘗試去感覺魯迅的感覺。醫學院大樓想必都已經改建，但是地理位置應該沒有改變吧。他如果順利取得學位，中國可能獲得一個傑出的成功醫師。然而不然，他最後並沒有畢業，卻選擇離開學校到東京去，搖身變成了文學作家。歷史發生後，就是歷史了。但是我還是會聯想，選擇文學作為他的志業，恐怕比醫生所產生的影響還來得巨大。如果沒有在解剖室觀看日俄戰爭的幻燈片，可能不會在他情感裡造成巨大波瀾。他的老師藤野先生，也並不知道放映幻燈片可以改變一個中國讀書人的一生。幻燈片所要宣揚的，其實是為了合理化日俄戰爭，也要合理化日本軍隊的侵略行動。

在幻燈片裡，魯迅看見一位綁著辮子的中國人受到逮捕，被指控是間諜。日本士兵準備槍決這名間諜，許多有辮子的中國百姓好奇地圍觀，彷彿在看一隻動物是如何死掉。死刑犯被槍決倒下時，圍觀的中國人都面無表情離開了。這一幕，深深震撼了魯迅。他不僅感受到弱國的悲哀，也為冷血的中國人感到悲哀。他不免在內心自問，如果他變成了醫生，一輩子能救活多少中國人？如果中國人的心已經死掉，救活他們有什麼意義？當他這樣思考時，一場風暴已經徹底襲捲了他的靈魂。這是非常動人的故事，但不僅是故事，而是相當精確地描繪一位中國知識分子的覺醒。

站在校園裡，魯迅形象反而更為生動，似乎可以感受到他當時的矛盾與掙扎。每個人的覺醒，都是經由不同的途徑而獲得。帶血的呼喚，帶血的記憶，占滿了我整個內心，甚至有一種無法壓抑的騷動。選擇接受邀請來到日本東北，已經是我生命裡的一個重要印記。走在熙攘的街道，我只是一個陌生人。但因為有魯迅影像的存在，卻覺得仙台於我極為熟悉。校門口的警察告訴我，魯迅當年留學時期所住的民宿就在附近，讓我的心情更為騷動。按照地圖的指示，我終於發現那簡陋的古老建築。帶著時間顏色的木板，承受著寒風的吹襲。本框玻璃倒映著紅葉，營造著淒涼而寂寞的氛圍。站在屋外，聯想著魯迅如何在窗內點燈夜讀，也想著他在冬天裡踏著白雪赴校上課的身影。他的肌膚所接受的寒風咬嚙，似乎就是他接受現代知識必經的過程。走了那麼遙遠的道路，恐怕不是為了參加會議，而是帶著崇敬的心來祭拜魯迅。在他宿舍前面，拾起一片楓葉，夾在書頁裡。如今我已找不到那一片葉子，但魯迅影像卻永恆進駐在我內心。

2.

會議開幕那天，陽光的溫度恰到好處。發現第一位發言人原來是魯迅的兒子周海嬰，他長得高瘦，似乎很難從他的面容去想像魯迅。但是他的發言溫文爾雅，說話的神情特別內斂，似乎又有一點魯迅的味道。坐在第一排的來賓，又是一位高瘦的學者，我一眼就認出是林毓生，他是台大歷史系的學長，對五四運動的研究非常深入。他說話的態度平易近人，令人可親。因為讀過他所寫的《中國意識的危機》（*The Crisis of Chinese Consciousness*），對五四思想的流變及其發展有極為深入的詮釋。他對五四時期的知識分子，如胡適、魯迅、陳獨秀，著墨甚深。他認為魯迅對中國社會的理解，遠遠超過了胡適。這個看法與我非常接近，畢竟身為自由主義者的胡適，對思想的挖掘，對中國社會的理解，沒有像魯迅那樣觀察得非常透徹。開幕式結束時，我們在咖啡室站著講話。他顯然也知道我參加政治運動的事情，也問了我許多有關海外運動的問題。

我主動提起胡適與魯迅之間的比較，他第一句話就說，你不覺得胡適的白話文非常膚淺，沒有深度？我非常同意。例如胡適稱讚易卜生的《娜拉》的離家出走，很快就遭到魯迅的反駁。魯迅說，出走又怎樣，如果社會制度不公平，出走以後的娜拉絕對找不到容身之地，最後會乖乖回家。胡適強調的是個人的自由，魯迅觀察的重點是社會制度的不公平。我最早讀魯迅這篇文章時，非常同意他的看法。畢竟中國社會即使進入了民國，也還停留在傳統的權力支配之下。林毓生說，五四知識分子的反傳統，都有各自的立場。這與他們的出身與知識追求有密切關係，最後決定了不同的終極關懷。

在咖啡室，有機會與周海嬰談話。在自我介紹時，他好像恍然大悟，眼睛注視著我說，原來你就是他們所說的黑名單人物。他又很好奇，怎麼可能對魯迅的文字那麼著迷；在台灣，魯迅不就是高度禁忌的人物嗎？顯然他很清楚，魯迅在台灣所受的待遇。我說，我們這輩人偷看禁書，已經是一種脾性。凡是被國民黨查禁的作者，我們都會想盡辦法取得。我在研究所時期，就已經讀了魯迅、何其芳、卞之琳的作品。對我影響最大的，莫過於《阿Q正傳》。我情不自禁提起他的兒子周令飛，他與台灣的女子張純華在日本讀書時認識並且相愛。這個事件驚動了共產黨與國民黨的情資系統，台灣的黨政機關對張純華的父母施壓，必須召回他們的女兒。政治問題活生生拆散了一對情侶，但是張純華想盡辦法再度出國留學，並且與周令飛結婚。一九八二年，兩人回到台灣時，變成非常重大的新聞事件。周令飛後來決定住在台灣，並且也放棄了共產黨員的黨籍。

我向周海嬰提起這發生不久的事件，他開朗笑了。孩子有他們的決定，也有他們的道路要走，身為父母就祝福他們吧。這使我更加欣賞周海嬰，畢竟他的父母魯迅與許廣平，也曾經談了一場驚天動地的戀愛。這是民國時期的師生戀，由這個戀愛事件更可看見魯迅的行事風格。他與許廣平所留下來的《兩地書》，已經是中國現代史耳熟能詳的戀愛故事。沒有那場驚天動地的愛情，自然就沒有後來的周海嬰。當他能夠以開放的態度，看待周令飛的愛情時，想必也在於表達他對父母戀愛事件的理解。

主辦單位安排一場旅遊，到仙台海外的仙島住宿一夜。到達那裡時，我第一次看見日本東北的動人風景。坐著渡輪過去時，微波擊打著船身，讓我更加想念台灣。我聯想到高雄港的旗津渡輪，無論是風景或感覺當然完全不同。但是看著那平靜的海洋，我才知道自己離鄉有多久。在船上，再次與周海嬰有談話的機會。似乎可以感知，他並不樂於看見魯迅被捧得那麼高。我很明白他的心情，對一個台灣知識分子而言，魯迅被供奉在那麼高的位置，其實只是共產黨箝制思想的工具。同樣是一位思想啟蒙者，魯迅在中國被神格化，卻在台灣被妖魔化。兩邊所建構起來的魯迅形象，都是依照統治者的主觀意願去塑造，已經遠離了魯迅真實的生命。記得魯迅說過一句話，一個偉人死後就會變成傀儡。他對自己命運所受的待遇，終究有過人之處。魯迅等於被毛澤東綁架了，淪落成為共產黨的人質。我這樣說，周海嬰沉默不語，想必他點滴在心頭。

會議的最後一天，大會安排去參觀魯迅雕像，那是北京贈送給仙台的一個歷史紀念。與會者都站在雕像前聆聽解說，總覺得那些話語充滿了政治氣味。雕像四周題著中文字，我看到落款竟然是郭沫若，甚覺掃興。對於這位賣身的文人，我從來都是抱著輕視的態度。據說中國有四大無恥，郭沫若高居首位。他可以寫詩歌頌列寧，也可以撰文遵從毛澤東。在任何能夠阿諛的場合，郭沫若從來不會缺席。魯迅雕像竟然由他來題字，恐怕使死者的靈魂永遠坐立難安。學術討論滲透了如此濃厚的政治氣息，讓我很不習慣。我離開那儀式性的會場，我寧可去看附近的北國針葉林，還有那紅葉燃燒的行道樹。

走了那麼遙遠的道路，其實只是為了向魯迅致意。在我海外生命的旅途上，魯迅是一個重要的象徵。原因無他，在他的字裡行間，往往可以嗅到當權者的腐臭味道。不管是民國時期或共和國時期，魯迅作品所散發出來的文化氣息，從來沒有得到恰當的尊重。種種旁枝末節的紀念儀式，反而使他的魂魄飄揚得更為遙遠。我去京都演講「魯迅在台灣」時，特別點出殖民地時期的台灣作家，所受魯迅思想影響的感召，遠遠超過一般人的想像。賴和便是一位魯迅的崇拜者，同樣的在台灣的日本知識分子，如尾崎秀樹對魯迅的尊敬超過任何人。站在魯迅雕像前，驟然讓我有一種心靈的衝擊。如果有一天可以回到台灣，甚至可以回到學界，我希望能夠開授一門課程，那就是「台灣魯迅學」。

我並不是抱持觀光的興致到達仙台，而是懷著膜拜魯迅的心情，去踏查早期中國文人的留學蹤跡。我仍然記得最初閱讀〈故鄉〉那篇散文時，似乎無法確切理解魯迅的用意。到達仙台時。便一切都明白了。當年他就是懷抱自我改造的願望，接受日本近代知識的洗禮。縱然沒有變成一位醫生，但日本的現代社會卻把他改造成現代中國作家。他的心靈結構已徹底被改造了，而且也搖身變成一位中國的陌生人。如果他沒有離鄉，沒有到達日本，就不可能出現文學革命浪潮中的魯迅。他終於寫下〈故鄉〉時，其實是喟嘆著中國社會的千年不變。在故鄉，他終於看見了兒時的玩伴閏土，竟然還是像童年時期那樣木訥。尤其閏土開口稱他為「老爺」時，頗讓魯迅震驚。只因為他學成歸國，就與童年玩伴處在不同的社會階級。他幸好出去留學了，幸好也選擇成為作家。我不免想像，如果魯迅沒有渡海留學，恐怕也像閏土那樣永遠不知道世界的變化。經過三天的會議，我告別仙台時，對魯迅生命的理解又更深一層。

——原載二〇一七年三月《印刻文學生活誌》第一六三期

淡水暮色紅

——阿盛

本名楊敏盛，台灣台南新營人，一九五〇年生。東吳大學中文系畢業。曾任職中時報系十七年，一九九四年創立「寫作私淑班」迄今。著作：散文集《行過急水溪》、《十殿閻君》、《夜燕相思燈》、《萍聚瓦窯溝》、《三都追夢酒》等二十二冊、長篇小說《秀才樓五更鼓》等二冊、歌詩一冊。並主編散文選集二十二冊。作品多篇選入多版大學高中國中國文科課本。得獎：南瀛文學傑出獎、五四文藝獎、吳魯芹散文獎、吳三連獎文學獎、中國文藝協會文藝獎章、中山文藝獎。

淡水線小火車終於停止冒煙奔馳。這一條鐵支路，承載了近百年、三四代人共同記憶，風風火火的車班進出台北百萬次，爾後將被改造為足以與新潮流競速並駕的便捷運輸道。於是，人們只能搭乘那恆常會遲到的公車，一路停停停晃晃晃到淡水，逛逛老街、欣賞出海口的夕陽，順便坐渡船，兩趟來回。

渡船碼頭是個小小的河岸缺口，木製的渡船，漲潮退潮時都得架上長條木板，乘客踏著木板逐一登船。碼頭前左側有魚市，賣現撈的魚，價錢肯定比台北菜市場便宜許多。由魚市往老街方向走，巷裡全是賣魚丸、阿給、鐵蛋、魚酥……的小店。老街上多有老商號。米鋪買賣稱糴糶，散裝，論斤論斗都行。古董店不少，店裡通常天黑後才點燈，百物雜陳，泰半無分類，老祖太的梳妝檯旁有時放幾個石柱珠、銅門環，有時換成一堆寺廟木雕；顧客十之七八是中年青年，店主們都兩臂起皺紋，衣著舊樣，除非必要，等閒不開口。這景況，與台北光華商場的古董店舊書店頗近似，講究實際，門面無所謂。

但是，所謂人分三六九等、木有花梨紫檀，有人重舊輕新，有人悅新惡舊。台北新興的古董店就不隨便，亮光的玻璃櫥窗，乾淨的地板，序整的擺置，端硯奇石一架，蜜蠟瑪瑙一架，玉一排、璧環珠珮，瓷一排、青花粉彩。很明顯，延續上一個年代的收藏風開始轉向了，古代民俗用品與現代油畫不再熱門，壽山石雞血石巴林石青田石老玉老瓷老字畫等等，成為中高資產者的下手目標。眼光明遠的商人早在解除戒嚴前就看到一股隱形的錢潮，繞道跨海去尋寶，將東方舊大陸視如北美新大陸，引伴呼朋大規模開墾，不數載，暴富的傳奇就像親潮黑潮一樣湧來台灣。舉個典型例子。昌化雞血石，原石每公斤五十元人民幣左右，雕刻成器後在台北售價每公斤以三萬元新台幣起跳，雞血含量七成以上的「大紅袍」，一公斤至少五萬元。比對，解嚴後新年代伊始，台北周邊衛星城市的公寓房價，大部分地區每坪都未超過十萬元。

恰恰與新年代的腳步同節奏，連鎖KTV看起來勢必取代獨營卡拉OK，逐漸密集增家的便利超商則已確定擠掉雜貨店。倒是淡水的海產熱炒店持續火旺，新鮮魚蝦蟹貝層疊店門外，客人挑選好，上樓找座位，店員濟濟蹌蹌，廚中或燔或炙，無須久候，各物端來了，據案大嚼可矣。斯時也，蒸霧滿屋，美味滿目，呼聲四起，香氣四漫；而，人之齊聖，飲酒溫克，彼昏不知，壹醉日富，黃湯灌入肚，真是什麼樣態都有，斯景也，直如村鄉路邊喜宴酬神辦桌，溫良恭儉讓是不很講究的。

一般來說，在台北，人們比較講究斯文形象。在開張不久的麥當勞肯德基速食店裡，上衣口袋插著鋼筆的文青兼雅痞們慢慢細啃雞腿雞翅膀，節制音量談企業化佛教的崛起、如烏魚群湧現的各色大法師，談中國各地的廁所，談川端夏目雨果狄更斯，談兩大報文學獎評審的功過得失，也談台北街頭一個優雅古典的活動風景，那是恆常一襲長衫配一雙布鞋的百歲郎靜山。白領族下班後，聚在懷舊鄉村風格裝潢的啤酒屋或台菜店或茶藝館，刻意壓低激情分析政治改革的優缺點，哀嘆股市飆上萬點旋即超速大崩盤後的悲慘人生，也抱怨交通黑暗期的不便。學生群則中意剛出現的夜市牛排，刀叉運用熟練，喧而不鬧，譁而不吵。經商人喜愛到歡場談生意，富賈不作興窩在擁擠的咖啡廳哩，那多少有妨談判時必要的從容氣氛，以是，通常先去忠孝東路洗三溫暖，再就近赴鋼琴酒吧，甫落座，公主立即半跪奉上冷熱毛巾，少爺彎身請示，女副理經理招呼，徐徐斟酒柔柔開口，久之，小提琴師適時來奏一曲，賣花小童適時來獻一束，交易成否皆彼此有禮，副理經理率領公主少爺送至門外，鞠躬細聲道別。

細心的人一定會留意到，路過關渡竹圍紅樹林這區塊時，建造新廈的機械巨響頻率高於台北。經始高樓，經之營之，庶民攻之，不日成之。淡水河邊的人文風景迅速變換，人們相當擔心水筆仔的生長空間被水泥侵占，那一大片綠翠帶有潑灑的動感，猶如耳環使得女人的臉活亮起來，台北的腮旁怎麼少得了她？

台北的新光三越大樓帶頭衝向天空，隨即，打破成規限制的商業居住大樓緊跟在後追高，老舊四、五層公寓於是被購屋者冷落了。年代初拆除中華商場的印象尚未模糊，火車穿行西門町的老記憶也依稀存留，台北新火車站還有新鮮感，但拓寬的筆直中華路恰恰預告了舊價值標準一去不回，包括強人時代的物價強力管控。房價出乎大眾預料地攀升，無殼蝸牛運動的氣勢卻已降低，誰都沒法解決住者無其屋的問題，窮蝸牛只好背著重重的怨呀一步一步地往上爬，而棲於高處的有錢黃鸝鳥，嘻嘻哈哈在笑他，政策成熟還早得很哪，現在上來要幹什麼？

貧富差距愈拉愈長，年輕女性的裙褲愈扯愈短。台灣社會力大解放，忠實反映於政鬥、錢流、色情、電玩、檳榔攤等等事物上。迷你裙早已不夠迷人，緊束短褲逐漸成為夏季常服。各種款式的成衣巨量上市，到西裝店裁縫店量身訂做衣裳的人驟減，牛仔褲混搭獵裝夾克也不算非正式了。公務員週休二日、隔週休兩日的議題開始被提出，議而未決久之。出國旅遊人次年年遞增，台灣人出國鬧笑話屢上新聞版面。教師甄選錄取率連續滑跌，大學畢業文憑不再是飯碗保證書。農地荒置愈來愈多，農村人口老化程度加深，引進外籍勞工漸次放寬名額，仲介女性新移民來台的廣告看板充斥街頭巷尾。而，新開放的有線電視螢光幕上，擠滿街頭遊行畫面，各類訴求都有。有些人反覆強烈指責現代版吳三桂施琅，疾呼全民亟需共武之服以匡王國，有些人重複強調聲明永不放棄半世紀前領土主權，告誡全民理應閒之維則以奏膚功；雙方各擁人馬搖旗博弈，機關算盡，局中局外兩沉吟，猶是人間勝負心，總結效果是，抗議者要拚老命，司職者疲於奔命，旁觀者氣得要命。

一個浮動抖動顫動躍動翻動滾動躁動的年代，人人都做了過河卒子。

墨客騷人才會偶爾回首。知覺敏銳的寫作者其實在舊又舊年代即領悟了農村崩潰之必然、潮流轉彎之必定、及時提筆之必要，因是，深層刻劃的文學作品數量與消失的陳跡往事成正比例，較諸鄉土文學運動勃興時期更多。那不是感慨蒼天方憒憒，亦非試圖赤手拯元元，不是單純的懷念唏噓，是長長串聯的好言好語提醒，莫忘來時路，前途更長遠。

然後呢，捷運淡水線新店線接續通車了，許多人期待並預測這種新式電車系統二十年內可以超韓趕日，三十年內能夠超英趕美。而高速鐵路與台北一〇一大樓趕在年代末熱熱鬧鬧起造，這邊，兩大鋼骨建築起厝動千工，那邊，大安森林公園則經過拆厝一陣風的鬧鬧吵吵後終於完成開放。政府官員語帶炫耀說明，台灣肯定又將增加一項世界第一的紀錄，高雄八五大樓無疑要退居台灣第二；官員順便語帶無奈解釋，坊間所謂大安泥巴公園之說是見樹不見林，十年後這個台北最大的都市之肺肯定可以發揮極大功能。同時，媒體在置入式廣告中宣傳，星巴克咖啡在天母首開連鎖店，寬敞明亮的設計打破了老格局，以後喝咖啡會更愜意更便宜。個人電腦價格依然貴參參，但文青們很有興趣，因為可以設立最尖端新潮的專屬部落格，隨時發表文章，不必老是收到副刊編輯寄來的措辭婉轉卻本意斷然的退稿信。

退步可能是向前，反之亦然，人與事常常如此。一條難以預測會向何方轉進的潮流軌道，無可阻攔地逐漸通往近在眼下又似乎遠在天邊的更新年代。人們認為，該變的差不多都變了，只不曉得還有什麼不該變的也許會忽然就變了。例如，發行樂透彩券，贊成反對雙方各執一詞。極端反對者認為，此事等於鼓勵賭博，由政府當莊，一旦推行，就立即會集體道德淪喪，國文教科書裡的聖賢教誨瞬間崩潰；贊成者則語出詼諧，道是，聖賢至少五百年始得一人，毋庸多慮，日子總會過下去。

日子還真的依然一天二十四小時無差別地翻過去。逢上休假日，台北人依然喜歡到碧潭淡水去，帶著手機搭上捷運，在車廂內大聲講電話，那些話，一百句之中其實有九十九點九句都沒有任何意義。碧潭的吊橋遊船沒怎麼變，只是沿岸多出了一些違章熱炒店，淡水的老街渡頭也沒怎麼變，只是少減了幾間古董鋪。絲毫不變的景象是遊客坐立看夕陽拍照片。若夫霪雨霏霏，連日不開，朔風怒號，濁浪激盪，至若春和景明，波瀾不驚，上下朱光，一眼萬頃。偶或岸邊忽聞熟旋律。日頭將欲沉落西，水面染五彩……總有老商家會播放老歌，老歌總有一股抓得著又好像抓不牢的詩意，詩意，是了是了，夕陽甜吻著出海口或戀偎著觀音山，人們望著望著，忘記了光已盡，忘記了潮已老，然後結伴或獨自徐徐行過小街市，看，寂寞的長巷，而今斜月清照，冷落的漁船，而今迎風輕搖……聽，浪波拍岸，一聲聲，難了，難了……

忘了記得都好。新的既要來舊的就要去，歲月定要輪番去來，幾度滿月黃，幾度夕陽紅，地球總要繼續轉，日子總要繼續過。但是但是，人們沒料到，紅紅火火的世紀末居然一時有點像末世紀，忽焉特級地震夜襲台灣，接下來是個悲傷黯淡的中秋節，大家這才真正明確懂得天作孽究實不可違。再但是，不自作孽猶可活，活著就會有責任有希望，太陽下山明朝依舊爬上來，花兒謝了明年還是一樣地開。復但是，人們很容易就把時間當成記憶的黑板擦，忘了曾經的滋味，也忘了那消逝的苦惱。所以啦，照舊百工百業各務其務，閒來唯一值得馬上爭論明白的是，到底哪一年起才算進入二十一世紀？

——原載二〇一七年三月十九日《自由時報》副刊

連詩也無言以對的幻變

——向陽

本名林淇瀁，政治大學新聞系博士。曾任自立報系總編輯、總主筆、副社長，現任國立台北教育大學台灣文化研究所教授兼圖書館館長。曾獲國家文藝獎、吳濁流新詩獎、美國愛荷華大學榮譽作家、玉山文學獎文學貢獻獎、台灣文學獎新詩金典獎、金曲獎傳藝類最佳作詞人獎、教育部「推展本土語言傑出貢獻獎」。

著有詩集《十行集》、《四季》、《亂》、《向陽詩選》、《向陽台語詩選》；散文集《旅人的夢》、《寫字年代》、《寫意年代》及學術論著等五十餘種。

方梓／攝

一

我生命中的一九九〇，是連詩也無言以對的幻變年代。無言以對，是因為進入一九九〇後，整個台灣社會產生了巨大的變動，疾雨狂風，瞬間掩至，讓人無法預料，也無以回應。從當年二月股票市場加權指數一路狂飆，創下新高12682點，隨後又一路狂跌到當年十月的2485點，就可想像那是個何等大起大落的年代，又是一個何等瞬生瞬滅的年代。

政治上更是如此。一九九〇年三月爆發野百合學運，學生群集中正紀念堂廣場要求國會全面改選；次年五月《動員戡亂時期臨時條款》廢止，都是一般人難以想像的事。接著國會就全面改選了，這是國會和憲政體制掀天動地的巨變。再來是九四年北高兩市市長和台灣省長民選了，九六年總統直選了，兩千年民進黨陳水扁當選總統，政黨輪替，更是驚天動地的變化。這些變化，短短十年，逐一發生，連政治人物都難以逆料。旋乾轉坤，此之謂也。

對一個寫詩的人來說，在這樣幻變的年代中，我所擅長的，以隱喻、意象為工具的詩，也已經無法回應隨時變動中的台灣。仍在盛年的我的書寫，因為工作、生涯的變化，也在這個年代，被以議論、批判與說理為宗的社論、政論所取代。這樣猝不及防又無可選擇的轉折，在我三十五歲之後的人生路途中，直如忽然岔出的歧路，讓我的文學創作來到此際，一如美國詩人佛洛斯特（Robert Frost, 1874-1963）的詩〈未走之路〉所說，「曾有兩條小路在樹林中分手，我選了一條人跡稀少的行走」那般，走進了原來沒有預期的新聞工作和政論之路。

從此，政治與文化評論逐漸取代了詩。在報館的主筆室中，在下班後台北的書房中，一篇篇署名的專欄和不署名的社論，成為我日常的書寫。有時是突發的新聞事件，須在一小時內發文，以便趕上報紙付印；有時是定期的報紙或週刊專欄，必須每週供稿。從一九八九年起，這樣的新聞評論書寫，非常密集地成了我的工作，一直持續到二〇〇七年才告一個段落。

這「段落」，是我最黃金的中壯歲月；這歧路，我一走就是十八年。十八年中，保守估計寫了百萬字以上的時評，多屬未署名社論，後來結集出版了《為台灣祈安》、《守護民主台灣：向陽政治評論集》和《起造文化家園：向陽文化評論集》。影響我最大、也讓我記憶最深刻的，是從一九八九年截至九四年擔任自立早報總主筆的階段。

二

我之所以寫作政治、文化評論，和我在戒嚴年代服務於本土異議報業《自立晚報》有關。我於一九八二年進入《自立晚報》工作，當時的自立勵精圖治，社長吳豐山希望強化自立在媒體界的影響力，力行改革，對於副刊也相當重視，希望找一位能和兩大報有所競爭的詩人主編副刊，因緣際會，我進了自立，擔任藝文組主任兼副刊主編，我的新聞媒體生涯也由此開展。

自立副刊編了五年多，一九八七年戒嚴解除，適逢報禁也將解除，吳社長說服董事會開辦新報《自立早報》，總編輯由晚報總編輯陳國祥擔任，空缺則指派我接任。從副刊主編到報社總編輯，變化之大，壓力也大。如何從文學人的身分轉為新聞人，學習掌握新聞和社會脈動，學習指揮團隊採訪新聞，決定重大頭條……等，對我都是重大考驗。在戰戰兢兢的學習下，這讓我從一位單純寫詩、編副刊的文學人，因而必須面對解嚴後台灣的快速變動，承擔媒體競爭壓力，但也因此能對轉變中的台灣有了近身的了解與觀察。

一九八九年二月，報社派我轉任總主筆，負責筆政並撰寫社論，我的政治評論生涯隨之開始。總編輯階段的訓練，培養了我的政治敏感性，以及對於要聞、政府政策與施政的理解力；報社所聘社外主筆，都是當年台灣重量級的自由主義學者，涵括了政治、憲法與法律、社會學、經濟、財政、中國問題、文化等學術領域，每日拜讀、潤飾，也使我的知識大開，並從中學習到他們在言論受限的環境中仍秉筆直書的勇氣。

身為總主筆，我每週也得撰寫一篇社論，範圍主要是政治、文化、社會或兩岸議題；有時輪值主筆有事或未能執筆，我就得代筆；發生突發事件，須即時回應的社論，也由我撰寫；此外，又兼晚報主筆，每週一篇社評。就這樣，九〇年代的上半葉，我的書寫就被社論、社評占滿了。詩，在九〇年代風生水起、變化快速的新聞事件中，已無用武之地；理性評論、政策批判和事件分析，取代了詩的感性和想像；不過，在極短時間內回應突發新聞，並據以評論的論述力，則讓我獲益無窮，這是金錢或薪水無法提供的報酬。

進入九〇年代，雖然號稱解嚴，媒體和社會依然受到國民黨嚴密控制，《自立晚報》相較於其他報紙，擁有比較多一點的報導勇氣和評論風骨，但由於總是和執政者相左，也常被視為眼中釘。撰寫社論或政治評論，既須面對黨國機器的檢視和壓力，也要面對已然湧動的民意和民主潮流，身為評論者，非有一把篤定和信念的尺不可。所幸，當時的自立一貫堅持台灣立場，以自由報業為標竿，敢言敢寫，樹立起了自立社論的公信度。這樣的評論空間，也讓撰論者之一的我得以自主揮灑。

三

好景不常，一九九四年三月，報社內部忽然傳出經營危機。新創的《自立早報》雖然戮力經營，卻難敵兩大報的雄厚實力，報份一直未見起色，虧損過大，董事會有意將報館經營權轉讓。得到訊息後，員工惶惶，工會從六月開始抗爭，要求原董事會繼續經營，但最後董事會還是在當年八月完成股權轉移，從而引發了記者節「九〇一為新聞自主而走」的抗議遊行，創下台灣新聞史上第一次記者上街的紀錄。

在持續約三個月的抗爭過程中，身為早報總主筆，我一樣得發社論、寫社論，評論國家大事、批評政府施政，但每想到我年輕時就進入，且發願要工作到老的報社，卻將轉讓給具有執政黨背景的財團時，總不免心內淌血。誓言要做台灣質報的媒體，戒嚴年代挺得過國民黨的打壓，持續以繼，不改為台灣說話的勇氣，何以在解嚴之後，漸趨自由民主的時刻，反而無以為繼？乃至必須轉手給具有執政黨背景的財團？何以戒嚴威權，沒有讓自立倒下，民主自由漸開之際，自立卻已不支？何以為台灣民主奮鬥的報紙，在台灣人民嘗到自由滋味之後，卻不受台灣社會的重視？

這些問號，即使直到今日，我已年過六十，依然茫茫如風似雨，無以解答。一如當年記者節，自立員工、媒體記者走上街頭時，落在濟南路的斜風細雨。

抗爭階段，自立工會每日發行快報，記錄整個事件的發展細節，當時我逐日收集，訂成一冊，如今重新翻讀，還能依稀看到當年自立員工的悲憤、頑強和維護報業內部新聞自由的初心。我還記得，當年八月十五日，我與早、晚、周三報總編輯李永得、胡元輝、蘇正平簽署辭職聲明的情景；我還記得，第二天晚報頭版以開天窗的方式，印上「歷史會記住這一天」八個大字，將報紙刊頭由紅轉黑的無奈；我也還記得，記者節前夕在報館由我召集三報總編輯與記者代表，起草並提出「自立報系編輯室公約」的那一刻。

最後我能做的，是在九月一日記者節的自立早報發出社論〈為自主之新聞專業組織催生〉，強調新聞內部自由的必要性，支持九〇一新聞自主推動小組的成立；外加一篇署名撰寫的評論〈聯手同心為台灣媒體的新聞自主而走〉，呼籲台灣社會關切此一行動，並同心協力投入新聞自主的運動。

撰寫這兩篇評論，是在前一晚主筆室的燈下。我一邊寫，一邊掉淚。想像不到，我離開《自立早報》前寫的社論，對象不是政府，而是即將賣掉的我至愛的報社；談的不是政府的政策，而是可能因為經營轉移而遭到踐踏的新聞自主問題。

四

終究，自立工會的抗爭、報社記者的呼聲，都成了泡沫幻影。

在那個變化快速的年代，一切都可能瞬間改變，既無法預測，也讓人措手不及。曾經為台灣民主奮鬥、為台灣人民發聲的自立，都可能一夕之間轉手經營，變化之大，不僅自立員工、記者，乃至讀者、社會，大概都難以想像吧。

不過，儘管當時改變至大，於今回看，一切好像也沒有改變過。儘管曾經激起風潮，成為台灣媒體與新聞自由的象徵，並且曾受到讀者期待，自立報系終究還是因為報份有限而無以持續，只能轉手給新的經營者，終至於最後全面退出台灣媒體市場，成為一則傳奇。新聞自主、媒體壟斷的問題，到今日不還是一樣持續著嗎？

事件後，我也和其他同事一樣，告別了自立。我進入政大新聞系博士班就讀，我的生涯到此必須全部重新來過。離開呼風喚雨的媒體，在學術界中，從入門的學徒開始，且戰且走，直到九年後才取得學位；離開自立後第三年謀得大學專任教職，也從講師爬起，直到三年前才升為教授——王禎和小說〈嫁妝一牛車〉曾引用亨利・詹姆斯（Henry James, 1843-1916）名言：「生命裡總也有甚至修伯特都會無聲以對底時候」，我的九〇年代，在大起大落之間，在瞬幻瞬變的轉折中，則是連我最珍愛的詩也無言以對。

——原載二〇一七年三月二十一日《自由時報》副刊

附錄

一〇六年年度散文紀事

杜秀卿

一月

．一月十八日，《亞洲週刊》公布二〇一六年非小說類十大好書：楊繼繩《天地翻覆》、俞可平《走向善治》、羅振宇《中國為什麼有前途》、龍應台《傾聽》、戚本禹《戚本禹回憶錄》、咪蒙《我喜歡這功利的世界》、吳長生《西藏歲月》、丁燕《工廠男孩》、周軼君《拜訪革命》、陳國球《香港的抒情史》。

．一月十日，二〇一七台北國際書展大獎公布六本獲獎作品，非小說類為魏明毅《靜寂工人：碼頭的日與夜》、林于凱《公門菜鳥飛》、劉克襄《虎地貓》。

．一月，以《灣生回家》屢獲獎項的田中實加，爆發身分作假事件，並非「灣生」後代，而是土生土長的台灣人。

二月

．二月二日，作家楊雨河過世，享年八十四歲。一九三四年生，創作以詩及散文為主，著有《靜讀篇》、《有情人間》等。

．二月十五日，「Openbook閱讀誌」上線，除有深度書評、OB短評、專題報導、人物專訪，世界書房則分闢東亞、英美、中國等地域，並舉辦Openbook好書獎。

三月

・作家、政治大學台文所教授紀大偉耗時二十年，完成三十萬字《同志文學史》出版。

・三月七日，作家紀剛過世，享年九十八歲。本名趙岳山，一九二〇年生，創作文類有散文、小說及劇本，著有《諸神退位》、《滾滾遼河》等。

・三月八日，巫永福三大獎公布決選名單，文學評論獎：崔末順《海島與半島：日據台韓文學比較》，文化評論獎：李瑞明《思慕的人：寶島歌王洪一峰與他的時代》，文學獎：邱致清《水神》。

・三月十日，九歌出版社舉辦「一〇五年度文選新書發表會暨贈獎典禮」，年度文選分別由楊佳嫻、李瑞騰及莊宜文、王淑芬主編散文選、小說選與童話選，「年度散文獎」得主房慧真〈草莓與灰燼：加害者的日常〉。

四月

・四月一日，第十屆阿公店溪文學獎公布得獎名單，大專散文組：第一名吳俊賢，第二名林佳誼，第三名邱毓茗；高中散文組：第一名蔡妙婷，第二名呂庭寬，第三名曾宇丞；國中散文組：第一名謝明翰，第二名林品姍，第三名李柏霖；國小散文組：第一名王硯禾，第二名石辛喬，第三名傅佑勝。

・四月四日，二魚文化公司舉辦「二〇一六飲食文選新書發表會」，主編為朱國珍。

・四月五日，第十九屆台北文學獎公布得獎名單，競賽類散文組：首獎謝子凡〈我和我追逐的垃圾車〉，評審獎木匠〈末代木匠〉，優等獎游擊手〈圖書館時光〉、姚秀山〈隻手之聲〉；文學年金類入圍：李維菁《人魚紀》、丁威仁《編年台北》詩集創作計畫、張啟疆《祕密》。

‧四月十五日，作家費啟宇過世，享年五十七歲。一九六一年生，曾任教多所中學，創辦高雄港都文藝學會。創作以散文、小說為主，著有《想我當兵的日子》、《通往天堂的路》等。

‧四月，作家廖玉蕙錄製台語有聲書提倡母語，將四十篇用中文寫的散文，改成用台語唸，推出「廖玉蕙台語讀散文有聲書」。

五月

‧五月四日，第五十八屆中國文藝獎章舉行頒獎典禮，榮譽文藝獎章文學獎獲獎人：夏菁、李瑞騰，文藝獎章文學創作獲獎人：郭強生、蘇寧、子青、高盈、徐桂生。

‧五月六日，作家俞金鳳過世，享年七十五歲。一九四三年生，創作文類有散文、小說和兒童文學，著有《花格子裙》、《九色鹿》等。

‧五月十七日，作家王保珍過世，享年八十五歲。一九三三年生，創作以論述、散文為主，兼及詩、小說及傳記，著有〈只有香如故〉、〈溪聲便是廣長舌〉等。

六月

‧六月九日，第四十一屆金鼎獎得獎名單揭曉，圖書類出版獎文學圖書獎：李金蓮《浮水錄》、連明偉《青蚨子》、林蔚昀《我媽媽的寄生蟲》、黃錦樹《雨》；特別貢獻獎郭重興。

‧六月十一日，第三十五屆全球華文學生文學獎舉行頒獎典禮，高中組散文：第一名陳芃宇，第二名吳沇慈，第三名曾信豪，佳作張育銓、陳紅緻、王靜萱、陳曉筠、陳品融、邱慶淩、湯宥晴、陳俞均；國中組散文：第一名唐翊雯，第二名王明琛，第三名林芷亘，佳作歐劭祺、林家伃、林亞芯、郭鎧寧、周思岑。

‧六月十六日，二〇一七書寫高雄文學創作獎助計劃入選名單出爐：騷夏「西子灣198」、江舟航「打狗餐桌的技憶：家傳食譜、農家菜與食器技藝」、林佩穎「灰色風景」、夏夏「手相館——在地生命誌書寫計畫」、周梅春「一枝草一點露」、陳正雄「打狗．牽手」。

·六月二十八日，第四屆聯合報文學大獎公布得主為陳育虹。

·六月二十九日，第二十屆夢花文學獎得獎名單揭曉，散文：首獎從缺，優選林麗秋〈不苦楝〉，佳作張燕輝、陳文偉、陳韋任、梁評貴；母語文學：佳作王永成、杜信龍、徐姿華、曾菁怡、王興寶、柯柏榮、林彭榮；青春夢花國中組：優選謝沛軒、魏郁庭、邱羽謙、林坤儀、王奕涵、邱慶价、李佳蓁、劉羽娟；青春夢花高中組：優選林柏旭、孫瑋哲、劉卉軒、鄭富鴻、邱慶淩、邱慶越、吳佳樺、邱鈺憓、張嘉芳、郭俐妏、陳韻宇。

七月

·七月六日，作家芯心過世，享年九十五歲。本名丁琛，一九二三年生，創作以散文為主，著有《爐灶邊的自白》、《點燃紅燭第九支》等。

·七月十七日，第十六屆蘭陽青年文學獎公布得獎名單，散文類：首獎陳奕洵〈表演聆聽〉，優選張博琳、吳双，佳作吳洛衣、賴禹亘、林伯宥。

·七月二十日，第十九屆磺溪文學獎公布得獎名單，特別貢獻獎陳義芝；散文類：首獎洪翊鴻〈鹹酸甜的濃淡史〉，優勝陳昱良〈歸途〉、施綉好〈午后陽光正溫暖〉、蔡宜勳〈牛王「阿無」〉、梁評貴〈面具〉、王正良〈煮水〉、黃彥綺〈夢語〉。最大獎洪醒夫獎：洪翊鴻（散文首獎）。

·七月二十七日，一〇六年教育部文藝創作獎公布得獎名單，散文類教師組：特優陳津萍〈布袋蓮〉，優選張璆方〈地味〉、呂政達〈迴鹿〉，佳作王怡心、林佳樺、許靜宜；學生組：

特優陸怡臻〈鍋〉，優選范亦昕〈養一頭獸〉、藍舸方〈不斷延伸地深藍〉，佳作許閔淳、姚宗祺、鄭博元。

八月

・八月二日，作家喻麗清過世，享年七十三歲。一九四五年生，台北醫學大學藥學系畢業。創作以散文為主，另有詩、小說、兒童文學，也從事翻譯及編選。著有《無情不似多情苦》、《蝴蝶樹》、《後院有兩棵蘋果樹》等逾四十種。

・八月十八日，二〇一七南投縣玉山文學獎公布得獎名單，文學貢獻獎得主為王灝；文學創作獎散文類：首獎陳倚芬〈玉山人傳說〉，優選曾昭榕〈森之琴〉、梁雅英〈火土之子〉、曹福巖〈情想〉，南投新人獎王瑞賢〈釣客〉。

・八月二十二日，第七屆台南文學獎公布得獎名單，一般組台語散文：首獎林姿伶〈飼一隻思念〉，優等王永成〈恬恬〉，佳作陳金順、陳文偉、林美麗；青少年組散文：第一名郭宇璇，第二名蔡宗穎，第三名張育銓，佳作林琨育、陳品翰、郭紫嫺。

九月

・九月一日，第七屆新北市文學獎公布得獎名單，黃金組：第一名夏婉雲〈扣〉，第二名宋蕭波〈佛經與書法——紀念我失去的親人〉，第三名王詒高〈得閒，回家看看〉；成人組散文類：第一名劉佳旻〈狗悲鳴的下午〉，第二名李達達〈給給給〉，第三名游善鈞〈脫落的毛髮毛髮與毛髮〉；職場書寫類：第一名余秋慧〈幾分幾角的愛〉，第二名黃士芸〈PM媽媽〉，第三名劉德敏〈畢業輓歌〉；青春組散文類：第一名林秩緯〈黃昏外野手〉，第二名余子緣〈紫竹．變調〉，第三名劉旭鈞〈夜雪尋無〉；新北漫遊書寫組：第一名周冠汝〈深夜離騷考〉，第二名李玉娟〈海角之珠〉，第三名夏婉雲〈失落的水圳遺址〉。

十月

・九月四日，第六屆台中文學獎公布得獎名單，文學貢獻獎得主為陳憲仁；文學創作獎散文類：第一名江逸蹤〈今夜大雪紛飛〉，第二名梁評貴〈粽〉，第三名然靈〈父親魚〉，佳作何志明、劉碧玲、李家棟、林力敏；青少年散文類高中組：第一名蔡佩儒，第二名張絲媛、周沂臻，第三名林奕君、陳姵妤、陳品融，佳作李怡臻、王曉珍、陳孟潔、廖筱安、逸青、黎宏濬、韓茜如；國中組：第一名吳笛，第二名紀仰謙、許映柔，第三名紀志霖、鄧永芳、小煜，佳作棠獸、鄭博軒、謝棻伃、安、羅方佐、系部綾、劉家馨。

・九月十一日，第八屆桃城文學獎公布得獎名單，散文組：第一名李鄢伊〈雲霄里飄雲煙〉，第二名柯文政〈海馬迴〉，第三名陳利成〈鰲鼓踽踽獨行的鳥〉，優選蘇貞芳、李慶章、郭秀端、柯玉雪、陳春賢；小品文組：第一名陳君瑋，第二名李羿陞，第三名黃如意，優選羅涓昀、蕭涵綺、蔡尚佑、楊上瑩、楊上儀。

・九月十三日，二〇一七馬祖文學獎公布得獎名單，散文組：首獎劉亦〈地海〉，評審獎陳沛甯〈老酒〉，優選王瀚陞、蔡昕蓓；青年創作組：優選廖悧芸、林宇軒、洪孟杰、林于堯。

・九月十九日，二〇一七年台灣文學傑出博碩士論文獎獲獎名單揭曉，共有博士論文馬翊航等二篇及碩士論文李先達等八篇獲獎。

・十月十日，作家羊牧過世，享年六十五歲。本名廖枝春，一九五三年生，創作以散文為主，鄉土經驗和教書生涯是寫作素材的主要來源，著有《牧羊集》、《吾鄉素描》等二十多種。

・十月十一日，第三十屆梁實秋文學獎公布得獎名單，散文創作類：首獎梁評貴〈夢幻泡影〉，評審獎梁元梅〈我與Yaki的輕柔時光〉、林珈均〈爸爸的羅漢松長大了〉、林硯俞〈囤物癖〉；入選獎：劉亦〈姊妹〉、丁勤政〈厚薄之間〉、Saw Kee Wah〈因為山在那裡〉、蔡琳森〈不在的子宮〉、林麗秋〈沁〉、張英珉〈擠乳〉。

・十月十二日，二〇一七桃園鍾肇政文學獎公布得獎名單，散文類：正獎呂志宏〈回家〉，副獎許勝雲〈迷失〉、陳柔旭〈我的外祖母〉。

・十月十二日，作家李冰過世，享年九十六歲。原名李志華，後改名李志權，一九二二年生，曾主編《高縣青年》三十七年，在南部文壇培育文藝人才無數。著有詩集、散文、小說等二十多種。

・十月十三日，第十六屆文薈獎——全國身心障礙者文藝獎舉行頒獎典禮，文學類大專社會組：第一名洪春峯〈愛，與孵夢的子宮〉，第二名蔡仲恕〈阿娘微笑的臉譜〉，第三名林玟均〈笑，幸福來了〉；高中職組：第一名張惠鈞，第二名張家萍，第三名王柏皓；國中組：第一名林孟駿，第二名劉昀怡，第三名陳誼；國小組：第一名陳秉宇，第二名曾柏睿，第三名張楷承。

・十月十九日，一〇六年高雄青年文學獎公布得獎名單，散文類文青組：首獎劉沛均〈魚〉，優選邱羽瑄〈疤〉、liang〈空地〉；靚文青組：首獎陳芃宇，優選蘇聖倫、張嘉恩；小文青組：首獎胡乃文，優選謝善宇、陳韞、溫書萱。

・十月二十日，二〇一七後山文學獎公布得獎名單，在地書寫社會組散文類：第一名沈裕祁〈搖啊搖，越過登仙橋〉，第二名王晨翔〈活在老水邊〉，第三名趙聰義〈移動的界線〉，優選賴勝龍、黃正中、盧宏文、王建評、王恩竹；全民書寫組小品文類：優選蔡昇融、鄭國正、蕭志琦、蔡順祈、葉琮銘、梁評貴、林慧珍、莊韻蘋、林晴灣、邱怡瑄。

・十月三十日，二〇一七打狗鳳邑文學獎公布得獎名單，高雄獎得主為王怡仁〈52赫茲〉；散文組：首獎陳馨妍〈空谷・幽蘭〉，評審獎沈信宏〈負責吃的人〉，優選獎梁評貴〈朽木〉。

十一月

・十一月四日，第十三屆林榮三文學獎舉行頒獎典禮，散文獎：首獎楊莉敏〈不散〉，二獎游善鈞〈男人的手肘〉，三獎馮孟婕〈安島島民之死〉，佳作崔舜華〈神在〉、沈信宏〈玫瑰之夜〉；小品文獎：王書緋〈青果之累〉、李家棟〈腹語〉、沈信宏〈不滿〉、徐禎苓〈蝦趴〉、許勝雲〈沉默〉、陳建嘉〈快死了〉、陳彥誌〈掉藥〉、陳翔羚〈業務員小戴〉、黃志聰〈棋盤格子〉、薩芙〈雪地來的毛孩子〉。

・十一月十一日，第十四屆浯島文學獎公布得獎名單，散文組：首獎蔡其祥〈在我和世界之間有一座島〉，優等獎宋蕭波〈女兒的叫聲〉、林青蓓〈我們的故事還在繼續〉、周志強〈那時，月白風清〉、吳邦立〈沙堆的童年〉。

・十一月十五日，第四十屆吳三連獎舉行頒獎典禮，文學獎林亨泰、夏曼・藍波安。

・十一月十六日，第二十屆菊島文學獎公布得獎名單，社會組散文類：首獎林郁茗〈睡美人〉，優等陳和謙〈閒話方壺〉。

・十一月二十八日，第八屆台灣原住民族文學獎公布得獎名單，散文組：第一名胡信良〈Swali幸運的星期五〉，第二名李庭宇〈無族齡之人〉，第三名黃璽〈關於回部落的小事〉，佳作：悠蘭・多又、陳宏志、拉娃谷倖、林佳瑩、麗度兒・瓦歷斯。

十二月

・十二月二日，二〇一七Openbook好書獎公布，中文創作與散文相關者：金宇澄《我們並不知道》、廖梅璇《當我參加她外公的追思禮拜》。

・十二月五日，第二十屆國家文藝獎得主揭曉，文學類得主為李魁賢。

・十二月十日，第七屆全球華文文學星雲獎舉行頒獎典禮，文學星雲獎貢獻獎得主為尉天驄；人間佛教散文：首獎蔡其祥〈只有海水的靜默抵達岸邊〉，二獎梁評貴〈畫糖〉，三獎莊明珊〈洗〉，佳作賴俊儒〈迴音〉、陳倚芬〈無常中的日常〉、侯向陽〈水印般若〉、呂政達〈眾生得滅度者〉、陳芸英〈勇者試煉〉。

・十二月十四日，作家余光中過世，享年九十歲。一九二八年生，台灣大學外文系畢業，曾在台灣、香港各大學擔任外文系或中文系教授暨文學院院長等職，一生從事詩、散文、評論、翻譯，自稱為寫作的四度空間，詩風與文風多變、多產、多樣，創作、翻譯、主編作品合計七十種以上。

・十二月十五日，作家鮑曉暉過世，享年九十二歲。本名張競英，一九二六年生，創作以散文為主，兼及小說、報導文學、兒童文學，著有〈奶爸時代〉、〈長城根下騎駱駝〉等。

・十二月二十二日，金石堂書店公布「二〇一七年度風雲人物暨十大影響力好書」，出版風雲人物為朱亞君，作家風雲人物為張曼娟，十大影響力好書與散文相關者：《你走慢了我的時間》、《我將前往的遠方》、《做工的人》、《妖怪台灣：三百年島嶼奇幻誌．妖鬼神遊卷》。

・十二月三十日，第三十七屆行政院文化獎公布得獎名單，謝里法、吳念真獲獎。

九歌文庫 1277

九歌106年散文選

Collected essays 2017

主編	王盛弘
執行編輯	張晶惠
創辦人	蔡文甫
發行人	蔡澤玉
出版發行	九歌出版社有限公司 台北市105八德路3段12巷57弄40號 電話／02-25776564・傳真／02-25789205 郵政劃撥／0112295-1
九歌文學網	www.chiuko.com.tw
印刷	晨捷印製股份有限公司
法律顧問	龍躍天律師・蕭雄淋律師・董安丹律師
初版	2018年3月
定價	400元

書號　F1277

ISBN　978-986-450-175-5

（缺頁、破損或裝訂錯誤，請寄回本公司更換）

本書榮獲 台北市文化局 Department of Cultural Affairs Taipei City Government 贊助

國家圖書館出版品預行編目資料

九歌106年散文選 / 王盛弘主編. -- 初版. --
台北市 : 九歌, 2018.03

面；　公分. -- (九歌文庫 ; 1277)

ISBN 978-986-450-175-5（平裝）

855　　　　107001884